"이래도 증강현실인가요?"

괜찮다, 주군. 해치지 않으니까

그냥 맘 ♥ 만 좀 볼 뿐이다.

"멍멍!"

피도 눈물도 없는 용사 6

✒ 박제후   🖌 GAMBE

피도 눈물도 없는 용사 6 (완)

I. 희망은 있는가

- 크흐흐흐, 슬슬 때가 되었도다.

리켄티아투스를 지켜보던 무덤에서 웅크리고 있는 자는 음침한 웃음을 흘렸다.

그는 저 멀리 보이는 푸른 행성을 자세히 들여다보지는 않았다. 무덤에서 웅크리고 있는 자가 보기에 표면이 축축한 그 행성은 그런 습기 찬 환경에 의지해 살아가는 벌레들의 징그러운 소굴에 불과했다.

관심을 기울일 가치도 없었다. 벌레집의 흥망성쇠는 무덤에서 웅크리고 있는 자에겐 미시적인 일에 불과했다. 그저 봉인이 하나씩 풀려간다는 것만 알 뿐이었다.

- 이제 거대한 싸움이 코앞이다.

우주 어딘가에서 격전을 벌이고 있는 형언할 수 없는 암흑과 끓어오르는 심연은 아무래도 좋았다. 자신은 발버둥치는 죽음을 쓰러뜨린 뒤 영원의 보석을 선점할 테니까.

구우우우우-.

우주에 떠다니는 그의 모습은 마치 시커먼 성운 같았다. 몸 안쪽에는 별을 품은 듯 사이한 빛이 반짝였다.

그는 그런 모습으로 리켄티아투스를 향해 흘러가고 있었는데, 현재는 귀찮은 장벽에 막혀있었다.

바로 리켄티아투스의 만신전이 만든 데펜시오 포시티우스(Dēfénsĭo positívus)라는 방어진이었다.

얼마 전, 우주적 거물인 무덤에서 웅크리고 있는 자가 리켄티아투스 행성계로 들어오자, 신격들은 대경실색했다.

갑론을박이 오갔는데, 저항을 포기하고 도망가자는 의견이 대세였다. 자신들을 섬기는 인간이나 여타 종족을 버리고 살 길을 찾자는 무책임한 얘기였다.

하지만 리켄티아투스 만신전이 내린 최종 결정은 불명예로 가득 찼던 과거와 달랐다.

"인류는 우리의 기원이자 부모입니다. 어떤 자식이 자기 부모를 버리고 도망갑니까?"

발푸르가 여신격의 주장에 신격들은 스스로의 탄생을 돌아봤다. 그리고 이번만큼은 자신들의 창조주인 인류에게 보답하기로 결의했다.

리켄티아투스 만신전은 마지노선을 그었다. 그 선을 넘어가면 무덤에서 웅크리고 있는 자의 시커먼 존재감이 행성을 좀먹기 때문이었다. 그리고 최후 방어선을 지키기 위해 가능한 전부를 동원했다.

모든 지혜, 모든 성물, 모든 희생.

그 모든 게 합쳐진 방어진이 바로 데펜시오 포시티우스였다.

- 크크크, 한줌도 안 되는 것들의 반항이 재밌군.

무덤에서 웅크리고 있는 자는 이 모든 걸 그저 흥미롭게 지켜볼 뿐이었다. 그가 보기에 인간이 벌레라면, 신격은 개나 고양이 정도였다. 감히 자신을 방해할 수 없었으니까.

하지만 진심으로 인류를 수호하기로 결의한 리켄티아투스 만신전의 힘은 생각보다 위대했다.

신격들이 모든 걸 쥐어짠 방어진은 무덤에서 웅크리고 있는 자를 잠시간 묶어둘 정도로 위력적이었다. 무덤에서 웅크리고 있는 자는 속으로 적잖이 놀랄 수밖에 없었다. 하지만 거기까지였다.

- 이제 격의 차이를 알려주지.

무덤에서 웅크리고 있는 자가 진짜 힘을 발휘하자 신격들의 전력을 쥐어짜낸 방어진은 거대한 압력에 점점 찌그러지기 시작했다.

끼기기긱! 꾸직.

방어진을 이루는 마법의 벽이 안쪽으로 찌그러져, 도리어 신격들을 눌릴 것 같은 상황이 됐다. 여기저기서 비명이 터져 나왔다.

"버텨라! 어떻게든 버텨!"

"무리입니다! 행성을 부숴버릴 정도의 위력이라고요!"

"으아아아! 이대론 다 죽어!"

결국 방어진은 폭발하며 깨져나갔다.

콰아아아아앙!

거의 백을 헤아리는 신격들이 중상을 입고 사방천지로 흩어졌다. 그 과정에서 빛의 신격 마르가, 정의의 신격 루우벤, 생명의 여신격 오르비아나가 사망했다.

시커먼 우주 공간에 터져나간 신격들의 육체가 둥실둥실 떠다
녔다.

- 키키키케케!

무덤에서 웅크리고 있는 자의 곁에서 사역하는 기생충 같은 존
재들이 한때 위대했던 신격의 잘린 머리를 들고 낄낄거리며 노래
를 해댄다.

실로 비참한 몰골이었다.

하지만 이 모든 일을 한 무덤에서 웅크리고 있는 자는 덤덤했
다. 그는 그저 길을 걷는 것처럼 무심히 마지노선을 넘었다.

황제를 팔아먹은 뒤 일주일. 짧은 사이 참 많은 일이 있었다. 나
는 황제가 죽자마자 강철선제후 필립에게 팔츠를 탈환하라는 명
을 내렸다.

팔츠의 수도인 하이델베르크는 필립이 주둔하고 있는 비텐바
이어에서 북쪽으로 겨우 110킬로미터 밖에 안 된다.

군대를 몰고 간 필립은 자신의 상속지를 순식간에 되찾았다.
변변찮은 전투도 없었다. 보헤미아 왕이 된 후 팔츠에게 소홀했던
프리드리히는 인기가 뚝 떨어진 상태였기 때문이다.

게다가 그는 찬탈자가 아닌가. 죽은 줄 알았던 정당한 후계자
가 나타나자 팔츠의 시민들은 열광했다.

"필립이 하이델베르크에 입성하는 날 수많은 시민들이 그를 보
러 몰려들었다고 하는군요."

달타냥의 보고에 나는 고개를 끄덕였다.

"이제 프리드리히는 돌아갈 곳이 없어진 셈이지. 제대로 된 빈 집털이였어."

보헤미아의 왕 프리드리히가 길길이 날뛴 건 말할 것도 없다. 점점 궁지에 몰리고 있던 그는 내게 급히 도움을 청해왔다. 힘들 때 언제든 의지하라고 평소에 부지런히 사탕발림했던 탓이다.

"멀리서 보는 프라하가 참 아름답군."

프리드리히의 요청을 들은 나는 바로 살림살이를 빼서 탈출했다.

"내가 프라하에만 있었어도 도움을 줄 텐데, 정말 어쩔 수 없군. 안타까운 일이지만 프리드리히 전하께선 혼자 노력하는 수밖에."

"애초에 프라하에 있을 생각도 없으셨잖습니까."

"달타냥, 그대도 참 성실하군. 매번 그렇게 내 헛소리에 대답해 주는 걸 보니까."

"매번 들어도 어이없는 게 적응이 안 되니 그렇습니다."

음… 이 여자, 요즘 카운터가 늘었군.

"흠! 뮌헨으로 가자고."

나와 달타냥을 중심으로 뭉친 가신단이 발푸르기스가 있는 뮌헨으로 출발했다. 여정은 여유가 넘쳤고 아무 문제없었다. 내 표정만 빼고는.

"흐음……."

"무슨 불편한 곳이라도 있습니까? 합하."

내 침음에 달타냥이 민감하게 반응해 왔다. 이러니저러니 해도 그녀는 곁에서 나만 바라보고 있었다.

"상태창이 안 보여."

"그 뭔가…, 숫자로 몸과 무력의 상태가 표시되는 거라고 하셨죠?"

"그래, 대신격 아퀼라가 내려준 힘이지."

어찌된 일인지 얼마 전부터 상태창이 열리지 않는다.

"슬슬 견제 들어오는 거 아닙니까? 아퀼라가 영 수상하다고 하셨잖아요?"

"정말 그런 게 아닐까 모르겠어."

아직 대신격 아퀼라가 내린 다른 능력들은 건재하다. 하지만 상황을 봐서 점점 줄이거나 없애려는 게 아닐까 싶다.

"합하. 한 가지는 알겠네요."

"뭔데?"

"합하께서 아퀼라에게 받는 가호가 줄어든다는 건, 점점 그의 뜻대로 돼간다는 거겠죠."

물론 아직 확실한 건 없다. 아퀼라 본인의 말은 들어보지 않았기에 일방적인 판단일 수 있다. 하지만 좋게 생각하기엔 그 대신격은 수상쩍은 구석이 많단 말이지.

물론 상태창이 안 보인다고 해서 내 힘이 약해지거나 한 건 아니다. 일주일 전, 발버둥치는 죽음에게 후원을 받아 '멸망의 전령'이란 직업을 얻었다.

S등급 스킬인 <녹아내리는 대지>, <갉아먹는 저주>와 SS등급 스킬인 <성좌의 축복>을 사용할 수 있게 됐다. 다만 예전에 명시적으로 볼 수 있는 스킬 숙련도 같은 걸 볼 수가 없다.

아퀼라 이 새끼 진짜….

"세상에 믿을 놈이 하나도 없어. 쯧."

혀를 찬 뒤 마법으로 발푸르기스에게 연락을 넣었다.

- 발푸르기스.

- 발러? 무슨 일인가?

- 선제후 회의를 소집해 주세요. 부탁드리겠습니다.

- 드디어 황제의 붕어를 알리려는 것이냐?

현재 황제가 죽었다는 사실은 엄정한 기밀이다. 빈의 궁전은 황제의 실종에 당황하면서도 어떻게든 소문이 안 나게 전력투구 중이라고.

- 그렇습니다. 황제의 건 뿐만이 아니라, 새로운 선제후 문제로 의논할 일이 많습니다.

- 중요한 안건이 여러 개니 충분히 회의를 소집할 만하군. 드디어 선제후 자리에 오르겠구나, 발러.

- 투표 때 도와주세요.

- 당연한 일이다.

이후 발푸르기스와 잡담을 하다가 연락을 끊었다. 꿀꿀했던 기분도 그녀의 고운 목소리를 들으니 많이 좋아졌다. 콧노래를 부르며 말을 타고 가는데 갑자기 하늘이 어두워졌음을 깨달았다.

"뭐지? 벌써 저녁인가?"

마치 땅거미가 지는 것처럼 사방이 어두침침해졌다.

"아뇨, 그럴 리가요. 방금 점심을 먹지 않았습니까?"

생각해 보니 그렇다. 아직도 배 안에서는 점심때 물 대신 들이 켠 포도주가 출렁거리고 있었다. 우리 일행은 어리둥절해서 사방을 둘러봤는데, 역시 위기는 사람보다 동물이 빨리 알아챘다.

히이이이잉!

보폭이 굳건하고 순종적인 짐말들이 갑자기 앞발을 들고 일어났다. 차분하던 눈망울이 충혈돼 공포로 덜덜 떨리고 있었다.

"날뛰지 마!"

"이런! 고삐를 어서 잡으라고!"

마부들은 당황해서 말채찍을 휘둘러 봤지만 소용없었다. 흥분한 짐말들이 난리를 부려 짐마차가 넘어가기까지 했다.

"대체 무슨 일이 일어나는 거지?"

대답대신 격렬한 지진이 일대를 덮쳤다.

우르르르르릉! 콰아아아앙!

어찌나 강하게 흔들리던지 저 멀리 보이는 오래된 석재 감시탑이 흙먼지를 일으키며 와르르 무너지기까지 했다.

"수호자가 또 하나 죽은 거 아닐까요?"

달타냥의 말에 나는 고개를 저었다.

"아냐, 이번에는 느낌 자체가 다르다. 수호자가 죽은 게 아니라 종말이 시작된 거 같군."

"종말입니까…."

"그래, 무덤에서 웅크리고 있는 자가 한층 더 가까이 다가온 거겠지. 그쪽도 마냥 기다려주는 건 아니니까."

밤하늘에 별이 안 보이는 상황이라 제대로 파악이 안 됐지만, 신격들의 방어진이 무너진 게 확실해 보였다.

"이제 멸망의 카운트다운이로군."

희망이 있을지 모르겠다.

며칠 뒤 뮌헨으로 돌아온 나는 깜짝 놀라고 말았다. 도시의 성벽 한쪽이 박살나 있었기 때문이었다.

"저게 뭐야."

몸길이가 50미터는 될 듯한 마수가 부서진 성벽에 몸을 걸친 채 죽어있었다. 그 뿐만이 아니었다. 성벽 앞에도 정체불명의 거대 마수가 혀를 빼문 채 쓰러져 있었다.

놈에게서 흘러나온 피로 주변이 호수로 변해버렸다. 농담이 아니라 병사들이 나룻배를 가져와 그 위에서 이동하는 중이었다. 두 마수 근처에는 여러 사람들이 바글바글했다.

"발러!"

그때 금빛 갑옷에 금빛 날개를 가진 여성이 내 앞에 내려앉았다. 발푸르가 여신격의 화신인 발푸르기스였다.

"이게 대체 어떻게 된 겁니까?"

"모르겠다. 갑자기 마수들이 나타났다."

"부르시지 그랬어요."

발푸르기스가 대답하기 전 다른 목소리가 끼어들었다.

"우리끼리 상대할 수 있어서다. 발러, 매번 널 부르면 힘들지 않겠느냐."

하얀 수녀복에 피칠갑을 한 마리였다. 그녀는 드래곤의 뼈로 만든 자신의 쌍검을 땅에 꽂아주고는 털썩 자리에 주저앉는다.

"아이구, 힘들다."

다행히 뮌헨은 이 둘이 있어 성벽이 무너진 것 빼고는 큰 피해는 없었다고 한다.

"다른 도시는 문제가 없습니까?"

내 물음에 마리는 어두운 얼굴이 됐다.

"왜 없겠느냐. 제국 곳곳이 엉망이라 모든 교단이 힘을 합치고 있다. 섬기던 신격에게 종말의 때가 오고 있다는 경고를 받은 교단이 많다. 다들 동요가 커."

고개를 절레절레 흔들던 마리는 연락을 받은 교단은 그나마 낫다고 했다.

"신격과 연락이 끊긴 교단도 여럿이니까."

"연락이 끊겼다니 그건…."

나는 뒷말을 삼켰다. 신격들은 무덤에서 웅크리고 있는 자를 막겠다고 했다. 그 뒤로 연락두절이라면… 뻔하다.

"아무튼, 여러 교파의 정보를 취합해 보니 제국 곳곳에 마수들이 갑자기 늘어나 날뛰고 있는 모양이다. 지난번 수호자가 죽었을 때 일시적으로 마수들이 나타난 것과는 차원이 다르다. 현재 완파된 도시만 해도 트리어, 회흐스트, 하노버, 하멜른, 힐데스하임, 베르발데, 퀴스트린, 노이브란덴부르크…."

모두 이름 있는 도시인데 폐허로 변해버렸단다. 그냥 쓸려나간 소도시나 마을은 얼마나 될지 파악도 안 됐다.

"하지만 마수만이 문제가 아니니라. 발러."

나는 이렇게 목소리가 어두운 마리는 처음이었다.

"뭐가 더 문제입니까?"

"제국 북부의 여러 호수들이 산성으로 부글부글 끓어오르고 있다고 한다. 수원 곳곳이 오염되어 사람들이 고통 받는 중이다."

"물까지 오염되기 시작했다니…."

하지만 이건 시작에 불과했다. 옆에서 듣던 발푸르기스가 추가적인 소식을 알려줬다.

"괴질이나 역병이 창궐해 쓰러진 사람이 부지기수다."

문제는 민간인보다 군대의 피해가 더 크다고 했다. 군인들은 몰려있는 데다가 위생도 떨어지는 편이니까.

"뷔르츠부르크에 주둔하고 있던 헤센-카젤 방백의 군대가 역병으로 거의 해체될 지경이라 들었다."

"그건 쌤통인데…. 아니? 뷔르츠부르크면 뮌헨에서 그렇게 멀지 않잖습니까."

발푸르기스는 무거운 얼굴로 고개를 끄덕였다.

"이미 뮌헨에서도 조짐이 보이고 있다. 그뿐이 아니다. 그대의 군대에도 역병 환자들이 나타나고 있다고 한다."

"맙소사……."

군대가 망가지기 시작한 건 적아를 가리지 않는구나. 당연히 이 역병은 자연적인 게 아니라 무덤에서 웅크리고 있는 자가 가까이 오고 있다는 증거다.

"이대로라면 군대를 유지할 수 없겠는데…."

"본녀가 보기에도 군대란 점점 의미를 잃어가고 있다."

문제는 이것만이 아니었다. 나도 뮌헨으로 오면서 본 게 있다. 하늘이 침침해지고 낮이 급격히 짧아졌다. 날씨가 추워져 곳곳에 식물이 말라죽어갔다.

농가의 소문이긴 하지만 밤이 되면 전에 없던 망령들이 나타나

산 사람을 찢어죽이며 기괴한 축제를 벌인다고 했다.

재앙은 인간과 마족을 가리지 않았다.

"발러, 북쪽의 소식을 들어보니 일부 마왕들이 알 수 없는 광기에 정신이 나가버렸다고 한다. 부하들을 베어 죽이고 아무 목적도 없이 닥치는 대로 파괴하고 다닌다고 그러더군. 인간이고 마족이고 곁에 있으면 살육하고 본다는 얘기다."

"……."

"그 외에도 종말론자들이 혹세무민을 하거나, 제국 곳곳에서 약탈과 방화 등의 소요 사태가 끊이질 않는다. 다른 차원으로 이주하게 해주겠다고 거금을 요구하는 마법사들도 있고."

발푸르기스는 바이에른을 안정시키기 위해 최선을 다하고 있지만 쉽지 않다고 한다. 드디어 이 세상이 갈 데까지 가고 있다는 느낌이었다.

"근데 저것들은 왜 태웁니까? 매장하지 않고."

발푸르기스와 마리가 마수를 훌륭히 막긴 했지만 사망자가 없었던 건 아니다. 병사들이 그들의 시체를 모아 화장하고 있었다. 공성전이 벌어지는 급박한 상황도 아니고 유족이 시체를 수습하고 싶어할 텐데.

"모르는가? 날이 침침해진 이후부터 매장하면 죽은 자가 무덤을 파고 튀어나온다. 이제는 태워버리는 수밖에 없다."

"…종말 때문에 사령술사들이 모두 실직하겠군요."

"발러, 농담이 나오는가."

발푸르기스는 드물게 눈을 흘기며 날 툭 때렸다. 나는 솔직히 사과한 뒤에 검은 구름으로 가득 찬 하늘을 올려다보며 한탄했다.

"이대로라면 이 행성의 문명은 한 달도 못 버티겠군."

매서운 바람과 함께 마치 재같은 시커먼 눈발이 흩날리고 있었다.

"심각하구나."

요 며칠 사이 발푸르기스의 고운 얼굴이 펴질 줄을 몰랐다. 북방에서 계속 유민들이 내려오고 있었기 때문이다.

북쪽의 도시 상당수가 해일과 마수의 공격으로 초토화됐다. 이미 제국 북쪽의 여러 정부들은 그 기능이 마비된 상태다. 사람들은 귀족이고 평민이고 가릴 것 없이 유리걸식했다.

"큰일입니다. 바이에른도 점점 사정이 나빠지고 있습니다."

"저장한 곡식이 썩어가고 있다. 맥주는 모두 상해버렸지. 이래서는 어찌할 도리가 없구나."

바이에른은 전대부터 부유했다. 발푸르기스의 치세 중에도 그녀의 꼼꼼한 살림살이 덕에 창고에 물자가 가득 차 있었다.

한데 저절로 그것들이 썩고 상하기 시작하자 대책이 없었다. 자연의 법칙과 상식은 며칠 사이에 옛말이 됐다. 무덤에서 웅크리고 있는 자에서 흘러나오는 어둠의 기운이 모든 걸 망가뜨리고 있었다.

"원래 대기근이라고 해도 어떻게든 버티는 법입니다. 풀뿌리라도 캐먹으며 질기게 살아가죠."

지구 역사상 최악의 기근이었던 아일랜드 대기근조차 인구의

7/8은 살아남았다. 당시 아일랜드인은 하도 먹을 게 없어 평소에 입에도 대지 않던 해초까지 씹었다고 한다.

극한의 상황이었지만 자연의 도움으로 어떻게든 연명했던 거다. 하지만 그 자연조차 배신해 버린다면 어떻게 할까?

휘이이이잉-.

성벽 위에서 보자 저 멀리서 모래바람이 일어나고 있었다. 그리고 시커먼 바람이 꿈틀거렸다. 바람이라 표현했지만 실제로 메뚜기 떼였다.

갑자기 기형 메뚜기 떼가 무수히 창궐해 모든 닥치는 대로 먹어 치우고 있었다. 그들이 지나간 곳에는 풀잎 하나도 남지 않을 정도였다.

"아직은 어떻게 버티고 있습니다만, 일주일만 지나면 아사자가 나오기 시작할 겁니다."

"그 후에는 걷잡을 수 없겠지. 아사자가 기하급수적으로 늘어날 게 뻔하다."

티 하나 없이 깨끗하던 발푸르기스의 눈가에 다크서클이 확연했다. 군주로서 고뇌가 느껴졌다.

"발러, 백성들이 자식을 잡아먹고 부모를 버리는…. 그런 천륜을 저버린 꼴을 보고 싶지 않구나. 하지만 이대로라면 그렇게 되겠지. 길가에는 병과 굶주림으로 죽은 시체가 너무 많아 치우지도 못할 거다."

발푸르기스는 영명한 군주였기에 낙관적 예측 대신 상황을 정확히 그리고 있었다. 맞다, 내 장담하는데 다음 주 주말 정도면 인육시장이 생길 거다.

"걱정 마시길. 그런 일은 제가 막을 테니."

나는 그녀의 손을 꽉 잡아줬다.

"자, 이제 선제후 회의가 있으니 가볼까요? 종말은 종말입니다만, 제국의 일도 중요한 법이지요."

어차피 망할 테니까 제국 따위 어떻게 되든 알 바 아니라고 놔둘 순 없다. 결국 마지막에 승리할 수 있다는 믿음 아래 할 수 있는 일을 계속해나가는 수밖에.

새삼 비록 내일 지구의 종말이 온다고 하더라도 나는 오늘 한 그루의 사과나무를 심겠다는 말이 와 닿았다. 종말을 경험해 보지 못했을 때는 그게 바보 같은 소리라 여겼는데, 직접 겪어보니 현명하단 생각마저 들었다.

희망이란 건…, 비록 좋아하지 않더라도 마지막까지 놔서는 안 될 것이기에.

그날 선제후 회의가 열렸다. 이번에는 특이하게도 마법을 사용해 화상회의를 하는 것처럼 모였다.

선제후 회의는 투표를 하게 되니 마법을 지양하고 직접 만나 확인하는 게 관례였으나 비상시니 어쩔 수 없었다.

이날 회의에서 중대한 안건들이 처리되었다.

첫 번째로, 불의 마왕의 가짜 딸과 결혼한 트리어 선제후의 아들 레온이 아버지의 자리를 물려받았다. 그는 파탈레 몬스트룸이 돌아오자 자기 신부가 가짜란 논란에 휘말렸는데, 숨겨둔 쌍둥이

여동생이었다는 식으로 대강 넘어갔다.

이미 가짜 공주는 아들까지 낳았은 데다가 남편이 확고부동한 후계자였기에 거기 시비를 거는 인원은 없었다.

두 번째는 강철선제후라 불렸던 필립이 팔츠 선제후 자리에 복귀했다. 이미 보헤미아 왕 프리드리히는 지는 해였다. 필립의 복위에 반대하는 이는 없었다.

세 번째로 나 발러슈테드가 새로운 선제후의 자리에 올랐다. 작센 선제후는 폐지되고 비텐바이어 선제후가 새로 생겨났다.

마지막 네 번째로 황제의 붕어 소식을 알리고 새로운 황제를 뽑으려 했으나, 이건 실패했다. 황제의 죽음에 선제후단은 충격을 받았고 차기 황제 문제는 뒤로 미뤄졌다.

"제국을 위해서라면 이 자리에서 결정을 보는 게 좋습니다."

내 의견에 대개 동의했지만 다들 여력이 없었다. 영지는 엉망인 데다가 새로운 황제를 누구로 뽑을지에 대해서도 의견이 갈리고 있었으니까.

선제후들은 피곤에 젖은 얼굴이었다. 정치적으로 노련한 그들조차 지금 같은 시절에는 수심을 감출 수 없는 것이겠지.

"이 문제는 그럼 다음 회의로 미루겠습니다."

새로운 황제가 나와야 제국이 건재하다는 걸 보여줄 수 있겠지만, 강하게 밀어붙이지는 않았다.

이제 와서 제국이 무슨 소용인가. 새로운 선제후들이 뽑힌 것만해도 제국을 유지할 최소한의 질서는 확보한 셈이다. 원래 제국을 지탱하는 건 황제가 아니라 선제후라 불리는 일곱 기둥들이었으니까.

"회의는 이걸로 해산하겠습니다."

이 정도 결과를 이끌어 낸 것만 해도 대단한 일이었다. 모두가 떠나는 와중에 나는 마인츠 선제후에게 눈짓을 보냈다. 그러자 그의 환영이 남았다.

"마인츠 대주교님."

"말씀하시오, 공작."

"직접 만나서 말씀드릴 중요한 얘기가 있습니다. 현재 사태에 대해서 말입니다."

"흐음……."

마인츠 선제후는 이번 일이 단순한 재난이 아니라는 걸 알고 있을 거다.

"제국… 아니, 세계를 구할 유일한 방법이 있습니다. 함께 상의하고 싶은 내용이 많습니다."

그는 수호자다. 어떻게든 설득해서 수호자의 위를 포기하게 만들어야 한다.

"직접 찾아뵙지요. 언제가 적당하겠습니까?"

"흐음… 영지의 위난이 긴급하오이다. 사흘 뒤에 괜찮겠소? 지금은 수습할 일이 많구려."

"알겠습니다."

사흘 뒤.

그림자 차원이동을 써서 마인츠로 출발했다. 마인츠는 경건한 도시기에 이런 어둠의 힘을 써 도시 안으로 들어가면 큰 실례가 될 수 있었다. 그래서 도시 외곽으로 갔는데 비참한 광경을 목도했다.

위잉. 윙. 윙.

가도를 따라 수많은 시체들이 널려있고 무수한 파리 떼가 날아다녔다. 여기저기서 쥐떼가 사람의 시체를 파먹고 있었다. 몸 여기저기 구멍이 난 시체에선 쥐굴처럼 쥐떼가 드나들었다.

입술을 절로 깨물 수밖에 없었다. 고명한 구마축사의 대주교가 돌보는 도시까지 이런 지경에 이른 건가.

죽지 않은 자는 전염병과 굶주림으로 길바닥에 쓰러져 하늘만 바라보고 있었다. 구강으로 파리가 들어갔다 나왔다 하고 있었지만, 입을 멍하니 벌린 채 하늘만 바라볼 뿐이다.

"비켜!"

"꺼지라고!"

갑자기 소란이 일었다. 땅을 파서 개미를 집어먹던 자들이 개미 알을 무더기로 발견한 것이다.

사람들은 서로 주먹을 휘두르며 개미 알을 먹겠다고 난리였다. 어른들이 그리 싸우는 틈에 애들이 영리하게 돌아다니며 땅바닥의 개미 알을 주워 먹고 있었다.

"이렇게 빨리 악화되다니…."

저장해 놓은 식량만 먹을 수 있었어도 이렇지는 않을 거다. 지금 제국의 제후들은 구휼을 하고 싶어도 밀이 썩어서 본인들도 굶고 있었다.

"필리, 이 사태를 내가 어떻게든 해결해야 해."

오랜 애마의 목을 쓰다듬으며 마인츠 안으로 들어갔다. 이 도시의 화려하고 고풍스러운 모습도 비참함을 가리지 못하고 있었다.

"비텐바이어 선제후다."

"어서 오십시오. 고귀하신 전하."

선제후의 궁전에 다다르자 하인들이 날 부산히 맞이했다. 아직 궁전의 사람들은 그래도 안색이 괜찮았다. 어떻게든 밥은 먹는 모양이구나.

"제가 안내하겠습니다. 전하."

필리를 맡긴 채 궁전 안으로 들어갔다. 안내 받은 곳은 궁전 안에 있는 대예배당이었다. 거기서 마인츠 선제후가 혼자 기도를 올리고 있었다.

나는 방해하기 싫어 그의 근처에서 조용히 기다렸다. 한참 뒤에 마인츠 선제후가 먼저 입을 열었다.

"구해달라고, 구해달라고 매일 기도 중이오."

"그렇습니까."

"한데 어찌된 건지 빛의 신격 마르가께서 응답이 없으시오. 심지어 그분의 사제들에게 내리던 신성력까지 끊겼소. 교단이 세워진 이래 전대미문의 사태요."

어쩐지 성직자들이 많은 도시인데 마인츠의 몰골이 비참하다 싶었다. 아마 빛의 신격은 사망했을 거다.

"유감입니다."

"그렇소, 진정 유감스러운 일이지."

"어려운 시기입니다."

내 영지들도 예외는 아니었다. 재상인 리슐리외가 최선을 다하고 있었지만 매일매일 시체를 치우는 중이다. 사람들은 아침부터 밤까지 먹을 것에 대해 얘기했다. 그리고 꿈속에서도 빵을 찾아 헤맸다. 하지만 입에 넣을 건 아무 것도 없었다.

"할 말이 있다고 했잖소. 여기 앉으시오."

우리는 예배용 장의자(長椅子)에 나란히 앉았다. 마인츠 선제후는 성호를 그으며 여전히 예배당의 성물을 쳐다보고 있었다. 빛의 신격답게 햇살을 형상화한 화려한 금제 성물이었다.

분명 신의 위엄에 어울리는 것이었지만, 저 성물로 찬양받던 주인은 이미 죽고 없겠지.

"지금 이 사태가 종말이란 건 아십니까?"

"그렇다는 얘기가 돌더이다. 자세한 사정은 모르겠지만."

"무덤에서 웅크리고 있는 자가 리켄티아투스로 접근하고 있습니다."

나는 차분히 사정을 풀어 설명했다. 긴 얘기였다. 마인츠 선제후는 입을 꾹 다문 채 묵묵히 모든 걸 들었다.

"이 사태를 해결하기 위해서는 발버둥치는 죽음의 봉인을 풀어 둘이 리켄티우스 밖에서 싸우게 해야 합니다."

"크흠……."

급진적인 얘기가 노쇠한 성직자의 심기를 거슬리는 것 같았지만 꼭 해야만 하는 얘기였다.

"만약 이 행성이 싸움터가 되면 그때는 감당할 수 없습니다. 이미 신격들은 패했습니다. 섬기는 이와 연락이 안 되는 건 마르가 교단뿐만이 아니겠지요."

한참 고민하던 마인츠 선제후는 수호자에 물었다.

"남은 수호자는 셋이라고 들었소. 그대와 나, 그리고 나머지 하나는 누구요?"

"동쪽 숲의 요정군주인 엘룬그라실입니다."

"하면 그 셋이 수호자를 포기하면 발버둥치는 죽음이 풀려난다는 것이오?"

"맞습니다. 그것만이 유일한 희망입니다. 더 이상 무덤에서 웅크리고 있는 자가 다가오면 이 행성에 남아나는 건 없을 테니까요."

내 얘기에 마인츠 선제후는 깊은 고민을 하더니 자리에서 일어났다.

"꽤 그럴 듯한 얘기였소."

안 좋은 예감이 스쳤다.

"대주교님."

그는 고개를 설레설레 저었다.

"본디 난세에는 그대와 같은 협잡꾼이 설치기 마련이오. 이건 신격들의 시험이오. 자신을 섬기는 이의 신실함과 수호자의 사명을 확인해 보기 위한!"

미치겠군. 그렇게 결론을 내린 건가.

설마 마인츠 선제후가 이런 꼴통이었을 줄이야. 하지만 이해가 가지 않는 것도 아니었다. 그는 일생을 빛의 신격을 섬기며, 수호자의 의무 속에서 살아왔다.

한데 빛의 신격이 죽었고 수호자의 의무도 포기해야 한다면 쉽게 받아들일 리가 없겠지. 그런 가혹한 진실을 거부하려면 당연히 나를 매도해야 하는 거고.

"발러슈테드! 그대는 진정으로 사악한 자요. 종말이란 신들의

구원으로 극복할 수 있는 법! 어찌 감히 어둠의 대군을 풀어놓자
는 망발을 하시오!"

역시 이런 보수적인 자에게 어둠의 대군을 풀어놔 세계를 구하
자는 의견은 꼴통처럼 들렸나 보다.

"후우⋯."

긴 한숨이 나왔다. 사실 협상이 결렬될 걸 예상하고는 왔지만
막상 이런 결과를 맞이하자 속이 쓰렸다.

쿵.

그때 대예배당의 문이 열리며 무장한 자들이 우르르 몰려왔다.
마인츠의 유명한 성직기사단인 '수레바퀴 기사단'이었다.

기사단장은 제국12궁으로 유명한 모하치의 기사왕 '루트비히
2세'다. 망국의 마지막 왕으로 모하치란 곳의 격전에서 유일하게
홀로 살아남았다.

하여 그는 자신의 나라가 끝장난 모히치의 이름을 따 모히치의
기사왕이라 불린다. 이후 떠돌던 그는 마인츠에 정착해 속세의 괴
로움을 내려놓고 신께 서원해 모든 걸 바쳤다.

"이거 처음부터 준비를 하고 있었군."

마인츠 선제후와 다툼이 일어날 건 예상했다. 하지만 기사단을
준비해서 함정을 파고 있었을 줄이야.

"사실 본인은 거기까지 생각하지 못했지. 하지만 현명한 친우
의 도움을 받았소."

"누군가 당신을 부추겼군요. 대주교님."

그게 누구냐고 물어볼 필요도 없었다. 기사단이 좌우로 갈라지
고 멋들어진 생김새의 사내가 등장했기 때문이었다.

"이게 누구신가."

내 입에서 절로 으르렁 거리는 소리가 나왔다. 그는 예절 바르게 내게 인사해왔다.

"고귀하신 비텐바이어 선제후 전하."

이쪽과 앙숙이라 할 수 있는 헤센-카젤 방백이었다. 친 황제파였던 그는 내가 마왕 파르자를 죽여 빼앗은 뷔르츠부르크를 털어먹기까지 했던 자다.

단단히 손을 봐주려고 벼르고 있었는데, 전염병으로 망해서 고향으로 돌아갔다고 들었다. 한데 설마 마인츠로 와 선제후와 작당하고 있었을 줄이야.

그의 곁에는 대단히 고강한 기운을 뿜어내는 강자 둘이 있었다. 맹인검객 '피터 폰 단찌히'와 임기응변의 대가인 '미카엘 훈트'였다.

둘 다 제국12궁에 이름을 올린 절정의 검객으로, 헤센-카젤 방백이 내게 대항해 온 힘의 근원이기도 했다. 저 둘을 믿고 그간 설치고 다녔다고 할까.

"방백, 아주 날을 잡았군."

대예배당에 포진한 진영이 실로 호화로웠다. 제국12궁 중 셋이 모인데다가 그 유명한 수레바퀴 기사단이 거의 전부가 온 것 같았다. 그 외에 마법사들도 듬성듬성 보였다.

이 정도 전력이면 서열 1위 마왕 칼투스가 와도 갈려나갈 정도겠는 걸. 마왕 오드가쉬가 아니면 제국에서 이걸 돌파할 자는 없다고 봐도 좋겠지.

특히 저 모하치의 기사왕은 마리랑 동수를 이룰 정도의 절대강자니까.

"전하, 당신의 사악한 행보도 오늘로 끝입니다. 전하의 패배로 제국의 재난도 끝이 나겠지요. 물론 수호자의 위치에 계시니 죽이지는 않겠습니다. 그저 먼 섬의 수도원에 모시지요."

"멍청한 놈. 설마 종말이 나 때문이라고 주장하려는 거냐?"

헤센-카젤 방백의 말에 나는 눈살을 찌푸렸다. 저 쓰레기는 사태의 본질을 볼 생각은 안 하고 그저 자기 유리한 대로 이용하고 있었다.

뭐가 영웅인가. 평소 헤센-카젤 방백이 영웅이라 불리는데 불만이 많았는데 오늘 보니까 진짜 아니었다.

"그럼 아닙니까? 전하의 온몸에 어둠의 기운이 넘실거리는 건, 정의로움을 가슴에 품고 있는 자라면 모두 알고 있습니다."

확실히 그건 그렇다. 어둠의 존재들에게 후원을 받고 있으니 내겐 사이한 기운이 강하다. 나를 악으로 규정하고 선동하기엔 딱이겠지.

"악? 크크크…."

비웃음이 절로 나왔다. 이렇게 된 이상 가장 먼저 예의를 버렸다. 내가 가진 것 중에 그게 가장 쓸모없으니까.

"자기 신격이 뒤진 줄도 모르는 멍청한 놈들이 감히 누굴 악이라고 규정하는가?"

내 말에 성직기사들이 분통을 터뜨렸다.

"역시 악마다!"

"저런 참담한 말을 하다니!"

"마르가 님께선 건재하시다! 우리를 시험하실 뿐!"

그들의 외침에 나는 발걸음을 떼 태양을 형상화한 성물이 있는 곳으로 다가갔다. 앗! 하는 외침이 터져 나왔지만 내 무력을 알고 있기에 쉽게 나서는 이는 없었다.

"봐라, 이 새끼들아."

나는 성물을 두 손을 쥐고는 머리 위로 들어올렸다. 다들 놀라서 어쩔 바를 모르고 있었다. 이 안에는 과거 빛의 신격 마르가가 강신해서 남겨둔 그의 머리칼이 들어있다고 한다. 교단에서 애지중지하는 거다.

하지만 나는 그걸 있는 힘껏 대리석 바닥에 던져버렸다.

카앙! 와장창!

요란한 소리와 함께 금제 성물이 박살이 났다. 나는 거기 침을 퉤 뱉으며 말했다.

"너희 신은 뒤졌어. 병신들아."

내 말에 다들 큰 충격을 받은 얼굴이었다. 하지만 바로 격렬한 고성이 터져 나왔다.

"저게 미쳤나!"

"빛의 신격께서 죽었다고! 헛소리!"

"죽여라! 신성 모독이다!"

그들로서는 도저히 참기 어려운 소리겠지. 하지만 흥분한 대부분과 다르게 마인츠 선제후의 표정은 침통했다.

그는 구마축사의 대주교라 불리며 직접 빛의 신격과 소통하던 자다. 아마 짐작하는 바가 있으리라.

"대주교! 무엇이 진정 이 리켄티아투스를 위한 길인지 생각하라!"

내 외침에 그의 얼굴에 고통이 스쳐지나갔다. 하지만 이내 고개를 설레설레 내젓는다. 역시 그렇게 결정하는 건가. 하긴 유연한 사고를 발휘할 자였으면 애초에 이런 사달이 나지 않았겠지.

"기사단은 들어라!"

마침내 마인츠 선제후가 결정을 내렸다.

"명을 듣습니다!"

우렁차게 외치며 답하는 수레바퀴 기사단. 그 외에 제국12궁이라 불리는 강자들도 저마다 안광을 빛내고 있다. 역시 절정의 실력자라 그런지 그 눈빛이 찌를 듯 날카로웠다.

"비텐바이어 선제후의 신성모독은 도를 넘었다. 즉각 마르가의 이름으로 심판하라!"

"명을 받듭니다!"

고성과 함께 기사단이 달려드는 게, 흡사 맹견이 뛰쳐나오는 것 같았다. 입에 거품을 물 정도로 흥분한 개가 주인이 목줄을 놓자마자 달리는 듯한 기세였다.

사방에서 중무장한 성직기사들이 덮쳐오는 와중에도 난 침착했다. 아무래도 여기선 위엄을 보이는 게 좋겠지. 나는 진신을 드러낸 뒤 샤프리히터를 소환했다.

콰아아아앙!

단지 힘을 개방한 것만으로도 사방에 있던 장의자가 우르르 날아갔다. 달려든 기사들 역시 쓰러진 이가 여럿이었다.

"아니!"

"모습이 변했어?"

그들은 내 존재감에 당혹스러워했다. 맹견이라고 해봐야 호랑이를 보면 꼬리를 말고 마는데 딱 그 꼴이었다. 방금의 그 기세는 온대간대없고 다들 주춤거렸다. 그야말로 신화 속 인물을 보는 듯한 느낌을 받고 있기에 모두 멈춰버린 거다.

"오지 않는가? 그러면 이쪽이 가지."

바로 샤프리히터를 바닥에 내리찍었다.

콰아아아아앙!

폭발이 일어나며 몰려든 성직기사들이 일제히 쓰러졌다. 대예배당의 양쪽 석재 벽도 굉음과 함께 터져나갔다.

우르르르! 콰아앙!

마치 마왕 오드가쉬가 살아 돌아온 것 같은 힘이었다. 아니, 그 이상이다.

"실례하겠소."

그때 앞쪽에서 정중한 목소리가 들려왔다. 순간 빛이 번쩍였는데 이미 검끝이 내 가슴팍을 찌르고 있었다.

대단한 기술이었다. 검을 찌른 자는 맹인검객 피터 폰 단찌히. 20미터쯤 앞에 있었음에도 그의 검은 여기까지 닿았다. 검을 엿가락처럼 늘린 건 아니라 그가 가진 검의 의지가 발현된 것이다.

검객으로서는 최고급 기술이라 미처 피할 틈도 없었다. 의지만으로 닿기 때문에 귀신의 발걸음으로 회피는 불가능하다.

푸욱!

단번에 가슴이 관통되고 피가 튀었다.

"훌륭하군."

저 맹인검객은 제국에서 손에 꼽을 정도로 위대한 자다. 보통 검술 대가라도 내 진신에 상처하나 내지 못할 테니까. 하지만 상대가 더 놀란 듯했다.

"그대로 상체가 날아가야 정상인데… 작은 구멍이라니? 이런 바보 같은!"

실제로 내 가슴에 난 상처는 크지 않았다. 인류용사의 힘으로 금방 재생시켜버렸다.

"아깝게 됐구먼."

내가 입꼬리를 올리자 맹인검객은 자존심이 상했는지 팔을 걷어붙이고 앞으로 나섰다.

"좋소! 이 노부가 가진 최고의 기예를 펼쳐보이리라!"

저 명성 높은 맹인검객의 기술이라면 필히 대단하겠지. 나도 예의상 조금 대비해 볼까?

"크아아압!"

맹인검객의 눈이 갑자기 떠지며 그의 백안이 마력으로 불타오르기 시작했다. 저건 대체 무슨 검술인지 이해를 못하겠지만 실로 고강한 수법이란 건 알겠다.

번쩍.

살짝 빛이 눈가를 찌른다 싶었던 그때 거대한 검이 머리 위에서 떨어져 내리고 있었다. 이 정도라면 거인도 단번에 갈라버릴 정도의 일격이었다.

콰아아앙!

하지만 그 공격은 부질없이 막혀버렸다. 내가 맨손으로 받아냈으니까.

카앙!

손아귀에 힘을 주자 거검이 허무하게 부러져나갔다.

"크악!"

충격을 받았는지 맹인검객은 입에서 시커먼 피를 토해내며 뒤로 쓰러졌다.

"이런 말도 안 되는!"

"맨손으로 막았다고!"

지켜보는 이들은 어쩔 바를 몰라 했다. 그때 한 기사가 날 가리키며 소리쳤다.

"어둠의 힘이다! 역시 사악한 힘을 끌어오는 거야!"

아닌 게 아니라, 내 한손에는 시커먼 기운이 넘실거리고 있었다. 확실히 어둠의 힘이긴 했다. 발버둥치는 죽음의 후원 덕에 얻게 된 <성좌의 축복>이 발현한 거니까.

성좌의 축복은 전체적인 스탯 상승 외에도 자기보다 격이 낮은 상대에게 일정시간 동안 절대적인 우위에 서게 해준다.

저 맹인검객의 솜씨가 실로 일절이었으나 나보다 격이 낮아 공격이 전혀 먹히지 않은 거다.

"역시는 그대는 악이오!"

마인츠 선제후의 말에 나는 혀를 찼다.

"그래, 발버둥치는 죽음의 봉인을 풀려는 나는 악일지도 모르지. 하지만 생존에는 선도 악도 없는 법이다."

나는 죽음을 원하지 않는다. 행성의 파멸은 더더욱 싫다. 그 당연한 행동에 빛과 어둠을 찾을 셈인가, 이 멍청이들은.

"됐다! 이제 지겹다! 너희 같은 송사리들을 상대하는 건!"

단번에 상황을 정리하기로 했다. 내 비록 기세에서 압도하고 있으나 적의 역량도 만만치 않다. 특히 저 모하치의 기사왕은 마리와 동급의 강자다. 무슨 꿍꿍이를 숨겨두고 있을지 짐작도 안 된다.

게다가 이곳은 저들의 심장부. 증원이 계속 올 수 있기에 시간 끌어봐야 좋을 거 없지. 쉽게 쓸어버릴 수 있는 데 치고받고 싸우는 건 취향도 아니고.

"아무리 당신이 대단해도 사지가 성하게 여길 나갈 수 없을 거요."

모하치의 기사왕이 앞으로 나서며 검을 뽑는다. 역시 절대강자의 자신감이 느껴졌다. 하지만 그런 그조차 날 상대로 승리하겠다가 아니라 팔이라도 하나 자르겠다고 태도를 바꾸고 있었다. 주변에 있는 자들은 눈치채지 못한 거 같지만.

"기사왕이여. 혹시 자기 검에 찔려본 적 있나?"

"누굴 바보로 아시오? 처음 검을 쥐던 시절에 실수로 다친 적은 있소. 살짝 베인 게 다지."

"하긴 그렇겠지. 좋다, 그러면 오랜만에 자기 칼에 당하는 느낌을 되살려주지."

"뭐?"

하지만 모하치의 기사왕은 더 말하지 못했다. 마치 빙결주문이 발동한 것처럼 주변의 시공이 회색빛으로 얼어붙기 시작했기 때문이다.

파지직. 쩌억.

이곳 모두는 굳어버린 자세로 회색빛 속에서 멈춰버렸다. 색깔을 가지고 숨을 쉬는 건 오로지 나뿐이었다.

바로 내 SSS등급 스킬 <원형시간축 정지> 때문이다.

시간을 멈추는 건 신적 존재의 힘이다. 본래라면 인과율에 걸려서 함부로 쓰지 못한다. 내 진신은 인간과 신격 사이의 애매한 곳에서 인과율을 회피하고 있으나 SSS등급 스킬까지 그런 건 아니다.

물질계에서 시간을 멈추는 건 인과율을 감당해야 할 일이지만 지금은 그 인과를 집행하거나 이용할 신적 존재가 없었다.

리켄티아투스의 신격들은 어디로 간지 보이지도 않고 발버둥 치는 죽음이나 무덤에서 웅크리고 있는 자는 내가 시간을 멈춰도 신경 쓰지 않는다.

어차피 짧은 시간이니 맘대로 하게 내버려두는 느낌이랄까.

저벅저벅.

나는 멈춰버린 시간 속에서 산책이라도 하는 것처럼 차분히 걸었다. 그리고 모하치의 기사왕 앞에 서서는 그의 검을 빼앗아서는 심장에 박아줬다.

푸욱!

단번에 검이 기사왕의 심장을 관통해 들어갔다. 그리고 양팔을 촉수로 변형시킨 뒤 단번에 다른 제국 12궁의 이마를 뚫어버렸다.

푹! 푹!

헤센-카젤 방백 역시 마찬가지로 처리했다. 나머지 기사들에게는 샤프리히터의 능력인 <산 무너뜨리기>, <심연의 우레>를 사용했다. 모두 마왕 오드가쉬가 전매특허로 썼던 강력한 파괴 마법이었다. 그렇게 주문을 발동해 놓고 내 자리로 돌아왔다.

"슬슬 시간이 됐겠군."

아직 SSS등급 스킬은 오래 유지하지 못한다. 슬슬 감으로 이 정도다 싶었는데 딱 맞게 시간정지가 풀렸다.

콰아아아앙!

쿠아아아! 쿠아아앙!

시간이 풀리자마자 세팅해 놓은 파괴마법들이 인정사정없이 작렬했다. 폭음과 함께 모인 기사들의 몸이 터져 허공에 날아다녔다. 사방천지에 사람의 조각난 몸뚱이들뿐이었다.

기이이익.

잘린 사람의 손이 든 건틀렛 하나가 대리석을 긁으며 밀려오더니 내 발 앞에 멈췄다. 나는 그걸 들고 주인이 누구냐고 물었다.

"아직 살아있다면 말이지."

하지만 내 말에 대답하는 이는 아무도 없었다. 기사들은 전멸했고 제국 12궁중에 2인은 이마에 바람구멍이 나서 죽었다. 마인츠 선제후와 모하치의 기사왕만이 살아있었다.

"크윽!"

금빛의 멋진 갑옷을 입은 모하치의 기사왕은 몸을 부르르 떨어댔다. 심장이 뚫렸으니 오래 살진 못하겠지. 그의 면갑 숨구멍으로 역류한 피가 줄줄 쏟아져 나오고 있었다.

"어떤가? 자기 검에 찔려본 기분이."

"크으윽! 이 대체 무슨… 짓을."

참 원통한 목소리라 설명해 주고 싶었지만 이제 그에게 영 관심이 가지 않았다. 그를 무시한 나는 망연자실하는 마인츠 선제후 앞에 섰다.

대체 무슨 일이 일어난 건지 모르겠다는 듯 얼이 빠져있었다. 아무리 수호자라고 해도 이 정도 사태를 겪으면 그럴 수밖에. 지금 내가 보여준 힘은 인세의 규격이 아니니까.

"…시, 시."

마인츠 선제후는 덜덜 떨고 있었다. 뭐라고 하려는 건지 모르겠다.

"…시, 시."

나는 차분히 기다려줬다.

"…시, 신격이십니까?"

그 말을 하고 싶었군. 나는 히죽 웃을 수밖에 없었다.

"그렇다면 어쩌겠나? 이것이야말로 그대가 좋아하는 신의 뜻이 아닌가?"

"아, 아무리 신격이라고 해도 어둠의 대군을 깨워서는 안 됩니다…. 이건 뭔가 잘못됐습니다."

"아직도 얌전히 수호자의 힘을 포기할 생각이 없나?"

"그렇습니다. 빛의 신격 마르가 님의 율법에 따라……."

뭐, 그렇다니 어쩔 수 없군.

"됐네. 나 역시 두 번 권할 생각은 없으니."

이야기 속의 근사한 영웅이라면 그를 설득했을지도 모른다. 포기하지 않고 함께 가겠지. 하지만 난 다르다.

"아무리 당신이 신적 존재라 해도 도를 넘었습니다."

"그러면 그냥 파멸을 맞이하는 게 옳단 말인가?"

"죽음은 끝이 아닙니다…. 빛의 신격 마르가께서 영원한 구원을……."

"크크크하하하핫! 크하하하하!"

영원한 구원이란 말에 나는 참지 못하고 웃음을 터뜨렸다. 입가가 절로 씰룩거린다. 얼굴에 지독한 경멸이 떠오르려고 해서 참느라 혼이 났다.

"죽음 후에 뭐가 있는지 알고는 하는 소린가?"

"…사람은 죽음 후에 믿는 신격께서 만든 영원의 세계로 가게 됩니다. 죄지은 자는 추락해 심판을⋯."

"크크큭."

"왜 비웃으십니까? 하늘에 우리가 오를 곳이 있다는 건 분명히 증명된⋯."

이런 멍청이를 보겠나. 이 행성에 있는 인류문명의 수준은 결국 이 정도였다. 대주교라고 불리는 자도 세계의 진실에 대해 조금도 몰랐다.

"분명 저승이란 게 있지. 하지만 그게 뭔지 아는가? 그 크기를 짐작할 수 없이 거대한 우주라는 어두컴컴한 바다에 떠있는 작은 조각배 같은 거야. 언제 뒤집힐지 모를 정도의."

저승이란 신격이 만든 임시 피난처일 뿐이다.

"본래 사람이 죽으면 그 영혼은 우주의 어둠 속으로 빨려 들어간다. 어둠의 대군의 먹이가 될 뿐이지. 우리는 애초에 그걸 위해 만들어진 존재이고."

"말도 안 됩니다!"

"부정해도 상관없다. 애초에 왜 우주적 존재들이 우리 같은 부류가 각자의 행성에서 기생하도록 허가해 줬을 줄 아는가? 바로 수확을 위해서야. 인간은 밀을 심지만 어둠의 대군은 행성에 우리 같은 존재를 심지. 그리고 그 영혼을 포식한다. 인간은 죽으면 우주의 어둠 속에 빨려 들어가도록 되어 있지."

마인츠 선제후는 믿을 수 없다는 듯 고개를 흔들었다. 하지만 내 입에서 흘러나오는 가혹한 진실은 멈추지 않았다.

"애초에 어둠의 대군들이 허락하지 않았으면 우리 같은 존재는 탄생하지도 못했다."

"그게 무슨 소리십니까."

"보라, 이 우주를! 우주에는 헬륨과 수소가 있지. 그리고 이 리켄티아투스를 보라. 산소와 질소가 공기 속에 존재한다."

상대는 내 말을 알아듣지 못하는 듯했으나 상관없었다.

"이 근본 요소들이 어디서 온 줄 아나? 바로 별의 죽음에서 온다. 별의 내부에서 핵융합으로 형성된 것들이 별의 폭파와 함께 우주로 흘러나온 것이다."

나는 마인츠 선제후의 가슴을 손가락으로 찔렀다.

"그대의 폐에 들어있는 산소, 그대의 DNA에 들어있는 질소. 이 모든 게 죽은 별의 유산이다. 우리는 시체를 양분 삼아 번성하는 구더기와 다를 바가 없단 거다. 실제로 우주적 존재들은 그렇게 보고 있고!"

우리의 탄생은 어둠의 대군들이 수확을 위해 허락했던 일들을 기원으로 하고 있단 소리였다.

"설령 그렇다고 해도 신격들께서 우리를 지켜주실 겁니다. 방금 말씀하시지 않았습니까? 우주 위에 떠있는 배라고."

"크흐흐, 상납이 있었다. 아둔한 자여."

"…사, 상납이요?"

"어둠의 대군이 그런 불쾌한 조각배를 괜히 봐준 줄 아는가? 정기적인 상납이 있었다. 신격들은 지옥에 떨어진 영혼이나 천국에서 문제를 일으킨 영혼을 처리하기 위해 어둠의 대군에게 넘겨줬지. 참으로 더러운 거래가 아닌가?"

마침내 마인츠 선제후는 말을 잃어버렸다.

"신격이란 결국 어둠의 대군을 위한 농장관리인일 뿐이야. 주인에게 줄 곡식을 선인이니 악인이니 하는 자기 기준대로 멋대로 분류해왔던 거지."

아니면 저승은 어둠의 대군이 보기에 보험이나 저금통 같은 걸지도 몰랐다. 미래를 위한 꿀단지랄까.

나는 두 손을 올리며 소리쳤다.

"그 위대한 신격이 있으면 나와 보라고 해! 신들이여! 여기 불경하기 짝이 없는 신성모독자가 외치고 있으니 천벌을 내려 보라!"

내 목소리가 대예배당을 쩌렁쩌렁 울렸다. 당연히 응답은 없었다. 그럴 테지. 방어선이 뚫린 뒤 신격들은 다른 차원으로 도망갔는지 종적이 묘연하니까.

"아직도 내 얘기를 못 믿겠나?"

"……세계가 그렇게 절망적일 리가 없습니다."

퍼억!

대답대신 내 손이 단번에 마인츠 선제후의 흉부를 관통했다. 뚫고 나온 손에는 그의 심장이 쥐어져 있었다.

쿵. 쿵.

그 심장은 마치 처참하게 우는 것처럼 피를 뿜어내고 있었다.

"하면 죽어서 보게나. 영겁의 파멸과 우주의 공포를."

백날 설명해 봐야 소용없다. 역시 직접 보는 게 최고지. 죽음 이후 인간에게 찾아오는 운명이 얼마나 가혹한지 절감하도록.

"그대는 정말 안타깝군. 혹시 내가 만들지도 모르는 구원을 볼 수 없을 테니."

마인츠 선제후는 뭐라고 하려는 듯 입을 달싹달싹 거렸으나 끝내 아무 말도 못 한 채 절명하고 말았다. 멍하니 벌어진 채 흰자위만 드러낸 눈이 비참함을 더했다.

그는 이제 우주의 어둠 속으로 빨려 들어가게 된다. 그가 섬겼던 신격이 만들었던 저승은 이미 붕괴돼 난리가 났을 테니까.

번쩍.

영혼이 사라지고 수호자의 힘이 내게 흡수되며 광채를 발했다. 하지만 이쪽 감상은 영 심드렁하기 짝이 없었다.

"음… 소소하군."

크게 의미있는 힘은 아니었다. 빛의 신격 마르가의 사망 이후 구마축사의 대주교는 껍질만 남은 셈이었으니까.

와르르르. 콰앙!

대예배당이 와르르 무너지기 시작했다. 머리 위로 큼직한 석재가 떨어져 내렸지만 내겐 전혀 위협이 되지 않았다. 대예배당을 벗어나자 기다렸다는 듯 건물이 폭삭 주저앉았다.

"이번에도 지진인가…."

봉인이 풀리면 가장 흔한 반동이 지진이었다. 한데 마인츠를 덮친 지진은 이전과 다르게 그 기세가 맹렬했다.

쩌억! 쩌어억!

근처의 건물 외벽에 거미줄 같은 금이 가더니 먼지와 부서진 돌가루가 탁한 폭포수처럼 쏟아져 내렸다.

"으아아아!"

"아악!"

사방에서 놀란 사람들의 비명이 가득했다. 품위로 죽고 사는 신사들조차 주정뱅이처럼 앞이나 뒤로 허우적거리며 넘어지고 있었다. 하지만 이건 시작에 불과했다.

우르릉! 콰앙!

저 앞에서부터 오래된 건물들이 마치 도미노처럼 이쪽으로 붕괴해 왔다. 아비규환이 따로 없었다.

"으아아악!"

떨어진 석재에 다리가 끼어 비명을 질러대는 사람이나, 제 자리에 웅크리고 어쩔 바를 모르고 덜덜 떠는 사람, 유리창의 파편을 샤워하는 것처럼 맞으며 머리를 감싸 쥔 사람까지, 그 군상들이 다양했다.

콰아아아앙!

하지만 그들 모두 찰나간 스쳐 지나갔을 뿐이다. 한순간에 그들 모두 무너진 건물에 깔려 사라졌다.

이대로라면 나까지 휩쓸릴 거 같아 피하려 했는데, 앞쪽이 싱크홀처럼 쑥 꺼져버려서 그만뒀다. 무너지던 건물들이 모두 그 구멍으로 쏟아져 내렸다.

구우우우우-!

깊이를 알 수 없는 구멍에서 먼지구름만 탁하게 올라왔다. 저 아래로 얼마나 많은 인명이 삼켜진 건가.

하지만 겨우 이 정도로 끝이 아니었다. 대도시인 마인츠 전체가 멸망하고 있었다. 아마 봉인이 풀리고 수호자가 죽은 여파인 듯하다.

수호자의 죽음으로 그가 거주하는 도시에 이렇게 큰 영향이 미치는 건 처음 본다. 나는 무너진 잔해 위에 올라 초토화된 마인츠를 내려다보며 신음했다.

아무리 내가 독한 놈이라지만 이런 훌륭한 도시가 무너지고 시민들이 몰살하는 광경은 어찌 받아들이기 어려웠다.

"크으….

절로 침음을 흘리던 그때 마법으로 연락이 왔다. 암중조직인 죽음이 임한 자들이었다.

- 축하드립니다. 고귀하신 전하.

괴종족의 기괴한 목소리가 인간의 언어와 예절을 흉내 내고 있었다. 뭔가 소름끼치는 어색함이 느껴졌다.

- 공치사는 되었네. 이걸로 수호자는 과인을 빼면 하나 남았어.

- 예정대로 진행해 주셔서 감사할 뿐입니다. 나머지 하나는 저희가 책임지고 처리할 테니 걱정하지 않으셔도 좋습니다.

하지만 내 입장에선 걱정이 됐다.

- 동쪽 숲의 요정군주는 엘프 부락을 통합한 왕이다. 주변에 빼어난 전사들이 바글바글할 텐데 정말 괜찮은 건가.

엘프들도 이 험한 세계에서 세력을 이루고 사는 종족인 만큼 전투력이 만만치 않다.

- 현재 동쪽 숲으로 많은 인원이 잠입했습니다. 내일 새벽에 대대적인 습격이 있을 예정입니다.

- 흐음….

- 우려하시는 바는 알고 있습니다. 저희도 이번 일에 모든 걸 걸었습니다.

자신만만해 한다 싶었는데 곧 이어진 소리에 고개를 끄덕일 수밖에 없었다.

- 시종장님께서 직접 나서실 예정입니다.

발버둥치는 죽음을 모시는 그 시종장은 실로 대단한 존재다. 강하기로 유명한 별의 자식 중에서도 군계일학이니 실제 힘은 신적 존재와 버금간다고 할 수 있었다.

- 인과율도 개판인데 시종장이 직접 쑤셔대면 동쪽 숲은 몰살이군.

- 걱정 안 하셔도 됩니다. 이제 전하께서 수호자를 포기해 주시면….

- 그건 이미 얘기했듯 요정군주가 죽은 이후다.

최후의 결정은 직접 할 수 있게 미리 선을 그어놨다. 마지막에 뭔가 봉인을 풀지 말아야 할 이유가 생길지도 모르는 일 아닌가. 그게 아니라도 봉인의 해제가 최종적으로 내 손에 달려있어야 이쪽 입지가 올라간다.

- 그 부분은 협의가 된 내용이니… 알겠습니다.

상대는 탐탁지 않아 하면서도 결국 동의했다. 대신 요정군주가 죽으면 바로 조치해 달라고 요구해 왔다.

- 걱정 말게. 어차피 봉인은 풀려야 하네. 괜히 시간 끌다가 위대한 존재에게 미움 살 순 없는 일이지.

- 여명이 틀 무렵이면 이쪽 일이 끝나 있을 것입니다.

- 맞춰서 준비하고 있지.

연락을 끊은 후 나는 화재가 일어나 곳곳이 불타오르는 마인츠를 착착한 기분으로 바라보았다.

묵시록의 시작이었다.

대체 누구에게서 희망을 찾아야할까.

"최대한 노력하고 있습니다만 이 행성의 운명이란 초월자들의 싸움에 달려있습니다."

다음날 늦은 새벽.

나는 뮌헨 선제후 궁전의 옥상에서 밤하늘을 보며 설명했다. 곁에는 발푸르기스, 마리, 달타냥이 있었다.

"마치 코끼리들 싸움 속에서 들쥐가 밟히지 않기 위해 안간힘을 쓰며 달려가는 것 같구나."

마리의 평은 실로 적절했다.

"마리, 그 외에도 쓴웃음이 나올 만한 점은 더 있습니다."

"무엇이 말이냐?"

"영웅호걸이 그리 많은데, 세상을 구하려고 하는 이는 정작 저 같은 사기꾼이란 점입니다."

"킥킥. 그것 참 오호통재로구나. 이 세계는 운이 없는 편이군. 자기 운명을 사기꾼에게 맡겨야 한다니."

재밌다고 웃던 마리는 곧 하늘을 보며 중얼거린다.

"하지만 쓰러뜨릴 수 없는 적을 상대로는 발러 너 같은 사기꾼이 더 필요할지도 모르겠구나."

방어진이 돌파된 사태 이후 발푸르기 여신격의 소식이 끊겼다. 마리의 무한 신성력이 여전한 걸 보면 살아있는 거 같은데 도무지 연락이 안 됐다. 무슨 일이 생긴 걸까.

발푸르가 여신격을 경애하는 마리와 발푸르기스는 이 일로 근심걱정이 가득했다.

정말 요즘은 뭐하나 믿고 의지할 데가 없는 시절이었다.

"마리. 그런데….."

막 말을 걸려던 나는 인상을 찌푸렸다. 내 안색이 변하자 주변의 모두가 알아차렸다. 다들 드디어 때가 왔음을 직감한 것이다. 나는 잠시 뒤 힘겹게 입을 열었다.

"요정군주가 죽었습니다. 느껴졌어요."

이제 최후의 봉인은 인류용사 뿐이다. 내가 결정을 내리면 드디어 발버둥치는 죽음이 이 세계에 풀려나게 된다.

당연히 의문이 피어올랐다. 이게 과연 옳은 길일까, 하는. 그도 그럴 게, 내 결정으로 이 행성의 흥망이 정해지기 때문이다.

하지만 곧 그런 망설임은 내게 어울리지 않는다는 생각이 들었다. 그래서 모두에게, 나 자신에게 말했다.

"계획대로 단호하게 시행할 것입니다."

어차피 누군가가 해야 할 일이라면 스스로 최선이라 생각하는 방향으로 가자.

"후우….."

나직이 한숨을 내쉰 뒤 집중했다. 그리고 수호자를 스스로 포기했다. 그러자 자신을 구성하는 부분 하나가 떨어져 나가는 듯한 상실감을 맛봤다. 하지만 이어진 사태에 그런 감상에 젖어있을 틈은 없었다.

<u>크르르르르! 크으으으르르르!</u>

마치 행성 전체가 끓어오르는 것처럼 진동하기 시작했다. 드디어 봉인이 풀리며 갇혀있던 어둠의 대군이 뛰쳐나오고 있었다.

핏!

아득히 먼 곳에서 마치 실처럼 가는 빛줄기가 하늘 끝까지 치솟는 게 보였다. 대단히 거리가 먼 것 같은데 이렇게 육안으로 보일 정도면 엄청난 빛줄기인 것 같았다.

하지만 더 놀라운 건 다음에 이어졌다. 보일 듯 말 듯한 저 멀리서 버섯구름 같은 게 느리게 피어오르고 있었다. 마치 핵폭발이라도 일어나는 것만 같다.

그렇지만 워낙 거리가 있어서 소리조차 들려오지 않는다.

"크음⋯."

우리는 모두 저 광경에 관심을 빼앗겼다. 그 보일 듯 말 듯한 버섯구름 근처에서 새하얀 빛이 오래된 전구처럼 깜빡이는 것 같았다. 그러다 빛이 믿을 수 없을 정도로 밝아지더니 지평선 너머가 환해지기 시작했다.

"태양이 뜨고 있는 것 같구나."

발푸르기스의 말에 나는 고개를 끄덕일 수밖에 없었다. 마치 오늘은 해가 북쪽에서부터 떠오르는 듯했다.

그 빛이 얼마나 대단하던지 아직 새벽이 다 지나지 않았지만 어두운 하늘을 있는 힘껏 몰아내고 있었다.

"드디어 봉인이 풀린 겁니다."

사태를 이해한 나는 담담히 말했지만 전신이 가늘게 떨리고 있었다. 공포라기 보단 흥분 때문이었다.

정말로 발버둥치는 죽음이 튀어나와버리다니. 워낙 거리가 멀어서 제대로 관측이 안 되지만 나는 그 존재가 남서쪽으로 이동하고 있음을 느꼈다.

바로 끈적이는 역병이 있는 유적지다. 정말로 끈적이는 역병을 먹어치우고 우주로 가 무덤에서 웅크리고 있는 자와 한 판 붙으려 하고 있었…….

"어…?"

극히 짧은 사이 사고가 끊겼다는 느낌이 들었는데 주위를 둘러보니 처음 보는 장소에 와 있었다.

"여기가 어디?"

미간을 좁히고 봐도 정체를 파악하기 어려운 시커먼 어둠의 세계. 하지만 주변에서 형형색색의 형광빛 색채가 기하학적 패턴을 그리며 떠오르기 시작했다.

눈이 부실 정도로 화려한 색깔들이었다. 그 색들은 소용돌이치거나, 불길처럼 타올랐다. 때때론 성대한 폭발을 일으키는 등 잠시도 가만있지 않았다. 그리고 그 색채 속에서 온갖 괴물들이 부산하게 움직이는 게 보였다.

이상한 감각이었다.

이런 오감의 자극은 일평생 겪어보지 못한 종류였다.

뭐랄까, 소리를 볼 수 있었다. 비명, 웃음소리, 울음소리 같은 게 일정한 패턴을 그리며 사방으로 퍼져나갔다.

또한 색을 들을 수 있었다. 밝은 녹색, 밝은 보라색, 밝은 적색 등 모두 저마다의 독특한 소음을 동반했다. 기이하기 짝이 없는 세계였다.

나는 이 이해하기 어려운, 초차원적인 세계에 점점 녹아들며 스스로 동화되고 있음을 어렴풋이 느꼈다.

"하하하하!"

이유는 모르겠지만 더없는 환희가 느껴졌다. 몸은 저절로 춤을 추고 있었다. 내 춤 솜씨가 이렇게 근사했나? 그 사이 뇌가 시냇물처럼 녹아 길게, 길게 이 세계의 소용돌이치는 색채 속으로 빨려 들어간다.

나는 이 모든 일에 극히 큰 행복과 충만함을 느꼈다. 그리고 결국 내가 여기 왜 있는 건지, 내가 누구인지, 헷갈리기 시작했다.

- 저… 정신 차… 려어….

누군가 작게 귀에 속삭였지만 귀찮기 짝이 없었다. 감각이 왜곡되어 전후좌우를 구분할 수 없었다. 세상은 2차원 같기도 하고 3차원 같기도 했다.

나는 사방을 탐험해 보고 싶었다. 하지만 목소리는 끈질겼다.

- 정신 차리라고…. 이대로는… 녹아버려…. 후배!

정말 귀찮군. 감히 나를 후배라고 부르는….

"음?"

그 순간 갑자기 이상함을 깨달았다. 내가 여기서 뭐하는 거지? 여기는 무슨 장소야? 그런 의문을 갖기 시작하자 귓가의 속삭임이 더 뚜렷해졌다.

- 후배! 그대로라면 발버둥치는 죽음에게… 녹아버린다고요!

뭐? 그게 무슨 소리야?

의문을 표하던 중 한 가지 사실을 깨달았다. 스스로 환희에 빠져 춤을 췄다고 생각했는데 이제 보니 고통으로 발버둥치고 있던 거다.

멋진 춤이라 여겼지만 실제로는 팔다리가 기괴하게 꼬여있는 것에 불과했다.

- 후배! 상대는 인격신이 아니야! 정신보호가 제대로… 먹히지 않는다고요…! 아니면 아퀼라가 수작을 부렸거나아아….

- 수작?

무의식적으로 묻자 상대가 화급히 대답한다.

- 이쯤에서… 후배가 사라지면 적당하니까요! 그러니까 정신 차리라고요!

멀리서 들리는 듯한 목소리가 다시 귓가에 울리자 그제야 나는 화들짝 정신이 들었다.

- 선배님?

대체 어떻게? 인질로 잡혀있을 텐데 이 타이밍에 연락할 수 있었던 거지?

2. 누구를 속여야 하는가

- 의아한 거 이해해요. 하지만 일단 정신부터 바짝 차리세요. 아직 상황이 나아지지 않았다고요.

아닌 게 아니라 만화경 같은 색채의 향연은 끝날 줄을 몰랐다.

- 의식은 되찾았지만 자칫하다가는 그 괴상한 세계에 흡수될 거예요.

문득 내 손발을 내려다보고 깜짝 놀랐다. 나 역시 이 세계와 비슷하게 변해있었다. 몸은 마치 색색의 모자이크로 구성된 것처럼 보였다.

- 대체 무슨 일이 일어난 건지?

- 짐작하기 어렵지 않아요. 발버둥치는 죽음이 당신을 주목했던 거죠.

- 뭐?

- 짧은 사이 연결이 일어난 거예요. 그리고 당신은 그가 보는 세계로 딸려 들어온 거예요.

내 사기꾼 선배의 설명에 의하자면, 지금 이 광경은 발버둥치는 죽음이 인지하는 세계의 모습이라 했다.

- 애초에 교감 자체가 불가능한 존재였군.

- 발버둥치는 죽음에게 후배는 상당히 특이하게 빛나는 작은 점 같은 거였겠죠. 그래서 이 색채의 향연 속에서 한 번 바라본 거랍니다.

단지 한 번 눈길을 준 것만으로 이쪽은 재앙에 가까운 결과를 맞이했다. 하지만 발버둥치는 죽음에게서 악의는 느껴지지 않았다. 그저 슥 바라봤던 것뿐이다.

- 다행히 후배를 향한 그의 관심은 금방 끊겨버렸던 거예요. 만약 그가 진짜로 관심을 있게 주시했으면 후배는 진작 흐물흐물 녹아버렸을 거예요.

내가 지닌 색이 아무리 특이해도 이 정도 색채의 향연 속에선 큰 존재감을 느끼기 어렵다.

즉, 필멸자 하나가 아무리 날뛰어도 절대자의 시야에는 고작 그 정도뿐이라는 거다.

발버둥치는 죽음은 애초에 날 집어삼킬 뜻이 없었다. 물론 그것만으로도 죽을 뻔했지만.

- 선배, 여기서 빠져나가려면 어떻게 해야 하지?

- 간단해요. 진신을 드러내세요.

- 아!

생각해 보니까 그거면 되겠다. 나는 힘을 개방했고 눈을 다시 떴을 때는 물질계로 돌아와 있었다.

"뮌헨 외곽인가?"

단순히 정신만 휩쓸려 간 건 아닌 모양이다. 나는 황무지에서 온몸이 흙투성이가 되어 뒹굴고 있었다. 이 황량한 곳에서 혼자 발버둥치며 죽어가고 있었던 건가.

어쩐지 소름이 돋는군.

- 정말 왜 발버둥치는 죽음인지 절감했어.

- 빠져나와서 다행이네요. 그나저나 아퀼라가 수상하네요. 상대가 인격신이 아니기에 가호가 약해지는 건 사실이지만 그 정도로 쉽게 휩쓸려갈 리가 없는데….

- 아무래도 정신과 영혼을 보호해 주는 능력이 사라진 거 같아.

나는 최근에 상태창도 열리지 않는다고 말해줬다.

- 음…. 아무래도 대신격 아퀼라가 후배에게 줬던 힘을 회수해 가고 있는 것 같아요.

- 타이밍이 아주 불쾌하기 짝이 없어.

- 아마 노렸겠죠. 용의주도한 그 대신격이라면.

만약 그게 사실이라면 소름이 돋았다. 정말 쥐도 새도 모르게 당할 뻔했으니까. 칼을 들고 찾아오는 것보다 이게 훨씬 무서운.

- 좋게 생각하자고요. 어쩌면 아퀼라에게 이번 일이 회심의 일격이었을지도 몰라요. 아마 지금쯤 땅을 치고 있겠죠.

- 적이 머리를 쥐어뜯는다면 더없이 즐거운 일이지만….

나는 고개를 흔들었다. 아퀼라도 아퀼라지만, 당장 중요한 건 누미디아의 사기꾼이었다.

- 그나저나, 선배. 무덤에서 웅크리고 있는 자에게 인질로 잡혀 있었잖아. 어떻게 된 거지? 이게 씨앗을 심는다고 했던 일의 결과인가?

누미디아의 사기꾼은 반전을 일으킬 여지를 남기기 위해 인질이 되겠다고 자처했었다.

- 반전이 될 수도 있고, 그냥 망한 걸 수도 있어요.

- 무슨 소리야. 알기 쉽게 얘기해 봐.

- 후배가 떠난 뒤에 무덤에서 웅크리고 있는 자와 거래를 했어요.

어차피 인질로 잡혀있어 봐야 죽도 밥도 안 된다. 위험을 무릅쓰고 뭐라도 해야 했다고 한다.

- 무덤에서 웅크리고 있는 자는 제 능력이나 수완을 높게 평가해줘서 가능했죠.

- 무슨 거래인데?

- 제게 한 가지 임무를 맡겼어요. 성공하면 풀어주겠다는 조건이랍니다.

- 무슨 임무?

- 격전이 벌어지는 틈에 발버둥치는 죽음이 가진 영원의 보석 세 개를 빼돌리는 일이에요.

- ……

너무 황당한 임무라 말이 안 나왔다.

- 가능하리라고 생각해?

- 그러면 어쩔까요? 그 정도 약속을 하지 않았다면 이 테멘 앙 키에서 여태 갇혀있었을 걸요. 물론 지금 상황이 좋다는 건 아니에요.

그녀는 무덤에서 웅크리고 있는 자에게 영혼을 비롯한 많은 걸 저당 잡혔다고 한다.

- 저는 목줄이 묶인 가마우지예요. 보석을 훔쳐낸다면 얌전히 돌아가서 넘겨줘야 하는 처지죠.

무덤에서 웅크리고 있는 자는 누미디아의 사기꾼을 매우 경계한 듯 나보다 훨씬 빡빡하게 조건을 걸어 놨다. 계약 조건을 한참 듣던 나는 혀를 내둘렀다.

- 아니, 그래서는 무덤에서 웅크리고 있는 자를 상대로 사기 칠 수 없을 거 같은데.

나도 신의성실의 원칙 같은 광범위하고 이상한 걸로 묶여있었지만 그녀는 처지가 더했다. 도저히 어쩔 바가 없어 보였다.

- 어떻게 하려고? 보석을 얻는다면 정말 가져다 바치게?

이해가 되지 않아 질책하자 누미디아의 사기꾼이 작게 웃었다.

- 물론 저는 어쩔 방법이 없어요. 하지만 당신이 있잖아요? 후배.

- 뭐?

- 저 혼자라면 답이 없는 상황이에요. 하지만 후배와 연계한다면 어떨까요? 방법이 나올 거 같지 않으세요?

누미디아의 사기꾼이 답 없는 거래를 받아들인 건 오직 나와 만나기 위해서였다고 했다. 그녀의 의도에는 처음부터 내가 포함되어 있었던 거다.

- 괜찮으시면 제 계획을 들어보세요.

잠시 뒤, 나는 그녀의 계획을 듣고 한탄했다. 나쁘지 않지만, 그 전제 조건이 황당하게 들렸다.

- 세상에. 발버둥치는 죽음의 몸 안에 들어가 거기 사는 신적 존재들을 물리치고 보석을 빼앗아 온다고?

- 발버둥치는 죽음은 마치 거대한 얼음 덩어리 같죠. 그 육체 안에는 그를 섬기는 거주민이 많답니다. 보석은 가장 깊은 곳에 있다고 해요.

심지어 그쪽엔 발버둥치는 죽음을 섬기는 신격들로 이뤄진 만신전도 있단다. 즉, 신격 집단과 난타전을 벌여야 한다. 내 실력으로는 어림도 없는 일이었다.

- 음…… 가능한 임무가 아닌데?

- 가능한지는 모르겠지만 해야 하는 임무인 건 확실합니다. 리켄티아투스를 구하고 싶다면요.

다행히 이번 임무에 투입된 건 누미디아의 사기꾼만이 아니란다. 무덤에서 웅크리고 있는 자 휘하의 정예들이 상당히 파견될 거라는 것.

- 후배, 무덤에서 웅크리고 있는 자의 제1목표를 떠올리세요.

- 보석의 탈취?

- 맞아요. 그는 발버둥치는 죽음을 증오하긴 하지만, 상대를 끝장내기보다 영원의 보석을 우선시합니다. 어차피 나중에 어둠의 왕관을 쓰면 발버둥치는 죽음은 간단히 제압할 수 있을 테니까요.

그렇기에 무덤에서 웅크리고 있는 자는 겉으로 요란스럽게 싸우면서도 뒤론 은밀히 보석을 빼낼 병력을 파견할 거라는 것.

- 발버둥치는 죽음도 그 점을 모르지 않을 텐데?

- 그렇죠. 그러니까 눈치 싸움이 치열할 거예요.

대체 누가 이길지 모르겠군. 많은 게 예측 불가였다. 애초에 발버둥치는 죽음과 무덤에서 웅크리고 있는 자 같은 존재가 서로 맞붙으면 무슨 일이 일어나는 건지도 알 수 없었다.

- 후배, 저는 계획을 들려드렸어요. 싸움에 나설 준비가 됐나요?

쉽게 대답할 수 없는 질문이었다. 하지만 답은 하나뿐이었다.

- 그래.

대답하기가 무섭게 하늘에서 빛이 번쩍였다. 구름이 폭탄이라도 터진 것처럼 원형으로 넓게 흩어지더니, 그 가운데서 노란빛이 낙하했다.

콰아아앙!

마치 운석이라도 내리꽂히는 듯하다.

"크윽⋯."

휘이이잉!

세차게 이는 바람에 망토가 찢어질 듯 펄럭거렸다. 앞을 보니 거대한 크레이터가 있었고 주변이 온통 불바다였다.

절걱. 절걱.

그 불길 속에서 머리끝부터 발끝까지 갑옷을 입은 자가 걸어 나왔다. 아니, 정확히 따지자면 저건 움직이는 갑옷이다. 겉모습과 다르게 속은 텅텅 비어있다고 할까.

"이전과 다르게 움직임이 자연스럽군. 선배."

"그때는 막 각성해서 힘이 없었으니까요."

대기권을 낙하하면서 달궈진 듯 그녀는 용광로에 들어갔다 온 것처럼 달궈져 있었다. 그 열기는 빠르게 식어갔고 점점 원래의 빛깔이 돌아왔다.

"그걸 입으면 우주로 갈 수 있나?"

"저를 그거라고 표현하지 마시죠. 후배님."

투덜대긴 했지만 누미디아의 사기꾼은 가능하다고 했다.

"애초에 이 갑옷 말이죠. 다른 행성계에서 온 적과 우주에서 싸우기 위해 만들어진 물건이에요. 행성에서 활동하는 규격이 아니라고요."

듣자니 우주에선 행성계 VS 행성계의 전쟁도 꽤 있다고 한다. 행성계를 지배하는 만신전끼리 벌이는 땅따먹기라고.

"이 갑옷은 신격이 그런 싸움에 참가하는 필멸자 영웅에게 제공하는 물건이에요."

"꽤 자세히 알고 있군?"

"음, 뭐… 그렇죠."

별생각 없이 물었는데 누미디아의 사기꾼은 어째서인지 좀 당황하며 말을 돌렸다. 하지만 캐물을 시간이 없어 넘겼다.

"좋아. 가보자고. 선배."

마치 거대한 혜성처럼 보이는 게 우주를 가로지르고 있었다. 그것의 뒤로는 하얗고 빛나는 먼지꼬리가 수천 킬로미터나 이어졌다.

좀 더 자세히 보면 혜성의 핵은 거대한 얼음 덩어리란 걸 알 수 있었다. 표면은 그을음과 먼지로 덮여 새까맣지만, 틀림없이 얼음이었다.

치지지지익!

얼음의 군데군데 구멍에선 수증기나 얼음가루가 기둥처럼 높게 치솟아 뒤로 끝없이 이어졌다. 즉, 멋진 먼지꼬리는 얼음의 파편이 만들어낸 것이다.

하지만 누구도 이것을 보고 자연의 아름다움에 경탄하지는 못할 것이다. 그도 그럴 게, 혜성은 지나가기만 해도 모든 걸 말라죽게 할 사악한 기운을 풍기고 있었기 때문이었다.

키에에에에!

혜성의 주위에는 시커멓고 불길한 것들이 무수히 따라붙어 날고 있었다. 발버둥치는 죽음을 수행하는 어둠의 존재들이었다.

하지만 그런 무리가 바깥에만 있는 건 아니었다. 발버둥치는 죽음의 몸으로 알려진 이 얼음 덩어리 안에도 기괴한 무리가 무수히 자리잡고 있었다.

"모든 여정이 순조롭습니다. 명하신 계책도 차질 없이 진행 중입니다."

한 괴종족의 보고에 발버둥치는 죽음의 시종장은 촉수를 출렁이며 만족감을 표했다.

"좋군."

그들의 주인인 발버둥치는 죽음은 초월적인 정신체이자 해량할 수 없는 어떤 것이었다. 곁에서 섬기는 시종장조차 자기 주인이 사고를 하고 생각을 하는 건지 알지 못했다.

그저 모든 걸 품을 수 있는 지극히 높은 존재라고만 짐작할 뿐이다. 하여 그런 문제 때문에 실질적인 계책은 시종장을 비롯한 유력자들이 만들었다.

발버둥치는 죽음은 그저 나아가다, 멈췄다가, 때론 싸우고, 탐식하고, 죽일 뿐이었다. 그건 막을 수도 없는 일이있기에 그저 거기 맞춰 대책을 수립해야 했다.

"계획대로 놈들을 여기로 끌어들여 일망타진한다."

현재 시종장은 얼음 속 가장 깊은 곳 하나에 와 있었다. 누가 봐도 중요한 장소처럼 보였다. 극도로 훌륭한 방어설비가 설치되었고 지키는 자들 역시 바글바글했다. 그리고 이곳의 한 가운데에는 영롱하고 거대한 보석 세 개가 보관되어 있었다.

"묘지기의 부하들 역시 주인을 닮아 어리석기 짝이 없지. 저 보석을 진짜로 착각하고 부나방처럼 달려들겠지."

이미 시종장은 영원을 보석을 노릴 습격을 알고 대비 중이었다.

"실로 멋진 계획입니다. 저 보석 역시 거대한 힘을 담고 있는 비범한 물건, 거기다 적은 탐욕에 눈이 멀 테니 속을 것입니다."

물론 알아차릴 가능성도 있었다. 하지만 그때가 되면 이미 늦다고 시종장은 판단했다.

"함정이란 그런 거니까. 크흐흐흐."

신격들조차 치명타를 줄 함정이 준비되어 있었다. 물론 그런 짓을 했다가는 거대한 얼음덩어리조차 큰 피해를 입을 수 있었지만, 상관없는 일이었다.

알려진 것과 다르게 이 얼음은 발버둥치는 죽음의 진짜 육체가 아니니까. 마치 소라게의 껍질과 같은 것일 뿐이다.

과거 한 행성을 박살낸 발버둥치는 죽음은 거기서 나온 거대한 얼음 파편을 짊어지고 다녔다. 오랜 세월 그러다 보니, 발버둥치는 죽음의 몸이 얼음 덩어리라고 알려졌을 뿐이다.

"그 거슬리는 검은 파라오 녀석도 온다니 기대되는군."

시종장이 흐뭇해하자 그의 앞에 조아리고 있던 부하도 얼른 비위를 맞췄다.

"묘지기 옆에 붙여둔 스파이가 제 역할을 해주고 있음입니다."

"크흐흐흐, 정말 재미가 있겠어."

시종장은 즐겁게 일대를 둘러봤다.

"마음껏 날뛰어 봐라. 불쾌한 시체냄새 나는 것들. 어차피 여기에 보석은 없으니까!"

시종장은 승리를 확신했다. 발버둥치는 죽음의 추종자 중 자신을 제외하고는 누구도 보석의 위치를 알지 못했으니까.

리켄티아투스 상공을 날아오는 중 칼리오네에게 연락이 왔다.

- 주군, 주군이 전에 말한 대로 새로운 후원자가 나타났다.

발버둥치는 죽음이 자기 아들인 끈적이는 역병을 먹어치운 뒤 약속을 지켰구나.

- 초월자 둘의 후원을 받다니 호사스럽다.

- 그러니까 성명제례술을 연습하고 있어. 반드시 필요한 순간이 올 거야.

성명제례술은 어둠의 대군과 어둠의 대군의 후원을 받는 이에게 즉효약이다. 대신 그 성질이 다른 신격에겐 안 먹힌다. 취사선택해서 위력을 증대한 경우라 할 수 있었다.

- 알겠다. 주군.

- 서열 2위 마왕 고룩할감을 치러 가는 것도 당분간 참고. 지금 그딴 피라미가 중요한 게 아니야.

- 걱정할 것 없다. 주군. 주군의 명대로 성명제례술에만 힘쓰고 있겠다. 그런데 어디 가는가?

- 좀 멀리 가. 한동안 연락이 안 될 거야.

간략히 설명하자 칼리오네는 벌컥 화를 냈다. 그렇게 위험한 곳에 갑자기 가버리면 어떻게 하냐고.

 - 결혼도 하기 전에 주군은 나를 과부로 만들 셈인가!

 - 음… 결혼을 안 하면 과부란 말이 성립하지 않는데….

 - 변명은 됐다. 주군과 보낸 뜨거운 밤의 흔적이 아직도 소녀의 은밀한 곳에 생생하거늘.

 - 그 밤일은 네 망상 속에서 치른 거겠지.

제대로 속살도 못 본 여자에게 터무니없는 비난을 받게 되는군. 그래도 이렇게 투닥투닥거리자 무거웠던 마음이 꽤 풀렸다.

대기권을 벗어나자 머리 위에 시커먼 우주가 날 집어삼킬 듯 나타나 상당히 마음이 무거웠던 차였다.

 - 급해서 너 밖에 연락을 못했네. 모두에게 자중하라고 전해줘. 아까 보니까 제국의 1/3이 날아갔더라.

높은 곳에서 보니 제국의 상황이 생생히 보였다. 발버둥치는 죽음이 북쪽에서 튀어나온 관계로, 제국의 북부가 아예 사라졌었다.

원래 제국의 땅이 있던 자리에는 군청색의 바닷물만이 넘실거렸다. 제국 위쪽의 북해에 있던 왕국이나 섬들도 온데간데없었다.

 - 칼리오네, 더 이상 제국은 없어. 미련이 남아 마지막까지 붙들려고 했지만 부질없는 일이더군.

제국이 역사 속으로 사라질 건 불을 보듯 뻔하다. 인간과 마족을 통합하려던 꿈도 백일몽이 됐다. 지금은 그냥 살아가는 게 중요한 시절이었다.

 - 전쟁도 의미 없어. 페자무트에게 철군하라고 전해줘.

 - 알겠다. 주군. 주군이 돌아올 때까지 버텨보겠다.

저 아래 보이는 제국의 인구는 또 얼마나 죽었을까? 발버둥치는 죽음이 잠시 지나간 것만으로도 못해도 수십만은 사망했을 텐데….

- 주군, 꼭 돌아와다오. 부탁이다.

- 약속할게.

- 돌아오면 주지육림이 기다리고 있을 것이다. 의욕이 나지 않는가? 주군.

실없는 소리에 하하, 웃고 말았다.

- 농담이 아니다. 주군. 돌아오기만 하면 인간, 마족, 드래곤 미소녀들이 기다리고 있는 것이다. 침실에서의 복장은 어떤 게 좋은가? 주군이 지난번에 메이드복을 열렬한 눈빛으로 보던 걸 기억하고 있다.

- 하하하….

- 어색한 웃음으로 동의하는 걸 보니 역시 메이드복이 취향이구나. 알겠다. 특별히 야하게 수선한 메이드복을 준비하고 기다리고 있겠다.

뭔가 좀 핀트가 어긋난 듯한 칼리오네의 응원을 받으며 마침내 우주공간에 도착했다. 그동안 그녀가 재잘재잘 떠들어댔기에 전혀 심심하지 않았다. 하지만 점점 마법 통신에 소음이 끼고 잘 들리지 않게 됐다.

- 칼리오네, 이제 가봐야 해.

- 주… 주군. 기다리겠… 치익. 치이이.

나는 대답하기 전, 리켄티아투스를 한 번 쑥 훑어봤다. 아름다운 구의 테두리가 태양빛을 받아 보석처럼 선명하게 빛나고 있었다. 내가 지켜야만하는 세계였다.

- 그래, 기다리고 있어. 구원과 함께 돌아갈 테니까.

"참한 처자네요."

"그래, 좀 엉뚱하긴 하지만 좋은 아이지."

우주전이 주목적이었다는 갑옷을 입은 나는 어두운 세계를 가로지르고 있었다.

"얼마나 걸릴까?"

"글쎄요. 발버둥치는 죽음은 엄청난 속도로 나아가고 있어요. 현재 무덤에서 웅크리고 있는 자는 대략 8억 킬로미터 정도 떨어져 있군요."

그 정도면 내가 살던 세계라면 지구에서 목성 정도의 거리군.

"현재 무덤에서 웅크리고 있는 자는 발버둥치는 죽음의 출현으로 물러나고 있어요. 그래서 실제 전쟁은 리켄티아투스에서 최소 20억 킬로미터 정도 떨어질 걸로 예상돼요."

"다행이네, 그정도면 더는 리켄티아투스에 어둠의 기운이 미치지 않겠어."

발버둥치는 죽음을 해방한 탓에 리켄티아투스는 일단 절체절명의 위기를 넘겼다. 물론 이후에 어떻게 될지 모르니 바람 앞의 등불인 처지는 여전하지만.

"최고 속도로 나아가고 있지만 전장에 도착하려면 닷새 정도 걸립니다."

"그 거리를 닷새 만에 주파한다니 정말 대단한데."

"시간상으로 문제는 없을 거예요. 지금 온갖 곳에서 두 거물의 추종자들이 모이고 있거든요. 그들은 충분히 전력이 갖춰진 다음에 붙을 테니까요."

"다행히 파티에 늦진 않겠군."

"보세요."

눈앞에 증강현실 같은 화살표가 떠올랐다. 왼쪽을 가리키기에 보니까 탁하고 어두운 꼬리를 가진 혜성 몇 개가 빠른 속도로 쏟아지고 있었다. 혜성의 핵은 불길하게 빛나는 적색이었다.

"저게 뭐야?"

"다른 행성계의 악한 신격들이에요. 부름에 이끌려 전장으로 향하고 있는 거랍니다."

"이쪽을 보지 않았을까?"

"진작 봤어요. 우리보다 먼저."

큰일 아니냐고 묻자 그녀는 괜찮다고 했다.

"같은 편이에요. 일단 이쪽은 무덤에서 웅크리고 있는 자의 휘하잖아요."

"배신할 생각이 만만이지만 말이야."

"마음 강하게 먹어요. 후배. 우리가 갈 전장은 신격도 발에 치일 정도로 널려있으니까."

우주의 권력이 달린 중대한 일전이라 사방의 행성계에서 힘깨나 쓴다는 자가 우르르 몰려오고 있다고 했다.

"마치 전란의 시대에 한몫 챙기고자 하는 군웅 같은 느낌인걸."

"다를 거 하나 없죠."

며칠이 지나자 근처에서 우주를 가로지르는 무리는 기하급수적으로 늘어났다. 신격들, 우주를 무대로 누비는 고등한 괴종족들, 정체불명의 어둠의 존재들, 모두 저마다 무리를 이루고 나아갔다. 때

때로 시비가 붙어 빛이 번쩍이며 전투가 벌어지기도 했다.

번쩍! 콰아아앙!

광채가 작렬하더니 거대한 소행성 하나가 터져나갔다. 방금 전까지 그 소행성 위에서 신격 둘이 싸우고 있었다. 이제는 폭발에 휘말려 생사불명이었지만.

"나 자신이 이렇게 보잘 것 없는지 절감한 적은 처음이야."

마음을 다잡으려 했지만 신세한탄이 절로 나왔다. 뭐랄까, 작은 읍, 면에서 살다가 인구 1,000만의 초거대 도시로 나오면 이런 느낌이지 싶다.

나는 얼이 빠져있었다. 그리고 그런 느낌은 무덤에서 웅크리고 있는 자의 패거리가 모이는 집결지에 도착하자 더더욱 심화했다.

"이게 대체 얼마나 되는 거야?"

"일단 모인 것만 해도 10억은 남겠는걸요. 아직 반도 안 온 거지만요. 너무 촌놈처럼 두리번거리지 마세요."

질려버리지 않을 수 없었다. 무덤에서 웅크리고 있는 자를 위해 싸우겠다고 나타난 존재가 이렇게 많다니.

구우우우우웅.

낮고 묵직한 외침이 우주 공간을 울렸다. 저 바글바글거리는 무리의 한 가운데 마치 검은 성운으로 보이는 웅대한 존재가 있었다. 얼마나 큰지 짐작도 안 되는 그것이 바로 무덤에서 웅크리고 있는 자였다.

그는 주기적으로 소리치며 우주에서 신하들을 불러들이고 있었다. 또한 인사를 올리기 위해 길게 줄 선 신격들을 맞이하는 중이었다.

"무덤에서 웅크리고 있는 자는 이제 나 같은 건 신경도 안 쓰겠는데."

이런저런 특이한 조건 때문에 리켄티아투스에서 봉인을 풀 건 나밖에 없었다. 중대한 열쇠였던 거다. 하지만 이제 우주전쟁이란 문이 열리자 열쇠의 역할은 다했다.

"오히려 좋은 것 아닐까요? 후배."

"그렇지. 저 짜증나는 소인배가 나를 잊어버리면 잊어버릴수록 좋다."

나는 일부러 저 무리에 끼지 않고 굉장히 멀리 떨어진 곳에서 관찰자처럼 바라보고 있었다.

한데 그때 저 멀리서 주홍색 안개 같은 게 다가오기 시작했다. 그러자 모여있던 무덤에서 웅크리고 있는 자의 무리가 동요한다.

"뭔데 저러지?"

"사신이네요. 발버둥치는 죽음쪽에서 사신을 보낸 거예요."

그 주홍색 안개는 스으윽 미끄러지며 무덤에서 웅크리고 있는 자에게 나아갔다. 그러자 주변에 개미떼처럼 몰려있던 존재들이 좌우로 홍해처럼 갈라졌다.

"화면 좀 확대해봐."

"알겠어요."

갑옷의 망원 기능을 써서 보자 그 주홍색 안개가 사실 거대한 괴물이란 걸 알 수 있었다. 어찌나 그 힘이 강력한지 주변으로 주홍빛 마력이 넘실거리며 흘러나오는 거였다.

"그야말로 괴물이군……."

저 이름 모를 존재도 어마어마한 거물이었다.

"아, 결렬됐네요."

형식적으로 보이던 협상은 금방 끝났다. 사신은 그럴 줄 알았다는 듯 물러났고 얼마 뒤 저 멀리서 빛이 점멸하기 시작했다. 그리고 발버둥치는 죽음을 따르는 무리들이 하나둘 모습을 드러냈다.

"숫자가 엄청난데…."

이번에도 개미떼처럼 많이 나타났다. 어느 정도 윤곽이 보일 때까지 거의 반나절이나 걸릴 정도였다. 그리고 엄청난 크기를 자랑하는 발버둥치는 죽음이 도착하자 그 위용이 이루 말할 수 없이 웅장했다.

꿀꺽.

지켜보고 있자니 절로 마른침을 삼킬 수밖에 없었다.

"양진영의 거리가 어떻게 되지?"

"2,000킬로미터 정도네요. 우주에서의 싸움은 지상과 비교도 안 되게 광활한 구역에서 이뤄져요. 사실 지금은 접근전이나 마찬가지로 바짝 붙은 거예요."

하긴 원한다면 행성계 하나를 통째로 전장으로 쓰겠지. 커다란 행성계에서 서로를 색적하며 온갖 전술이 난무할 거 같다. 하지만 그건 이 두 거물의 취향이 아닌 듯 서로 정면으로 맞서고 있었다.

"후배, 저런데 할 수 있겠어요?"

그야말로 우주의 역사가 결정될 전장이 눈앞에 펼쳐지고 있었다. 저 속에서 영원의 보석을 빼돌려야 한다니.

전설의 사기꾼과 현역 최고의 사기꾼이 손을 잡았지만 영 가망이 없는 일로만 느껴졌다. 게다가 누미디아의 사기꾼이 가진 계획은 어디까지나 보석을 가진 후였다.

영원의 보석을 얻는 것에 대해선 대책이 없었다. 그건 오로지 내가 해결하도록 주워진 과제였다.

"하… 시발."

욕이 절로 나오네.

"선배."

"네?"

"진짜 제국에 처음 올 때만 해도 이런 우주대전에 끼게 될 줄은 생각도 못했다고."

이제 보니 마왕이니 용사니 하는 건 다 미시적인 일이었다.

"우물 안 개구리도 이런 우물 안 개구리가 없을 정도네."

"그렇죠. 조금만 고개를 들어 위를 보면, 우주에선 상상을 초월하는 일이 벌어지고 있으니까. 우리가 사는 세계는 본디 이런 곳이랍니다. 처음에는 자기 운명에 이 같은 일은 없으리라고 생각하죠. 하지만 당신이 위대함 속으로 한 발이라도 내딛으면 세상을 구성하는 모든 게 바뀌어버려요."

사기꾼 선배의 목소리에는 쓸쓸함이 묻어났다.

"허무하지 않아요? 여태 제국에서 했던 일이? 저도 이미 경험해 봤던 일이에요. 후배."

문득 지금까지 말 타고, 권총 쏘고, 뭐했던 건지 싶다.

"그래, 허무하지. 하지만 말이야. 이렇게 우주를 보고, 우주 한가운데 있음에도 여전히 내 운명은 제국이 있던 그 땅에 묶여있다고. 내가 여기까지 찾아온 건 오로지 그 작고 소중한 우물 안을 지키기 위해서니까."

그건 그렇고, 이게 현실이 아니라 계속 게임이었다면 진짜 망작

이긴 하네.

주인공이 무슨 지랄을 하고 온갖 기연을 얻어도 적이 너무 강해서 건드릴 수가 없다. 한데 그 적을 어떻게든 처리해야 한다.

뭐랄까, 보스몹이 딜은 안 들어가지만요, 어떻게든 해주세요란 느낌이다. 죽여 버리고 싶은 난이도였다. 개발자 새끼가 랜섬웨어 걸려서 울부짖다가 장롱에 새끼발가락 부딪쳐서 부러졌으면 할 정도다.

하지만 현실이니까 이 모든 불합리함을 감당해야 했다.

원래 현실이란 그런 거다.

불공평하고, 불합리하고, 이해할 수가 없다.

"그러니까 해야지."

"후배, 후배는 정말 강인하네요. 여러 가지로."

나는 우주 저편을 바라봤다. 성좌를 읽어보니 끓어오르는 심연이 강대한 적을 상대로 여전히 맹렬히 싸우고 있었다. 이 일은 꼭 나만을 위한 건 아니다. 끓어오르는 심연과 약속을 지키기 위해서기도 했다.

"내가 아는 존재가 하나 있어. 그는 과거에 비하면 영락한 자지."

어둠의 왕관을 잃고 추락했으니까.

"하지만 그자는 싸움이 아무리 어려워도, 전신이 피투성이가 돼도 포기하지 않더군."

일전에 끓어오르는 심연은 싸움에 져 회복되지 않는 상처에 신음하고 있었다. 그의 거대한 몸에서 검은 피가 폭포수처럼 쏟아졌었다.

"그래서 왜 그렇게까지 싸우냐고 물어봤지."

"뭐라고 대답하던가요?"

당시 들었던 대답이 아직도 기억에 남아있다.

"강적이란 자신의 무력함을 절감하라고 있는 게 아니라, 뛰어넘을 목표로 거기 존재하는 것이라고."

끓어오르는 심연은 그걸 긍지라고 불렀다.

"내가 그 위대한 존재에게 작은 것이라도 배운 게 있다면 여기서 벌벌 떨고 있을 순 없지. 게다가 그와 약속했거든."

"무슨 약속을 한 건가요?"

간단하다. 그건 '우리가 원하는 방식의 우주'였다.

"글쎄…. 그것보다 아까 나보고 촌놈 같다고 했지?"

"사실이잖아요."

"그래, 사실이지. 하지만 그 촌놈이 일 낼 테니까 지켜봐."

제국에서도 그랬다.

나는 원래 풀 베던 촌놈에 불과했으니까.

우주전이 시작됐다. 서로 대치한 후 하루가 지난 시점이었다.

"징그럽게 많군…."

이번 전투에만 수십억이 참기했다. 바글바글 거린다는 말로도 표현하기 어려웠다.

하지만 우주는 광활하다. 행성 간의 거리도 아득하게 멀어 이 많은 인원이 맘대로 움직일 공간은 충분했다.

"한참 걸리네."

양 진영이 서로를 향해 돌격하기 시작했는데 거리가 워낙 멀어 거북이 마냥 느리게 나아가는 것처럼 보였다. 시속 400킬로미터로 돌진해도 상대 진영까지는 5시간이나 걸리기 때문이었다.

하지만 이 와중에도 정말 입이 벌어질 정도로 그 거리를 주파하는 부류들이 있었다.

"금방 부딪치겠는데?"

"선봉에 선 신격들이에요. 이 전투의 첫 접촉은 수백의 신격들이 장식하겠군요."

"그야말로 신화적이군. 신격 수백이 우주 공간에서 용호상박의 싸움을 벌인다니."

번쩍. 번쩍!

그때 빛이 점멸하기 시작했다. 멀리 떨어진 여기서도 잘 보이는 거 보면 대단한 폭발인 것 같다.

"신격들이 전력으로 붙고 있어요. 그야말로 소행성이 터지고 행성의 축이 기울어 버릴 듯한 싸움이군요.'"

"…그리고 죽어가는군. 파리처럼."

멀리서 보면 전신의 마력과 기운 때문에 신격들은 작은 별처럼 보였다. 싸움이 치열해질수록 그런 별이 하나둘 빛을 잃어가고 있었다.

하지만 그 싸움은 정말 대단해 지켜보고 있자니 가슴이 끓어올라 절로 몸이 들썩들썩했다.

"후배, 우리는 끝까지 참아야 해요."

"알아. 저기 가면 3분도 못 버틸 걸."

"3분만 버텨도 잘 한 거예요."

신격들의 전투는 미친 듯한 파괴의 소용돌이였다. 필멸자가 비빌 공간이 아니었다. 거대한 에너지를 가진 신격들조차 연달아 죽어 나자빠지고 있었다.

"며칠 이상 끈질기게 지켜봐야 할 것 같아요."

"그래, 인내심은 힘으로 이룰 수 없는 걸 해결해 주니까."

우리는 꽁꽁 숨어있는 기회란 놈이 모습을 드러낼 때까지 꾹 참기로 했다. 기다리다 보면 놈은 반드시 나타나니까.

"이제 본격적으로 붙는군."

개전 후 다섯 시간이 지나자 양 진영의 병력이 본격적으로 엉겨 붙었다. 물론 몇 시간 전부터 순간이동을 이용해 기습이 있었으나 본격적인 전투는 지금부터다.

번쩍! 번쩍!

거리도 거리지만 우주공간의 특성상 소리가 들리지 않았다. 소리를 전달할 매개체가 희박했기 때문이었다. 마치 음소거를 한 채 영화를 보는 기분이랄까.

하지만 수십억이 붙는 우주전이라 그런지 장대한 볼거리긴 했다. 세상에서 가장 화려한 불꽃축제도 여기 비하면 애들 장난도 아니니까.

끊임없이 일어나는 폭발은 눈이 부셔 보지도 못할 지경이었다. 이 싸움은 마치 영원히 계속될 것만 같았다. 그런데 점점 팽팽했던 균형이 무너지기 시작했다.

"음? 왜 저러지? 발버둥치는 죽음이 힘이 없나?"

"봉인에서 막 나온 여파일까요? 생각보다 힘을 못 쓰는데요?"

누미디아의 사기꾼도 의아하단 기색이었다. 물론 대단한 싸움이긴 했다. 하지만 이렇게 무난하게 밀릴 거라고는….

"충분히 해볼 만하다고 여겼는데."

전투 시작 후 이틀이 지난 시점에 이르자, 발버둥치는 죽음이 진영은 완연히 밀리고 있었다.

현재 양쪽 어둠의 대군은 서로 멀리 떨어져 지원에 열중이었다. 실제 싸움은 그들을 따르는 무리가 담당하고 있었다. 그런데 발버둥치는 죽음 쪽의 지원이 약해 싸움 이틀째가 되자 확연히 드러났다.

"흐으…."

침착하게 지켜보려 했던 나는 초조함을 감출 수 없었다.

"이대로 발버둥치는 죽음이 무난하게 밀리면 모든 계획은 수포가 돼."

"하지만 후배. 그렇다고 해도 지금 당장은 우리가 할 수 있는 건 아무 것도 없어요."

마치 해일처럼 성난 저 힘 속에서 일개 인간이 무엇을 할 수 있겠는가.

"발버둥치는 죽음도 아주 바보가 아니라면 뭔가 하겠지."

입술을 깨물었지만 곧 발버둥치는 죽음이 사실 아무 생각이 없을지도 모른다는 불안이 피어올랐다.

인격신이 아닌 그의 감각과 잠시 연동된 적이 있었다. 도무지 이해할 수 없는 혼돈의 세계였다. 그는 지금 사방의 색채가 다시 없을 정도로 격렬하게 타오르고 있는 것처럼 보이겠지.

그 불가해의 광경 속에서 발버둥치는 죽음은 무엇을 하려는 걸까. 혼자 애가 끓고 있는데 마침내 무언가 변하는 징조가 나타났다.

"공기가 달라졌는데?"

우주공간에서 공기가 달라졌단 말은 좀 이상하긴 했지만.

"후배도 느꼈군요. 마력의 흐름이 달라졌어요. 이럴 수가…."

"대체 무슨 일인데?"

"발버둥치는 죽음은 회심의 한 수를 준비하고 있었던 거예요."

그녀의 설명에 의하면 발버둥치는 죽음은 밀리는 척하며 판을 뒤집을 한 방을 감추고 있었단다.

"무덤에서 웅크리고 있는 자가 상황을 오판했어요. 상대가 봉인에서 풀려난 지 얼마 되지 않아 힘이 없다고 여긴 거죠."

"기회다 싶어 나섰는데 사실 그게 발버둥치는 죽음에게 말려든 거라 그거네?"

"맞아요. 결국 후배 때문이에요."

"나?"

"후배가 그에게 끈적이는 역병을 넘겼잖아요. 무덤에서 웅크리고 있는 자는 생각도 못한 부분이겠죠."

"그래도 힘을 회복한 거면 몰라볼 리가 없는데."

"아니죠."

누미디아의 사기꾼은 발버둥치는 죽음이 의도적으로 힘을 숨겼을 거라고 했다. 상대의 부주의를 이용해 약한 척했다는 거다.

"교활하기 짝이 없군."

"무덤에서 웅크리고 있는 자에겐 공격의 호기로 보였겠죠. 자, 저길 보세요."

무덤에서 웅크리고 있는 자의 군대는 상당히 돌출해 있었다.

"길게 튀어나온 저 군대의 허리를 끊어먹을 수 있다면 큰 이득을 볼 수 있지 않겠어요?"

"그건 그런데… 가능한 건가?"

"발버둥치는 죽음이라면 가능해요."

누미디아의 사기꾼은 뒤로 물러나자고 했다.

"이 정도 거리에서도 위험해요. 가능한 안전거리를 확보하는 게 좋아요."

이미 전장은 들끓어 오르는 것처럼 동요하고 있었다. 심상치 않았으므로 군말 없이 그녀의 의견을 따랐다. 그리고 잠시 뒤 그녀가 왜 위험하다고 한지 알 수 있었다.

"이건 위험한 정도가 아니잖아……."

갑자기 빛나는 별이 전장에 나타났다. 크기는 갑옷의 능력으로 측정해 보니 16킬로미터로 조그마했다. 별이라고 부를 수 있나 고민할 수준이었다.

하지만 나는 그걸 발견하자마자 미친 듯이 뒤로 물러났다.

"후배, 후배는 저게 뭔지 알고 있는 것 같군요?"

"중성자별이잖아!"

중성자별은 초신성 폭발 후에 중심핵의 밀도가 증가해, 원자 내부의 핵과 전자가 합쳐지면서 만들어지는 별이다.

쉽게 말하면 엄청나게 뭉쳐버린 기괴한 별이다. 어느 정도냐 하면 중성자별에서 숟가락 하나만큼을 퍼내면 그 무게가 대략 1,000만톤 정도 된다고 한다.

또한 중력이 어마어마해 중성자별로부터 벗어나려면 초속 15만 킬로미터로 달아나야 한다고.

문제는 중성자별이 단순히 중력만 강한 게 아니라는 점이다. 중력과 함께 가공할 자기장을 뿜어내는 특징이 있었다.

"대재앙이야…."

간단한 이론이다. 중력은 끌어당긴다. 반면 생물 내부에 있는 물은 반자기성을 갖고 있기 때문에 자기장으로 부터 멀어지려 한다.

하나는 밀어내고, 하나는 잡아당긴다.

하면 어떤 결과가 일어나겠는가?

저 중성자별이 나타나자마자 근방 1,000킬로미터에 12기가테슬라의 가공할 자기장을 뿜어내기 시작했다.

키아아아아악-!

크아아아아-!

중성자별의 출현과 함께 수억에 이르는 군대가 일제히 찢어발겨지기 시작했다. 특히 신격들의 비명은 강대한 마력을 담고 있어 대기가 없는 우주에서도 또렷하게 들렸다.

크아아아아아! 아아악!

처참하기 짝이 없는 절규가 우주를 가득 채웠다. 천문학적인 숫자의 희생자들이 공포에 빠져 비명을 질러대는 건 감히 상상해 본 적도 없는 광경이었다.

나는 얼이 빠져버렸다. 가장 대단한 상상력으로 완성한 지옥도이 정도는 아닐 터. 신격들조차 조각조각 나 죽었다. 대략 1,000킬로미터 안에 있는 모든 게 사라지고 있었다.

그걸 견뎌도 문제였다. 중성자별에선 막대한 방사선이 뿜어져나온다. 그 고에너지의 방사선은 세포를 분해해버려, 수많은 희생자들을 그 자리에서 녹아내리게 했다.

아무도 살아남을 수 없었다. 일부 대단한 존재들은 그것마저 이

거냈으나 중성자별의 저항할 수 없는 중력에 잡혀 행성의 표면과 충돌했다.

콰아아아아앙!

번쩍.

총알이 쏘아진 것처럼 끌려가 중성자별과 충돌하자 무시무시한 에너지가 발생했고, 그건 대폭발을 일으켰다. 중성자별의 중심에는 끌려 들어온 신격들이 끊임없이 눈부신 폭발을 만들어냈다.

번쩍, 번쩍 할 때마다 어느 별의 신격이 죽어가고 있단 소리였다. 중성자별은 양 진영을 가리지 않고 걸리는 건 모조리 잡아들이고 있었다.

"벌써 사망한 신격이 341위[1]예요!"

별이 나타난 위치상 주로 무덤에서 웅크리고 있는 자 쪽에서 피해를 봤지만 말이다. 일부 눈치 좋게 순간이동을 한 자들은 간신히 이 재액을 피해갈 수 있었다.

"후배, 아직 끝이 아니에요. 중성자별의 특징을 알고 있어요?"

"자전……."

중성자별의 특징은 그 맹렬한 회전에 있었다. 처음에 그것은 1초 1번 정도로 돌더니 눈깜짝할 사이에 속도가 붙었다.

"초당 30회! 초당 50회! 초당 100회!

두두두두두두! 하고 회전하더니 금세 모터가 돌아가는 것처럼 지이이이잉! 하며 돌아갔다.

"초당 230회! 초당 450회!"

누미디아의 사기꾼은 관측한 속도를 계속 알려줬는데 급기야

---

[1] 位. 귀신이나 신령을 세는 단위

초당 700회까지 갔다.

중성자별은 회전축의 양쪽으로 응축된 방사선을 긴 칼날처럼 뿜어내고 있었는데, 별이 회전하자 이게 마치 예초기처럼 걸리는 건 모조리 갈아버렸다. 이 지독한 혼돈을 무덤에서 웅크리고 있는 자조차 피해갈 수 없었다.

"무덤에서 웅크리고 있는 자가 울부짖고 있어!"

무덤에서 웅크리고 있는 자는 수족들이 몰살될 위기에 처하자 앞으로 나섰는데, 그 역시 온전하지 못했다. 맹렬하게 회전하는 중성자별이 성운처럼 뭉쳐있던 그를 흩어버리기 시작했던 것이다.

쿠아아아아아아아아아아!

무덤에서 웅크리고 있는 자의 포효가 우주를 쩌렁쩌렁 울렸다. 신적인 힘을 담은 그 외침은 아무리 먼 곳에 있어도 들을 수 있을 것 같았다.

"중성자별을 먹어치우려고 하고 있어요!"

쿠아아아아아!

무덤에서 웅크리고 있는 자의 거대한 입이 100킬로미터 넘게 벌어져서는 중성자별을 단번에 집어삼켰다. 그러나 중성자별은 여전히 회전하면서 무덤에서 웅크리고 있는 자의 먼지구름 같은 검은 몸체 안으로 들어갔다.

번쩍! 번쩍!

그의 몸 안이 연신 빛으로 번쩍이고 길이만 수백 킬로미터가 넘은 거대한 번개가 끝도 없이 몰아쳤다. 무덤에서 웅크리고 있는 자는 중상을 각오하고 승부수를 던진 것이다.

크르르르르르르르!

콰아아앙! 콰아앙!

이제는 무덤에서 웅크리고 있는 자의 내부에서 연달아 폭발이 일어났다. 하지만 그는 참아냈고 마침내 중성자별을 없애버렸다.

"별은 어디로 간 거지?"

"글쎄요. 진짜 먹어버린 건 아니고 아마 어딘가로 보내버린 모양이에요."

"정말 말이 안 나오는군."

중성자별을 소환하는 놈이나 그걸 급하다고 집어삼키는 놈이나, 둘 다 상상을 초월하고 있었다.

쿠아아아아아아아아 !

무덤에서 웅크리고 있는 자는 진심으로 분노한 듯 쉬지 않고 울부짖고 있었다. 나는 그가 저렇게 화난 것은 처음 봤다. 내게도 분을 터뜨린 적은 있었지만 저거에 비하면 새 발의 피란 걸 알 수 있었다. 기본적으로 내가 너무 약해서 진심으로 대하지 않았던 모양이다.

"보세요! 저쪽을!"

그때 발버둥치는 죽음 진영에서 빛이 무수히 반짝이기 시작했다. 자세히 보니 순간이동으로 나타난 수많은 군대였다.

"예비대군. 발버둥치는 죽음이 예비대를 감추고 있었어!"

처음부터 노렸군. 그 이해하기 힘든 괴상한 머리를 굴려서 상대를 함정에 빠뜨리려고 말이다.

하지만 음흉하기로 따지면 무덤에서 웅크리고 있는 자도 마찬가지였다. 그 역시 감춰둔 예비대를 불러들인 뒤, 수비 모드로 돌아섰다.

구우우웅!

"무덤에서 웅크리고 있는 자가 공전절후 힘을 응축하고 있어요."

"느껴져. 마력이 요동쳐서 뺨이 다 떨릴 정도야."

최악의 일격을 맞은 무덤에서 웅크리고 있는 자는 있는 힘껏 되갚아주기로 작정한 모양이었다. 발버둥치는 죽음 쪽은 그를 저지하기 위해 총공세에 나섰다.

"창과 방패의 싸움이군."

발버둥치는 죽음 쪽이 유리하긴 했지만, 중성자별을 소환한 그는 한동안 그런 거대한 마법을 부리진 못한다. 얄궂게도 전세를 다시 뒤집을 한 방은 궁지에 몰린 무덤에서 웅크리고 있는 자가 갖고 있었다.

"맙소사…."

"왜? 또 뭐야, 선배?"

몇 번이고 놀란 나는 누미디아의 사기꾼이 경악하자 심장이 미친 듯이 뛰었다.

"무덤에서 웅크리고 있는 자가 뭘 준비하는지 알 것 같아요."

"뭔데?"

"감마선 버스트예요."

"뭐라고!"

절로 빽 소리를 지를 수밖에 없었다. 감마선 버스트라니…. 머리가 어질어질해지는 기분이었다. 전장에서 리켄티아투스는 겨우 20억킬로미터 정도 밖에 안 된다.

여기서 감마선 버스트가 터지면 리켄티아투스는 그냥 사라진다. 아니, 리켄티아투스만이 문제가 아니다.

"감마선 버스트의 여파로 이 은하의 문명 수만 개가 절멸할 거라고. 무덤에서 웅크리고 있는 자가 그 인과율을 어찌 감당하려고?"

"어차피 이대로는 발버둥치는 죽음에게 죽게 생겼으니까요. 영원의 보석만 얻으면 이 은하를 다 날려버리더라도 만회할 수 있어요. 압도적인 힘 앞에 누가 인과율을 집행할까요?"

저걸 막으려면 형언할 수 없는 암흑이나 끓어오르는 심연이 와야 한다. 하지만 그들은 여기에서 수십만 광년 떨어진 은하 저편에서 코피 터지게 싸우느라 바쁘다.

설령 올 여력이 있다고 해도 문명 수만 개 쓸려나가는 것보다 눈앞의 싸움이 그들에겐 더 우선순위겠지.

어차피 필멸자들의 문명은 그들에게 수확하기 위한 논밭이다. 한 해 농사를 망치더라도 논밭의 주인이 누군지 이웃이랑 치고받는 게 더 중요한 법이다.

"아아악! 빌어먹을 소인배 새끼!"

궁지에 빠졌다고 우리 은하의 태반을 작살내려고 하다니. 나는 무덤에서 웅크리고 있는 자의 졸렬함에 치가 다 떨렸다.

"후배, 진정하세요. 우리가 뭔가 해야 해요."

"대체 뭘 할 수 있는데!"

비탄에 빠져 그리 외치자 그녀는 침착하라고 다시 한 번 날 달랬다.

"당황해서 판단력이 떨어지고 있어요. 후배. 우리는 무덤에서 웅크리고 있는 자가 주문을 멈추게 할 순 있다고요."

"아! 그렇구나."

흥분을 가라앉히자 그제야 머리가 돌아가기 시작했다.

"영원의 보석만 확보하면 무덤에서 웅크리고 있는 자는 주문을 멈출 거야. 저건 상당히 무리수를 두고 있는 거니까."

"맞아요. 애초에 우리 목표가 보석을 탈취하는 거라는 걸 잊지 마세요. 보석을 가지고 가 주문을 취소합니다. 그리고 그의 뒤통수를 때려주자고요."

"선배 말이 옳아. 내가 잠시 자제력을 잃었군."

문제는 시간이 어느 정도 있냐는 것이었다.

"은하의 역사를 바꿀 대주문이에요. 게다가 수세에 몰린 부하들을 지원하기까지 해야 해요. 아무리 무덤에서 웅크리고 있는 자의 연산력이 대단해도 12시간은 걸릴 거예요."

"12시간이라……."

굉장히 아슬아슬하다. 12시간 안에 발버둥치는 죽음의 몸에 침투해 보석을 빼와야 주문을 막을 수 있다.

이 무슨 살인적인 난이도인가.

"해보는 수밖에. 발버둥치는 죽음이 상대라면 안배가 있긴 해."

"안배요?"

"그래."

끓어오르는 심연과 공들인 계책을 시행하긴 지금이 최적이란 생각이 들었다.

"이 12시간에 모든 걸 걸겠어."

"실패하면 완전히 끝이에요. 후배."

나도 잘 안다. 다 잃어버리겠지.

"하지만 이대로 꼬리를 말 수는 없지. 만약 내게도 위대한 존재가 말했던 그 금지란 게 있다면, 내 운명은 저기서 날 기다리고 있을 거야."

누미디아의 사기꾼은 내 결심이 확고한 걸 듣고 적극 돕겠다고 했다. 물론 나는 경고하는 걸 잊지 않았다.

"혹시라도 통수 칠 생각하지 마. 만약 그랬다가는 수단과 방법을 가리지 않고 선배 영혼을 끓어오르는 심연에게 팔아버릴 테니까."

"걱정 마세요. 사기로 여기까지 올라온 자를 적으로 두고 싶지 않으니까. 저는 신격이 되고 싶을 뿐이에요."

나는 그녀의 소망이 진실하다고 생각하지 않는다. 전부터 신격이 되고 싶다고 얘기하고 있었지만 실제로 그다지 절실함이 느껴지지 않는달까.

누미디아의 사기꾼의 진짜 정체는 무엇일까? 과거 그녀와 아퀼라 사이에 무슨 일이 있었을까?

"좋아, 일단 일이나 하자고."

"마침 때가 좋네요."

중성자별이 한 번 휘젓고 사라진 이후 양 진영의 개판이 돼 있었다. 어떻게든 막으면서 감마선 버스트를 터뜨리려는 무덤에서 웅크리고 있는 자와 그 전에 상대를 박살을 내려는 발버둥치는 죽음의 충돌로 혼란은 점입가경이었다.

"이런 때라면 파고들 여지가 있겠군."

"그렇죠. 두 어둠의 대군의 존재감도 충돌하고 있어요."

음? 그런가?

나는 지나가듯 말한 사기꾼 선배의 말에 고개를 갸웃거렸다. 내겐 두 어둠의 대군의 존재감이 충돌하는 게 제대로 느껴지지 않았기 때문이었다.

이유는 간단하다. 격의 차이로 인한 문제다.

직접 중성자별을 부르는 등의 마법을 부릴 때는 나 같은 존재에게도 잘 보인다. 하지만 서로 존재감으로 상대를 압박하는 싸움은 감지하기 어렵다.

예를 들면 이런 거다.

인간 둘이 서로 손을 맞잡고 밀어내기 시합을 한다면, 땅바닥에 기어 다니는 개미가 그걸 인지할까? 전혀 모르겠지. 반면 그 인간들이 바닥에 호스로 물을 뿌려대면 개미도 뭔 일이 났다는 건 인지할 수 있다.

지금 두 어둠의 대군이 벌이는 힘겨루기는 그런 것이었다.

역시 이상해. 반쯤 신격에 다다른 나도 잘 느끼지 못하는 상황이다. 한데 그걸 명확히 본다면 누미디아의 사기꾼이 나보다 격이 높다는 이야기가 아닌가?

그녀는 무심코 말해서 자기 실책을 눈치채지 못한 기색이었다. 나는 일단 내색하지 않기로 했다.

"후배, 저길 보세요."

"음?"

누미디아의 사기꾼이 가리키는 곳을 보니까, 무덤에서 웅크리고 있는 자를 섬기는 한 무리의 신격과 그들의 추종자가 맹렬한 기세로 발버둥치는 죽음에게 나아가고 있었다.

"드디어 나선 건가."

일단의 무리가 발버둥치는 죽음의 몸에 침투해 보석을 노릴 거

라고 미리 들었다. 누미디아의 사기꾼도 그런 임무를 받아 제한적
으로 풀려난 상태고.

"우리도 가야해요, 후배."

마침 전장은 난전으로 엉망진창이다. 방어를 뚫고 발버둥치는
죽음의 몸에 내려앉기 적기였다.

"좋아."

우리는 최대 속도 나아갔다. 워낙 멀리 떨어져 있어 전장에 접
근하기까지 한참 걸렸지만 막상 여기까지 오자 얼마나 지독한 상
황인지 절감했다.

"멀리서 보던 거랑 차원이 다르네."

수많은 시체가 우주 공간에서 얼어붙어 둥둥 떠다녔다. 어느 부
분에서는 죽은 시체가 강물처럼 흘러내리고 있었다. 아니, 이건
뭐랄까. 시체로 가득 찬 물 속을 헤엄치는 기분이었다.

"저쪽으로 가지."

기왕이면 돌파하는 무리에 합류하는 게 낫겠다. 나는 한 덩이로
뭉쳐 소용돌이 같은 기세로 적을 뚫는 자들의 후미에 끼어들었다.

"크아아아압!"

선봉에 선 덩치 큰 신격의 기세가 어찌나 대단한지 막아서려는
적들을 육편으로 터뜨리고 있었다. 마치 신격계의 여포를 보는 것
만 같다.

"기세가 대단하지 않나?"

그때 함께 비행하던 무리 중에서 하나가 말을 걸었다. 당연히
나는 입을 다물고 있었다.

갑옷은 완전 밀폐구조였고, 자아가 깃들어 있었기에 안에 내가

있는 걸 감출 수 있다. 겉으로 보기에는 그저 갑옷이 살아 움직이는 것으로 생각됐다.

애초에 그녀는 갑옷이라기보다 강철 골렘 같은 존재로 인식되고 있었다. 그래서 그녀는 절대적인 자를 상대로도 잠시간 내가 안에 있다는 점을 감출 수 있다고 자신했다.

"당신은?"

누디미다의 사기꾼은 태연하게 대답하고 있었지만 내심 놀란 기색이었다. 나 역시 심장이 쿵쿵 뛴다. 그도 그럴 게 상대가 엄청난 거물이었기 때문이었다.

바로 무덤에서 웅크리고 있는 자의 총애를 받는 대신격, 검은 파라오였다. 갑자기 이런 존재가 말을 걸어올 줄이야. 그와는 이전에 한 번 만난 적이 있다.

검은 파라오는 대신격 중의 대신격이라 불린다. 일반적인 대신격과는 차원이 다른 힘을 가진 존재다.

"알면서 묻는군."

"어쩐 일이신가요?"

그녀의 물음에 검은 파라오는 나직하게 웃는다. 음흉하고 불길한 웃음소리였다.

"사실 자네에게 관심이 있는 게 아니네. 누미디아의 사기꾼."

"으음… 알 수 없는 소리를 하시는군요. 여기 저 말고 누가 있다고요?"

갑자기 불안이 마음속에 번졌다.

"바로 그대 안에 숨어있는 존재에게 물은 거지."

"!"

놀란 나는 하마터면 목소리를 낼 뻔했다. 누미디아의 사기꾼도 당황한 건 마찬가지였다. 그녀는 다급히 마음속으로 말을 걸어왔다.

- 내색하지 마세요. 넘겨짚은 게 틀림없어요.

- 그렇겠지?

- 나는 어둠의 대군들 앞에서도 당신의 존재를 감출 수 있어요. 검은 파라오가 알아볼 리가 없잖아요.

- 상식적으로야 그렇지. 하지만 그냥 넘겨짚은 듯하지 않은데….

이쪽을 보는 검은 파라오의 눈빛은 뭔가 설명하기 어려운 깊이가 느껴졌다. 뭐랄까, 이건 무덤에서 웅크리고 있는 자나 끓어오르는 심연같이 절대적인 존재와 비슷한데.

"곤란하면 인정하지 않아도 좋네."

검은 파라오는 더 추궁하지 않겠다는 듯 어깨를 으쓱했다. 사방 천지에 싸움으로 난리가 난 상황에도 그는 유쾌한 기색이었다. 오히려 비행하면서 어깨 부분에 풀린 붕대를 다시 묶기도 했다.

"하하, 뒤쪽 붕대 좀 바로잡아 주겠나? 미라가 된 이후에 이놈의 붕대 고치는 게 일일세."

우리는 그의 넉살에 대답을 찾지 못해 곤란했다. 그러거나 말거나 검은 파라오는 말을 이어갔다.

"발버둥치는 죽음의 안으로 잠입하는 걸 도와주겠네."

"무슨 생각이신가요?"

"허허, 안에 든 친구는 끝내 입을 안 열건가? 무슨 통역을 쓰는 것도 아니고 한 다리 건너 대화해야 하다니."

"무슨 생각이냐고 물었습니다."

누미디아의 사기꾼이 날카로운 목소리를 내자 검은 파라오는 다시 껄껄 웃었다.

"자네는 아름다운만큼 가시가 있군. 그저 손을 내밀어주겠다는 거네. 잠입을 돕고 그 이후에…."

"거기까진 됐어요. 보석탐색은 함께할 생각이 없으니까."

"그렇겠지. 자네들은 혹시라도 짐이 보석을 갖게 될까 우려되겠지. 하지만 걱정 말게나. 자네들이 원한다면 짐은 양보하지."

이상한 얘기였다. 내가 아는 검은 파라오는 무덤에서 웅크리는 자의 총애를 받는 대신격이다. 당연히 영원의 보석을 구해 자기 주인에게 달려가야 정상인데?

누미디아의 사기꾼이 이런 내 의문을 대신 물었다.

"당신은 무덤에서 웅크리고 있는 자를 섬기고 있잖습니까?"

"으음? 내가 언제 무덤에서 웅크리고 있는 자를 섬기고 있다고 했는가? 물론 그 멍청한 묘지기는 내가 자기 수하라고 생각할 수는 있겠지만. 하하하!"

갈수록 알 수가 없었다. 이거 참, 어디까지가 진실이고, 거짓말인지 모르겠다.

"그럼 누구를 섬기십니까?"

결국 내가 목소리를 내자 누미디아의 사기꾼이 깜짝 놀란다.

"후배!"

"괜찮습니다. 진작 들켰는데요. 저건 넘겨짚는 거 따위가 아니에요."

검은 파라오는 내 태도가 맘에 드는 듯했다.

"이제야 나서는군, 발러슈테드 발러."

"저를 기억하십니까?"

"물론일세. 자네가 여기 왔다는 건 비밀로 지킬 테니 걱정하지 않아도 좋아. 묘지기가 자네를 반가워할 리가 없으니까."

검은 파라오의 태도는 이전과 천양지차였다. 그때 마스타바 앞에서 만났을 때는 정말로 무덤에서 웅크리고 있는 자의 종복 같았다. 뭐랄까, 자기 주인에 대해 공경심이 느껴질 정도? 그 점을 묻자 그는 콧방귀를 끼었다.

"그거야 마스타바 안에서 그 옹졸한 놈이 듣고 있으니 어쩔 수 없지 않나. 지금은 짐이 뭐라 떠들던 모를 걸세. 그러니 맘대로 얘기할 수 있지."

무덤에서 웅크리고 있는 자를 향한 조소를 감추지 않은 그는 내가 아주 맹랑한 짓을 했다고 좋아했다.

"워낙 정신이 없는 상황이라 묘지기는 자네에 대해 잊고 있지. 하지만 발러슈테드 자네가 발버둥치는 죽음의 봉인을 풀면서 장난질을 한 걸 알게 되면 가만있지 않을 걸세."

애초에 지금 무덤에서 웅크리고 있는 자가 고전하는 건, 내 수작질 때문이다. 봉인을 풀기 위해서 발버둥치는 죽음에게 잘린 신체와 끈적이는 역병을 먹게 해줬으니까.

신의성실의 계약에 어긋나는 결과였고 무덤에서 웅크리고 있는 자가 그걸 알아채는 순간 내 영혼은 끝장이다.

"아주 그럴싸한 대책이 있어야 할 걸세, 발러슈테드."

"제 일은 제가 알아서 하겠습니다."

"하하하, 정말 그대는 보통이 아니군. 힘은 보잘 것 없지만 배짱은 대신격들도 못 당할 걸세. 대신격이라고 해도 그 묘지기의 분노를 사면 놀라서 똥오줌을 질질 흘리는데, 반면 자네는 그를 속여먹을 생각만 가득하군."

내 행동에 검은 파라오조차 혀를 내두르고 있었다.

"우주 역사상 자네 같은 필멸자는 없었어."

"그건 일단 재껴두시지요. 제 질문에 대답하지 않았습니다."

분명히 누굴 섬기는지 물었다. 무덤에서 웅크리고 있는 자가 아니면 대체 누구인가?

"글쎄, 말해도 모를걸? 지금은 존재하지 않는 분이기도 하고."

"존재하지 않는다?"

그는 미소를 지우고 나직하게 혀를 찼다.

"…이미 사라지고 말았지. 하지만 언젠가 돌아올 거라고 생각하고 있다네."

"대체 그게 누굽니까?"

검은 파라오는 혼자 턱을 쓰다듬고 생각에 잠겼다. 주변에서 폭발과 함께 신격들의 몸이 육편이 되어 터져나가고 있었지만 그는 남 일처럼 태평하다.

"좋아, 이쪽 비밀을 알려주면 자네도 조금 안심할 수 있겠지. 바로 눈 멀고 우둔한 아버지라네."

"네?"

나는 바로 미간을 좁혔다. <눈 멀고 우둔한 아버지>라…?

"그런 어둠의 대군은 존재하지 않습니다. 칠마성전을 봤기 때문에 제 지식은 신격조차 넘어서는…."

"아니지. 일단 아버지는 어둠의 대군이 아니니까. 그리고 말했잖나. 이미 존재하지 않는다고."

"존재하지 않는 분을, 돌아오길 기다리며 섬기고 있는 겁니까?"

"내 긴 사연을 잘 요약해 주는군."

검은 파라오는 다시 웃으며 오른손을 뻗었다. 그러자 그의 손에서 검은 영기가 가득 뿜어져 나오더니 우리를 덮쳐 오던 괴종족들을 일제히 증발시켜버렸다.

그 괴종족 중에 별의 자식도 여럿이었는데 손을 한 번 들어 소멸시키다니…, 나는 검은 파라오의 권능에 경탄을 금치 못했다.

"과연 대신격 중의 대신격…."

"사실 난 자네가 뭘 하려는지 짐작하고 있다네. 그걸 방해할 생각도 없고 자네가 제법 잘 해내리라고 믿음도 있지. 하지만 저기에는 말이야."

검은 파라오는 발버둥치는 죽음을 가리켰다. 거대한 얼음 덩어리에 우리는 어느새 근접해 있었다. 침입을 막기 위한 자들의 저항 역시 더욱 격렬해져 간다.

콰드득! 콰아앙!

갑자기 발버둥치는 죽음의 몸에서 수십 킬로미터 길이의 거대한 촉수들이 튀어나왔다. 마치 검은 얼음을 뚫고 거대한 지렁이가 솟아오르는 것 같았다.

그 촉수들은 놀랄 정도로 빠르게 움직이며 주변에서 비행하는 신격들을 잡아채서 으깨버리고 있었다.

"크아아아아!"

"피해! 발버둥치는 죽음의 촉수다!"

그때까지 뭉쳐서 돌파를 시도하던 이 무리는 착륙하려던 도중에 촉수들이 나타나자 사방팔방으로 흩어졌다. 각자도생하며 안으로 침입하려는 것 같았다.

"자네가 생각하는 이상의 위험으로 가득해."

갑자기 나타난 촉수 때문에 검은 파라오의 말에 절감할 수밖에 없었다.

"만약 짐이 돕는다면 자네 목적을 이루기 훨씬 좋겠지."

"어째서 절 도우려 하십니까?"

내 물음에 검은 파라오는 씩 웃었다. 사악하기 그지없으면서도, 호감을 주는 묘한 미소였다.

"간단해. 자네를 도우면 발버둥치는 죽음과 무덤에서 웅크리고 있는 자가 피눈물을 흘릴 테니까. 그 이상 재밌는 일이 어디에 있나! 하하하핫!"

검은 파라오는 파안대소하면서도 주변에서 잡아채려 다가오는 촉수를 모조리 박살내고 있었다. 사방에 신격들의 비명이 가득한 상황에서도 확실히 검은 파라오의 곁은 안전했다.

"설령 자네가 거절한다고 해도 강요하지는 않겠네. 하지만 어디까지나 선의로 하나만 알려주지. 듣게나."

검은 파라오는 맹렬한 속도로 비행하는 우리 밑에 있는 얼음덩어리와 촉수들을 가리켰다.

"사실 저건 발버둥치는 죽음의 본체가 아니라네. 그저 껍질 같은 거지. 그걸 알아야 자네 일에 실패가 없을 거야."

마치 검은 파라오는 내가 세운 계획을 짐작하고 있다는 듯한 말투였다.

3. 사기꾼은 언제나 뒤통수를 노리지

깊은 고민에 숨이 다 막히는 기분이다. 다급한 와중에 운명을 가를 중대한 결정을 내려야만 했다.

속이 바짝바짝 졸려온다. 이번에 반드시 승리를 거둬야 한다. 리켄티아투스 뿐만이 아니라 끓어오르는 심연과 약속을 지키기 위해서기도 하다.

만약 내가 패하면 그와 합의한 계획이 틀어진다. 끓어오르는 심연이 형언할 수 없는 암흑에게 패해도 계획은 틀어진다.

우리는 서로의 승리를 믿어야만 했다.

"할 수 있는 건 뭐든 해야겠지요."

"짐의 도움을 받을 생각이 들었는가?"

"도와주십시오."

발버둥치는 죽음의 몸 안으로 들어가면 그야말로 마굴이다. 나 같은 건 파리 목숨인지라 검은 파라오의 도움을 받기로 했다.

"저 자를 뭘 믿고 함께해요! 후배!"

누미디아의 사기꾼은 정색했지만 믿기 어려운 건 그녀도 마찬가지다.

"이미 결정했어."

단호하게 선을 그은 뒤, 얼음 덩어리에 착륙하기 위해 이동했다.

두두두두두두!

아래쪽에서 마치 대공포를 쏘는 것처럼 마법이 난사돼 왔다. 발버둥치는 죽음의 몸체 곳곳에 일종의 진지가 있어서 괴종족들이 거기서 대공방어를 하고 있었다.

마탄이 무수한 빛을 뿌리며 위쪽으로 치솟아 오른다. 우리는 아슬아슬한 비행을 거듭해 점점 아래로 내려갔다.

카앙! 캉!

몇 번이고 마탄이 갑옷에 명중에 몸을 뒤흔들어댔다. 금속을 때리는 날카로운 소리가 갑옷 안을 요란하게 울러댔다.

콰앙!

근처에서 터지는 폭발 때문에 비행이 흔들려 추락할 뻔하기도 했다. 긴장감으로 이마가 흥건하게 젖어 들어갔다.

"이쪽일세!"

검은 파라오는 입구를 찾기보다 마법을 난사하고 있는 진지 하나를 가리켰다.

"어쩌시려고 그럽니까?"

"이러려고 그러네!"

그가 손을 내밀자 저 아래쪽에서 여러 겹의 빛이 나선형으로 꼬이며 뭉치더니, 절정에 이르자 핏! 하고 섬광이 번쩍였다.

콰아아앙!

대폭발이 일어났다. 단번에 진지가 초토화됐다.

"따르게!"

연기 속으로 검은 파라오가 뛰어내리자 나 역시 과감히 몸을 던졌다.

"어차피 진지는 내부로 연결되어 있어. 귀찮게 입구를 찾으니 여길 제압하고 내려앉는 게 적당하다네."

잡아채는 촉수와 대공포처럼 쏘아대는 마법 때문에 얼음 덩어리에 안착하긴 무척 어려웠다. 검은 파라오 덕을 크게 봤다.

사방에 가득한 연기를 뚫고 나가자 안으로 향하는 통로가 있었다. 나는 통로의 벽을 손가락으로 쓸며 정신을 집중했다.

음, 이상한데?

준비한 안배가 희미하게만 느껴진다. 뭐지, 마치 무언가가 중간에 가로막고 있는 것 같은….

미간을 찌푸리던 나는 얼음 속으로 깊이 들어갈수록 안배가 잘 느껴지는 걸 깨달았다. 역시 검은 파라오의 말대로 겉면의 얼음 덩어리는 껍질 같은 건가? 아무래도 계획대로 하려면 좀 더 깊이 들어가는 게 좋을 것 같았다.

"안에서도 벌써 전투가 벌어지고 있군."

구루웅! 구르르.

통로 곳곳이 진동하며 천장에서 얼음 알갱이들이 떨어져 내렸다.

"현재 전투가 벌어지고 있는 상황에 비춰 보석이 있을 걸로 생각되는 유력한 장소가 있다네."

검은 파라오는 허공에 홀로그램 같은 지도를 띄웠는데 이 얼음 덩어리 안을 나타내는 지도였다.

"묘지기의 스파이들이 오래 조사한 결과물이지. 내부구조가 주기적으로 바뀌기에 정확한 건 아니지만 의지가 되긴 한다네. 자, 여길 보게."

검은 파라오는 지도를 확대하더니 한 지점을 가리켰다. 나는 절로 고개를 끄덕였다.

"딱 봐도 중요해 보이는 장소군요. 깊은 곳에 있고 주위에 몇 개나 되는 방으로 막혀있네요."

"짐은 여기에 영원의 보석이 있을 거라고 생각되는군. 실제로 강한 에너지 3개가 투시 마법에 잡혔어."

지도 위에 빛나는 점 3개가 생겨났다. 깜빡이는 그것은 자신이 영원의 보석이라고 주장하는 것 같았다.

실로 그럴싸하지 않은가. 광대한 에너지를 품은 보석이 저런 곳에 있다면 혹하겠지. 설령 함정이라고 생각해도 지나치기엔 너무 달콤했다.

"어떻게 생각하나? 여기까지 안내해 줄 수 있네. 짐은 가볼 생각이니까."

관대한 제안이었다. 하지만 뭔가 걸렸다. 이건 사기꾼만의 직감인데… 지금 검은 파라오의 표정은 내게도 익숙한 것이랄까.

마치 나락으로 떨어질 사람을 지켜보는 듯하다. 그가 일부러 날 속이려는 기색은 아니었다. 하지만 저기로 가면 패착이라는 걸 알고도 말릴 생각도 없는 게 아닐까?

그저 내가 무슨 판단을 하는지 흥미진진해 하는 것 같다.

"됐습니다. 저긴 함정이 틀림없으니까."

"어찌 그리 생각하는가? 짐의 마법은 틀림없네. 광대한 에너지 반응이야. 이미 여러 신격들이 저쪽으로 침투해 들어가고 있어."

검은 파라오는 유혹을 계속했다. 하지만 내가 다시 거절하자 그는 압박을 더했다.

"만약 저쪽으로 가지 않겠다면 짐은 더 도움을 줄 수 없네."

이 정도라면 보통 더 버티기 어렵겠지. 이런 마굴에서 검은 파라오 같은 강력한 조력자가 이탈하겠다고 하면 마음이 흔들릴 테니까. 하지만 이번에도 내 결론은 변하지 않았다.

"어쩔 수 없군요. 여기까지 도와주신 것에 감사합니다."

이쪽이 끝까지 거절했는데 검은 파라오는 기분 상한 기색이 아니었다. 오히려 내 대답이 만족스러운 표정이었다.

"좋네, 그러면 그 이유를 들을 수 있겠는가?"

"저기가 함정인 이유는 간단합니다. 현재 영원의 보석 3개는 봉인된 상태기 때문이죠."

"어찌 그런가?"

"무작정 달려들기 전에 신중히 생각해 보면 알 수 있는 문제입니다."

애초에 영원의 보석을 봉인되어 힘을 잃었기에 발버둥치는 죽음이 갖고 있어도 안 들켰던 거다. 만약 영원의 보석들이 정상이었다면 이미 이 싸움은 발버둥치는 죽음의 승리로 기울었을 거다.

"보석은 왕관을 수놓아야 제대로 된 힘을 발휘합니다만, 단품으로도 충분히 강력하지요. 하지만 현 상황에서 전혀 보이지 않는군요."

검은 파라오는 내 대답을 칭찬했다.

"영민한 답변이었네. 사실 자네가 저길 가겠다고 했으면 도움을 준 것에 대해 실망했을 거야."

"역시 시험해 보신 거군요."

"자네가 명성대로의 사내임을 확인해서 기분이 좋군. 공격자 중 사려 깊은 자들은 당장의 충동에 휩쓸리지 않고 자네와 같은 결정을 내리겠지. 하지만 대부분은 저쪽으로 몰려갈 걸세. 설령 가짜 같이 보여도 너무나 탐스러운 먹이거든."

저 정체불명의 보석 3개 역시 대단한 우주적 보물이 틀림없다고 했다. 설령 저게 영원의 보석이 아니라도 욕심 때문에 빼앗으려 할 거라고.

"그야말로 완벽한 함정이군요. 간파해도 당할 수밖에 없으니."

당연하지만 대부분의 신격은 지독한 욕심쟁이들이다. 탐욕스러워 그만한 위치까지 간 거다.

"물론 짐도 지도의 장소로 갈 거네."

"전하께서도 욕심이 나십니까?"

"전혀 아닐세. 저 가짜 보석들은 아무래도 좋아."

이해할 수가 없군. 그럼 왜 함정인 줄 알고도 제 발로 걸어 들어가려는 거지? 의아한 표정을 짓자 검은 파라오는 넉살 좋게, 동시에 악마처럼 웃었다.

"진짜 영원의 보석조차 자네에게 양보하겠다고 하지 않았나. 짐의 목표는 보석이 아니라네. 한데 저런 가짜가 눈에 들어올 리가."

역시 무덤에서 웅크리고 있는 자의 신하인 척하고 있지만 원하는 건 따로 있는 모양이다.

"하면 어찌?"

"간단하네. 그쪽으로 가는 게 재밌을 거 같아서야. 크하하하핫!"

이해가 안 간다. 하지만 검은 파라오에겐 공격자와 방어자가 빼곡히 모여, 가장 치열한 전장이 될 함정 쪽이 매력적이라는 거다. 그는 미치광이 같은 얼굴로 두 손을 부르르 떨어댔다.

"수많은 신격이 죽어 그들의 피로 호수가 만들어질 걸세. 생각해 보게! 발러슈테드. 그 피의 호수 한 가운데 마지막까지 살아남아 몸을 담그고 있는 이가 짐이라면 이 얼마나 근사한가! 크하하하하!"

…역시 이 자식도 정상이 아니구나. 어째서 우주에 이런 또라이만 가득한 건가.

아무래도 그가 내게 도움을 준 이유는 다분히 변덕스러운 일이었던 거 같다. 그저 발버둥치는 죽음과 무덤에서 웅크리고 있는 자의 일을 망칠 수 있다는 점에 혹한 거겠지.

처음부터 이쪽 일에는 깊이 관여할 생각도 없었던 모양이고.

"…알겠습니다."

"한데 보석을 찾을 방도가 있는 건가? 자네가 비범하다는 건 알고 있네. 하지만 발버둥치는 죽음의 광대한 몸 안에서 어떻게 찾을 거지? 그건 짐이라도 자신이 없어. 대체 어디에 있는 줄 알고?"

"아주 방법이 없는 건 아닙니다."

"그게 뭔가?"

당연히 자세히 말해줄 이유는 없다. 하지만 이 어디로 튈지 모르는 대신격의 심기를 거슬리기 싫어 적당히 알려주기로 했다.

"적이 잘 대비하고 있다면 폭탄이라도 터뜨려야지요. 어느 주머니에 보석을 감췄는지 알 수 없을 때는 멱살을 쥐고 흔들면 결국 튀어나오지 않겠습니까?"

구체적인 방법은 하나도 얘기하지 않았지만 검은 파라오는 내 대답이 썩 맘에 든 모양이었다. 그는 자기 턱수염을 쓰다듬으며 씩 웃는다.

"좋은 이야기네. 하지만 상대는 발버둥치는 죽음이야. 자네 같은 필멸자가 어찌 그를 흔들어? 짐도 불가능한데. 그건."

그의 말에 나는 잠깐 얼마 전의 일을 떠올렸다.

몇 주 전.

유적지에 있던 끈적이는 역병을 단숨에 제압한 끓어오르는 심연과 나는 중요한 대화를 나누고 있었다.

"이 어둠의 대군을 어쩌시렵니까? 만약 원하신다면 공양하겠습니다."

"흐음……."

평소라면 반색했을 그는 신중한 태도였다.

"이 몸이 흡수하는 것도 좋은 방법이지. 하지만 좀 더 효율적으로 쓰고 싶다."

"허락하신다면 발버둥치는 죽음에게 넘겨 그가 봉인을 풀게 할 작정입니다만."

"그걸 이용할 수 있을 것 같군."

끓어오르는 심연은 끈적이는 역병의 시체를 함정으로 쓰자고 했다.

"마치 너희 인간이 왕을 죽일 때 독을 타는 것처럼."

"가능한 겁니까?"

나는 반색하지 않을 수 없었다.

"그렇다. 이 몸에게 방법이 있다."

"하지만 발버둥치는 죽음도 의심을 할 겁니다. 흡수하기 전에 이리저리 확인해 보겠죠. 짐승도 수상한 음식은 입에 대지 않으려 하는데 하물며 상대는 어둠의 대군이 아닙니까?"

"그대의 말이 옳다. 하지만 놈은 외통수이다. 받을 수밖에 없겠지. 안 받으면 죽으니까."

"확실히….."

이대로라면 무덤에서 웅크리고 있는 자에게 맞아죽을 테니까 끈적이는 역병의 시체가 그야말로 절실하다. 상대는 궁지에 몰려 있었다.

"물론 조심히 살펴볼 것이다. 뭔가 수작질이 돼있다면 화가 될 테니까. 하지만 속일 방법이 있다. 시체 자체에는 아무 문제없는데 흡수된 후 체질에 반응해 독이 되는 경우라면 어떨까?"

"아주 좋군요."

사람이 먹는 음식 중에도 체질에 따라 특정인에게 독이 되는 게 있다.

"하지만 발버둥치는 죽음의 특정한 체질에 대해 아시는 겁니까? 그런 비밀은 밝혀낼 수 있는 게 아닐 텐데요."

끓어오르는 심연은 대답대신 거대한 살덩이를 던졌다.

철푸덕!

이쪽으로 던질 때는 작아 보였는데 막상 옆에 떨어지자 그 살덩이는 코끼리만 해서 깜짝 놀랐다.

"이건?"

"발버둥치는 죽음의 살덩이다. 과거 이 몸이 썼던 어둠의 왕관이 파괴되던 순간, 반역자인 그의 몸을 억지로 뜯어낸 것이다."

끓어오르는 심연은 이 살덩이를 오래간 분석했다고 했다.

"놈의 육체는 참으로 기괴해 많은 걸 알아낼 순 없었다. 하지만 무수히 반복된 실험을 통해 저 살덩이와 결합해 반응하는 물질을 찾아냈지. 천운이 따른 일이기도 했다."

최고위 어둠의 대군이 됐다는 건 약점이 거의 없다거나 알려질 가능성이 희박하다는 소리다. 그런 상대에게 반응하는 독이니 얼마나 희귀한 것인지 알 수 있었다.

"나는 그걸 사용할 날을 기다리고 또 기다렸다. 한 번 밖에 쓸수 없을 테니 결정적인 순간이어야만 했다."

"드디어 인내의 결실을 볼 때가 왔군요."

"그러하다!"

이 독으로 발버둥치는 죽음을 죽이지는 못한다고 한다. 최고위어둠의 대군이 독으로 사망하는 경우는 있을 수 없다고.

"그렇게 일이 편리하면 이 몸은 진작 왕관을 되찾았을 것이다."

"하면 무슨 효과가 있습니까?"

"일정한 시간 동안 광증이 올 것이다. 긴 시간은 아니지만 발버둥치는 죽음은 통제 불능의 상태에 빠지게 된다."

광증이 일어나면 그가 가진 영원의 보석을 노리는 우리에게 기회가 오겠지.

"그런 존재가 정신이 좀 나갔다고 공격하는 건 어불성설이다. 미쳤다고 힘이 약해지는 건 아니니까. 하지만 그의 수하들은 혼란에 빠지겠지."

"당황해서 사태가 큰 위기라고 여기겠군요."

"그렇다. 분명 수하 중 하나가 그의 몸 안에 감춰둔 보석을 회수해 안전한 곳으로 옮기려 할 것이다."

끓어오르는 심연은 보석을 발버둥치는 죽음이 아니라 그의 부하가 관리하고 있다고 확신했다.

"발버둥치는 죽음은 이해불가의 존재다. 이 몸조차 그가 제대로 사고력을 갖고 있는지 알지 못한다. 놀라운 통찰력을 보여주지만 동시에 충동적으로 움직이며 주변에 관심을 기울이지 않는다."

그의 진영에서 벌이는 모략은 모두 측근들이 만든 거라고 했다.

"애초에 보석의 힘을 감추고 같이 봉인되는 일도 측근의 계책이겠지. 발버둥치는 죽음이 그런 세세한 일까지 생각해낼 리가 없다. 아니, 생각하지 못하는 건지도 모른다."

심지어 발버둥치는 죽음은 어느 날 보석을 모두 버리고 떠날지도 모른다고 했다. 하니 그런 중요한 건 측근이 관리하며 그의 거대한 몸 어딘가에 안전히 숨겨놓을 거라는 것.

"측근들은 그의 몸 안이 세상에서 가장 안전한 장소라고 여기겠지. 하지만 그 금고가 미쳐서 날뛰면 어떻게 하겠느냐?"

"급히 찾아서 안전한 곳으로 옮기겠군요."

"그렇다. 발버둥치는 죽음은 정상일 때도 혼돈 그 자체다. 그의 가장 오래된 부하와 그의 가장 오래된 적조차 행동을 예측하기 어려워."

마치 어느 정도 예측은 되지만 번번이 뒤통수를 친다는 점에서 변덕스러운 주식 차트 같은 어둠의 대군이다.

"발러슈테드, 최근에는 발버둥치는 죽음이 사실 영원의 보석에 관심이 있었는지조차 의문이다. 그저 모든 게 충동이었을 수도 있고, 우연일 수도 있다."

그 정도인가. 어떤 의미로는 진정 두려운데.

뭔가 패턴을 예측 못하겠다는 점에서 페자무트가 떠올랐다. 우주적인 페자무트인가. 그렇다면 그 존재가 여태 수많은 대적자들의 의표를 찌르고 승승장구한 게 이해되지 않는 것도 아니다.

심지어 지혜로운 끓어오르는 심연조차 상대하기 곤혹스럽다는 반응을 보이고 있다. 마치 내가 심계를 쥐어짜도 페자무트에게 번번이 털린 게 생각났다.

"위대한 분이시여. 그 뜻을 알겠습니다. 요컨대, 발버둥치는 죽음이 광증을 보이는 짧은 순간, 특이한 반응을 보이는 존재를 찾으면 되는 거군요?"

"그렇다. 찾아서 뒤통수를 때려서 보석을 빼앗거라."

"걱정하지 마십시오. 그건 실로 저다운 일이니까."

확실히 끓어오르는 심연의 계획은 훌륭했다. 발버둥치는 죽음은 끈적이는 역병의 시체를 받을 수밖에 없으니, 함정을 설치하기 딱 좋다.

"위대하신 분이시여. 한 가지 확인할 부분이 있습니다. 그 독이 발동되는 시기를 조절할 수 있는 것입니까? 안 그렇다면 상당히 어려움이 있을 듯합니다."

"그 점은 잘 인지하고 있으니 걱정할 것 없다. 원하는 시간에 독이 발동하도록 하는 게 가능하다."

독이 효과를 발휘하기 위해선 일종의 방아쇠가 필요하다고 했다.

"발버둥치는 죽음에게 근접해서 이 몸이 알려주는 주문을 사용하면 독을 발동시킬 수 있을 것이다."

"흐음······."

다 좋은데 발버둥치는 죽음에게 근접해야 하는 게 문제였다.

"위대하신 분이여, 상당한 위험이 예상됩니다. 잘 해낼 수 있을지 모르겠습니다. 행성 안에서야 제 위치가 남다릅니다만, 밖으로 나가면 얘기가 다르지요."

"알고 있다. 널 돕기 위해 황금술잔을 찾아서 보내마."

끓어오르는 심연은 황금술잔의 위치를 파악하고 있다. 또한 거기 박힌 보석의 정체가 영원의 보석이라는 것도 알려줬다.

"황금술잔은 단순히 인과율을 줄이는 용도만이 아니다. 술잔에 영원의 보석이 박혀있기에 알려진 것 이상의 힘이 담겨있지. 위기의 순간에 황금술잔을 사용한다면 어려움을 이겨낼 수 있을 것이다."

훌륭한 제안이었지만 너무 대단한 걸 줘서 부담스러웠다.

"위대한 분이시여. 다른 도움이 좋겠습니다. 황금술잔에 박힌 건 영원의 보석입니다. 아직 아는 이가 없다지만, 제가 들고 다니기에는 지나친 비보입니다. 하물며, 영원의 보석은 위대한 분께······."

워낙 귀한 물건이라 다른 걸 요구하려 했으나 끓어오르는 심연은 단칼에 거절했다.

"되었다."

"위대하신 분이시여."

"영원의 보석은 대단하다. 하지만 결국 그건 그저 보석일 뿐이다."

아마 이 우주에 영원의 보석을 그저 보석일 뿐이라고 말할 존재는 그밖에 없을 거다. 영원의 보석 앞에선 가장 고귀한 자조차 게걸스러운 탐욕을 참지 못한다고 하니까.

최상위 어둠의 대군들조차 영원의 보석 때문에 하나 같이 정신나간 행동을 하고 있지 않은가.

"그저 보석일 뿐이라니요…. 그건 위대한 분의 뜻을 이뤄줄…."

"맞다. 이 몸의 뜻을 이뤄주겠지. 그러나 설령 손아귀에서 놓쳐도 언젠가 다시 구할 수 있는 것이다. 반면!"

끓어오르는 심연의 거대한 촉수 하나가 가까이 왔다. 거기에 입이 달려있어 내게 말했다.

"이 우주가 아무리 넓다고 해도 마음에 맞는 파트너는 쉽게 만날 수 있는 게 아니다. 훌륭한 동료를 잃을 위험보다는 영원의 보석을 사용하는 게 낫다."

"어찌 저 같은 자를 파트너라 하십니까."

리켄티아투스에서는 하늘 무서운 줄 모르고 날뛰는 나지만, 그 누구보다 세계의 공포에 대해 절감하고 있었다.

우주에는 강자가 끝도 없이 많다. 거기에 비하면 나는 먼지와도 같은 존재. 하물며 상대는 그런 공포 중 정점이다. 어찌 감히 파트너가 되겠는가? 그러나 끓어오르는 심연은 호탕하게 웃어재꼈다.

"크하하하하! 발러슈테드. 네놈답지 않은 소리를 하는구나. 본디 이 몸은 누구보다도 지고했던 존재. 격으로 따진다면 애초에 내 파트너가 될 이는 단 하나도 없다. 그러니 격이 무슨 상관이겠는가. 타고난 신분으로 판단하지 마라. 이 몸은 가치있는 자라면 높고 낮음에 관계없이 동업자로 인정할 수 있으니라."

저리 말해주니까 나는 겸양하지 않기로 했다.

"끓어오르는 심연이시여. 그리 말씀하신다니 기꺼이 주신 걸 받겠습니다."

"좋다. 그런 뻔뻔함이 네놈에게 어울리는 태도다!"

끓어오르는 심연은 위기의 순간에 연락하면 황금술잔을 보내주겠다고 약속했다.

"처음부터 갖고 가면 도리어 위험할 것이다. 적당한 때에 요청하도록."

그게 몇 주 전의 일이다.

이후 끓어오르는 심연은 내게 한 가지 능력을 내렸는데 신적 존재를 민감하게 탐지하는 감각이었다. 내가 이 전쟁을 멀리서 지켜보면서도 신격의 위치를 정확히 파악했던 건 그 때문이다.

"진짜로 발버둥치는 죽음을 흔들 모양이군."

검은 파라오는 흥미 가득한 얼굴이었다. 하지만 자세한 건 추궁하지 않았다.

"정말 재미있어. 하긴 이런 사내니 겨우 필멸자 주제에 어둠의 대군들 사이에서 위태로운 줄타기를 하고 있겠지. 짐도 위험한 일을 좋아하지만 그대에 비하면 한참 부족해. 경의를 표하고 싶군."

저 검은 파라오란 존재는 아마 보이는 대로, 그저 대신격이 아닐 거란 생각이 들었다. 증거는 없지만 몇 번이고 최상위 어둠의 대군을 만나본 내 입장에선 검은 파라오가 그들 못지않게 느껴졌다.

"본래 짐은 깊이 관여할 생각은 없었다네. 하지만 조금 더 도움을 주지. 물론 이 이상은 바라지 말게. 이쪽도 이쪽 입장이라는 게 있거든."

그리 말한 그는 내 이마에 손바닥을 댔다. 거부할 틈도 없었다.

"이건 파라오의 축복이라 불리는 힘일세."

시커먼 연기가 피어오르더니 내 안으로 빨려 들어오기 시작했다. 불길하고 사악한 힘이었지만 해를 끼치는 건 아니었다.

"이게 무슨 축복입니까?"

"위험을 피하게 해주는데 탁월하지. 보통 짐의 충복들이 어려운 임무를 맡았을 때 가끔 내려준다네. 이 축복이 함께하면 가장 무서운 괴물들도 피해갈 수 있어."

좀 더 설명을 들어보니 신격이 아니면 인지하지 못하게 하는 축복이란다.

"이게 있으면 별의 자식도 자네를 알아채지 못해. 신격들이야 워낙 격이 다른 존재니 어쩔 수 없지만."

"감사합니다."

생각 이상으로 좋은 축복을 받았다. 온갖 부류가 바글바글한 이 안에선 그야말로 딱이었다. 신격들이야 내 감각으로 우회해서 피하면 될 테고.

"자, 그러면 가보도록 하게. 건승을 빌지."

검은 파라오는 갑자기 나타났던 것처럼 훌쩍 사라졌다. 대체 뭐하는 존재인가 싶다. 그의 정체도 어쩌면 우주의 중대한 비밀 가운데 하나일지도 모르겠군.

"서둘러요. 후배. 시간이 없어요."

"그래."

무덤에서 웅크리고 있는 자가 쉬지 않고 감마선 버스트의 연산을 하고 있다고 생각하니 목이 절로 바짝바짝 말라왔다.

"좀 더 안쪽으로 들어가야 해. 검은 파라오가 이 얼음지대는 껍질 같은 거라고 했으니 실상 본체라 할 수 있는 건 더 안쪽에 있겠지."

"깊이 갈수록 위험이 증가할 거예요."

아닌 게 아니라 주변에 온갖 괴종족들이 바글거리고 있었다. 형태변형 등의 방법이 있지만 검은 파라오의 축복을 받지 않았으면 꽤나 어려울 뻔했다.

계속 조심스레 계속 나아가다보니 어느새 무척 깊은 곳까지 다다르게 됐다. 바글바글하던 괴종족들도 더는 잘 보이지 않았다. 듬성듬성 별의 자식들이 방 하나를 차지하고 꾸물거리고 있을 뿐이었다.

"환경도 달라졌어."

더는 얼음 덩어리 안이란 느낌이 아니었다. 끈적끈적한 생물체 내부에 들어온 것만 같았다. 발바닥에 참방참방 밟히는 액체는 지독한 산성을 띠고 있었다.

벽에 다시 손을 대 본 나는 바르게 나아가고 있음을 알았다. 점점 발버둥치는 죽음의 본체와 가까워지는 중이었다. 이대로 나아가면 독을 일으키는 주문을 발동할 수 있겠지.

"크흠…."

하지만 세상일이란 게 어디 만만하나. 잘 나가다 저 앞쪽에서 신격들의 기척을 느꼈다. 역시 중요한 길목을 막고 있는 건가.

"다행히 아직 들키지 않은 것 같아. 우회할 길을 찾아봐야겠군."

뒤로 신중히 물러나서 다른 방향을 찾아보려는데 앞에 누군가 나타나 막아선다.

"이거 쥐새끼가 나타났군. 본좌는 쥐새끼를 제일 싫어하지."

앞에 선 존재는 코끼리 얼굴에 거인의 몸을 가진 존재였다. 긴 코에는 황금으로 만든 장식을 잔뜩 붙이고 어깨와 등에는 청동과 상아로 만든 화려한 조각들을 올리고 있었다.

팔을 여섯 개였고 두 눈동자는 신성으로 하얗게 타올랐다. 부채처럼 넓은 귀에는 처음 보는 언어로 다양한 문신이 빼곡하다.

"…신격이로군."

이런, 결국 꼬리를 잡히고 말았나. 신격 중에서도 특별히 감이 좋은 녀석인 것 같다. 잘 빠져나왔다고 생각했는데 알아채고 따라붙다니.

- 후배, 도망쳐야 해요. 절대 못 당해요.

- 신격을 상대로 도망간다고?

어림없는 소리. 괜히 사냥감처럼 농락당하다 죽을 일이 있나? 이럴 때일수록 정면으로 부딪치는 게 최선이다.

- 하지만 상대는 진짜 신격이라고요!

- 그래, 게다가 날 벌레처럼 얕보고 있지.

코끼리 얼굴의 신격은 조소를 금치 못하고 있었다.

"이런 본좌를 보고 겁을 집어먹어 오줌이라도 지리는 건가?"

그의 눈가에 가학성이 넘쳐나는 게 날 괴롭힐 생각이 가득해 보였다. 그렇다고 내가 겁을 먹을 리는 없다.

"이 좆같이 생긴 코끼리 대가리야."

"뭐? 뭐어?"

순간 그는 내가 무슨 말을 한 건지 이해하지 못한 듯 당황했다. 겁을 내며 벌벌 떨어야할 텐데 다짜고짜 쌍욕을 날리니 그럴 수밖에.

"당장 가진 거 다 내놔. 이 새끼야."

"뭐라?"

심지어 칼을 빼들고 강도로 돌변하니까 너무 어이가 없는지 씩씩거리고 말도 제대로 못했다.

"가진 거 다 내놓으라고 코끼리 새끼야."

이 폭언에 결국 그는 크게 울부짖었다. 마치 영역을 침범한 하이에나에게 성을 내는 코끼리 같았다. 그러자 그의 주변으로 동료 신격들이 차례로 순간이동해 나타났다.

하나 같이 장중한 기세를 풍기는 신격들로 다들 동물의 머리를 갖고 있었다. 동물 형태의 만신전인가.

도발로 공격을 유도한 뒤에 한 방 먹이고 튀려고 했는데 일이 틀어졌다. 설마 동료를 부를 줄이야. 이 코끼리 새끼 생각보다 옹졸했다.

- 후배! 오히려 적이 늘어났잖아요!

- 흐미, 의도한 건 아니야.

도발이란 게 항상 잘 먹히는 건 아니니까. 그렇다고 이런 상황이 될 줄은 몰랐는걸.

- 혹시 감춰둔 게 있으면 당장 꺼내는 게 좋을 걸요. 안 그러면 우리가 갈기갈기 찢어질 거 같거든요.

아닌 게 아니라 모여든 신격은 총 일곱이나 됐다. 그들은 코끼리 얼굴을 한 신격에게 사정을 듣고 살기를 뿜어내고 있었다.

"이 필멸자가 완전히 정신이 나갔군."

"평생 이렇게 황당한 놈은 처음이다. 어디서부터 요리해줘야 할지 의문이군."

"저놈 주둥이는 내가 뜯어먹고 싶군. 저런 맹랑한 놈 혓바닥은 무슨 맛일까?"

하나도 못 당하는데 일곱이나 되는 신격에게 둘러싸였다. 지금이야 말로 비장의 한 수를 쓸 때란 생각이 들었다. 어차피 여기만 넘기면 발버둥치는 죽음의 본체인 것 같고.

"차라리 잘 됐군. 다 모였으니 한꺼번에 처리하기에."

믿는 구석이 있어 여유만만한 내 말에 신격들은 기막힘을 감추지 못했다.

"실로 마차 앞에서 사마귀가 몸을 들고 위협을 가하는 꼴이로다."

그들은 더 말하기도 싫다는 듯 힘을 일으켰다. 하지만 그 순간 이미 나는 저 멀리는 있는 끓어오르는 심연에게 기원하고 있었다.

- 위대하신 분이시여. 공정하신 분이시여. 부디 약속한 대로 행해주십시오.

내가 마음속으로 읊조린 기원은, 시공을 초월에 그에게 닿았고 바로 응답 받았다.

콰르르륵!

갑자기 불쾌하기 짝이 없는 소리와 함께 내 근처에서 시커먼 어둠이 피어나자 신격 일곱이 흠칫한다.

"이게 무슨?"

"대, 대신격? 아니, 대신격 이상의 기운이오!"

보통 신격들에겐 대신격의 등장은 양 무리를 휘젓는 사자와도 같다. 다들 혼비백산한 기색이었다.

놀란 건 나 역시 마찬가지다. 약속에 의하면 분명히 황금술잔이 와야 한다. 대신격 같은 게 아니라.

황금술잔에 박힌 보석의 힘은 인과율이나 여타 힘에 관여하는 게 틀림없다. 그래서 나는 황금술잔이 오면 잽싸게 신격들의 힘을 줄인 뒤 한 방 터뜨리고 있는 도망갈 작정이었다.

그런데 대신격이라니?

하지만 아직 놀라긴 한참 일렀나 보다. 나는 차원을 건너 나타난 이를 보고는 눈이 휘둥그레졌다. 살다 살다 이렇게 놀란 적은 처음이었다.

"마, 마왕 오드가쉬?"

경악해서 입이 절로 벌어졌다. 믿기지 않아 눈을 씻고 보니 정말 마왕 오드가쉬였다. 성명제례술에 어이없이 가긴 했지만 그 패도적인 힘은 트라우마를 남기기까지 했다.

솔직히 지금 내 힘이면 마왕 오드가쉬를 뛰어넘었다고 생각하나 그때의 강대함이 남긴 기억은 두렵기까지 한 것이었다.

신격들에게 둘러싸여서도 침착했던 나는 팔이 가늘게 떨리는 걸 느꼈다. 대체 마왕 오드가쉬가 여기에 어떻게? 분명히 그 육체를 끓어오르는 심연에게 바치긴 했는데….

"이놈! 갑작스레 웬 불청객이냐!"

주변의 신격들은 발작하듯 소리쳤다. 당해낼 수 없는 존재의 등장의 그들은 위엄은 빠르게 무너지고 있었다. 하지만 물러날 수도 없으니 꽥꽥 소리를 지를 수밖에.

"시끄럽군."

마왕 오드가쉬는 특유의 거만한 표정으로 씩 웃는다. 결국 신격들은 더 참지 못하고 그에게 달려들었다.

콰앙!

짧은 한순간이었다. 뭐가 어떻게 된 건지 모르겠는데, 가장 먼저 달려들던 호랑이 얼굴을 한 신격의 머리가 터져나갔다.

마왕 오드가쉬는 목을 잃고 축 늘어진 신격의 육체를 집어던진 채 포효했다.

"이 몸의 주먹은 필멸자와 신격을 가리지 않는다. 더 해보겠나!"

"이놈! 감히 본좌를 능멸하려 들어!"

코끼리 얼굴의 신격이 용감하게 달려들었지만, 전혀 상대가 되지 않았다. 마왕 오드가쉬는 단번에 그의 코를 붙잡아 뜯어버렸다.

주우욱!

"크아아악!"

비명과 함께 긴 코를 감싸고 있던 화려한 금제 장식이 뜯어져 허공에 흩어졌다. 마왕 오드가쉬는 주먹을 내리쳐 그의 긴 상아를 박살냈다.

파직!

"네놈 입에 있던 거니 돌려주겠다!"

그는 부러뜨린 상아를 잡아채서는 상대의 주둥이에 도로 꽂아줬다.

푸욱!

자신의 기다란 상아가 입에 박힌 코끼리 신격은 피를 토해내며 날뛰었다. 그러나 그 발버둥도 오래가지 못했다. 마왕 오드가쉬의 주먹이 그의 흉부를 강타했던 것이다.

콰와아아아앙!

번쩍!

주먹이 신격의 몸에 닿는 순간 빛이 점멸하더니 이어서 폭발이 일어났다. 그리고 자욱한 연기만이 일대에 가득했다. 하지만 시야는 금방 회복됐다.

휘이이잉!

인위적인 용권풍이 일어나더니 주변을 맑게 해줬다. 마왕 오드가쉬를 중심으로 일어난 바람이었다.

"세상에…."

코끼리 신격은 이미 흔적도 안 보이고 앞으로 거대한 터널이 뚫려있었다. 드래곤이라고 해도 여유롭게 드나들 수 있을 것 같은 크기였다.

그저 피에 젖은 상아 조각이 한때 희생자가 그 자리에 서 있었다는 것만 말해줬다.

"아…."

그제야 나는 상대의 정체를 알아봤다. 내가 아는 수준에서 주먹질로 이런 짓을 할 수 있는 이는 단 하나밖에 없다.

"혹시… 전하십니까?"

한 가지 무서운 가정이 떠올랐다. 마왕 오드가쉬의 육체와 베오울프의 영혼을 가진 최강, 최흉의 존재가 만들어진다면? 거기에 끓어오르는 심연이 강화까지 해줬다면 지금 이 황당한 위력은 모두 설명된다.

"오랜만이군, 자네."

그는 전에도 한 번 본 익숙한 미소를 짓는다. 비록 마왕의 얼굴을 하고 있지만 그에게선 왕의 품격이 느껴졌다. 틀림없이 베오울프였다.

"어찌 전하께서 직접 오신 것입니까? 위대한 분께선 황금술잔을 보내주겠다고 하셨는데…."

그 말에 왕은 크게 웃었다.

"안 그래도 그분께서 자네가 그리 물을 거라고 하셨네. 하면 이리 대답하라고 하시더군."

"뭐라 하셨습니까?"

전언은 간단하지만 강렬했다.

"술잔을 보내겠다고 했지만 술잔만 보내겠다고 한 적은 없다!"

세상에… 끓어오르는 심연이시여.

"잠시 기다리게."

베오울프는 남은 신격들을 가리키며 앞으로 나섰다.

콰앙! 쾅! 쾅!

무슨 주먹질을 할 때마다 대폭발이 일어났다. 그 와중에 베오울프가 외친 말이 인상적이었다.

"신격이라고 주먹에 맞으면 안 아픈가!"

베오울프의 주먹은 신격이라고 예외가 없었다. 상대가 누구든 공평하게 박살내는 철권이었다.

콰아앙!

마지막 폭음과 함께 사슴의 머리를 갖고 있던 덩치 좋은 신격의 상체가 터져나갔다. 멋진 뿔을 갖고 있어 유난히 기품있던 신격이었다.

털썩.

하반신만 남은 신격의 육체가 허망하게 꼬꾸러졌다. 사방에 쓰러진 신체와 정수들은 발버둥치는 죽음에게 흡수되었다. 얄궂게도 이 안에서 신격을 죽이면 그의 힘을 더해주는 꼴이니 참으로 딜레마였다.

"구해주셔서 감사합니다."

"인연이 있는 자네를 돕게 되어 기쁘군."

베오울프는 여전히 호탕하고 왕의 기품이 넘치는 사내였다. 나는 현재 상황에 대해 설명하고는 도움을 요청했다.

"알겠네. 일단 이것부터 마시게."

베오울프는 품에서 뭔가를 꺼냈는데 말로만 듣던 황금술잔이었다.

"오오!"

찬란한 금빛 광채가 눈부셨다. 베오울프는 마법으로 포도주를 불러내더니 잔에 따랐다.

퐁퐁퐁.

상황에 어울리지 않게 기분 좋은 소리를 내며 포도주가 병에서 흘러내렸다. 포도 냄새와 어우러진 제비꽃 향기가 코끝을 자극했다.

"갑자기 웬 술입니까?"

"자네는 이 황금술잔의 사용법을 모르겠군."

"그렇습니다."

"이 황금술잔은 잔에 무언가를 따라 마시는 것으로 능력을 발휘한다네. 액체의 종류에 따라 얻는 힘이 다르지. 다만 모든 능력은 한시적이네."

신기한 일이로군. 들어보니 물, 벌꿀주, 에일, 올리브유, 식초 등은 효과도 가지각색이라 했다.

"포도주도 종류별로 다르네. 하지만 최고급 포도주에는 그만한 힘을 제공하지. 자, 들게."

베오울프가 내민 잔을 단숨에 들이켰다. 최고급이라더니 맛있긴 했으나 딱히 달라진 건 모르겠다. 의아한 표정을 짓자 그가 웃었다.

"자네는 아주 중요한 능력을 얻었어."

"무엇입니까?"

"정신의 보호."

이제 어둠의 대군을 가까이 마주해도 정신에 심대한 피해를 입지 않는다고 했다. 하지만 베오울프는 딱히 그 능력만을 주려고 한 건 아닌 듯, 여러 음료를 계속 먹였다.

"온갖 보호가 다 생긴 거 같군요."

영원의 보석이 가진 힘은 정말 놀라웠다. 아퀼라가 준 것과 다르게 기간 제한이 있긴 했으나 간파하는 힘으로 부터 보호까지 생겼다. 거기에 석화 방지, 차원 추방 방지, 영혼 타격 방지까지 더해졌다.

"이거 하나만 있으면 어지간한 건 막겠습니다."

"이러니 어둠의 대군들조차 눈이 돌아가는 거 아닌가."

발버둥치는 죽음이 가진 보석 세 개가 모두 봉인된 건 참으로 다행이었다.

"자, 이제 과인이 자네의 과업을 돕도록 하지."

"감사합니다. 전하. 먼저 주문을 발동할 수 있을 정도로 안으로 들어가야 합니다."

주변의 환경이 바뀌긴 했지만 충분히 깊이 오지 못했다. 아직 여기도 발버둥치는 죽음의 본체는 아닌 것 같다. 정말 본체라면 베오울프의 주먹에 이렇게 뻥뻥 터져나가진 않을 테니까.

우리는 서둘러 안으로 향했다. 한참을 가다 보니 어느 순간 공기가 달라졌다. 주변의 환경도 이루 말하기 어려울 정도로 기괴해져갔다.

"적당한 곳까지 온 듯하군."

고개를 끄덕인 나는 바로 주문을 사용하기 위한 준비에 들어갔다. 원래라면 일대에서 신격과 숨바꼭질을 해야 했을 텐데 베오울프 덕에 일이 수월해졌다.

"발버둥치는 죽음은 싸움이 한창이라 알아채기 어려울 겁니다."

이 거대한 육체 속에서 나는 마치 기생충처럼 은밀히 해를 끼치려 하고 있었다. 그러고 보니 안의 신격들은 백혈구 같군.

우우우우웅!

주문이 발동되는 동안 별다른 방해는 받지 않았다. 모든 절차가 차분하게 이뤄졌다. 베오울프가 한차례 난리를 친 탓에 수비의 공백이 생긴 모양이었다.

하긴 신격 일곱이 갑자기 증발하리라 누가 예상하겠나. 그저 내 영창만이 조용한 일대를 울렸다.

"칼로 죽일 수 없는 자의 혈관에 독이 흐르기를. 하여 방패를 들어 올리는 그 힘이 잃기를. 영광을 노래할 목소리가 쉬어버리길. 몸은 말려 묶은 짚단처럼 타오르기를……."

순서대로 고대의 주문을 외우기 시작하다 펼친 내 손바닥 위로 자줏빛 물이 샘처럼 솟아났다. 그 불길한 물은 아래로 흥건하게 흘러내렸다.

치지직!

강산성인 것 같은 그 액체는 연기를 내며 바닥으로 스며들었다. 한동안 그 상황이 지속되고서야 주문이 끝이 났다.

"끝났습니다."

"드디어 놈이 광증을 터뜨리는 건가?"

나는 긴장된 얼굴로 고개를 끄덕였지만 당장 큰 변화는 없었다. 하지만 그때 주변이 크게 출렁였다.

쿠우우우우우웅!

마치 상처받은 짐승이 우는 것 같은 소리가 길게 울렸다. 그리고 자주색 액체를 흘렸던 바닥에서 거품이 부글부글 일어나기 시작했다.

하수도가 역류해도 이 정도는 아닐 거다. 폭발하는 것처럼 일어났다. 뭐랄까, 기절한 사람이 입에 거품을 무는 것과 비슷한 느낌이었다.

"독에 반응하고 있습니다. 전하."

"확실히 그렇군."

이대로 있다가는 거품에 집어삼켜질 것 같아 서둘러 피했다. 이동하는 동안 일대가 지진이 난 것처럼 흔들렸다. 광증을 일으키고 있는 게 틀림없었다.

어느 구간에선 움직이는 것도 어려워 내부의 끈적끈적하고 기괴한 신체 부위를 붙잡고 버텨야했다.

"특이한 움직임이 있는가?"

잠시 신격들의 동향을 집중해 봤는데 혼란 그 자체였다.

"모두 놀란 듯합니다. 공격자나 방어자나 정신을 못 차리고 있군요."

마구잡이로 섞인 상황이라 누군가를 특정하기 어려웠다. 어딘가로 급히 이동하는 신적 존재들이 한둘이 아니었다.

"피하게!"

그때 베오울프가 날 다급히 밀었다.

촤악!

내가 있던 자리로 어디선가 튀어나온 날카로운 촉수가 찔러왔다. 이곳은 발버둥치는 죽음의 내부. 침입자를 제거하기 위한 몸의 본능적 행동인지, 곳곳에서 촉수들이 튀어나고 있었다.

"미치겠군."

목표를 특정할 수 없는데 내부 환경은 갈수록 안 좋아지고 있었다.

"서둘러야 하네!"

"알겠습니다!"

시간이 없다는 건 나 역시 잘 안다. 지금은 그럭저럭 버티고 있지만 이 안의 적대적 환경이 강해지면 힘들어진다. 절로 입술을 깨물던 그때 안쪽 깊은 곳으로 오는 존재가 감지됐다.

"잠깐, 느껴집니다!"

"집중하게."

잠시 눈을 감고 다가오는 감각에 정신을 기울였다. 익숙한 존재였다.

"아! 시종장입니다!"

역시 시종장이 보석의 위치를 알고 있는 건가. 물론 그가 보석을 향해 가고 있다고 확신할 수는 없지만 거동이 충분히 의심스러웠다.

"시종장은 발버둥치는 죽음의 일을 대부분 도맡고 있습니다. 따라가면 좋은 결과가 있으리라 생각됩니다."

매복이라도 하면 좋은데 이 안에는 길이 미로처럼 복잡했다. 아니나 다를까, 시종장은 곧 근처를 지나쳤고 우리는 부지런히 따라가게 됐다.

"놈만 잡으면 이번 일은 대성공입니다."

"그렇다면 더 놓칠 수는 없지."

한참 시종장을 추격하는데 누미디아의 사기꾼이 말을 걸어왔다.

- 후배, 무덤에서 웅크리고 있는 자의 동향이 좀 이상한데요?

- 왜?

- 가까이 다고오고 있어요.

그건 또 무슨 소리야? 특이사항이 발생한다는 건 결코 좋은 일이 아니다. 하지만 지금은 시종장을 쫓는 것만 해도 벅차 다른 곳에 신경 쓸 여력이 없었다.

- 일단 보석에 집중하자고.

- 알겠어요. 후배.

시종장은 이 복잡한 장소에 익숙해 보였기에 따라가는데 보통 어려운 게 아니었다.

"전하, 시종장이 마침내 멈췄습니다."

"그건 그렇고 이 안쪽의 광기는 감당하기 어렵군."

"정말 그렇습니다. 황금술잔의 도움을 받고 있음에도…."

이미 세계는 현실과 환영이 반반 섞여서 보이고 있었다. 발버둥치는 죽음과 접촉하게 되면 볼 수 있는 색채의 향연이 현실 세계에 반쯤 덧입혀져 있었다.

사방에서 색채가 저마다의 독특한 소리를 내며 활활 타올랐다. 또한 발버둥치는 죽음의 정신세계에서만 사는 기괴한 존재들이 커다란 눈을 껌뻑이며 우리를 지켜보고 있었다.

마치 꿈속을 질주하는 것만 같은 아득한 기분이었다. 하지만 현실을 모두 잃어버리지 않았기에 버틸 수 있었다. 황금술잔의 도움으로 우리가 인지하는 반절은 여전히 현실이었다.

"바로 앞입니다!"

시종장은 멈춰서 무언가를 하고 있었기에 우리는 간신히 따라잡을 수 있었다. 도착해 보니 거대한 촉수덩어리인 그가 발버둥치는 죽음의 신체 일부를 갈라 안에서 무언가를 꺼내는 중이었다.

보니까 불투명하고 탁한 빛을 띠는 볼품없는 보석이었다. 저게 봉인된 보석이 틀림없었다.

"하압!"

"크아압!"

베오울프와 나는 다짜고짜 기합성을 내지르며 시종장에게 쇄도해 들어갔다. 문답무용이다. 영원의 보석이 보인 순간 바로 빼앗는 게 답이었다.

콰아앙!

우리 둘의 힘이 작렬하자 큰 폭발이 일어났다. 하지만 그곳에는
아무 것도 없었다.

"아니!"

나는 그렇다쳐도 베오울프까지 목표를 놓치다니? 시종장은 이
미 우리 둘의 뒤에 있었다.

"날 쫓아오는 건 알고 있었다. 상당히 당황했다는 건 인정해야
겠군."

시종장은 이미 우리의 추적을 눈치채고 대비했던 거다. 그래서
베오울프의 일격까지 피할 수 있었군.

"네놈들, 설마 이런 상황을 노린 건가?"

대답해줄 이유는 없었다. 다시 공격하려 했으나 갑자기 좌우에
서 가시 같은 뼈대가 튀어나와 앞을 가로막았다.

콰앙!

베오울프의 주먹이 거기 작렬하자 뼈마디가 출렁이긴 했지만
멀쩡했다. 마치 그것들은 감옥의 철장처럼 앞을 막고 있었다. 시
종장은 그 밖에서 비웃음을 터뜨렸다.

"황당할 정도로 강한 자지만 소용없다. 이 일대는 그분의 신체
다. 아무리 네놈이 잘났어도 그분의 몸을 해할 수 있을 것 같은가!"

여기는 베오울프가 신격들과 싸울 때 뻥뻥 터뜨려 버린 지역과
완전히 달랐다. 발버둥치는 죽음의 본체기에 아무리 날고 기는 그
라도 단순 주먹질로는 어쩔 수 없었다.

"네놈. 대체 신격도 아닌데 그런 힘을 가진 거지?"

콰아아앙!

베오울프는 대답대신 다시 주먹을 휘둘렀다. 요란한 소리와 함께 앞을 가로막은 뼈에 금이 가기 시작했다. 정말 괴물 같은 위력이었다. 시종장 역시 질린 기색이었다.

"가는 뼈긴 하지만 그분의 신체를 박살내려 하다니 보고도 믿기 어렵군. 하지만 탈출하기 전에 최후를 맞을 것이다."

구르르르.

갑자기 우리가 있는 공간 자체가 수축되기 시작했다. 이대로 살과 뼈가 조여와 베오울프와 날 찌부러뜨릴 기세였다.

"자, 불쾌한 침입자들이여. 그분의 뼈와 살이 되도록. 그토록 위대한 분의 일부가 된다는 사실을 영광으로 알라."

시종장은 그대로 영원의 보석을 챙겨 튀려했기에 뭐라도 해야 했다. 나는 누미디아의 사기꾼에게 투구의 면갑 부분을 열게 했다.

치이이익!

내 관자놀이 부분에서 연기가 솟아나더니 투구의 얼굴 부분이 열리기 시작했다.

"시종장!"

막 떠나려던 시종장은 멈칫했다. 그리고 내 얼굴을 보더니 깜짝 놀란다.

"네놈은 발러슈테드! 어찌 여기에 있는 것이냐! 아니, 처음부터 보석을 노리고 있었나! 이런 배신자!"

"시종장, 어차피 우리 거래는 끝나지 않나. 설마 배신 운운할 줄은 몰랐는데."

"실로 간악한 자로군. 그분께 영원한 후원을 받고 있으면서 이런 식으로 나와! 대가를 피할 수 없을 거다."

"맘대로 하도록. 좋은 일에 쓰려고 하는 거니 너무 불쾌해 할 거 없어."

정체를 드러내 잠시 시간을 끌고 있으나 오래는 무리였다. 하지만 손 놓고 있는 것보다 뭐라도 하는 게….

콰아아아앙!

그때 별안간 폭음이 터지며 주변이 사정없이 요동쳤다. 여기 있던 모두가 일제히 뒹굴었을 정도다. 시종장은 온몸의 촉수가 꼬인 채 철푸덕 소리를 내며 근처의 벽에 처박히기까지 했다.

앞뒤좌우, 위아래가 마구 뒤집히고 있었다. 대체 무슨 일이 일어나는 거야.

- 후배! 아무래도 무덤에서 웅크리고 있는 자가 발버둥치는 죽음을 직접 공격하고 있는 거 같아요!

- 뭐라고?

아까 무덤에서 웅크리고 있는 자가 가까이 다가오고 있다고 하더니 설마 직접 공격할 줄이야?

- 어떻게 된 거야?

- 글쎄, 저도 잘 모르겠어요! 발버둥치는 죽음이 갑자기 미쳐버려서 생각이 바뀐 게 아닐까요?

그것도 일리가 있지만 뭐가 더 있는 것 같다. 머리를 굴리자 대강 상황이 짐작됐다.

두 어둠의 대군은 수십억의 수하를 마법으로 지원하던 중이었다. 한데 발버둥치는 죽음은 광증으로 그 지원을 못하게 된 거다.

전쟁이 갑자기 한쪽에게 유리하게 변해버렸다. 상황이 이렇다면 무덤에서 웅크리고 있는 자는 엄청난 인과율의 손해를 감수할 감마선 버스트를 고집할 이유가 없다. 애초에 죽게 생겨 한 발악에 가까웠으니까.

- 무덤에서 웅크리고 있는 자가 승기를 잡았다고 생각해 나선 게 틀림없어.

감마선 버스트 주문을 취소했는지는 모르겠지만 직접 발버둥치는 죽음을 공격하는 건 틀림없었다.

콰아아앙! 쾅! 쿠아아아앙!

소리만 들어봐도 발버둥치는 죽음의 육체를 누군가가 엄청난 위력으로 두들기는 게 확실했기 때문이다. 일격, 일격이 핵무기의 위력을 아득히 넘어가는 것 같았다.

당연한 얘기지만 평타 하나하나가 핵무기급 이상인 건 무덤에서 웅크리고 있는 자밖에 없다.

구지지지지직!

마치 이 일대 몸 전체가 찢어지는 것 같은 소리가 났는데, 동시에 눈앞에 있는 뼈 창살이 괴상한 소리를 내며 휘어졌다. 그리고 빠져나갈 수 있는 틈이 벌어졌다.

"시종장!"

앞뒤 볼 것 없이 튀어나갔다. 곧장 진신을 드러낸 뒤 샤프리히터를 소환해 시종장을 내리찍었다.

푸우욱!

샤프리히터의 봉 아래쪽 스파이크로 단번에 시종장을 관통해 벽에 고정시켰다. 스파이크가 비록 발버둥치는 죽음의 신체까지 뚫을 순 없었지만, 뼈와 살로 이뤄진 벽면의 틈새를 파고들어가 시종장은 단단히 고정했다.

"전하!"

내 외침에 이미 베오울프는 허리까지 당긴 주먹을 뻗기 직전이었다.

구우우웅!

빛의 입자가 그의 주먹으로 모여 들며 백열로 불타오르고 있었다.

번쩍!

베오울프가 주먹을 내지르다 작렬하는 빛이 워낙 강해, 나는 샤프리히터를 단단히 붙잡으면서 눈을 찡그렸다.

퍼억!

무언가 둔탁하게 터지는 소리와 함께 갑옷을 입은 내 몸에 끈적이는 덩어리들이 일제히 들러붙었다. 하지만 뭐라 반응하기도 전에 째지는 비명이 머리를 흔들었다.

"키에에에엑!"

일격에 시종장의 몸이 반절 가까이 날아가 있었다. 그래도 비장의 한 수가 있었는지 베오울프의 공격을 받고도 즉사를 면했다.

게다가 치명상을 입었지만 몸 반절이 날아간 게 오히려 호재로 작용했다. 샤프리히터로 고정했던 몸 일부분이 사라지자, 그는 보석을 챙겨서는 전력을 달아났다.

콰앙!

폭음과 함께 주변에 독연기가 자욱하게 터졌다. 아차, 하는 사이에 시종장은 거리를 벌려 저 멀리 달아났다.

"젠장!"

무조건 시종장을 잡아야 한다. 앞뒤 가릴 거 없이 모든 능력을 쥐어짰다. 바로 SSS등급 스킬 <원형시간축 정지>를 썼다.

쩌억!

사방이 회색으로 얼어붙었는데 이 와중에도 시종장은 영향을 받지 않고 달려 나갔다.

"발러슈테드! 저자는 시간정지에 저항력이 있는게 틀림없어!"

시종장은 시간정지 능력은 없지만 시간정지에 저항하는 능력은 있는 듯했다. 그 저항력이 높아질수록 시간정지에 더욱 길게 대항할 수 있게 된다.

"완벽히 저항하진 못하는군!"

저항력이 다소 부족했던지 도망가던 시종장은 시간정지가 1초 남은 시점에서 얼어붙었다.

"타핫!"

기합성과 함께 샤프리히터를 휘둘렀다. 그렇게 거의 잡을 뻔한 그 순간, 간발의 차이로 시간정기가 풀리며 시종장은 몸을 피했다. 그와 워낙 거리가 멀리 벌어져 있어 1초 만에 따라잡긴 무리였다.

"순간이동은 못 쓰는가?"

"사방이 색채로 타오르고 있어서 무리입니다! 전하."

이곳은 반은 현실이고, 반은 혼돈에 가득 찬 색채의 공간.

순간이동의 목적지를 제대로 고정할 수 없었다. 세계가 화려하고 요동치고 있으니 잘못했다가는 사단이 난다. 부지런히 달려서 따라잡는 수밖에. 그나마 다행인 건 상대도 비슷한 이유로 발버둥치는 죽음 근처에선 순간이동을 하지 못했다.

"이런! 망할!"

안타까움에 탄성이 터졌다. 이어진 상황 역시 좋지 못했다.

"전하, 신격들입니다!"

"그자가 불러 모은 모양이군."

시종장과 우리 사이를 부름을 받고 나타난 신격들이 가로막는다. 수가 총 다섯. 그중에 가운데 있는 자의 존재감이 말도 못할 정도고 강대한 걸 보니 대신격인 것 같았다. 추격이 완전히 차단됐다.

"달아나는 그자를 잡지 못하면 놓칠 걸세."

"하지만 전하, 방법이 없습니다."

발을 동동 굴렀지만 나타난 신격들은 흉흉한 기세가 만만치 않았다. 대신격까지 끼어있으니 베오울프도 이전 싸움처럼 날뛸 수가 없다. 대신격은 한 행성계의 정점에 이른 존재니까.

"자네 먼저 가야겠군…."

어려운 싸움을 예감한 듯 베오울프의 목소리가 침중해졌다.

"하오나! 전하!"

이대로 남겨두고 가면 그는 죽은 목숨이다. 남의 몸을 빌리긴 했지만 살아난 건 그에게 큰 의미가 있을 터. 이렇게 당하게 둘 순 없었다.

"마지막까지 왕답게 싸우게 해주게."

"승산이 없습니다!"

"알고 있어. 하지만 자네가 그자를 잡을 시간은 벌 수 있지."

"제길."

속에서 뜨거운 게 올라와 목이 턱 막히는 기분이었다. 하지만 지금은 감정에 빠질 때가 아니었다.

"정말 재미있군. 누가 보내주겠다고 했는가? 그 건방진 시종장이 부르는 대로 온 건 짜증나긴 하지만."

저쪽에 대신격이 차가운 눈으로 이쪽을 보고 있었다. 그 순간이미 베어울프가 주먹을 휘두르고 있었다.

콰아아앙!

적의 대신격은 어떻게든 방어해 냈지만 그를 수행하는 신격 넷은 뒤로 날아가거나 쓰러졌다. 죽은 건 아니기에 금방 회복했으나 그들이 받은 충격은 대단했다.

유리함을 알고 기세등등하던 그들은 일순간 얼어붙어버렸다. 대신격은 이대론 시작부터 진다고 느꼈는지 이쪽으로 위력적인 파괴마법을 쏘았다. 하지만 베오울프는 그걸 손등으로 쳐 날려버렸다.

콰아앙!

튕겨나간 마법이 옆쪽에서 커다란 화염폭풍을 일으켰다. 목이바짝 날라버릴 정도로 화끈한 열기였다. 하지만 상대 대신격은 자신의 주문을 이리 쉽게 쳐냈다는데 충격을 받은 듯했다.

"대단하군! 대체 어느 행성계의 거물이지!"

"그건 중요한 게 아니다. 듣도록. 이 친구가 지나갈 때 끼어들면한 번 더 주먹을 휘두르겠다."

베오울프의 협박은 단순했지만 무게감이 장난 아니었다.

"어림없는 소리! 네놈 뜻대로 될 줄 아냐!"

발끈하는 대신격 앞에서도 베오울프는 능숙했다.

"이 친구는 어차피 큰 위협이 안 되지 않나. 이 정도를 감당하지 못하는 건 자네들 잘못이 아니라 시종장의 잘못이다. 게다가 그대는 시종장이 시키는 대로만 할 것인가?"

아까 대신격이 지나가듯 내비친 시종장에 대한 반감을 이용한 말이었다. 역시 일국의 왕이라 그런지 협상에도 탁월했다.

"그를 보내주면 이어질 싸움에서 과인은 도망가지 않겠다고 약속하지. 어차피 과인을 쓰러뜨리면 할 일은 한 셈이 아닌가."

대신격은 턱을 쓰다듬으며 생각에 잠겼다가 곧 살짝 고개를 끄덕였다.

"흐음… 좋다. 저 정도 녀석이 지나가는 건 신경 쓰지 못할 수도 있는 거지. 크크큭."

베오울프는 눈앞의 대신격이 시종장에 대한 반감을 자극해 협의를 이끌어냈다.

"자. 가세."

"…전하, 후일 제가 반드시 살려드리겠습니다."

"기대하지."

베오울프는 슬쩍 내게 황금술잔을 넘겨줬다. 그걸 받은 나는 바로 달렸다. 신격들은 방해하지 않았다. 그저 대신격만이 지나가듯 말을 건넸다.

"네가 그 놈을 엿 먹일 수 있다면 그건 그것대로 재밌겠지."

시종장에 대해 상당한 악감정이 있는 것 같구나.

콰아앙! 쾅! 쾅!

떠나자마자 뒤에서 요란한 전투의 터져 나왔다. 비명과 고성이 교차하고 있었다. 몇 번이고 뒤를 돌아보고 싶었지만 억지로 참으며 달렸다.

만약 지금 하는 일이 성공한다면 끓어오르는 심연과 다시 한 번 만날 수 있을 터. 그때 베오울프의 영혼을 대가로 받을 작정이었다. 그게 저 뒤에서 절망적인 싸움을 하고 있는 그를 위해 내가 해 줄 수 있는 보상이었다.

쿠아아아앙! 고오오오!

계속 들려오는 폭음에도 발을 멈추지 않았다. 그리고 결국 시종장이 보이는 상황까지 따라잡았다.

"이런! 끈덕진 자가!"

시종장은 눈이 여러 개라 뒤쪽에 달린 눈이 금방 날 발견했다. 처음에는 놀랄 정도로 빨리 도망가던 그였으나 신체가 반절 가까이 날아간 게 역시 큰 타격이었던 모양이다.

어느새 달아나는 속도가 느려져 있었다. 어찌나 출혈이 심한지 쫓아가는 바닥이 미끄러워 넘어질 정도였다.

지금이 마지막 기회란 생각이 들었다. 이번에 못 잡으면 그야말로 끝이다. 보석은 어디론가로 사라질 거고 내가 할 수 있는 일은 없겠지.

"전하의 희생을 헛되게 할 줄 아나!"

"흥! 그 빌어먹을 주먹 깡패 놈이 뒤졌나 보군! 잘 됐구나! 네놈을 보내준 의도는 뻔히 알겠다만 날 잡을 수 있을 것 같은가!"

역시 자기가 부른 대신격의 반감을 알고 상황을 짐작한 모양이다. 결정적인 순간까지 부르는 걸 주저한 것만 봐도 평소에게 어지간히 으르렁대던 사이였겠지.

"감히 전하에 대해 악담을 해! 네놈의 그 많은 눈동자마다 지울 수 없는 고통을 새겨주겠다!"

바로 원형시간축 정지를 발동했다. 시간을 정지하지만 상대의 저항력 때문에 실제로 벌 수 있는 시간은 1초. 1초 안에 승부를 봐야한다.

쩌억.

세계는 다시 얼어붙고 그 속을 시종장과 나만이 움직였다. 하지만 곧 시종장의 저항은 한계에 다다랐고 1초간 정지했다. 극속으로 달리는 내게 1초는 굉장히 긴 시간이었다.

순식간에 따라잡고는 남은 시간 동안 마구 연타를 날렸다. 샤프리히터로 내리찍고, 올려치고, 찌르기가 20여 번 이상 들어갔다.

모두 살짝 눈을 감았다 뜰 시간 동안 일어났다. 지상의 마왕이라면 삽시간에 갈아버릴 무시무시한 공격이었다. 하지만 시종장은 강대한 별의 자식 중에서도 정점에 오른 존재.

그는 이 공격들을 죽지 않고 견뎠다. 그리고 1초가 지났을 때 튀어 오른 피가 전신을 진득하게 덮쳤다. 하지만 그걸 느낄 틈도 거의 없었다, 바로 반격이 들어왔기 때문이다.

콰르르! 촤악!

삽시간에 수십 가닥의 촉수가 찔러왔다. 귀신의 발걸음을 써 대부분 회피했지만 몇 개는 어쩌지 못했다. 그리고 그게 치명타로 이어졌다.

카앙! 캉!

갑옷의 배와 흉부가 깨지면서 단번에 촉수가 몸을 관통했다.

"크익!"

큰 상처를 입었지만 시종장의 상태도 좋지 않았다. 시간이 정지된 동안 정말 신나게 두들겨 댔기 때문이다. 그는 분을 참지 못하고 으르렁거렸다.

"감히! 하찮은 인간이 주제도 모르고 감히!"

이어서 알아먹을 수 없는 괴종족의 언어로 욕설을 퍼부었다. 나는 격통 때문에 말을 하기도 힘들었다. 말을 하려고 입을 몇 번이고 달싹거리는 동안에 이마가 흥건하게 땀으로 젖어갔다. 그러다 겨우 말문을 열었다.

"크욱. 아악! 빌어먹을…! 쿠욱!"

입 안에서 피가 줄줄 흘러나와 숨을 쉬기가 어려웠다.

촉수 하나가 위장을 뚫고 들어가 버린 것 같다. 찢어진 위장이 촉수로 벌어져 믿을 수 없을 정도로 고통스러웠다. 마치 누군가가 감당할 수 없을 정도로 음식을 억지로 먹인 탓에 속이 뒤집힌 기분이었다.

"네놈의 복수심은 대단했지만 힘이 없었다! 기회를 잡고 끝내지 못했으니 결국 죽는 건 네놈이다!"

"그으윽! 이대로 당할 줄 아는가!"

"어차피 네놈이 할 수 있는 건 아무 것도 없다! 반론의 여지없이 무력하지! 그러니까 생각해라! 네놈이 여기서 죽는 의미를! 그래야 이 개죽음 속에서 조금이라도 위안을 찾을 테니까."

"내가 원하는 단 하나의 의미는 네놈의 죽음뿐이야!"

그때까지 늘어져 있던 나는 샤프리히터 끝의 스파이크로 시종장을 내리찍었다.

퍼억!

피를 튀기며 스파이크가 파고들어간다.

"같잖구나! 끝을 내주마! 발러슈테드!"

시종장은 이 공격에도 아랑곳하지 않고 끝을 내기 위해 나머지 촉수를 찔러왔다. 하지만 그것들은 곧 누군가 잡아당긴 것처럼 땅에 철썩 붙어버렸다.

구우우웅!

샤프리히터의 능력인 '산 무너뜨리기'를 사용한 것이다. 이 능력은 강력한 중력을 일으킨다. 대신 유지하는 동안 심대한 마력을 요구해 자칫하다가는 사용자가 목숨을 잃을 수도 있었다. 하지만 나는 전력으로 전개했다.

"크아아아압!"

사방에 악을 쓰는 내 목소리가 쩌렁쩌렁했다. 시종장은 지면에 납작 붙어서도 기를 쓰며 소리쳤다.

"얼마나 버티는지 보겠다. 인간은 이런 능력을 기껏해야…."

콰가가가가강!

대답대신 고막을 찢어버리는 듯한 고음이 터졌다. 산 무너뜨리기에 그치지 않고 샤프리히터의 또 다른 능력인 '심연의 우레'까지 발동한 것이다.

지옥에나 어울리는 것 같은 시커먼 기운들 뭉쳐 강력한 천둥, 번개를 일으켰다.

콰가가가강!

사방을 전격으로 가득 채우기 시작했다.

지이이익!

시종장의 몸이 열기로 뒤틀리며 곳곳에서 연기가 올라오고 있었다.

"어리석은! 이런 과도한 주문을 사용하면 네놈은…."

하지만 이번에도 시종장은 말을 끝까지 못했다. 샤프리히터의 다음 능력인 '번개의 정령왕 소환'까지 써버렸기 때문이었다.

그야말로 이판사판이었다. 설령 여기서 죽어도 보석을 얻어야 한단 각오였다. 뒤를 돌아보지 않고 가능한 능력은 모두 꺼냈다.

콰지지지직!

범접할 수 없는 기운과 함께 순수한 전격으로 이뤄진 장엄한 존재가 나타났다. 그는 일대에 가득 찬 우레와 번개가 맘에 드는 듯 포효하고는 내가 원하는 목표인 시종장을 인정사정없이 공격했다.

"이래도 내 힘이 부족한가! 시종장!"

지금 나는 인간을 반쯤 초월한 상태다. 사실 이미 인간이던 시절에도 드래곤이 자기 능력을 부끄러워할 정도의 마력을 가졌다. 입에서 피를 토할지언정 이 정도는 감당할 자신이 있었다.

"크아아아아!"

전신의 모든 기운이 한정 없이 빨려나가는 기분이 들었다. 하지만 조금도 주저하지 않았다.

"으윽."

짧은 시간 안에 엄청난 일들이 일어났다. 눈앞이 하얗게 변했을 때는 결국 의식이 살짝 끊기고 말았다.

- 후배! 후배! 정신 차려요!

- 음? 기절했던 건가?

정신을 차렸을 때는 중력도 우레도 정령왕도 없었다.

- 5분 정도 밖에 안 지났어요. 괜찮아요.

- 시종장은?

- 지금 그게 중요한 게 아니에요. 어서 후배의 몸에 할 수 있는 조치를 하세요. 이대로라면 얼마 못 버티고 사망이에요.

그녀의 경고대로 전신이 엉망이었다. 몸 어느 부분도 맘대로 움직일 수 있는 게 없었다. 하지만 이럴 때 딱 알맞는 게 있다. 이런 부상에 쓰러지는 건 이미 내겐 과거의 이야기였다.

또 다른 SSS등급 스킬인 <원형시간축 역행>을 사용하자 몸과 갑옷의 시간이 되감기기 시작했다. 그리고 죽음의 기운은 흔적도 없이 사라졌다.

모든 게 시종장과 싸우기 전 그대로였다. 심지어 중후장대한 마력도 역시 건재했다.

반면 시종장은 내 발 아래 시커멓게 타서 꿈틀거렸다. 이미 그는 재생도 할 수 없는 상태였다. 죽음이 나 대신 그에게만 관심을 보이고 있었다.

"발러슈테드… 이 끔찍한 짓에 대해… 감당할 수 없는 대가를 치르게… 될 것이다."

"물론 그럴 수도 있지. 하지만 나는 그전에 먼저 움직일 거다."

"네놈…!"

"이 몸의 운명은 너 같은 버러지가 걱정해 줄 게 아니다. 패배를 받아들여. 그리고 그걸 한스럽게 안고 가도록."

나는 발로 시종장의 눈알 하나를 터뜨려버렸다.

푸직.

발끝에 끈끈한 게 묻었지만 기분이 괜찮았다. 역시 짓밟는 느낌은 항상 각별했다. 나는 그의 살덩이를 뒤져 영원의 보석 세 개를 찾아냈다.

"이게 그렇게 문제를 일으킨 것이었어."

가까이 가져와 살펴보니 탁하고 볼품없는 보석이었다. 하지만 곧 겉모습만 보고 평가절하 할 게 아니라는 걸 깨달았다.

이 보석 하나, 하나에 마치 우주가 담긴 것 같은 심후한 존재감을 느낄 수 있었기 때문이었다. 순간 말할 수 없는 유혹에 사로잡혔다.

내가 이 보석을 가지면 어떨까 하는.

주륵.

목덜미를 타고 땀이 흘러내리는 게 느껴졌다. 이것만 있으면 우주의 거물이 될 수 있을지도 모른다.

황금술잔까지 꺼내서 놓고 보니 영원의 보석이 총 4개란 걸 알게 됐다. 베오울프의 손에 있을 때는 의식하지 않던 황금술잔도 새삼 다르게 보였다.

갑자기 나는 마치 사막에서 며칠을 헤맨 끝에 물을 발견한 사람처럼 보석을 갈망하게 됐다. 오래 전부터 이 보석이 내 손 안에 들어오기 위해 존재했다는 착각까지 느껴졌다.

불과 잠깐 사이에 일어난 일이었다. 무언가 알 수 없는 게 스멀스멀 일어나 가슴을 꽉 채워버렸다.

"이것은 내 것인가……."

어쩐지 중얼거리는 목소리가 자신 같지 않다는 생각이 들었다. 하지만 그런 의혹은 금세 사라져버렸다. 중요한 건 오로지 영원의 보석뿐이었다.

"그래, 내 것이 아니면 어떤가. 지금 이 몸의 손에 있는 것을…."

야망이 가슴 속에서 커다란 폭발을 일으키며 걷잡을 수 없이 부풀었다.

"그래… 나는 이걸 갖기 위해 이 세계에 온 거야."

리켄티아투스 따위는 아무래도 좋단 생각이 들었다. 그곳에 느꼈던 미련이나, 그곳에서 맺었던 인연은 우주에 비하면 티끌처럼 하찮게 느껴졌다.

"크흐흐흐… 크흐흐흐!"

음침한 웃음이 절로 흘러나왔다.

"후배! 정신 차려요!"

"음?"

누미디아의 사기꾼이 차가운 목소리로 날 다그쳤다.

"지금 영원의 보석에 홀린 거 같아요. 그건 후배의 것이 아니잖아요!"

"하면 누구의 것이지? 내 손에 있는데?"

어이없는 소리가 아닌가. 영광이란 본디 손에 쥔 자의 것이거늘.

"후배!"

갑자기 그녀의 목소리가 짜증스럽게 생각됐다. 내가 가지면 왜 안 되는가? 자고로 승자는 버티고 이겨내는 법이다. 영원의 보석이 아무리 대단한 거라고 해도 꼬리를 말고 도망갈 생각은 없다.

왜인지 웃음이 터졌다. 모든 게 날 위해 예비된 길인 것만 같았다.

"선배. 운명이 있다면 이걸 말하는 것이야."

"하지만 우리 계획은요! 약속을 저버릴 건가요?"

"흐음…."

확실히 그녀와 모종의 약속을 하긴 했다. 만약에 보석을 내가 갖겠다고 고집한다면 그건 틀어져버린다. 하지만 덜컥 의심이 들었다.

"어떻게 널 믿지? 애초에 내게서 보석을 빼앗아 가려는 수작이 아니었나?"

"후배! 왜 갑자기!"

"사실 사기꾼이 다른 사기꾼을 믿는 건 말도 안 되는 것 같군."

"제발 정신 차리세요."

누미디아의 사기꾼은 필사적으로 날 설득하려 했다.

"계획대로 보석을 제게 넘기세요. 그렇게만 하며 무덤에서 웅크리고 있는 자를 속여 넘길 수 있어요."

"과연 그럴까?"

"우리 계획을 떠올려 보세요. 그게 가장 사기꾼다운 방법이 아니었나요? 지금 후배는 이상하다고요! 영원의 보석은 우리가 가질 게 아니에요!"

그녀는 이 보석은 어둠의 대군에게나 어울린다고 했다. 애초에 그런 초월적인 존재만이 보석의 능력을 제대로 끌어 쓸 수 있다고.

"제발 그들에게 줘버려요. 이건 인간이 감당할 수 있는 성질이 아니에요. 후배가 설령 신성의 경지에 나아가고 있어도 다를 건 없어요."

"시끄러워! 내가 안 될 이유는 없어!"

내 목소리는 절로 사나워졌다.

"눈앞에 있는 걸 먹어치우는 건 당연한 일."

"세상에 먹으면 배 터져 죽을 걸 삼키는 사기꾼이 어디에 있냐고요!"

"닥치라고!"

스스로도 놀랄 정도로 자제가 안 됐다. 내가 왜 이러지 싶을 정도였으나, 머릿속은 이미 활화산 같이 변해버린 뒤다. 약간의 이성이 돌아와 봐야 용암에 던진 얼음 덩어리 꼴이었다.

"결국 네년은 이 보석이 탐나는 거잖아!"

지가 뭔데 나한테 보석을 내놓으라, 마라야? 날 속여서 보석을 빼앗아가려는 수작질이 아닌가? 애당초 이 여자는 여러 가지로 의심쩍었다.

"후배, 만약 이런다면 당신과 틀어질 수밖에 없어요."

그녀는 무덤에서 웅크리고 있는 자와의 거래 때문에 보석을 얻은 이후에는 그걸 가져가야 한다. 그때 발생할 계약의 틈을 이용하자는 게 사전의 계획이었다.

"저는 후배에게 성실히 약속을 지켰어요."

"그건 인정한다."

여기까지 온 것부터 보석 탐사까지 갑옷의 능력에 상당히 의존해 왔으니까.

"이제 후배가 약속을 지킬 차례가 아닌가요?"

정론이었다. 하지만 내 결론은 간단했다.

"거절한다."

영원의 보석 앞에 그딴 약속은 하찮은 것이니까.

"그렇게 나오겠다면 저도 생각이 있어요. 후배!"

그녀의 외침과 함께 갑자기 몸을 움직일 수 없게 됐다. 현재 나는 그녀의 자아가 깃든 갑옷을 입고 있다.

정확히 말하자면 입고 있다기 보다 들어가 있다는 표현이 더 어울릴 지경이었다. 발푸르가 여신격에게 받은 이 갑옷은 평범한 갑옷이랑은 완전히 다른 제품이었으니까.

한데 그 갑옷이 멈춰버리자 안에서 힘을 써도 탈출하기 어려웠다.

끼이익.

억지로 힘을 쓰자 갑옷 관절부위에서 망가지는 듯한 소리가 흘러나왔다. 하지만 누미디아의 사기꾼은 꿈쩍도 하지 않는다.

"소용없어요. 후배. 지금 후배는 힘쓰기 어려운 자세니까."

"그렇다고 당하고만 있을 줄 아나!"

"물론 그렇겠지요. 하지만 아까 후배가 그랬지요? 사기꾼은 한 발 먼저 움직인다고."

그 말과 함께 예상외의 사태가 벌어졌다. 갑자기 갑옷이 해체되더니 나를 밖으로 밀어내 버린 것이다. 차갑고 공기가 희박한 환경에 갑자기 던져졌다.

"이런 빌어먹을!"

하지만 문제는 그게 아니었다. 영원의 보석 세 개를 홀랑 털려버렸다. 애초에 보석은 그녀의 건틀렛 손바닥 부위에 올려 있었으니 간단한 일이었겠지. 누미디아의 사기꾼은 날 쫓아내자마자 그걸 차지했다.

"내놓지 못해!"

"역시 후배는 지금 제정신이 아니에요."

"크아아압!"

더 말하기도 싫었다. 이렇게 화가 난 건 처음이었다. 곧장 샤프리히터를 들고 달려들었다.

콰앙!

하지만 그녀는 예상했다는 듯 피해냈다.

"잘 들어요. 후배. 이제부터 무덤에서 웅크리고 있는 자를 부를 거예요."

"제정신인가!"

"저는 그와 한 거래 때문에 보석을 얻은 이상 어쩔 수 없다고요. 게다가 그게 원래 우리 계획이었잖아요!"

"이 배신자!"

"배신자는 당신이죠! 후배!"

그 말에 나는 멈칫했다. 배신자는 나라고?

인정하기 싫지만 맞는 말이었다. 가만…, 지금 내 욕심 때문에 초월자 중 단 하나 밖에 없는, 믿을 만한 존재를 잃을 뻔한 건가?

어쩐지 그게 더 큰 문제 같았다.

이 우주는 너무나 어둠이 깊어 신뢰할 수 있는 존재가 없었다. 하나 같이 개새끼들만 드글드글했다. 한데 그중 유일하게 하나 예외가 있다.

어쩐지 그 신뢰의 빛이 저딴 보석보다 더 반짝이는 것 같았다. 하지만 그건 잠시 피어오르는 의문일 뿐이었다.

보석을 향한 욕망은 여전했다.

"내놔! 죽여 버리겠어!"

"이미 늦었어요. 무덤에서 웅크리고 있는 자를 불렀으니까."

"이 또라이 같은 여자가! 대체 무슨 짓을 한지 알아!"

누미디아의 사기꾼에게 역정을 내던 나는 갑자기 천지사방이 뒤집히는 걸 느꼈다.

"크윽!"

콰아아아앙! 하는 폭음이 들렸던 것 같기도 하다.

지이이잉- .

듣기 싫은 이명만이 귀를 울렸다. 그 외에 소리는 들리지 않고 먹먹했다.

"보석! 보석을…."

쿠아아아아앙!

다시 육중한 폭음이 터졌다. 도저히 정신을 차릴 수 없었다. 하지만 아찔한 추위와 함께 내 몸이 어디론가로 빨려나가려는 걸 알 수 있었다.

"맙소사!"

날 빨아들이는 방향을 돌아보니 시커먼 우주가 도사리고 있었다. 분명 나는 발버둥치는 죽음의 몸 안에 있을 텐데?

- 후배! 발버둥치는 죽음의 몸이 뜯어졌어요!

말을 전달하기 어렵자 누미디아의 사기꾼을 썼다.

- 무덤에서 웅크리고 있는 자가 그의 몸체 일부를 찢어발긴 거라고요!

- 왜!

- 제가 연락했으니까! 저를 꺼내려고 적의 살을 찢은 거라고요!

- 이런 썩을!

쿠아아아아아!

결국 반쯤 혼절해 있던 나는 더 버티지 못하고 우주의 어둠 속으로 빨려나갔다. 나뿐만이 아니었다. 누미디아의 사기꾼을 포함에 조각난 안쪽 신체들도 우주 밖으로 튕겨나갔다.

"으아아아!"

극한의 추위를 자랑하는 우주 공간에 내던져졌다. 보통 인간이었으면 1분도 못 버틸 환경에서도 난 비교적 멀쩡했다. 산소가 없어 숨을 제대로 쉬지 못하고, 몸을 격하게 떨렸지만 신적인 육체에겐 당장 죽을 정도의 상황은 아니었다.

진짜 끔찍한 건 우주의 그런 환경이 아니라 꿈에도 만나기 싫은 공포가 눈앞에 있단 점이었다.

"크흐흐. 네놈을 다시 보는군."

처음에는 뭐가 뭔지 알 수 없었다. 눈앞에 있는 게 워낙 거대해 제대로 상황 파악을 하지 못한 거다. 하지만 나는 밖으로 튕겨 나온 그대로 우주 공간을 날아가고 있었기에 곧 가까이서 보이지 않던 걸 보게 됐다.

"아…!"

무덤에서 웅크리고 있는 자와 발버둥치는 죽음이 서로를 틀어지고 멈춰있었다.

발버둥치는 죽음은 그의 껍질을 이루는 얼음 덩어리가 거의 날아가 본체가 모습을 상당히 드러내 있었다. 그의 형상은 크기를 가늠할 수 없을 정도고 거대한 주둥이를 가진 썩은 촉수 덩어리였다.

무덤에서 웅크리고 있는 자는 이 테멘 앙 키에서 본 거인의 모습과 달랐다. 우주 공간이라 그런지 성운을 떠올리게 했다. 하지만 몸의 일부분은 팔이나 주둥이 같은 모습으로 구체화돼 상대를 붙잡고 있었다.

전체적인 형상은, 서로 상당한 피해를 입은 가운데서도 무덤에서 웅크리고 있는 자가 상대를 제압한 모습이었다. 결국 감마선 버스트를 취소하고 광증을 보인 발버둥치는 죽음을 때려 팬 모양이군.

"발러슈테드. 이 교활한 쥐새끼 같은 놈. 이런 승리의 순간에 네놈을 만나다니 정말 즐겁군."

"무덤에서 웅크리고 있는 자."

"갑자기 나타난 걸 보니까 또 숨어서 뭔가를 꾸몄던 모양이군. 크크크크!"

사이하게 빛나는 거대한 눈동자가 나를 뚫어져라 쳐다본다.

"흥! 필멸자 주제에 속을 들여다 볼 수 없는 건 여전하구나."

그는 불만을 나타냈지만 곧 아무래도 상관없단 태도였다.

"네놈의 작은 머리로 무슨 궁상맞은 계획을 세운 건지 모르겠으나 보석이 내 손 안에 들어온다. 참으로 충실하게 일을 해줬군, 누미디아의 사기꾼."

옆을 보니 누미디아의 사기꾼이 우주 공간을 날아서 내 근처에 멈췄다.

"거래대로 행할 뿐이에요. 이제 보석을 넘길 테니 약속을 지키세요."

"크크큭! 물론이다."

성운 속에서 솟아올라있는 거대한 머리가 고개를 끄덕였다.

"발러슈테드, 발버둥치는 죽음의 봉인을 풀었으니 네놈과의 약속도 지키지. 네놈은 그 보잘 것 없는 머리에서 나온 작은 지혜로 날 기만하려 했겠지만, 관대한 이 몸은 널 대신격으로 세워주고 리켄티아투스를 내버려두겠다."

그야말로 개소리였다.

저 말을 하는 이가 끓어오르는 심연이라면 더없이 좋겠지만 상대는 무덤에서 웅크리고 있는 자다. 선의로 약속을 지킬 리가 없다. 게다가 이미 난 그의 눈 밖에 난 존재다. 반드시 토사구팽하려 하겠지.

"당분간 그 세계에서 왕 노릇하며 실컷 즐기도록 하라. 그리고 예정된 파멸을 기다리고 있도록! 이 몸이 어둠의 왕관을 쓰고 나면 제일 먼저 네놈의 세계를 부서주마! 크하하핫!"

"계약을 어길 셈인가!"

"그렇다. 그딴 걸 무시할 수 있는 입장이 된다면 아무래도 상관없는 것 아닌가?"

우주의 질서와 법칙은 대단히 강력하다. 저런 최상위 어둠의 대군조차 예외는 아닐 정도로. 하지만 어둠의 왕관 앞에선 무의미하다. 끓어오르는 심연의 말에 의하면 우주는 어둠의 왕관을 쓴 자가 원하는 대로 된다고 했다.

무덤에서 웅크리고 있는 자가 어둠의 왕관을 쓰면 계약은 지켜지지 않고 신뢰는 존재하지 않는 우주가 탄생할 거다.

"발러슈테드! 대신격이 되어 돼지처럼 디룩디룩 살이 찌라! 그래야 후일 네놈을 도축하는 맛이 각별할 테니! 이 행성에서 가장 존귀한 자가 되어 수많은 걸 누리라. 그렇게 쌓아올린 걸 네 눈앞에서 남김없이 불살라주마. 네 아내들은 영원히 짐승의 새끼를 낳는 처지로 만들어주고, 네 백성들은 살을 발라먹고 영혼까지 기름을 쥐어짜내겠다! 네놈은 결코 이 운명에서 도망갈 수 없다!"

지독한 저주였다.

"묘지기! 네놈에게 보석은 어울리지 않는다!"

"크하하하! 어리석은 놈! 네놈을 간파할 수 없지만 그 탐욕을 읽을 수는 있구나. 주제도 모르고 감히 이것을 원하는가?"

그 말에 정신이 확 들었다. 지금 보석에 집착하던 내가 저 추악한 존재와 별반 다를 바 없단 생각이 들어서였다.

특히 힘만 얻으면 약속 따위는 나중에 박살내도 된다는 게 그와 완전히 판박이였다.

갑자기 의구심이 들었다. 이게 내가 추구하는 길이었나? 내가 존경하는 이의 방식이었나?

분명 나는 끓어오르는 심연과 약속했다. 누미디아의 사기꾼과 약속했다. 지금 눈앞에 악의를 불태우고 있는 저 사악한 존재의 뒤통수를 치기 위한 계획을 세우기도 했다.

한데 그 모든 걸 보석에 대한 탐욕으로 날려버리려고 하다니. 잠깐 내가 미쳤던 걸까?

그러나 이런 마음과 달리 유혹을 완전히 뿌리치긴 쉽지 않기에 무덤에서 웅크리고 있는 자에 대한 증오에 집중했다.

나는 저자의 파멸을 바란다.

그건 분명, 내가 영원의 보석을 얻길 원하는 마음 이상이었다.

"크흐흐흐…."

비틀린 웃음이 입에서 흘러나왔다. 역시 나란 인간은 뒤틀린 옹이 같은 자다. 내 성공보다 적의 파멸이 훨씬 달콤하다니.

하지만 그래서 유혹에 지지 않는다.

- 선배, 아직 우리 계획은 유효한가?

- 후배가 할 생각이 있다면.

다행히 누미디아의 사기꾼은 아직 협조할 뜻을 비췄다. 그렇다면 이걸로 정해졌다.

"천하디 천한 발러슈테드여. 원한다면 가져가 보도록. 크하하핫!"

목전에 둔 승리를 즐기며 무덤에서 웅크리고 있는 자는 광소를 터뜨렸다. 시커먼 성운 같은 그의 몸에서 거대한 팔이 만들어져 이쪽으로 뻗어온다. 그러자 누미디아의 사기꾼의 손에서 빛나는 보석 세 개가 허공으로 떠올랐다.

지금 이 순간, 그를 방해할 수 있는 것은 아무 것도 없었다.

나를 빼고는.

스르릉.

검집에서 오래간 함께한 명검, 류블라냐가 뽑혀 나왔다. 하지만 저런 존재에게 대항한다는 건 단순히 용기만으로 할 수 있는 일이 아니었다.

무언가 그 이상의 감정이 필요했다.

"그래, 남 잘 되는 꼴은 못 보지."

나와 무덤에서 웅크리고 있는 자가 서로를 질색하는 건 어쩌면 동족혐오에 가까울지 모른다. 소인배가 소인배를 알아보는 거지.

- 후배, 지켜보는 이들이 동요하고 있어요.

두 어둠의 대군이 직접 부딪치자 신격이나 괴종족은 사방으로 흩어져 관망중이었다. 그러던 중 내가 검을 빼들자 놀란 기색이 느껴졌다.

무덤에서 웅크리고 있는 자 같은 절대적 존재에게 검을 겨눈다는 건 상상할 수 없는 일이니까.

"크하하하! 발러슈테드. 그딴 꼬챙이로 무엇을 하려는 건가? 설마 그 작은 가시로 날 쓰러뜨리려고?"

"솔직히 이걸론 널 쓰러뜨릴 순 없겠지."

인간이 아무리 날고 기어도 최상위의 어둠의 대군은 못 이기는 법이다.

"하지만, 대신 네놈의 승리를 엉망진창으로 만들 수는 있겠지. 마치 지금의 그 환희가 모두 꿈인 것처럼."

"용기가 있다면 움직여 보라, 발러슈테드."

수많은 팔이 내게 뻗어왔다. 하나하나의 길이가 수백 미터는 될 것 같다. 나를 둘러싸는 게 언제라도 덮칠 기세인 맹수를 떠올렸다.

그 팔 중 유난히 크고 튼튼한 게 우주 공간에 떠있는 영원의 보석 세 개를 움켜잡았다. 보석들은 순식간에 어둠에 감싸여 보이지 않게 됐다.

"보아라, 보석은 이 몸의 손 안에 들어왔다."

그러자 기다렸다는 듯 누미디아의 사기꾼이 외쳤다.

"저는 약속을 지켰어요."

그 말은 의미가 있었다. 누미디아의 사기꾼은 이제 강제적인 계약에서 풀려나게 된다. 애초에 그녀가 내게 부탁한 게 자유를 되찾는 것이었다.

보석의 유혹에 빠져 협조를 거절했으나 그녀의 해방이 이뤄지긴 했다.

"그렇다. 하찮은 사기꾼아. 네년에게도 자유란 이름의 유예를 주마. 후일 파멸을 내릴 때까지 남은 시간을 충분히 즐기도록. 그 차가운 금속질의 몸속에서."

"아니, 그럴 일은 없을 거예요."

누미디아의 사기꾼 도망가는 대신 이쪽으로 날아왔다.

- 우여곡절이 있었지만 결국 제가 원하는 건 이뤘으니 나머지 일에 협조하지요.

- 면목 없지만 고맙군.

내가 손을 뻗으니 기다렸다는 듯 갑옷이 자동으로 착용됐다.

"멍청한 연놈이 주제를 모르고 서로 들러붙었구나. 대체 네놈들이 무엇을 하고 싶은 것이냐?"

점점 우리가 대항하려는 태도를 보이자 그는 불쾌한 기색을 드러났다. 그는 거물인 척하지만 속 좁은 걸 타고난 존재다. 졸렬하기론 우주 제일이었다.

"무덤에서 웅크리고 있는 자. 아무리 너라도 세상일은 마음대로 안 되는 법이다."

"어디 할 수 있는 게 있으면 해보라. 단박에 으깨버릴 테니."

당장이라도 공격에 나설 것 같은 무덤에서 웅크리고 있는 자의 경고에 나는 사기꾼 선배에게 서두르라 했다.

- 어서 계획대로 하자고.

보석의 유혹으로 다툼이 있었지만 사전의 계획은 이랬다. 먼저 누미니아의 사기꾼이 보석을 넘겨 자유를 되찾는다. 그리고 그녀만이 가진 기술로 보석을 바꿔치기 하는 것이다.

누미디아의 사기꾼에게 무언가를 바꿔버리는 특이한 재주가 있었다. 과거 그녀가 어둠의 대군을 속였다는 일화도 그 기술에 기인한다. 상대가 무덤에서 웅크리고 있던 자라고 해도 가능하다고 했다.

- 시작할게요.

나는 몰래 미리 준비한 조약돌 세 개를 꺼냈다. 보석과 바꿔치기할 물건이었다.

- 사기꾼의 눈을 돕는 신격이여, 도적의 손을 지키는 신격이여, 협잡꾼의 혓바닥을 매끄럽게 하는 신격이여. 여기 또 한 번 기적을 행하소서.

그녀는 처음 들어보는 특이한 주문을 외워나갔다. 그리고 빠르게 완성했다. 겉으로 보기에 우리는 아무 것도 안 하는 것 같았다. 하지만 바꿔치기가 발동했다.

카아앙!

한데 성공 대신에 눈앞에서 폭발이 일어났다. 마법이 역류하는 것처럼 실패한 것이다. 무덤에서 웅크리고 있던 자는 기분 좋다는 듯 웃어재꼈다.

"크하하하하! 과거의 그 재주를 또 선보이려 했던 것이냐!"

이런, 설마 무덤에서 웅크리고 있는 자가 주문을 방해한 건가?

"어리석은 년! 그 속임수가 다시 통할 줄 알았더냐! 네년이 그 재주를 써서 종언의 석판에 장난질을 한 걸 이미 알고 있다. 확실히 대단하긴 했지. 종언의 석판에 새긴 글씨조차 바꿔치기 하다니. 이 몸조차 지난 세월의 연구가 없었으면 꼼짝없이 당할 뻔했다."

무덤에서 웅크리고 있는 자가 과거에서 교훈을 얻은 탓에 계획이 실패하고 말았다.

"쥐새끼처럼 몰래 부릴 재주가 아직 남았느냐!"

"제기랄…."

누미디아의 사기꾼은 당황해서는 속으로 계속 사과해 왔다.

- 죄송해요! 제가 망쳐버렸어요. 이럴 수가….

- 됐어, 이렇게 된 이상 플랜B로 간다.

- 저런 존재에게 어떻게 보석을 빼앗으려고요!

- 비행이나 잘 해줘. 나머지는 알아서 할 테니까.

면목이 없었는지 그녀는 무조건 시키는 대로 최선을 하겠다고 했다.

"더 없는 것이냐! 그러면 이제 이쪽이 가주마!"

무덤에서 웅크리고 있는 자의 수많은 팔들이 본격적으로 움직였다. 우리를 파리처럼 눌러 죽일 기세였다.

- 선배! 어서 피해!

누미디아의 사기꾼은 본래 우주용이라는 용도에 맞게 무시무시한 속도를 냈다. 하지만 상황은 좋지 않았다. 정말 간발의 차로 우리를 움켜쥐려는 걸 피하고 있었으니까.

- 이대로는 저놈 말대로 으깨지는 건 시간문제야!

큰일이라 여기던 그때 뜻밖의 도움이 있었다.

"쿠아아아앙!"

갑자기 고성이 터져서 보니 여태 눌려있던 발버둥치는 죽음이 다시 힘을 내는 중이었다. 무덤에서 웅크리고 있는 자가 우리에게 신경 쓰는 사이 힘을 회복한 모양이었다.

"이 빌어먹을! 썩은 촉수가!"

무덤에서 웅크리고 있는 자는 동수의 상대를 두고 방심한 대가를 치렀다. 발버둥치는 죽음의 거대한 촉수들이 그의 몸을 곳곳에서 관통했다. 당연히 나를 붙들려고 했던 팔들도 발버둥치는 죽음의 반격을 막기 위해 움직였다.

- 어서 보석을 쥐고 있는 손으로 날아가! 최대 속도로!

보석을 쥐고 있는 손을 알아보긴 쉬웠다. 그 손만 전투에 참여하지 않고 있었기 때문이었다.

하지만 영원의 보석을 노리는 건 우리만이 아니었다. 거대한 촉수들이 옆에서 앞질러갔다. 수십 가닥의 촉수들은 마치 직사로 쏘아진 포탄처럼 빨랐다.

그 기세가 실로 웅대했으나 무덤에서 웅크리고 있는 자도 만만치 않았다. 수십 개의 시커먼 손들이 앞을 가로막더니 촉수를 쳐내거나 붙잡고 찢어버렸다.

- 완전 고래 싸움에 새우등 터지는 경우로군!

촉수 쪽도 당하고만 있지 않아서 가로막는 시커먼 손들을 꿰뚫어 소멸시켰다. 이 난리 한 가운데서 비행하고 있자니, 우리는 이 거대한 폭력 속에서 그저 반짝이는 점 하나에 불과하단 걸 깨달았다.

- 후배, 슬슬 준비해요. 곧 목표에 도착이에요!

무덤에서 웅크리고 있는 자에게 기대해도 좋다고 말해주고 싶었다. 그를 위해 준비해 온 한 방이 있으니까.

"발러슈테드!"

무덤에서 웅크리고 있는 자는 발버둥치는 죽음의 공세를 일일이 막아내면서도 내게 소리쳤다.

"네놈이 무슨 짓을 하던 소용없다!"

어째서인지 그는 자신을 압박하는 발버둥치는 죽음이 아니라 내게 소리쳤다.

- 35초 전!

다급히 거리를 알리는 사기꾼 선배의 목소리를 들으며 나는 정신을 집중했다. 아마 지금 내 얼굴은 창백하게 질려있겠지.

점점 목표가 가까워질수록 칠흑보다 더 어둡고 캄캄한 밤 속으로 빨려 들어가는 기분이었다.

- 이런 짓은 정말 비이성적이에요. 후배처럼 비이성적인 사기꾼은 처음이에요.

- 원래 혁명은 나 같이 비이성적인 자가 일으키는 법이야.

이성이 있다면 저 압도적인 힘 앞에 순응할 테니까.

구우우우우우!

류블라냐에 힘을 밀어 넣었다. 검신이 진동하며 검붉은 힘이 폭발하듯 일어난다.

이것은 발버둥치는 죽음의 힘을 받아 완성된, 어둠의 대군을 베는 산호공주의 검술이었다.

"발러슈테드!"

무언가 위기를 느낀 건지 무덤에서 웅크리고 있는 자의 공격이 내게 집중됐다. 하지만 발버둥치는 죽음이 놓치지 않고 견제해줬다. 마치 나를 도와주는 것만 같았다.

분노한 무덤에서 웅크리고 있는 자가 고성을 질러댔지만 이미 내 모든 신경은 단 하나로 쏠려있었다.

영원의 보석을 단단히 쥐고 있는 거대한 손.

지금까지 쌓아온 모든 게 류블라냐로 빨려 들어갔다. 가슴에 구멍이 난 것처럼 격통이 느껴졌다. 이 공격이 끝나고 나면 영구적인 손상을 피할 수 없을 것 같았다.

하지만 멈출 수 없다. 이런 기회는 단 한 번뿐이기 때문이었다. 과거의 우주와 현재의 우주, 그리고 미래의 우주를 합쳐서도 단 한 번뿐일 기회였다.

일개 인간이 최상위 어둠의 대군을 베어버리고 그를 패퇴시킬 유일한 기회. 어찌 그런 기회가 다시 있겠는가. 지금까지의 모든 원인이 차곡차곡 쌓인 끝에 나타난 잠깐의 틈이었다.

"발러슈테드! 네놈은 처음부터 마음에 들지 않았다!"

누가 아니라나.

"나 역시 마찬가지다!"

"그깟 검으로 대체 뭘 할 수 있다고! 어디 할 수 있으면 해보라!"

이미 나는 목표에 닿아 양손으로 쥔 검을 힘껏 어깨 너머로 올리고 있었다. 그리고 산호공주가 물려준 검술의 최종오의를 사용했다.

그녀가 이 기술에 붙인 이름은 성좌베기(Konstellationhau) 였다.

"크아아압!"

기합성과 함께 검붉게 물들은 류블라냐가 우주 공간을 갈랐다.

지이이이이잉-!

마치 레이저로 일대를 지지는 듯한 소리가 났다.

내 평생, 그리고 앞으로도 다시없을 베기였다. 검을 휘두른 그 순간, 머릿속이 하얗게 탈색되며 감히 인간으로서는 꿈꿀 수 없는 곳에 보았다.

극히 짧은 순간 도달한, 최상위 어둠의 대군조차 잘라버릴 수 있는 경지였다.

서걱!

성좌베기는 단번에 보석을 쥐던 거대한 손의 손가락 네 개를 썰어버렸다. 우주 공간으로 신전 기둥보다도 큰 손가락들이 날아갔다.

"쿠우우우우웅!"

허를 찔린 무덤에서 웅크리고 있는 자는 분통을 터뜨려댔다. 손가락이 잘린 탓에 영원의 보석들이 시커먼 우주로 튀어 올랐다.

- 저걸 잡아야 한다! 선배!

전력으로 보석을 향해 날았지만 거대한 촉수와 손이 훨씬 빨랐다.

- 안 돼!

누미디아의 사기꾼이 애처로운 비명을 질렀다. 하지만 우리에겐 어떤 힘도 남아있지 않았다. 나는 성좌베기를 위해 자신의 전부를 태워버린 상황이었다.

당장이라도 숨이 넘어갈 것 같이 위태로웠다. 누미디아의 사기꾼도 극속의 비행으로 힘을 다했다.

- 후배, 우리가 끼어 들 여력이 없군요.

- …하지만 때때로 가만있는 게 최선일 수 있지.

만약 두 어둠의 대군 중 한쪽이 그저 조금만이라도 빨랐다면 승자가 나왔을 거다. 하지만 여러 촉수와 검은 손이 동시에 충돌하며 누구하나 보석을 잡지 못했다.

오히려 떠다니는 보석을 튕겨냈다. 두 어둠의 대군이 싸움질로 정신이 나간 그 순간은 우리는 놓치지 않았다.

보석들은 두 어둠의 대군이 맹렬히 다투는 공간 사이에서 놀랍도록 평화롭게 떠있었다. 나는 팔을 뻗었고, 가볍게 그걸 쥐었다. 순간 묵직한 그 무게를 표현할 길 없는 물건이 내 손안에 가득 찼다.

- 잡았다.
- 잘했어요! 후배! 어서 이제 도망가죠.
- 가기 전에 인사는 해야지.
- 무슨 소리인지 모르겠군요. 하지만 여기까지 왔으니 후배도 생각이 있겠죠.

누미디아의 사기꾼은 내게 꿍꿍이가 있는 걸 눈치채고는 입을 다물었다.

"쿠아아아아앙!"

짧은 사이 일어난 격전 끝에 무덤에서 웅크리고 있는 자가 다시 한 번 발버둥치는 죽음을 제압했다.

부우우욱! 좌아아악!

발버둥치는 죽음의 거체에서 엄청난 살점이 떨어져나갔다. 그는 우주 공간에 막대한 피를 뿜어내며 헐떡였다.

"보았느냐! 발러슈테드!"

무덤에서 웅크리고 있는 자는 포효하며 승리를 과시했다. 그는 당장이라도 날 찢어 죽이려는 듯 눈을 부라렸다.

"정말 네놈은 몇 번이고 날 놀라게 하는구나."

"재미있었다니 다행이군. 하지만 알려줄 게 더 있는데."

"뭐라?"

"사실 발버둥치는 죽음이 힘을 회복하고 튀어나온 게 나 때문이다. 그에게 잘린 신체와 끈적이는 역병을 넘겼지."

어차피 알아보려면 알 수 있는 일이었다. 무덤에서 웅크리고 있는 자가 내 계책에 대해 무관심했기에 안 들켰을 뿐이다.

"별 너절한 짓은 다 하고 다녔구나!"

"그것만이 아니다. 네놈에게 해가 될 건 모두 하고 다녔지."

"크하하하하! 정말 웃기는군. 그렇게 발버둥을 쳐서 결국 얻은 건 무엇이냐?"

무덤에서 웅크리고 있는 자는 손을 내밀었다. 수많은 손 중 내게 공격당해 손가락 네 개가 날아간 것이었다.

"이건 정말 놀라웠다. 내심 경악을 금치 못했지. 인간 주제에 이 몸의 육체를 잘라낼 줄이야. 하지만 보아라."

그 말과 함께 그의 몸에서 수천 개의 거대한 팔이 추가로 자라났다. 발버둥치는 죽음이 반쯤 쓰러졌으니 저 모든 걸 내게 집중할 수 있을 터.

"그깟 팔은 수도 없이 늘릴 수 있지. 게다가 이 상처로 금방 재생될 터."

듣자니 기가 막히긴 했다. 내 입장에선 모든 걸 토해낸 비기였다. 그 여파로 지금 전신 어디도 멀쩡한 곳이 없었다. 제대로 된 조치를 하지 못한다면 몇 시간 안에 사망할 정도의 상황이었다.

그런데 고작 그런 피해라니. 억울하긴 했지만, 그래도 괜찮았다. 이번 일을 위해서 그 정도 공격이면 충분했으니까.

"그래, 맘대로 재생해 봐. 하지만 오늘 이후 몰락할 네놈 처지는 절대 되돌릴 수 없을 거다."

"정말 되도 않는 소리는 더 들어주긴 어렵군. 스스로를 먼저 돌아보도록."

무덤에서 웅크리고 있는 자는 내가 계약을 어겼기 때문에 자신만만해졌다.

"네놈의 영혼! 무슨 소리인지 알겠지?"

"알고 있다."

"네놈은 계약을 어겼다. 이는 그 조잡한 영혼을 맘대로 처리할 수 있다는 것. 크하하하!"

무덤에서 웅크리고 있는 자는 계약의 위배가 있었으니 날 대신격으로 올려줄 필요도 없겠다고 웃어댔다.

"이제 네놈은 아무 것도 할 수 없다. 발러슈테드. 네놈의 영혼은 특별취급해 주지. 상상도 할 수 없는 고통과 절망 속에서 부서지고, 부서져 무량겁의 고통을 받게 해주겠다."

계약대로라면 내 영혼의 그의 것이다. 사실 그건 틀리지 않았다. 다만 그대로 이뤄질 건지는 별개의 문제였지만.

"참으로 마음에 거슬림 없이 흐뭇한 끝이로군! 네놈의 영혼을 이제 뽑아…… 음?"

거대한 손 하나가 내 앞에서 다가왔지만 아무 일은 일어나지 않았다.

"으음? 대체 무슨? 아니! 왜 영혼을 뽑을 수 없는 거지!"

무덤에서 웅크리고 있는 자는 당혹했다. 그 같이 원하는 능력은 뭐든지 쓸 수 있는 존재에겐 실로 황당한 일이겠지.

"왜 그러나? 계약대로 내 영혼을 잡아가려는 거 아니었나?"

"닥쳐라! 또 무슨 수작을 부린 거지?"

"수작은 무슨. 계약은 정상이었고 지금도 아무 문제 없다."

"하면 왜!"

"뭐… 계약이 여러 개라서 그렇지. 흐흐흐."

내 말과 함께 갑자기 황금빛 기운이 그와 나 사이를 가로막았다. 그 빛에 놀란 듯 무덤에서 웅크리고 있는 자는 움츠러들 듯 물러났다.

"아니! 이 빛은!"

"알아보는군. 반역으로 저버렸던 네놈 주인의 빛이 아닌가."

이건 바로 끓어오르는 심연의 빛이었다.

"그자의 빛이 여기 왜?"

"왜긴 왜인가. 정당한 선순위 권리자니까 그렇지."

순간 무덤에서 웅크리고 있는 자는 상황을 눈치챈 듯 고성을 질러댔다.

"카아아아! 이건 말도 안 돼!"

나는 어둠의 대군 여럿과 복잡한 계약을 맺었다. 당연한 얘기지만 감히 이렇게 구는 존재가 지금까지 있었을 리가 없다. 누가 그걸 감당하겠나?

하지만 어디에나 예외는 있는 법이고 이번에 그건 나였다. 나는 이점을 설명해줬다.

"즉, 나는 여기저기에 빚이 있는 셈이다. 네놈 역시 그런 빚쟁이 중 하나고. 하지만 계약과 법률에는 빚을 갚는 순서란 게 존재한다."

선순위 채권자가 먼저 빚을 받을 수 있는 게 당연하다. 그러고도 돈이 남으면 후순위 채권자가 변제받을 수 있다.

"나는 슈바르체토이펠이란 마룡과 엄중한 계약을 맺은 적이 있다. 서로를 보호해 주는 계약이었지. 위대한 끓어오르는 심연께서 그 계약을 공증하셨다."

그 상호방위조약은 내가 잘린 신체를 발버둥치는 죽음에게 넘김으로써 깨졌다. 일부러 그런 거긴 하지만 슈바르체토이펠에게 잘못 한 셈이다. 하여 나는 계약을 어긴 대가로 끓어오르는 심연에게 잡혀가게 됐었다.

하지만 계약의 상대인 슈바르체토이펠이 내 편 아닌가. 그래서 그 집행을 내가 원할 때 해달라고 끓어오르는 심연에게 부탁했다.

피해를 본 당사자가 봐주라는데 뭐 어쩌겠는가. 심지어 여기서는 끓어오르는 심연까지 한통속이다. 당연히 그는 별 일 아니라는 듯 그걸 받아들이고는 여태 날 내버려뒀다. 왜냐면 공정한 그가 보기에도 규정에 어긋나는 게 없었으니까.

즉, 처음부터 짜고 치는 고스톱이었다.

슈바르체토이펠, 끓어오르는 심연과 한 작당모의였다. 무덤에서 웅크리고 있는 자 같은 후순위 채권자는 빚을 받을 가망이 없었던 거다.

"너무 그렇게 보지는 말고. 이제 부터 나는 죄의 대가로 끓어오르는 심연에게 잡혀가야 하는데, 멀쩡히 돌아온다면 그때 내 영혼을 잡아도 될 거다."

"그걸 말이라고 하는가! 어차피 또 무언가 수작을 부리겠지! 절대 가만두지 않겠다!"

무덤에서 웅크리고 있는 자는 당장이라도 날 찢어발길 기세였다. 그의 거대한 손들이 일제히 내게 달려들었다.

"해보던가."

움찔.

거대한 손들이 한꺼번에 멈춰 섰다.

"해보라고. 인과율을 감당할 수 있으면. 이번에는 단순히 인과율에서 손해를 보는 게 아니라 끓어오르는 심연이 엮여 있지. 만약 그를 방해하면 어떤 일이 일어날 거 같나? 응?"

나는 손가락으로 발버둥치는 죽음과 무덤에서 웅크리고 있는 자를 가리켰다.

"둘 다 걸레짝처럼 너덜너덜해진 상황에서 끓어오르는 심연이 나타나면 어떻게 될 것 같냐고? 상상력이 그렇게 부족한가?"

모를 리가 없다. 모를 리가 없으니 무덤에서 웅크리고 있는 자는 악을 쓰며 고성을 질러댔다.

"크아아아아아아아악!"

그 소리가 어찌나 흉악하고 두려움을 일으키는지 멀리서 지켜보고 있던 신격들과 괴종족이 남김없이 도망가 버렸다. 그렇지만 무덤에서 웅크리고 있는 자는 그 뒤로도 한참이나 울부짖었다.

마음속으로 격한 갈등을 겪고 있겠지. 나를 갈기갈기 찢고 영원의 보석을 갖고 싶을 거다. 하지만 이건 봉인된 보석. 가능성을 주긴 하지만 남은 것들을 얻을 때까지 소용없다.

반면 끓어오르는 심연의 공포는 현실이었다. 중상을 입은 데다가 계약의 법칙까지 거스르면, 아무리 멍청해도 살아남을 가망이 없다는 걸 모를 수가 없다.

"쿠으아아아아! 카아아아악!"

"아, 고만 좀 짖어. 무슨 동네 개새끼도 아니고."

"발러슈테드으으으으으!"

"한 사람의 이름에 그런 증오를 담아 부를 수 있다니 정말 놀라운데."

적의 추한 꼴은 충분히 봤다. 더 기다릴 것도 없었다. 황금의 빛을 받아들이듯 양 팔을 뻗자 곧 내 몸이 움직이기 시작했다.

"이럴 순 없어! 이건 말도 안 된다고! 이 몸이 저딴 필멸자 새끼에게 당한 거라고?"

"긍지를 가져. 역사상 처음으로 인간에게 속은 최상위 어둠의 대군으로 기록될 테니까."

"죽여 버리겠다! 죽여 버리겠어! 네놈 영혼을 잘근잘근 씹어 먹을 테다! 네놈의 행성을 갈아버리겠다!"

"그러시던가. 아무튼 보석은 잘 받아간다."

두 어둠의 대군이 수십억의 군세를 이끌고 일대결전을 벌였다. 승자는 앞으로 우주의 역사를 새로 쓸 위대한 전투였다. 모두 그렇게 믿었고 그렇게 기대했다.

한데 정작 뚜껑을 열고 보니 이 전쟁의 승자는 하찮은 필멸자가 됐다. 앞으로 우주는 잊지 않겠지. 한 남자가 두 어둠의 대군에게서 영원의 보석을 몽땅 털어간 이 사건을.

"발러슈테드! 마지막 기회를 주겠다! 그 보석을 두고 가라! 두고 가면 모든 일을 용서해주겠다!"

뭐랄까. 저런 존재도 뒤통수를 맞으니 터무니없는 말을 하는군. 나는 그를 향해 가운데 손가락을 세워보였다.

"꺼져."

4. 종언의 석판

무덤에서 웅크리고 있는 자를 제대로 물 먹인 나는 차원이동으로 끓어오르는 심연에게 가고 있었다.

"선배, 아직도 그 자식이 미친 듯이 울부짖는 소리가 선명하군."

끓어오르는 심연의 힘에 이끌려 떠날 때 무덤에서 웅크리고 있는 자가 얼마나 분통을 터뜨렸는지 말할 필요도 없다. 졸렬하기로 우주에서 손에 꼽을 존재인데 그렇게 보석까지 털렸으니 그 한없이 작은 소갈머리가 제대로 뒤집혔겠지.

"정말 위대한 일을 했어요. 후배 같은 인간은 다시없을 거예요."

"역시 마음의 크기가 작은 적을 상대하는 건 즐겁다니까. 이기고 나면 반응이 최고거든. 캬하하!"

"⋯⋯이런 자에게 어둠의 대군이 진 건가요."

한참 웃던 나는 그녀에게 사과했다.

"보석의 유혹에 빠져 계획대로 일이 진행되지 못했어. 미안."

"그런 말 마세요. 제 잘못이 더 커요. 설마 바꿔치기가 이미 파해 됐을 줄은 생각도 못했어요. 중요한 일에 너무 안일했어요."

아마 자기 기술에 상당한 자신감이 있었던 모양이다. 과거에 어둠의 대군도 속이고 종언의 석판에 새겨진 글씨도 바꿔치기 했다고 하니.

하지만 그 후로 시간이 지난 거지.

"보석을 주고 선배의 자유를 찾은 뒤 바꿔치기로 돌려받는다는 심플한 계획이었는데, 엄청 꼬여서 난리를 쳤군."

산호공주님께 감사할 뿐이다. 그녀가 남겨준 성좌베기가 없었으면 완전히 말아먹을 뻔했으니까.

그건 그렇고, 발버둥치는 죽음에게 영원한 후원을 받은 건 진짜 큰 이득이었다. 발버둥치는 죽음의 입장에선 내가 오체분시해도 시원찮을 놈인데 계속 후원해야 한다. 계약하나 잘 맺어놔서 산호공주의 검술을 앞으로도 쓸 수 있게 됐다.

"미안해요. 후배."

"그런데 정말 종언의 석판에 새겨진 글씨까지 바꿨던 건가?"

쉽게 대답할 사안이 아닌 듯 누미디아의 사기꾼은 묵묵부답이었다. 하지만 잠시 뒤 결국 입을 열었다.

"맞아요. 현재 종언의 석판에 대신격 아퀼라의 이름이 없는 건 그것 때문이에요."

"뭐?"

"처음부터 없었던 건 아니에요. 제가 그의 이름을 빼고 존재하지 않는 이의 이름으로 바꿔치기 했어요."

그래서 아퀼라의 이름이 석판에 남지 않은 거였나.

"그 대가로 뭘 받은 거야?"

"……."

"이상한 건 그것만이 아니지. 선배는 보석을 쥐고도 유혹에 넘어가지 않았어. 어떻게 된 거야? 그 정도로 강력한 정신 방어는?"

"저는 영혼이 갑옷에 깃들어 있잖아요. 그래서…."

"헛소리."

바로 그녀의 변명을 일축했다. 육체란 껍질에 불과하다. 아무리 갑옷이라도 거기 깃든 영혼이 있는 이상 욕망에서 자유로울 순 없다.

"…후배, 미안해요. 지금은 대답하기 어려워요. 하지만 때가 되면 모두 알려드릴게요."

"그 정도 일을 함께한 사이인데도 말 못하는 건가?"

"미안해요."

누미디아의 사기꾼은 그 말을 끝으로 대답이 없었다.

"아니, 선배. 이봐."

몇 번을 불러도 답이 없었다.

"음?"

그러던 중 황당한 사실을 알게 됐다. 그녀의 영혼이 갑옷을 떠나서 어디론가 사라졌단 점이었다.

"아니… 이 무슨."

이렇게 사라지다니? 갑옷에 묶여있던 처지가 아니었나? 대체 정체가 뭐기에….

거기까지 생각하던 나는 의식을 점점 흐릿해지는 걸 느꼈다. 성좌베기 때문에 몸이 정상이 아니었다.

"망할 사기꾼 같으니라고…."

의식이 희미한 와중에도 옆에서 떠드는 소리가 들려왔다.

"우주전투용 갑옷이군요. 최고 수준의 품질이에요."

"제겐 익숙한 모델입니다. 라름 행성계에 있을 때 몇 번 다뤄봤죠."

"다행이군요. 착용자의 상태가 위중하니 어서 해체 부탁드립니다. 이분에게 무슨 일이 생기면 감당할 수 없을 겁니다."

그 뒤 전동 드라이버가 돌아가는 듯한 소리가 들렸다.

지이이잉.

그뿐 아니라 레이저로 뭔가를 녹이는 것 같은 소리도 났다.

"거의 다 됐습니다. 바로 회복용액 안에 집어넣으십시오."

"알겠습니다. 다섯 시간 동안 회복한 후에 전체적으로 검사해 보겠습니다."

기억은 거기까지였다. 중간에 노란 용액 속에 던져진 것도 같았지만 확실치 않았다. 눈을 떴을 때는 웬 돌침대 같은 곳에 누워 있었다.

근처에 눈알이 하나 떠있었는데 내가 일어나자마자 반응을 했다. 마치 어딘가로 연락을 하는 것 같았다. 그러자 곧 벽에 붙어있는 수정 결정들이 발광하며 안을 밝혔다.

"깨어나셨습니까?"

특이하게 생긴 존재 하나가 방 안으로 들어왔다. 얼굴에 눈과 코가 없고, 길게 찢어진 입만 붙어있는 게 희한한 종족이었다. 팔은 여덟 개로 갖가지 물건을 들고 있었는데, 한눈에 그가 의사임을 알 수 있었다.

"여기가 어딘가?"

"안심하십시오. 끓어오르는 심연님의 차원인 '유스티티아'입니다."

안도의 한숨이 절로 나왔다. 계약에 의해 그의 차원으로 향했다는 건 알지만 의식이 끊겨서 내심 불안했었다.

"일단 살펴보겠습니다."

의사는 한동안 내 몸에 이것저것을 해보고는 고개를 끄덕였다.

"완전히 회복하셨습니다. 걱정하실 것 없습니다."

"고맙군."

"할 일을 했을 뿐입니다. 그것보다 세 시간 뒤에 개선식이 있습니다. 준비는 시종들이 도울 것입니다."

"개선식?"

이건 무슨 귀신 씨나락 까먹는 소리인가. 들어보니 끓어오르는 심연이 날 위해 준비했다.

"위대한 분의 차원에서 개선식을 치르는 건 다시없을 영광입니다."

과거 로마에서 개선을 하는 건 대단한 영광이었다. 한데 우주의 지배자라 할 수 있는 최상위 어둠의 대군의 차원에서 개선을 할 수 있다면 그와 같은 명예는 없다.

"그런가?"

"네, 지금껏 유스티티아에서 개선식은 단 한 번도 없었습니다. 발러슈테드 님이 최초지요. 이는 만세에 노래될 업적입니다."

"거창하게 해주시는군."

크게 관심없다는 태도를 보이자 의사는 엄한 태도를 보였다.

"마음 깊이 감사하십시오. 위대한 분은 이유 없이 호의를 베풀지 않습니다."

"유념하지."

"당신의 업적에는 저도 감탄했습니다. 경의를 표하겠습니다."

놀라운 일이었다. 아마 이 괴종족도 우주에서 품격 높은 부류겠지. 반면 인간은 리켄티아투스 행성계에서 발명된 양산형 범용생명체로 유명하다.

긍지 높은 괴종족이 인간에게 경의를 표하는 건 상상도 할 수 없는 일이나 그는 주저함이 없었다

"인간을 인정하는 건 아닙니다. 하지만 그와 별개로 당신의 업적은 누구라도 경탄할 정도의 것입니다. 순수하게 발러슈테드 님의 성취에 깊은 존경의 염을 보내고 싶습니다."

"그리 말해줘서 고맙군."

의사는 내 몸에 아무 이상이 없음을 만족해하며 나갔다. 그 뒤 눈부시게 아름다운 인간 여인들이 우르르 몰려와 내가 치장하는 걸 도왔다.

하나 같이 경국지색인 게 끓어오르는 심연에게 잡혀있는 영혼인 거 같았다. 생전에 왕비나 공주였을 이 귀한 여인들은 인과율의 파산자들이었다.

자기가 얻은 능력과 미모에 대한 대가를 제대로 지불하지 못해 잡혀온 경우였다.

"신첩이 입혀드릴게요."

"필요한 게 있으면 뭐든 말하세요."

그들은 어떻게든 내 눈에 들어보려고 교태를 부렸지만 난 눈길도 주지 않았다. 얼굴은 아름다웠으나 내 곁에 있는 여자들에 비해 한참 부족했다.

"됐으니 이제 나가보도록. 나머지는 내가 하지."

"알겠어요."

그녀들은 매우 아쉬워하는 기색으로 떠났다. 그들이 떠난 뒤에 나는 혼자 남아 앞으로의 계획을 짰다. 큰 승리를 거뒀지만 복잡한 문제는 아직 남아있었다. 생각할 게 많아 시간은 훌쩍 갔다.

"모두가 기다리고 있습니다."

또 다른 괴종족 하나가 나타나 날 안내했다. 그를 따라 밖을 나가보니 유스티티아의 웅대한 광경이 눈에 들어온다.

"별세계로군."

절로 감탄이 터졌다. 석양빛 하늘 아래 인간의 감각으로 이해하기 어려운 괴이한 건물들이 웅장한 도시를 만들고 있었다.

도시의 위용과 규모가 어찌나 대단한지 제국의 수도 빈도 여기에 비하면 시골마을로 느껴졌다. 개선식을 보기 위해 몰려나온 시민들이 수백만 될 듯했다.

"여기 타시면 됩니다."

놀랍게도 거대한 드래곤 여섯이 끄는 높은 마차가 나를 위해 준비돼 있었다. 마차라기보다 바퀴달린 거대한 건물 같았다.

"출발하겠습니다."

건물처럼 생긴 마차의 옥상에 이르자 거대한 드래곤들이 움직이기 시작했다. 넓은 길 좌우로 도열해 있던 시민들이 기다렸다는 듯 환호성을 터뜨렸다.

"와아아아아아!"

"만세! 만세! 만세에!"

우주 곳곳에서 온 수많은 종족들이 나를 보며 소리를 질러댔다. 그 크기도 다양해서 어떤 자는 고블린 만했지만 어떤 자는 고래 열 마리를 합친 것보다도 덩치가 컸다. 우주에 이렇게 많은 종족이 있는지 처음 알았다.

부우우우! 부우우우우!

드래곤 마차의 앞에선 문어 같이 생긴 괴종족들이 커다란 관악기를 불면서 기어가고 있었다. 그 뒤에는 요염하게 차려입은 서큐버스들이 꽃가루를 뿌리며 따랐다.

내 뒤쪽에도 따르는 무리가 많아 이 도로를 가로지르는 무리의 규모는 가히 대단했다. 하지만 그 많은 볼거리에도 불구하고 모두가 나를 쳐다보고 있었다.

"위대한 발러슈테드!"

"위대한 발러슈테드!"

그들은 저마다의 특이한 발음과 목소리로 내 이름을 외쳐댔다. 자신들의 주인에게 영혼의 보석을 가져온 공로를 크게 인정하는 것 같았다. 그들은 이제 끓어오르는 심연이 우주의 패권을 둔 싸움에서 당장이라도 승리할 것처럼 흥분하고 있었다.

퍼어엉! 펑! 펑!

하늘에서도 괴종족이 날아다니며 폭죽을 터뜨리고 있었다. 날은 점점 어두워지고 있었지만 분위기는 더욱 살아났다. 사방에 설치된 녹색 화염이 기괴함을 더했다.

"저 분은 우리에게 승리를 가져오신 분이다!"

어떤 이의 외침에 환호는 더욱 뜨거워졌다. 담담히 있던 나도 어쩔 수 없이 손을 흔들어줬다. 그러자 열광이 더욱 커졌다. 내 손짓 한 번에 저 많은 자들이 소리를 질러대니, 손끝이 다 떨리는 기분이었다.

"발러슈테드 님. 도착하신 후에 단 위로 오르시면 됩니다."

옆에서 날 수행하는 괴종족의 설명에 고개를 끄덕였다. 도로는 10킬로미터나 이어져 있었다. 저 앞을 보니 정말로 거대한 단이 있었는데, 한가운데 끓어오르는 심연이 황제처럼 자리 잡고 있었다. 그리고 곁에는 어둠의 대군 수십이 신하처럼 모여 있었다.

"정말 장관이군. 이런 광경을 볼 줄이야."

한 자리에 저렇게 많은 어둠의 대군이 모여 있다니, 그 위압감에 말이 안 나왔다.

우리 행렬은 시민들에게 충분히 어필하기 위해 느긋하게 나아가 10킬로미터를 가는데도 한참이 걸렸다.

"와아아아! 발러슈테드!"

환호를 받으며 단 앞에 도착해보니, 아래쪽 좌우로 신격들 수천이 공손히 서 있었다.

"여기선 신격도 단에 오르지 못하는가?"

수행원에게 물으니 그는 깊게 고개를 숙인 채 답해줬다.

"오로지 어둠의 씨앗에서 태어난 어둠의 대군들만이 저 단에 오를 수 있습니다. 하지만 오늘 하루만큼은 예외입니다. 자, 오르십시오. 위대한 발러슈테드시여."

내가 마차에서 내리자 어떤 대신격 하나가 앞으로 나와 외쳤다.

"저기 저 용사를 보라! 우리가 마땅히 경의를 표해야할 이로다!"

그 말과 함께 양측에 도열해 있던 신격이 수천이 손을 들어서 내게 경의를 표해왔다.

말이 안 나오는군. 살다보니 저 많은 신격에게 인사를 받다니. 이럴 때 건방지게 안 굴면 내가 아니다.

"하하하."

턱 끝이 절로 올라간다. 오만하기 짝이 없는 얼굴로 수천의 신격들을 둘러본 나는 고개를 끄덕였다. 그리고 앞으로 나와 외쳐준 대신격은 특별히 어깨를 한 번 두드려줬다.

"수고가 많군."

대신격은 내가 개선장군인 걸 알지만 복잡한 표정이었다. 일개 인간에게 격려를 받았으니 말이다. 하지만 그는 도리어 고개를 숙여보였다. 그럴 수밖에 없는 게, 지금 단상 위에서 끓어오르는 심연과 어둠의 대군 수십이 상황을 내려다보고 있었기 때문이었다.

엄청난 느낌이군. 저 많은 어둠의 대군들이 내 행동을 하나하나 지켜보고 있었다. 하지만 나는 겁먹기는커녕 점점 더 콧대가 높아졌다.

하여 그 어떤 때보다도 당당하게 단을 올라가기 시작했다. 그러자 우레와 같은 박수와 환호가 터졌다. 단의 계단 좌우에도 그 크기가 최소 수십 미터는 이르는 어둠의 대군들이 줄지어 있었다.

더없이 기괴하게 생긴 존재들의 커다란 눈알이 나를 뚫어져라 쳐다본다. 나는 그들에게 가볍게 고개를 끄덕여 보이거나 눈인사를 했다. 그러자 어둠의 대군들이 감탄하는 게 느껴졌다.

"이런 당당한 인간은 처음이군."

"인간이지만 우리와 동류로 느껴지지 않소?"

"위대한 분께서 마음에 들어 하시는 걸 알 것 같군. 저 남자는 가진 힘 이상의 무언가가 있소."

어둠의 대군들은 내 오만방자한 태도를 오히려 좋아했다. 의구심을 갖고 보던 이들도 이제는 호의적인 느낌으로 바뀌었다. 심지어 어떤 어둠의 대군은 거대한 촉수로 단을 두들겨 박수를 쳐주기까지 했다.

"환영해 주셔서 감사합니다. 절대자들이여."

나는 모인 이들에게 답례하며 계속 단 위를 올랐다. 절반쯤 올랐을까. 그때 침묵하고 있던 끓어오르는 심연이 입을 열었다.

"발러슈테드 발러."

지존이 입을 열자 도시에 모인 수백만의 시민들이 일제히 입을 닫았다. 다들 그가 뭐라고 할지 주목했다. 한데 이 지존의 입에서 나온 말은 아무도 예상하지 못한 말이었다.

"나의 훌륭한 친구여. 단에 올라 이 몸의 옆자리에 서라."

끓어오르는 심연의 선언에 유스티티아가 경악에 빠졌다. 심지어 그의 근처에 자리 잡은 거대한 어둠의 대군들조차 당황하는 기색이었다.

"뭐! 치, 친구라고?"

"하면 저 자가 우리보다 높은 것 아니오?"

이 파격 대우에 모두가 당황하는 기색이 역력했다. 물론 나는 그러거나 말거나 당당히 단상을 올랐다.

양쪽에서는 수십 미터가 넘는 어둠의 대군이 줄줄이 늘어서 있다. 인간의 가장 기괴한 상상력으로도 그리기 힘든 모습에, 보기만 해도 미쳐 죽게 만드는 존재감까지…, 그런 황당한 존재가 수십이었지만 나는 아무렇지도 않았다.

사기로 단련된 내 얼굴의 두꺼운 철판은 어둠의 대군도 별 소용없었다.

그르르르르-.

그중 몇은 일부러 시비를 거는 듯 노골적으로 존재감을 과시했으나, 도리어 내게 그쪽을 보고 웃자 당혹감을 감추지 못했다.

"아, 아니… 뭐 저런 자가!"

어둠의 대군이 존재감을 과시하면 최상위의 괴종족들조차 벌벌 떤다. 아니, 괴종족커녕 신격도 모골이 송연해질 터. 한데 내가 동네 주민처럼 가볍게 대하니 황당함을 감추지 못할 수밖에.

"실로 장엄하신 기세입니다. 부패한 웅덩이에 도사린 자여."

단상을 오르던 나는 시비를 걸었던 어둠의 대군 하나에게 인사를 건넸다.

"나를 알고 있느냐?"

"어찌 그 명망을 모르겠습니까? 최근 형언할 수 없는 암흑의 군을 상대로 맹활약하신 것을 보았습니다."

"보았다고?"

"미흡합니다만, 별을 읽을 줄 압니다."

"허! 그대는 정말 인간인 건가? 아니, 어느 고귀한 존재의 화신인가?"

상황이 이쯤 되니 어둠의 대군들은 내가 동족의 화신이라고 여기는 모양이었다.

"그럴 리가요. 별 볼일 없는 인간일 뿐입니다."

그들이 뭐라 하던 여유를 잃지 않고 걸었다. 그리고 단상 위에 도착했다.

"어서 오라, 발러슈테드."

그는 행사를 위해 수백 미터 정도로 몸을 줄인 상태였다. 진신을 드러내면 어지간한 군소 차원이 꽉 찰 정도로 웅대하기 때문이다. 그뿐 아니라 단상 위의 어둠의 대군들 역시 수십 미터 크기지만 평소에 비하면 아담한 거다. 다들 행사에 맞춰 몸을 줄인 형상이었다.

"그대는 전설적인 위업을 달성했다. 필멸자가 영원의 보석을 얻어내다니 이는 다시없을 공로다."

"도와주신 덕분입니다. 자, 위대하신 분이여. 여기 당신께 영원의 보석을 바칩니다."

나는 품에서 영원의 보석 세 개를 꺼냈다. 혹시 사기꾼 선배가 털어가지 않았나 불안했지만 그녀는 이걸 전혀 건드리지 않았다.

"하…."

손에 놓인 영원의 보석의 묵직함에 절로 가슴이 요동쳤다. 이것은 이런 순간에 조차 유혹을 느낄 정도의 요물이었다. 역시 인간의 정신으로 감당하기 어려우니 온당한 주인에게 돌려주는 게 최선이었다.

"이제 이 보석들이 합당한 분께 돌아갈 것입니다."

나는 한쪽 무릎을 꿇고 두 손으로 끓어오르는 심연에게 영원의 보석을 바쳤다.

차원 전체에 엄청난 환호가 터졌다.

떠들썩한 개선식이 끝나고 끓어오르는 심연과 나는 방해받지 않은 은밀한 장소로 이동했다. 그리고 그는 내가 겪은 이야기를 흥미진진하게 들어줬다.

"크하하하하! 마지막에 가운데 손가락을 올리니까 무덤에서 웅크리고 있는 자가 어찌 반응하더냐?"

"아주 고래고래 소리를 질러대고 날뛰더군요. 그러다 안 되겠던지 제발 가지 말라 빌기까지 했습니다."

"역시 그대는 적을 희롱하는 재주를 타고났다. 아주 유쾌한 얘기로다! 크하하하하!"

이 양반 호탕한 성격은 여전하군. 촉수를 땅에 쾅쾅 두드리며 어찌나 즐겁게 웃던지 멀리 있던 메마른 산이 무너져 내렸다.

우르르릉! 콰앙!

원래 산이 있던 자리에 흙먼지가 자욱이 일어나는 걸 보며 헛웃음이 나왔다. 하지만 동시에 우리가 사는 세계란 게 어둠의 대군의 감정에 따라 간단히 부서질 수 있다는 걸 씁쓸하게 받아들여야 했다.

"리켄티아투스에 별 일이 없었으면 좋겠군요."

"뒷일은 걱정할 게 없다, 계책대로 했으니 무덤에서 웅크리고 있는 자가 아무리 화가 나도 리켄티아투스를 공격하지 못할 것이다."

이번 일을 위해 사전에 여러 가지 준비가 있었다. 성이 난 무덤에서 웅크리고 있는 자가 리켄티아투스를 가루로 만들어 버릴지도 몰랐기에 이 부분에도 대책을 마련했다.

바로 허세로 적을 속이는 것이다.

"휘하에 있는 어둠의 대군 몇을 보내 내가 도착할 거라고 알렸다. 놈들이 대경실색하더니 도망가더군."

"실로 훌륭하십니다. 가뜩이나 인과율에 파멸적인 손해를 보고 서로에게 중상을 입혔습니다. 위대한 분의 행차를 들으면 도망갈 수밖에요."

끓어오르는 심연이 올 거란 소식에 발버둥치는 죽음, 무덤에서 웅크리고 있는 자는 바로 줄행랑쳤고, 그들의 수하들도 우주로 뿔뿔이 흩어졌다.

사실 끓어오르는 심연이 도착할 거란 건 속임수였다. 그는 형언할 수 없는 암흑과 힘든 전투를 치르고 있는지라, 거기까지 갈 여력이 없었다.

하지만 사정을 감춘 채 휘하의 어둠의 대군을 보내 허장성세를 부렸고, 그게 제대로 먹힌 거다.

"당분간 리켄티아투스는 안전하겠군요. 감사합니다. 위대하신 분이여."

"그들은 상처 입은 맹수와도 같지. 벌써 야심만만한 어둠의 대군들이 무리를 이뤄 그 둘을 사냥하려고 하고 있다. 한동안 꽤나 힘들 거다."

전에 끓어오르는 심연을 보면 알 수 있는 게, 최상위 어둠의 대군끼리 싸워 입은 상처는 좀처럼 나을 방법이 없다. 실제로 끓어오르는 심연도 내 앞에서 피를 철철 흘리고 있었고.

당연히 무덤에서 웅크리고 있는 자와 발버둥치는 죽음도 망했다고 봐도 된다. 사방에서 피 냄새를 맡은 무리가 들끓을 테니까.

최상위 어둠의 대군을 사냥하는 건 평소에는 꿈도 못 꿀 일이다. 하지만 상대가 심각한 부상을 입고 있다면 흥미를 느끼는 자들이 여럿이리라.

"그들이 살해될 거라 보십니까?"

"사냥꾼들의 기대에는 미안하지만 어림도 없다. 강력한 힘과 뛰어난 지혜를 가진 이라면 그들을 궁지에 몰아넣겠지. 하지만 끝을 내는 일은 요원할 것이다. 그들은 누가 뭐라고 해도 우주의 지배자가 될 역량을 가진 존재니까."

"결국 최상위 어둠의 대군을 죽일 건 동급의 존재 밖에 없단 말씀이시군요. 하면 상처받은 그들을 죽이는 것보다, 그 사냥에서 정치적 이익을 얻는 게 중요하겠군요."

"흐흐흐, 역시 네놈은 그런 일에는 머리가 잘 돌아가는구나."

끓어오르는 심연은 그들이 쫓기느라 정신이 없을 테니 당분간 신경 쓸 필요 없다고 했다.

"적들이 혼란을 겪는 동안 우리는 각자 해결해야 할 문제가 있다. 그건 실패할 수 없는 중대한 일이기도 하지."

"옳습니다. 이 틈에 일을 처리하지 못하면 대사를 그르칠 겁니다."

끓어오르는 심연은 이제 어떻게든 형언할 수 없는 암흑을 끝장내야 한다. 도망간 두 어둠의 대군이 돌아오기 전에 말이다.

"위대하신 분이여. 그 둘이 곤궁해 서로 손을 잡지 못하게 해야 합니다. 만약 최상위 어둠의 대군 둘이 연합하면 이는 작은 걱정이 아닙니다."

"실로 옳다. 신하들에게 지속적으로 둘을 이간질하게 명하겠다. 방법은 많겠지.”

어려운 일은 아닐 것이다. 여유가 있는 건 이쪽이니까.

“그 틈에 어떻게든 형언할 수 없는 암흑을 끝장낼 생각이다.”

끓어오르는 심연과 형언할 수 없는 암흑의 전쟁은 실로 격전이었다. 끓어오르는 심연이 더 큰 세력을 이루고 있음에도 승패를 장담하지 못하는 상황이다. 과연 서열 1위 어둠의 대군인 형언할 수 없는 암흑의 능력은 대단했다.

“믿겠습니다.”

“이 몸도 이 몸이지만, 네놈도 이 기회를 놓치면 큰일이 날 것이다. 어떻게든 종언의 석판을 찾아 발동시키지 않으면 리켄티아투스의 안전을 보장받을 수 없겠지.”

현재 나라면 이를 갈 두 어둠의 대군이 도망 중이라 리켄티아투스는 안전하다. 하지만 그건 언제까지 보장받을 수 있는 평화가 아니다. 완벽한 마무리를 위해서는 종언의 석판으로 초월자들을 추방해야 한다.

“또한 이 몸이 약속한 보상 대부분은 종언의 석판을 사용한 다음이 아닌가. 그 모든 영광을 얻고 싶다면 서두르도록 하라.”

“말씀 감사합니다.”

결국 내 모험은 종언의 석판을 발동해야 끝이 나는 거다.

“발러슈테드, 한 가지 더 언급할 부분이 있다.”

“말씀하십시오.”

“그대가 상호방위조약을 저버린 것에 대한 일이다.”

슈바르체토이펠과의 계약을 일부러 어긴 탓에 무덤에서 웅크리고 있는 자에게 제대로 엿을 먹였지만, 그 대가는 분명히 치러야 할 것이었다.

끓어오르는 심연은 공정하기에 봐주는 일도 없다. 규칙대로 해야 한다. 슈바르체토이펠이 양해해주고 끓어오르는 심연이 허락해 집행을 늦추고 있었지만, 그렇다고 죗값이 없어지는 건 아니다.

"말씀하십시오."

"원래라면 네 영혼은 나락으로 떨어져야 한다. 하지만 방법이 없는 건 아니지. 그대가 피해자와 공증을 한 내게 충분한 보상을 한다면 말이다."

끓어오르는 심연은 공정하지만 꽉 막힌 건 아니다. 그가 만든 규칙은 다양한 합의를 보장하고 있었다.

"피해자인 슈바르체토이펠에겐 만족할 수준의 보상이 있어야 한다."

"그리하겠습니다."

"계약을 중재한 내게 할 보상은 이미 받았으니 상관없다."

영원의 보석을 가져다줬으니 이 문제를 해결하고도 남았다. 다만 그가 중재하는 계약의 무게가 너무 엄청나 영원의 보석을 주고서야 겨우 해결됐다고 할까.

"이 몸은 보석을 가져온 일에 대해 최대의 기쁨으로 포상하고 싶다. 하지만 계약을 어긴 사안 때문에 마음만큼 줄 수 없어 안타깝구나."

어쩔 수 없는 부분이다. 규정에는 어긋나지 않지만 편법을 쓴 건 확실하다. 뒤탈이 없는 것만 해도 다행이다.

"괜찮습니다."

"대신 후일 어둠의 왕관을 쓰고 나면 우리가 약속한 것 이상을 하사하겠다."

"음… 한 가지 부탁을 드려도 되겠습니까?"

"말해보라."

"베오울프의 영혼을 주십시오."

이번에 베오울프는 마왕 오드가쉬의 육체에 깃들어 대활약을 해줬다. 그의 영혼을 해방해주는 게 도리다.

"그건 어렵지 않다. 그리하지."

어려움 없이 확약받자 기분이 좋아졌다. 하지만 끓어오르는 심연은 뭔가 걸리는 게 있는 기색이었다.

"우려하는 바가 있으십니까?"

"네놈이 리켄티아투스로 돌아가 종언의 석판을 발동시키면 대신격 아퀼라가 나설 확률이 높다."

"아…."

"직접 해결해 주고 싶지만 현재는 어렵다. 아퀼라란 그 존재는 실로 쥐새끼 같아서 쉽게 찾을 수가 없기도 하고."

아무래도 형언할 수 없는 암흑과 일대결전을 치러야 하는 그의 입장에선 작은 행성의 일에 집중하긴 무리다. 끓어오르는 심연도 시간에 쫓기고 있으니까.

"게다가 아퀼라는 대신격 주제에 알 수 없는 힘을 갖고 있다. 자칫 섣불리 끼어들었다가는 도리어 일이 꼬여, 지금 이 몸의 힘으로도 리켄티아투스를 건들지 못하게 될지도 모른다."

물론 그가 어둠의 왕관을 쓰면 다 끝이지만 마냥 그것만 기다릴 순 없다. 언제 무덤에서 웅크리고 있는 자와 발버둥치는 죽음이 리켄티아투스로 쳐들어올지도 모르고.

최대한 종언의 석판을 빨리 발동해야 한다. 하지만 끓어오르는 심연은 직접 나설 상황이 못 된다. 결국 내 힘과 지혜로 해결해야 한다는 소리였다.

"위대하신 분, 혹시 아퀼라가 영원의 보석을 갖고 있지 않을까요?"

"확실히 의심이 드는구나. 대신격치고 강한 그 힘도 보석의 존재라면 설명이 되지. 발러슈테드, 생각할수록 힘든 싸움이 네게 남아있는 것 같구나."

영원의 보석을 든 걸로 추정되는 대신격이 최종보스라 그건가. 우주로 나와서 대신격이란 존재가 뭔가 희미해져서 그렇지 실제로 행성계 안에서는 말도 못할 정도의 깡패다.

대신격 하나 뜨면 신격들 여럿 있어도 개박살이 나니까 얼마나 무서운지 말할 필요도 없다. 신격 하나도 못 당하는 내 입장에선 대신격은 범접할 수도 없는 힘을 갖고 있었다.

"차라리 리켄티아투스를 포기하고 한동안 이곳에 머물지 그러느냐? 그게 가장 현명한 방법이다."

확실히 그렇긴 하다. 끓어오르는 심연이 형언할 수 없는 암흑을 쓰러뜨린 뒤에는 직접 아퀼라를 처단해 달라고 부탁할 수도 있다.

아니면 전력의 여유가 생긴 그에게 대신격 몇을 지원받는 것도 방법이다. 그때까지 여기서 안전하게 지내면 된다.

하지만 그 사이 리켄티아투스는 어찌될지 장담 못한다. 그건 내가 생각하는 해피엔딩이 아니었다.

"말씀은 감사합니다만 거절하겠습니다."

"그런가."

"그 행성에 제 모든 집념이 있습니다."

"알겠다. 힘든 싸움에서 그 지혜로 승리하길 바란다. 가능한 수준에서 최대의 지원을 하겠다. 아마도 대신격과 다퉈야 할 테니 그만한 역량을 갖추게 해주겠다."

먼저 그는 황금술잔을 맡기겠다고 했다.

"황금술잔의 힘이라면 혹여나 아퀼라가 영원의 보석을 갖고 있어도 능히 대항할 수 있을 것이다."

"배려에 감사드립니다."

"하지만 그것만으로는 부족하다. 하여 네게 어둠의 씨앗을 내리겠다."

어둠의 씨앗이라?

"그건 분명 어둠의 대군이 될 수 있는 단서가 아닙니까?"

하여 그것은 우주의 많은 이들이 간절히 원하는, 값으로 따질 수 없는 보물이었다.

"맞다. 지금부터 너를 우주 저편에 있는 '창조의 기둥'으로 데려가겠다. 장엄하다는 말로도 부족한 그 성운은 수많은 별이 태어나는 별의 고향과도 같은 곳이다. 어둠의 대군이 될 힘도 창조의 기둥 속에서 잉태된다."

생각지도 못했는데 끓어오르는 심연은 내게 어둠의 대군이 될 길을 주겠다는 거다. 그가 생각하기에 제대로 파악도 안 되는 기괴한 대신격 아퀼라와 싸우려면 그 정도 힘은 필요하다고 여긴 것 같았다.

"내 이전부터 그대가 인간에 머무는 건 아깝다 여겼다."

끓어오르는 심연은 여력이 없는 와중에도 내가 완승을 거둘 수 있을 정도로 지원을 약속한 것이다.

"창조의 기둥은 어디에 있습니까?"

"리켄티아투스에서 7,000광년 떨어진 곳에 위치한다."

…어마어마하게 멀군.

그 정도 거리라면 어둠의 대군이 아니라면 이동할 방법이 없을 거 같다.

"그곳은 별들의 고향. 말이 나온 김에 바로 가는 게 좋겠군."

"바로요?"

"무슨 문제가 있느냐?"

"아, 아닙니다."

7,000광년 거리를 옆집 가듯 말하니 감각적으로 다소 받아들이기 어려웠다. 하지만 갑자기 빛과 공간이 길게 늘어진다고 느낀 순간 이미 나는 창조의 기둥 앞에 와 있었다.

"아아!"

직접 창조의 기둥을 본 나는 말문이 막혀버렸다. 그것은 성간 가스와 성간 먼지로 이뤄진 거대한 세 개의 덩어리였다.

하지만 그 이상의 특별함이 있었다. 창조의 기둥은 거대한 별빛들을 배경으로 시커먼 존재감을 자랑했다.

"이것들은 얼마나 큰 겁니까?"

"가장 큰 왼쪽 기둥의 높이는 대략 4광년이다."

"세상에, 4광년이라니."

가스와 먼지로 만들어진 이 덩어리는 마치 기둥 세 개가 서있는 모양새였다.

"기둥 꼭대기가 불이 들어온 듯 환한 건 무슨 이유입니까?"

"거긴 새로 탄생한 별들이 모여 있어서 그렇다."

괴테의 시 중 "경탄하기 위해 나는 존재한다!"라는 구절이 있는데, 실로 창조의 기둥을 두고 한 말이란 생각이 들었다.

"이 대단함을 어떻게 표현해야할까…?"

무언가 감상을 말하고 싶었지만 인간의 언어로는 그 위대함을 노래할 방법이 없었다.

"어둠의 대군들 역시 이런 경이를 읊조릴 말을 찾지 못해 입을 다문다. 하니 표현하지 말고 느끼라."

그 말이 정답이었다. 이 압도적인 장소에서 어둠의 대군들이 잉태되는 건가. 한데 그때 한 가지 궁금증이 일었다.

"기둥 끝이 저리 환하니 모인 별이 무수할 듯하군요. 하면 달구어진 별의 열복사로 플라즈마 압력은 이온화 됩니다. 이때 발생하는 힘이 참으로 강할 텐데 기둥의 모양이 흩어져야 맞지 않겠습니까?"

"흐흐흐, 재밌는 지적이구나. 인간인 네 눈에는 보이지 않겠지만 저 창조의 기둥 안에는 강력한 자기장들이 지지대처럼 버티고 있다. 그렇기에 모양이 유지될 수 있지. 애초에 그 자기장은 이 몸이 명해 설치하게 했다."

듣자니 저 거대한 창조의 기둥은 과거 끓어오르는 심연이 휘하의 어둠의 대군을 부려 만든 일종의 기념비였다.

"세상에."

어둠의 대군이 일꾼으로 사역해 만든 우주의 기념비라니. 가장 큰 기둥의 높이만 4광년이다. 우주적 존재들은 뭘 해도 스케일이 남다르구나.

새삼 인간이란 존재가 이 우주에서 얼마나 하찮고 무력한지 다시 한 번 절감했다. 그래서 어둠의 대군이 될 수 있는 기회가 매력적으로 다가왔다.

어쩌면 끓어오르는 심연은 그런 점을 느끼게 하기 위해 날 직접 창조의 기둥에 데려온 건지도 모르겠다. 그는 창조의 기둥을 흐뭇한 기색으로 보며 말했다.

"어둠의 대군은 우주 곳곳에 저마다의 고향을 갖고 있지만 유독 이곳에서 훌륭한 자들이 많이 태어났다."

"위대하신 분께서도 이와 같은 장소에서 나셨습니까?"

"아니다. 이 몸은 태초부터 있었다. 어떤 어둠의 대군도 태어나기 전부터."

대체 언제부터 있었던 건지 짐작도 안 되는군. 궁금증이 피어올랐지만 시기가 적당해 묻지 않았다.

"이 안으로 들어가자."

끓어오르는 심연은 창조의 기둥 안쪽으로 날 이끌었다.

"허어…."

가까이 다가가자 입에서 계속 경탄만 터져 나왔다. 곳곳에서 거대한 소용돌이가 치며 먼지와 가스가 뭉쳐 별이 탄생하고 있었다.

"이것은 별을 만드는 공장과도 같군요."

"적절한 표현이다. 발러슈테드. 하지만 우리의 용건은 더욱 깊은 곳에 있다."

끓어오르는 심연의 인도를 따라 내려가니 점점 사방의 어둠이 짙어졌다. 가스와 먼지가 확연한 밀도를 느낄 수 있을 정도였다.

"이곳에서 어둠의 대군으로 자라날 씨앗이 탄생한다."

어둠의 대군이 태어나는 방법은 다양하지만 이런 방식이 가장

정통이며, 그 힘도 강하다고 했다.

"제가 일전에 한 드래곤 신격의 육체에 어둠이 깃들어 씨앗이 된 걸 봤습니다."

"가능하다. 하지만 그 토양 자체가 미천한 신격에 불과하니 크게 발아하지 못한다. 반면 이곳을 보라. 거대한 별들이 태어나는 장소니 그 격이 다르다."

과연 눈앞에 장대한 어둠이 소용돌이치고 있었는데 느껴지는 힘이 대단했다. 나 같은 존재는 가까이만 가도 바스러져 죽어버릴 것만 같았다.

"제가 감당할 수 있겠습니까?"

"이 정도는 돼야 네놈에게 어울린다. 발러슈테드."

끓어오르는 심연은 거대한 촉수를 뻗어 소용돌이 한 가운데로 집어넣었다. 그리고 반짝이는 무언가를 빼냈다. 마치 영롱하게 빛나는 흑요석처럼 생긴 구슬이었다.

"원래 이런 모양은 아니나 네가 쉽게 다룰 수 있게 변형한 것이다."

그가 넘겨준 걸 보니 어둠의 씨앗은 손바닥에 들어올 정도로 작은 구슬이 되어있었다.

"이것만 있으면 언제든 어둠의 대군에 오를 수 있을 터. 대신 어둠의 대군이 되면 다신 인간으로 돌아갈 수 없다. 심사숙고해서 결정하라."

"배려에 감사드립니다."

"발러슈테드, 이제 나는 형언할 수 없는 암흑을 치러가야 한다. 더 시간을 내주고 싶지만 어렵구나."

"충분히 감사드리고 있습니다."

끓어오르는 심연은 미국 대통령보다도 더 바쁘다. 그런데 개인적인 시간을 이렇게 내준 것만 해도 감지덕지다. 사실 이게 엄청난 총애라는 걸 모르지 않는다.

"리켄티아투스로 보내주지."

미처 대답하기도 전에 시공이 나선형으로 소용돌이쳤다. 그리고 다시 모든 게 정상으로 돌아왔을 때 나는 리켄티아스 행성이 보이는 우주 공간에 있었다.

"아…!"

돌아왔구나.

감개무량하다는 말은 딱 지금 같은 때를 위해 있는 거겠지. 떠날 때만 해도 다시 볼 수 있을 거라고 장담 못했는데, 무덤에서 웅크리고 있는 자의 뒤통수를 거하게 때리고 돌아오다니.

"하하하!"

기분이 좋아져 절로 웃음이 터졌다. 지금쯤 무덤에서 웅크리고 있는 자는 사냥꾼들에게 쫓기고 있겠지. 역시 적의 몰락만큼이나 입가에 미소가 짙어지는 건 없다니까.

구우우우우!

리켄티아투스의 대기권으로 들어가며 아래를 보니 역시 아름다운 행성이란 생각이 들었다. 하지만 점점 지상의 상황이 자세히 보이자 그런 생각은 빠르게 없어졌다.

제국 곳곳의 지형이 변한 게 한눈에 들어왔기 때문이다. 그 재앙에 휘말려 벌어진 인명 피해도 엄청나겠지.

과거 작센의 수도인 드레스덴이 있던 곳은 바닷물에 삼켜져 흔적도 없이 사라져있었다. 비단 드레스덴뿐만이 아니었다. 제국 전체가 참담했다.

그런 꼴을 보면 나는 깊은 고민에 빠졌다. 저런 사태를 수습하기 위해서는 힘이 필요하다. 하지만 진짜로 어둠의 대군이 돼야할까?

어둠이 대군이 되면 내 인간으로서의 모든 건 끝장난다. 즉, 지금까지의 발러슈테드 발러와는 다른 존재가 된다는 거다.

인간으로서 소중하게 여긴 것들이 의미 없어진다. 당장 곁에 있는 여자만 해도 그렇다. 나는 발푸르기스의 아름다운 얼굴을 좋아하고 달타냥의 탐스러운 엉덩이는 쓰다듬고 싶어 한다.

한데 어둠의 대군이 되면 그런 건 하등 중요한 일이 아니게 된다. 그때 내가 과연 곁에 있는 여자들을 사랑할 수나 있을지 모르겠다. 왜냐면 격이 안 맞기 때문이다. 나에 비해 너무 하잘 것 없는 존재가 될 테니까.

여자는 앞으로 겪을 많은 문제 가운데 그저 하나일 뿐이다. 그토록 지키고자 했던 제국도 부질없어질 거다.

제국을 지키는데 성공은 하겠지만 여태 내가 뭘 한 건지 알 수 없는 상황이 돼버린다.

"아마 리켄티아투스를 떠나게 되겠지. 모두를 두고."

끓어오르는 심연은 특별히 어둠의 씨앗 중에서도 귀한 걸 내줬다. 그걸 쓰게 되면 분명 초상적인 차원의 정치적 다툼에 끼게 된다.

물론 즐거울 거다. 그런 일은 취미에 맞으니까. 휘하에 신격을 부리고 수억의 종족들을 군대로 써 어느 성운을 점령하고, 어느 성단을 점령하고….

예감에 불과하지만 나란 놈은 엄청나게 활약할 거 같다.

하지만 문제는 그게 진짜 나냐는 거다.

해피엔딩을 바라던 발러슈테드 발러…. 아니, 지구에서 온 한제우냐는 거다.

"흐음……."

고민하는 사이 지상에 도착했다.

"그래…."

아퀼라만 처리할 수 있다면 어둠의 대군이 되지 않아도 괜찮다. 일단 나는 어둠의 씨앗 건은 보류하기로 했다. 고민이 없는 건 아니지만 일단 집에 오지 않았나. 번뇌는 잠시 좀 미뤄도 좋겠지.

뮌헨에 도착하자 떠나기 전과 별로 달라지 않은 모습에 적잖이 안도했다. 발푸르기스가 잘 버티고 있었구나. 사방을 둘러보며 걷는데 일단의 병사들이 날 막아선다.

"웬 놈이냐?"

"음?"

설마 뮌헨에서 제지당할 줄 몰랐던 나는 갑옷으로 몸을 감싸고 있어서 그런가 싶었다.

"비텐바이어 선제후다."

"아, 아니? 정말이십니까?"

다들 놀라는 기색이 역력했다. 하지만 쉽사리 믿지 않는 듯 주춤거렸다.

"잠시만 기다려주십시오."

곧 병사 하나가 달려가더니 누군가를 데려왔다. 나는 그 인물을 보고는 함박웃음을 지었다.

작은 다리로 열심히 달려오는 저 수녀복의 꼬맹이는, 전직 대수녀원장인 마리였다.

"너는 누구냐!"

앙칼지게 외치는데 목소리가 귀여워서 웃음을 간신히 참아야 했다. 여전히 마리는 사랑스러웠다.

"저를 몰라보시겠습니까?"

그리 묻던 나는 그제야 상황을 알 수 있었다. 마리가 왜 몰라보지 싶었는데 내 꼴이 말이 아니구나.

"이런."

쓴웃음이 절로 나왔다. 대기권을 돌파하느라 2,000~3,000도의 고열로 구워진 탓에 갑옷에 온통 그을음이 가득했던 거다. 새하얀 갑옷은 처음부터 검은색이었다고 해도 믿을 정도였다.

게다가 격전을 벌이고 온 탓에 움푹 파이고 부서진 부분도 많았다. 이거 완전 거지꼴이겠군.

"접니다. 마리."

"으? 으응? 이 목소리는 발러인가?"

대답대신 바로 투구를 벗었다. 투구 연결부위가 열리는 걸 기다리기도 귀찮아 단번에 해체 명령을 내렸다. 그러자 투구가 위로 치솟으며 날아갔다.

"마리이—!"

얼굴을 드러내자마자 어리둥절해하고 있던 마리를 있는 힘껏 껴안았다.

"마리! 저 안 보고 싶었어요?"

갑자기 붙들리자 마리는 놀라서 바동바동거렸다.

"꺄앙! 이 정신 나간 놈! 갑자기 수녀를 이렇게 껴안으면 어떻게 해!"

"상관없습니다."

"내가 상관있다구! 게다가 옷에 묻는다! 이놈!"

마리는 하얀 수녀복에 그을음이 잔뜩 묻자 성질을 내며 발버둥을 쳐댔고 나는 나대로 놔주지 않겠다고 계속 뺨을 비볐다.

어느새 그 강력한 폭풍의 몰살의 마르가레타도 내게 붙잡히면 꼼짝 못하는 상황이 된 것이다. 격세지감으로군. 바스토뉴에서 마리 엉덩이 뒤에 숨었던 게 엊그제 같은데 말이지.

"싫엉! 옷 또 빨아야 하잖아!"

"가만히 좀 있어 봐요! 마리!"

내 귀환 소식에 모두가 몰려왔다.

발푸르기스, 칼리오네, 달타냥, 로엘린, 인자한 어머니, 마리. 주변에 눈부신 미녀들이 가득했다. 진부한 표현이긴 하지만 꽃밭이라고 밖에 할 말이 없었다.

"발러, 표정이 왜 그러느냐?"

사람들이 보는 앞에서 수녀를 껴안고 뺨을 비볐다고 마리는 아직도 꽁했다.

"아, 그게 우주에 가니까 촉수 같은 놈들만 가득해서 말이죠."

뭔가 우주적 공포는 촉수가 시그니쳐인가. 정말 원 없이 꿈틀거리는 것들을 보고 왔다. 꼭 촉수가 아니더라고 기괴하고 이상한 게 넘쳐나더라.

한참 거기 시달리다가 꽃처럼 아름다운 여자들을 보니 정말 적응이 안 됐다. 그녀들은 나를 보며 몸은 괜찮은지 묻는다. 세상에, 이렇게 다정다감하다니. 우주에 가니까 나를 죽이겠다는 놈 밖에 없었는데.

"걱정해 주셔서 감사합니다."

사실 페자무트나 슈바르체토이펠도 와야 하지만, 그랬다가는 싸움이 날 확률이 높아서 따로 보기로 했다.

발푸르가 여신격을 섬기는 마리와 피와 죽음의 마왕 페자무트는 오랜 원수였다. 서로 얼굴을 봤다가는 칼부림이 나는 게 수순이랄까. 물론 상황이 상황인지라 자제하겠지만 일부러 불편한 자리 만들 필요는 없겠지.

"발러."

자리에 앉아있던 발푸르기스는 참을 수 없는 듯, 다짜고짜 나를 껴안고 키스하기 시작했다. 옆에서 누가 보든 말든 아랑곳하지 않았다. 설탕처럼 달콤한 그녀의 입술이 내게 딱 붙어서는 좀처럼 놔주지 않았다.

"흐읏—."

귓가에 발푸르기스의 콧소리가 야릇하게 들렸다. 사실 이미 한 차례 난리법석을 벌인 뒤다. 하지만 발푸르기스는 내 얼굴만 봐도 자제할 수가 없는 것 같았다. 엄청 걱정했었던 모양이다. 미안한 마음이 커졌다.

"보세요. 정실부인의 위엄이군요."

달타냥의 덤덤한 어조는 여전했다. 그런데 잠시 후 입술을 떼면서 보니까 여자들이 차례로 발푸르기스의 뒤에 일렬로 서기 시작했다.

어쩐지 신랄한 어조였던 달타냥도 자기 자리를 냉큼 차지하고는 손거울을 보며 입술에 뭔가 바르고 있었다.

"다들 뭐하시나요?"

당황해서 묻자 칼리오네가 뭘 그런 걸 묻냐는 표정으로 대답한다.

"보면 모르는가? 키스하려고 줄선 것이다. 주군."

그 뻔뻔함에 뭐라 대꾸가 안 나왔다. 하지만 그러거나 말거나 칼리오네가 기다렸다는 듯 내 무릎 위에 앉아 매혹적인 미소를 짓는다.

"주군, 숨 오래참기 대결이다."

유일하게 마리만 근처에서 끼지도 못하고 곤란한 듯 몸을 배배 꼬고 있었다.

"나… 나도 서야 하나?"

힘든 일을 치르고 복귀한 탓에 쉬고 싶었지만 그럴 여유가 없었다. 바로 종언의 석판에 대해 조사하기 시작했다.

아퀼라의 정확한 목적은 아직 모르겠다. 하지만 그와 내 사이가 원만하지 않을 거라는 건 알 수 있었다.

먼저 SS등급 스킬 <성좌 관형찰색>이 사라졌다. 아퀼라가 줬던 능력이 없어지자 밤하늘을 봐도 무슨 일이 벌어지는지 알 길이 없었다. 갑자기 까막눈이 된 탓에 답답함이 밀려왔다.

"고귀하신 전하."

"무슨 일인가?"

서재에서 고민하고 있을 때 달타냥이 심상치 않은 표정으로 들어왔다.

"대신격 아퀼라 쪽에서 전령을 보내왔습니다."

"음, 먼저 찌르고 들어올 줄은 몰랐는데."

"안전이 최우선입니다. 전하."

종언의 석판이나 대신격 아퀼라에 대해 다 들은 달타냥은 걱정하는 기색이 역력했다.

"그래도 만나긴 해야겠지."

"호위단을 꾸리겠습니다."

"상대는 대신격이야. 의미가 없어. 그저 선제후의 품위를 지킬 정도로만 준비하도록. 전투가 벌어지면 모두 이탈하는 걸로 하고."

"하오나, 전하."

"걱정할 거 없어. 과인에겐 어둠의 씨앗과 황금술잔이 있다."

아퀼라가 용을 써도 이것은 빼앗을 수 없다. 그 귀중품들은 단순히 마법 지퍼에 들어가 있는 게 아니다. 끓어오르는 심연의 배려로 특별히 나만 꺼낼 수 있는 차원 금고 속에 보관돼 있으니까.

"어디서 만나자고 하는데?"

"슈타른베르크 호입니다."

슈타른베르크 호수면 뮌헨의 앞마당에 있는 호수다. 아퀼라는 그곳에서 내일 오후 4시에 보자고 했다.

"좋아, 그 시간에 나가겠다고 전해."

다음날.

약속시간에 맞춰 뮌헨을 나섰다. 수행하는 인원은 기병 10기가 전부였다.

"발러, 함정일지도 모르니 조심해야 한다."

"알겠습니다. 발푸르기스."

인원은 적지만 비텐바이어 선제후와 바이에른 선제후가 함께 나섰다. 두 명의 선제후가 나란히 말을 달리다니, 드문 일인 걸.

"이렇게 함께 하니 예전 생각이 나네요."

"하르프하임 전투 말인가?"

"네, 그때 신세를 많이 졌습니다."

새삼 지난 일이 떠올라 미소가 지어졌다. 전투 후에 같이 투닥투닥하며 발푸르가 수녀회로 간 것도 이제는 다 추억이구나. 우리는 그때 일이 떠올리며 함께 웃음을 터뜨렸다.

"그 시절에는 좀 덜 음흉한 사내였는데."

"이제는 말할 수 있지만, 사실 그때 다 봤습니다."

"무엇을 말인가?"

"저 하늘의 구름처럼 하얗고 몽실몽실했던……."

"으윽! 이럴 수가! 이런 파렴치한 작자가!"

"말씀대로 예쁜 핑크…."

퍽!

오랜만에 발푸르기스에게 한 대 맞았다. 하지만 이런 명랑한 분위기도 호수에 도착하자 끝이 났다. 호수 근처에서 느껴지는 묵직한 존재감에 입을 다물 수밖에 없었다. 등줄기가 절로 서늘해진다.

"저쪽이군요."

하지만 그 존재감의 당사자는 느긋하고 온화한 태도였다. 그는 풍광 좋은 호숫가에 탁자를 놓고 와인을 마시는 중이었다. 주위에는 아무도 보이지 않았다.

"가서 얘기하고 올게요. 발푸르기스."

발푸르기스는 기다리고 있겠다는 듯 고개를 끄덕였다.

"오셨습니까? 발러슈테드. 아니, 한제우 님."

아퀼라는 날 보더니 의자를 권했다.

"오랜만이군요. 아퀼라 님."

"와인 한 잔 하시겠습니까? 아름다운 호수를 보며 마시니 실로 운치가 있습니다."

"좋지요."

그와 나 사이에 미묘한 기류가 흐르고 있었지만 보자마자 멱살잡지는 않았다. 서로 그런 성격이 아니다. 설령 칼부림을 할 상대라고 해도 일단 와인 한 잔 하지 못할 이유가 있겠는가.

"향이 좋군요."

"와인에 소양이 있으신가 보군요?"

"지구에 있을 때 좀 즐기긴 했습니다."

집구석에서 게임만 할 때, 의자에 앉아있는 게 힘들면 좋은 와인을 홀짝이는 게 유일한 낙이었다.

"지구라…. 좋은 곳이었죠. 한제우 님이 돌아가셔야 할 장소가

아닙니까?"

"그러기엔 여기서 너무 많은 일이 있었습니다."

"그렇습니까?"

아퀼라는 슬쩍 발푸르기스를 쳐다본다. 그래서 바로 경고했다.

"저한테 수작을 꾸미는 건 괜찮습니다만, 저 여자 건드리면 좋은 일 없을 겁니다."

"걱정 마십시오. 저도 그렇게 치사한 자는 아닙니다."

"다행이군요. 끓어오르는 심연에게 복수해 달라 부탁하지 않아도 될 테니까."

그 말에 아퀼라는 길게 한숨을 내쉬었다.

"정말 그건 제 패착이었습니다. 당신이 그 존재와 그리 깊은 관계를 맺을 줄 상상도 못했죠."

고개를 절레절레 흔드는 아퀼라. 나는 그에게 모든 걸 솔직히 얘기해 줄 수 있냐고 물었다.

"대부분에 대해서 그렇습니다. 한제우 님께선 들을 자격이 충분하지요."

"대체 당신의 목적은 뭐였습니까?"

"간단합니다. 종언의 석판을 발동시켜 리켄티아투스를 구하고, 제가 이 세계의 완전무결한 지배자가 되는 것이지요."

"역시 그랬습니까."

"한제우 님은 그런 제 목표를 위한 말 중 하나였습니다."

"저 말고도 움직이는 말들이 더 있었군요?"

"네, 하지만 다들 제 통제 안에 있었지요. 한제우 님처럼 저를 곤란하게 한 이는 없었습니다."

아퀼라는 어둠의 대군들 때문에 직접 움직일 수 없었다. 하여 이런저런 패를 썼고, 그중의 하나가 나다.

"솔직히 한제우 님은 기대 이상의 성과를 거두셨습니다. 발버둥치는 죽음의 봉인을 풀어 무덤에서 웅크리고 있는 자와 싸움 붙인 건 말이 안 나올 정도였죠. 이제 이 행성에 더는 어둠의 대군의 흥미를 끌 건 없습니다."

그간 리켄티아투스는 특이하게도 우주적 존재들의 관심이 집중된 장소였다. 하지만 내가 했던 일 때문에 이제 이곳은 평범한 행성계 중 하나가 됐다.

"누가 감히 그런 위업을 달성할 수 있겠습니까? 어둠의 대군들이 떠난 탓에 그간 숨어 지내던 저도 이렇게 밖으로 나올 수 있게 됐습니다. 감사드립니다."

"하지만 종언의 석판을 발동하지 못하면 발버둥치는 죽음과 무덤에서 웅크리고 있는 자가 돌아올 겁니다. 분풀이를 하기 위해."

"그건 걱정하지 마십시오."

아퀼라가 살짝 손가락을 튕겼다. 그러자 우리 옆에 쿵! 하는 소리가 나더니 거대한 석판이 나타났다.

"…이게 종언의 석판입니까?"

석판은 마치 활활 타오르는 것 같이 강한 기운이 느껴졌다. 많은 어둠의 대군과 신격이 직접 서명했으니 필시 여기 담긴 힘은 보통이 아니겠지.

"네, 어둠의 대군들이 떠난 뒤에 제가 회수했습니다. 제때 발동하기만 하면 발버둥치는 죽음과 무덤에서 웅크리고 있는 자는 돌아올 수 없을 겁니다."

"하지만 끓어오르는 심연은 다릅니다."

내 지적에 아퀼라는 쓴웃음을 지었다.

"맞습니다. 끓어오르는 심연의 이름은 여기 적혀있지 않지요."

그가 어떤 곤란함에 처한 건지 이제 명확해졌다. 막후에서 손을 써 종언의 석판을 발동시킨다는 계획 자체는 괜찮았다. 문제는 종언의 석판에 이름이 없는 끓어오르는 심연과 내가 깊은 관계를 맺었다는 점이다.

"나쁘지 않았군요. 원래 끓어오르는 심연은 이 행성의 일에서 한 발짝 물러나 있었으니까요. 하지만 이제는 달라졌습니다. 그분은 제게 무슨 일이 생기면 가만있지 않을 겁니다. 아퀼라 님께선 그 뒷감당을 생각하지 않을 수 없고요."

게다가 끓어오르는 심연은 아퀼라에게 보석이 있음을 눈치챘기에 내가 아니더라고 그를 주목하게 됐다.

"정말이지 곤란합니다. 손에 넣고 이용해 먹을 정도의 패라 여겼습니다만, 그런 인맥을 구축할 줄이야. 지금도 이해가 되지 않군요. 어떻게 필멸자가 그런 위대한 존재의 관심을 끈 것일까요?"

누가 내가 끓어오르는 심연과 그리 가까워질 거라 예측이나 했겠는가. 나도 몰랐으니까. 아퀼라도 대비할 수 없었겠지.

"글쎄요. 세상일이란 게 다 그런 거 아니겠습니까. 아퀼라 님."

아퀼라는 상황을 눈치 채고 도중에 막으려고 하긴 했단다.

"가능한 한도에서 수를 써봤었습니다."

"그렇습니까?"

"네, 설마 넣 놓고 당한 거라고 생각하면 섭섭하군요. 한제우 님이 얼마 전에 무덤에서 웅크리고 있는 자에게 잡혀간 것, 사실 제가 부추긴 겁니다."

세상에. 그런 거였나.

"물론 그 원인은 당신이 무덤에서 웅크리고 있는 자의 명령에 소홀했던 거죠. 하지만 그런 존재들이 다 그렇듯 미시적인 부분은 잘 보지 못합니다. 물론 그는 언젠가 당신을 혼내줘야지 하고 생각은 했을 겁니다. 다만 언제 그렇게 할지 알 수 없었기에 제가 교묘하게 불을 지폈지요."

"가서 생고생 했습니다만…."

"솔직히 제 입장에선 가서 안 돌아왔으면 했습니다. 한데 설마 귀환할 줄이야. 그 건 때문에 누미디아의 사기꾼에게 벌을 내렸지요."

당시 누미디아의 사기꾼이 날 도와줬었다. 그게 아퀼라의 의지에 반하는 일이었나.

"그녀는 어떻게 됐습니까?"

"글쎄요. 깊은 곳에 가둬놨으니 좀 반성하고 있을 겁니다. 원래는 그 정도까지 하진 않으려 했으나, 얼마 전 우주대전이 벌어졌을 때 또 당신을 돕지 않았습니까? 결국 저도 인내심이 다한 거지요."

아퀼라는 고개를 절레절레 흔들었다.

"사실 그때만 해도 제게 희망이 좀 있던 시절이지요. 하지만 설마 우주까지 가서 영원의 보석을 얻을 줄이야."

"……."

"생각할수록 누미디아의 사기꾼이 불쾌하군요. 감히 절 배신하고 당신을 돕다니요. 괘씸한 것도 정도가 있지. 특히 한제우 님이 발버둥치는 죽음의 존재감에 녹아내릴 때 방해한 건 정말 애석했지요. 회심의 일격이었는데 말입니다."

아퀼라가 절묘한 타이밍에 정신보호를 거둬들여서 하마터면 발버둥치는 죽음에게 정신이 붕괴해 죽을 뻔했었다. 그때 끼어들어 날 구해준 게 누미디아의 사기꾼이었다.

"그녀의 정체가 무엇입니까?"

"죄송하지만 대답해 드리기 곤란하군요."

그 뒤 아퀼라는 입을 다물고 한동안 와인만 들이켰다. 애써 분을 참는 듯했다.

"사실상, 이제 전 별로 대책이 없지요. 한제우 님."

차분한 말투였으나 상당한 증오가 느껴졌다.

"유스티티아에서 개선식까지 했다고 들었습니다. 끓어오르는 심연의 총애가 더 깊어졌는데 제가 무얼 할 수 있겠습니까? 지금 당신을 어찌하려고 해도 후환이 두려우니까요. 유일한 희망이라면 형언할 수 없는 암흑이 끓어오르는 심연을 살해하는 거지요."

"별로 가망이 없다고 말씀드리고 싶군요. 형언할 수 없는 암흑이 승리할 수는 있습니다만, 아예 끓어오르는 심연까지 살해하긴 힘들 겁니다."

"그렇지요. 저도 가능성이 별로 없다고 생각합니다."

"하면 어쩔 생각이십니까? 아무 대책 없이 신세 한탄이나 늘어놓는 성격은 아닐 것 같습니다만."

상대는 앓는 소리를 하고 있었으나 뭔가 수가 있음이 틀림없었다.

"맞습니다. 뭔가 현실적인 방법이 필요한 상황입니다. 자, 여길 보시죠."

아퀼라는 석판의 한쪽을 가리켰다. 거긴 어떤 이름이 적혀있었다.

"여기 이 이름이 있는 위치를 봐주시지요. 원래는 제 이름이 적혀있던 장소입니다. 하지만 누미디아의 사기꾼이 수를 써 다른 이름과 바꿔치기 했습니다."

"하면 당신 대신 이름이 올라간 이는 누굽니까?"

어쩐지 불길한 예감이 들었다. 아퀼라는 날 보고 히죽 웃는다.

"바로 한제우 님입니다."

나는 입술을 살짝 깨물었다. 설마 했지만 그럴 줄이야. 내가 이 세계에 온 처음부터 추방을 위한 준비가 돼 있었다니. 하지만 이내 고개를 흔들었다.

"시간적으로 말이 되지 않습니다. 석판이 만들어진 것도, 이름이 바꿔치기 된 것도 오래된 과거의 일이 아닙니까? 그때 저는 비록 다른 차원에 있었지만 태어나지도 않았습니다. 한데 어찌 제 이름이 거기 적힐 수 있겠습니까?"

"정해져 있는 운명이라고 할까요? 자세한 건 대답해 드릴 순 없겠군요. 혹시 나중에 누미디아의 사기꾼을 만난다면 물어보십시오. 다시 만날 수 있다면 말입니다."

"저를 쫓아낸다면 끓어오르는 심연이 가만있지 않을 겁니다."

"물론 그렇긴 하지요. 하지만 제겐 특별한 게 있지요."

아퀼라는 품에서 무언가를 꺼냈다. 그건 심후한 기운을 뿜어내는 보석이었다.

"역시 영원의 보석을 갖고 있었군요."

예상이 맞았다. 아퀼라는 대신격이라고 할 수 없는 능력을 보여줬었다. 그가 내린 가호는 끓어오르는 심연의 간파까지 막았으니까. 일개 대신격이라면 불가능한 일이다.

"그렇습니다. 저는 한제우 님을 쫓아내고 이 영원의 보석을 대가로 끓어오르는 심연과 협상할 겁니다."

"애초에 그게 안 된다니까요. 끓어오르는 심연은 협상하지 않을 겁니다. 저를 추방한 걸 알면⋯."

"아니, 그는 모를 겁니다."

아퀼라의 단언에 미간이 좁혀졌다.

"지금 뭐라고?"

"끓어오르는 심연은 제가 당신을 쫓아낸 걸 모를 겁니다."

"하하, 말도 안 되는."

나는 좀 어이없는 기분이 됐다.

"아퀼라 님, 저와 그 존재는 후원이라는 연결을 갖고 있습니다. 설령 지구로 간다고 해도 그건 사라지지 않습니다."

"알고 있습니다. 하지만 한제우 님께선 이 보석의 힘을 간과하고 계시는군요."

그가 가진 영원의 보석의 이름은 뮈스테리움(Mystérium)이라고 했다.

"불가사의란 뜻입니다. 이 보석은 무언가를 감추고, 숨기고, 위장하는데 특별한 힘을 가지고 있습니다. 제가 당신께 줬던 이상한 힘들을 생각해 보세요. 제 가호를 받으면 최상위 어둠의 대군조차 간파하지 못했었죠? 다 이 보석이 가진 힘 덕분입니다."

그 외에도 아퀼라가 지금까지 어둠의 대군들에게 걸리지 않고 숨어서 몰래 상황을 엿본 것도 보석의 힘이라고 했다.

"이 보석은 진실을 흔적도 없이 감추죠. 아무리 끓어오르는 심연이 대단해도 알아채지 못할 겁니다. 당신과 그의 연결도 의미가 없어집니다."

"제가 지구로 날아가도 끓어오르는 심연이 찾지 못할 거란 겁니까?"

"맞습니다."

그는 감탄하는 눈빛으로 보석을 바라봤다.

"물론 절 의심하겠죠. 하지만 확증은 없으니까 그도 어쩔 수 없을 겁니다. 무엇보다 제가 영원의 보석을 바치겠다고 하면 관심을 보일 수밖에요. 조건도 간단합니다. 제 안전을 보장받는 거죠."

아퀼라는 보석을 들어 태양빛에 비춰본다.

"제게 보석이 있는 한 끓어오르는 심연은 방법이 없습니다. 간파해 보려고 해도 보석이 막아주겠지요. 무력을 쓰려고 하면 저는 보석의 힘을 써 숨으면 그만입니다. 남은 건 협상뿐인데, 끓어오르는 심연이 어디간지도 모르는 필멸자 하나 때문에 그걸 거절하겠습니까?"

"⋯⋯."

"당신이 아무리 총애를 받고 있어도, 그에겐 이 보석이 훨씬 중요할 겁니다. 게다가 조건도 간단합니다. 제 안전을 보장해주고 리켄티아투스를 넘기면 그만이지요. 겨우 행성계 하나입니다. 끓어오르는 심연에겐 별 것도 아닌 거지요."

아퀼라는 이미 승리를 확신하고 있는 것 같았다.

"한제우 님도 잘 아실 겁니다. 어둠의 대군이 다 그렇듯 그의 시각도 미시적인 것에 오래간 머물지 않을 겁니다. 대체 어떻게 당신이 그의 주의를 끈 건지 모르겠습니다만 곧 잊히겠지요."

"그게 당신의 계획입니까?"

"네, 그러니 이제 돌아가시지요. 원래 살던 세계로."

아퀼라는 고개를 돌려 발푸르기스를 본다.

"올곧은 눈빛을 가진 멋진 여자입니다. 한제우 님에게 경의를 표하기 위해 그녀가 조용한 삶을 살 수 있도록 해주겠습니다."

그는 나를 보며 씨익 웃었다.

"당신이 없는 세계에서."

5.원수는 죽을 때 어떤 비명을 지르는가

이 자식이….

"저 눈부신 미모가 아깝긴 하지만 수녀원에서 세상사 잊고 지내게 해주겠습니다. 아마 그녀라면 결코 되돌아오지 않을 당신을 하염없이 기다리겠죠. 정말 감동적인 이야기네요."

아퀼라의 말에 어둠의 씨앗을 먹고 다 엎어 버릴까 싶었지만 참았다. 이유는 간단하다. 현재 아퀼라 말고 종언의 석판을 발동시킬 자가 없다는 것. 원래 내게도 가르쳐줄 생각이었겠지만 상황이 변해 배우지 못했다.

어떻게든 그가 석판을 발동시키게 해야 한다. 나는 추방되겠지만 어둠의 씨앗이 있기 때문에 돌아올 수 있다. 그것을 끓어오르는 심연이 내게 하사했다는 사실을 아는 이는 아무도 없으니, 아퀼라의 의표를 찌르긴 충분하다.

결과적으로 그냥 당해주는 게 유리하다. 지금 씨앗을 먹고 아퀼라를 공격하면 화풀이는 충분히 해도 석판을 발동시킬 방법이 사라지니까.

"흐음…."

내키지 않는데 결국 어둠의 대군이 되는 수밖에 없는 건가. 어둠의 대군이 돼서 다시 돌아오면 아퀼라 엄청 벙찌긴 할 거다. 반격을 위해서 한 턴 당해주는 수밖에.

"한제우 님께선 현재 방법이 없습니다. 무력을 쓰려고 해도 저보다 한참 못 미치니까요."

아퀼라는 정중한 척했지만 노골적인 조소를 감추지 않았다. 그가 오늘 날 비웃기 위해 오래간 벼르고 있었음을 알 수 있었다. 나는 일단 그의 장단에 맞춰주기로 했다.

"…인정합니다."

"하면 한제우 님. 깔끔하게 끝내는 게 어떻겠습니까? 전 구질구질한 거 싫어합니다."

이 새끼가 아주 신이 났구나. 하지만 그는 아무 것도 모른다. 내게 황금술잔과 어둠의 씨앗이 있다는 사실이나, 끓어오르는 심연의 본성이 어떤지에 대해.

애초에 아퀼라는 영원의 보석 하나 잘 주워서 나댄 경우다. 꽤 수완이 좋은 건 사실이지만 고평가할 정도의 인물은 아니었다. 기량으로 따지면 황제 프란츠4세에게 못 미친다.

"아퀼라 님의 의사를 따르지요. 대신 작별할 시간 정도는 주시겠습니까?"

내가 포기한 듯 연기하자 아퀼라는 배포 있는 척 허가했다.

"좋습니다. 하지만 도망칠 생각은 하지 마십시오. 종언의 석판이 발동하면 리켄티아투스 어디에 계시던지 영향을 받을 테니까요."

"알겠습니다."

나는 탁자에서 일어나 발푸르기스에게 향했다. 그녀는 얼른 말에서 내려 다가왔다.

"얘기는 어떻게 됐느냐?"

"나쁘지 않습니다. 잘 해결될 테니까 걱정하지 마십시오."

"…그런가."

걱정이 가시지 않는 목소리라 손을 꽉 잡아줬다.

"저를 믿으셔야 합니다. 무덤에서 웅크리고 있는 자를 상대로도 살아왔습니다. 아퀼라 정도가 문제겠습니까?"

"확실히 그건 그렇다."

"이번 일만 해결하면 다 끝납니다. 조금만 기다려 주세요. 그 뒤에 결혼식을 올리죠."

"정말인가?"

고개를 끄덕이며 그녀를 꼭 안아줬다.

"네, 샤르티에."

그녀의 이마에 키스한 뒤 아퀼라에게 돌아왔다. 그는 자리에서 일어나 마법의 관문을 하나 만들었다.

"따라오시지요. 종언의 석판은 여기서 발동할 수 없거든요."

아퀼라가 인도한 곳은 그 크기를 짐작하기 어려운 거대한 지하 공동이었다. 한눈에 여기가 특별한 장소라는 걸 알 수 있었다.

"이곳은?"

"과거 어둠의 대군들이 종언의 석판에 서명을 했던 장소입니다. 이곳에서만 석판을 발동할 수 있습니다."

과연 그게 맞는지, 바닥에 있는 거대한 암반에는 석판 모양으로 잘라낸 흔적이 보였다. 아퀼라는 그곳에 종언의 석판을 끼워 맞췄다. 그러자 종언의 석판에서 푸른빛이 떠오르며 바닥의 사방으로 뻗어가기 시작했다.

"이건 마치… 컴퓨터 회로 같군."

"사실 별로 다를 건 없지요."

종언의 석판 발동은 차분하게 진행됐다. 아퀼라는 엄정한 순서에 맞춰 주문을 외웠고, 종언의 석판은 점점 그 색이 뜨겁게 달아올랐다. 처음에는 석판을 둘러싼 빛이 푸른색이었으나 주황색으로 변했고 마지막에는 붉은색이 됐다.

"뭔가 대단한 일이 일어날 줄 알았는데 별 것 없군요."

"기대하셨다면 미안하군요. 하지만 지구에서 컴퓨터를 쓰던 기억을 떠올려 보세요. 정기 업데이트할 때 뭔가 거창한 일이라도 일어나던가요?"

"아뇨. 숫자만 좀 올라가다 끝나죠."

"이것도 다르지 않습니다. 이 주문은 석판에 서명된 존재가 리켄티아투스 행성계에 접근할 수 없다고 명령하는 것. 대단하면서도 사실 간단합니다."

남은 과정에 개입할 필요도 없는 듯 아퀼라는 석판을 보며 손 놓고 있었다. 그래서 우리는 이런저런 얘기를 하게 됐다.

"아퀼라 님. 이제 작별인데 궁금하던 것 좀 물어봐도 괜찮겠습니까?"

"가능한 거라면 답해드리지요."

"왜 리켄티아투스였습니까? 발버둥치는 죽음이 이곳에 봉인된 이유가 있습니까?"

내 질문에 그는 가볍게 웃었다.

"하긴 의아하긴 하겠군요. 왜 하고많은 행성 중 리켄티아투스에 최상위 어둠의 대군이 봉인된 건지."

"네, 그 때문에 이곳은 우주적 존재들의 각축장이 되지 않았습니까?"

거기에 대해 아퀼라는 확실한 대답을 갖고 있다고 했다.

"그게 뭡니까?"

"순전히 우연입니다."

"우연이요?"

"맞습니다. 모든 게 우연히 일어난 겁니다. 발버둥치는 치는 죽음은 보석을 갖고 도망쳐 이 리켄티아투스에 우연하게 도착했습니다. 그리고 그를 따라온 어둠의 대군들에게 봉인이 된 거고요."

"정말 우연입니까?"

내 말에 아퀼라는 고개를 끄덕였다.

"생각해 보십시오. 우연이 아니라면 어떤 인과로 이런 하찮은 행성이 주목을 끌겠습니까? 우연이 아니라면 어찌 우주적 존재들이 이곳에서 싸움을 벌였겠습니까?"

아퀼라는 우연은 그것뿐만이 아니라고 했다.

"종언의 석판에 이런 추방 기능을 몰래 삽입할 수 있었던 것도 사실 무덤에서 웅크리고 있는 자의 묵인이 있었기 때문입니다."

원래 석판에 장난질을 하다가 무덤에서 웅크리고 있는 자에게 걸렸다고 한다. 하지만 그때 무덤에서 웅크리고 있는 자는 자신의 실패로 뒷방 늙은이처럼 밀려난 상황이었다. 하여 복수를 위해 추방 기능을 모른 척했다는 거다.

"종언의 석판에 심어진 힘도 무덤에서 웅크리고 있는 자와 제 이해가 운 좋게 맞아떨어진 결과물에 불과합니다. 즉, 모든 게 우연입니다."

"무덤에서 웅크리고 있는 자는 지금쯤 후회하겠군요. 저한테 물 먹은 것 때문에 리켄티아투스를 때려 부수고 싶을 텐데…."

"최상위 어둠의 대군이라도 미래에 그리 당할 건 알 수 없지요. 사전에 알았다면 그는 제가 석판에 장난질 하는 걸 용인하지 않았을 겁니다."

그리고 처음 날 만났을 때 후원하지 않고 죽였겠지.

"다 우연이었다니…. 하지만 아퀼라 님이 제게 줬던 건 우연과 거리가 멀었죠."

"가령 어떤 게 그렇다고 생각하십니까?"

아퀼라는 흥미가 돋는 표정을 지었다.

"제가 리켄티아투스에서 사망하면 영혼이 지구로 돌아가는 것만 해도 그렇잖습니까? 처음에는 그게 배려라고 생각했습니다. 차원이동을 해온 저를 돌아가게 해주기 위해서."

"하지만 그게 아니었다?"

가볍게 고개를 끄덕였다.

"제 영혼이 이 세계에 귀속되면 곤란하기 때문이 아닙니까. 진정으로 이 세계의 주민이 되면 원래 차원으로 추방하기 어렵겠죠. 기껏해야 리켄티아투스 행성계 밖으로 보내는 정도 아닙니까?"

"하하하하!"

아퀼라는 재밌다는 듯 박수를 쳤다.

"맞습니다. 그게 제 수법이지요. 배려라고 생각하면 상대는 쉽게 속습니다. 전체의 일부를 빼고 말해 상대를 속이는 한제우 님과는 좀 다른 방법이지요."

실로 교활하군. 나랑은 다른 방향의 사기를 추구하지만 효과적이라는 건 부인할 수 없었다. 내가 나직하게 혀를 차자 아퀼라는 즐거워했다.

"더 물어보실 게 있습니까? 한제우 님."

"당신 대체 정체가 뭡니까? 평범한 대신격은 아니란 생각이 드는군요."

"아쉽지만 그건 대답해 드리기 어렵습니다. 불가능하겠지만, 혹시라도 절 다시 보면 물어보시지요."

그는 딱! 하고 손가락을 튕겼다.

"자, 이제 헤어질 시간입니다."

아퀼라는 우아하게 내게 인사했다.

"그간 수고 많으셨습니다. 저 대신 개처럼 구르느라."

"으윽…."

이 소리는 뭐지. 내 입에서 나온 건가? 의아해서 눈을 뜨려는데 전신이 부서지는 것처럼 아파왔다.

"크."

순간 이게 진짜 내 몸인가? 란 생각이 들 정도였다. 머리가 빙빙 돌고 의식이 몽롱했다. 눈앞도 뿌옇기만 해서 여기가 어딘지 모르겠다.

제대로 상황을 파악할 때까지 한참 시간이 필요했다. 입안이 바짝 마른 느낌이다. 음, 여긴…? 간신히 주위를 둘러보려는데 놀란 목소리가 들려왔다.

"세상에! 환자분? 정신이 드세요?"

"으? 으음?"

"이럴 게 아니지! 여기 한제우 환자분 깨어났어요!"

뭔가 한바탕 소동이 이는 것 같았다. 주변을 둘러보니 병실이었다. 꽤 괜찮은 1인실이다.

"입원…?"

왜 입원해 있지? 머리를 열심히 굴려보지만 도대체 모르겠다.

"후우."

긴 한숨만 나왔다. 대체 뭐가 뭔지. 힘들어서 뇌가 굴러가지 않았다.

"환자분, 정신이 드십니까? 이게 몇 개로 보여요?"

곧 의사가 도착해 이것저것 검사하기 시작했다. 그는 병원의 인공지능과 부지런히 의견을 교환한다.

"대체…."

궁금한 건 많았지만 이내 기운이 떨어졌고 다시 잠에 들었다.

다음 날이 돼서야 그럭저럭 정신을 차리고 그간 있었던 일을 들을 수 있었다. 어디 법인의 변호사란 양반이 날 찾아왔다.

"아퀼라 소프트가 파산했다 그겁니까?"

믿기 힘든 소리였다. 그야말로 세계 굴지의 회사였는데.

"네, 한제우 님께선 어디까지 떠오르십니까?"

"음… 일반인 플레이 대회죠. 아퀼라 소프트웨어 한국지사에서 풀다이브를 했었습니다. 그 뒤로…. 음."

"풀다이브 후 기억은 있습니까? 게임 속에서요."

음, 어째서인지 하나도 기억이 안 났다. 뭐지? 게임이라면 자다 가도 벌떡 일어나는 게 나다. 게임 플레이 내용이 안 떠오른다는 건 이상한데.

"없습니다."

"그렇군요. 사실 그런 증상은 한제우 님만 겪고 계신 게 아닙니다."

"무슨 사고가 있었나요?"

변호사는 고개를 끄덕였다.

"인류의 수호자의 업데이트 과정에서 문제가 생겼습니다. 아시다시피 완전몰입형 가상현실은 머리에 삽입한 수십억 개의 나노봇으로 뇌 시냅스의 전기신호를 잡아채서 구현하지 않습니까?"

"그렇죠. 전기적 사건을 현실에서 가상현실로 바꾼다고 할까요. 인식하는 동안은 그게 현실이 되는… 뭐, 그런 거죠."

"한데 게임 업데이트에 오류가 생겨 나노봇이 감당할 수 없는 수준이 돼버렸습니다."

"네? 그런 일도 있나요?"

어째 변호사 양반의 표정이 무거웠다.

"한제우 님의 경우는 운이 좋았습니다. 대회에 참가했던 자들 태반이 현재 식물인간 상태입니다. 머릿속에 삽입한 나노봇이 타버렸거든요."

"허, 끔찍하군요."

나노봇을 이용한 완전몰입형 가상현실의 구현은 기술적 성숙기에 접어들었다. 초창기에나 몇 번 있었던 불운한 사고가 발생하다니.

"사고가 터지고 대회는 전면 중단됐습니다. 아퀼라 소프트웨어는 검찰에서 압수수색에 들어갔고요. 현재 초지성 인공지능 아퀼라는 실종 상태입니다. 국제 공조 하에 다른 초지성 인공지능들이 찾고 있습니다만 어디로 간 건지 알 수 없습니다. 소문에는 화성에 있는 사설 서버로 튀었다고도 하더군요."

"이 무슨…."

"황당하신 거 이해합니다. 오늘 제가 찾아온 건 보상 처리를 위해서입니다. 큰 피해를 입으신 한제우 님께서는 마땅히……."

그 뒤로 변호사가 한참 떠들었지만 대부분 머리에 들어오지 않았다. 내가 많은 보상을 받게 됐단 내용이었다. 변호사가 떠나고 허공에 증강현실 창을 띄웠다.

띵. 띠링.

손으로 슥, 슥 스크롤을 올리며 기사를 검색했다.

[세계랭킹 1위 한제우 의식을 찾다.]

[게임 플레이 내용은 기억 못해.]

[완전몰입형 가상현실에 대한 규제 강화.]

[게임에 빠져 인류는 성장력을 잃었다.]

[인공지능에 의존해 가축처럼 살아가는 인류, 이대로 괜찮은가?]

이거 참⋯ 대체 무슨 일이람.

"후우⋯⋯."

말할 수 없이 기분이 싱숭생숭했다. 특히 게임 내용이 기억나지 않는다는 게 속 쓰렸다. 뭔가 대단히 귀중한 걸 잃어버린 기분이었다. 왜 이렇게 마음이 아프지? 여자친구랑 헤어지면 이런 기분일까 싶었지만 누굴 사귄 적이 없어서 모르겠네. 뭔가 사랑하는 사람을 잃어버린 것만 같았다.

뚜룽!

그때 갑자기 메신저가 울렸다.

"누구지?"

확인해 보니 대화명이 <발푸르가>였다.

음? 이건 게임 속 여신격의 이름이다. 인류의 수호자가 워낙 인기가 있어 게임 캐릭터를 별명으로 쓰는 사람이 많으니 이상한 건아니다.

그래도 아는 사람 중에 발푸르가란 대화명은 없는데?

대체 발푸르가가 누굴까? 의아해하면서도 일단 메시지를 읽었다.

발러슈테드는 또 누구란 말인가. 어쩐지 겉멋만 잔뜩 든 느낌이었다. 필시 그런 이름을 짓는 놈은 별 볼일 없는 자겠지.

한 제 우

> 저는 발러슈테드 아닌데요.
> 잘못 연락하신 듯.

발 푸 르 가

> 아, 맞다.
> 지구에서는 한제우 님이시죠?

한 제 우

> 일단 한제우는 맞는데요….

발 푸 르 가

> 지금 그리고 갈게요.

한 제 우

> 네?

아니, 대체 무슨 소리를 하는 거지? 어리둥절해 하고 있는데 갑자기 눈앞에 빛이 번쩍이더니 절세미녀가 나타났다.

"으억!"

깜짝 놀라서 입에서 이상한 소리가 나왔다.

"누, 누구세요? 증강현실인가?"

미녀는 화려한 금발에 갑옷을 입고 있었다. 마치 북유럽 신화의 발키리를 연상시킨다. 하지만 설명하기 어려운 기품을 보니 여신 같다는 생각도 들었다.

"안녕하세요? 한제우 님."

"요즘 증강현실이 쩌네요…."

증강현실로 아바타 캐릭터를 사용하는 건 이미 상용화된 지 오래된 기술이다. 서로 얼마나 떨어져 있던지 증강현실 덕에 바로 앞에 있는 것처럼 대화가 가능하다.

하지만, 이렇게 리얼한 건 처음이라 당황했다. 잠깐 식물인간이 됐던 사이에 신기술이라도 나온 건가?

"증강현실 같은 게 아니에요."

"네? 하하하."

농담이라 생각해 웃고 말았다. 지금 여신 같은 모습이 진짜라고 하는 건가? 세상에 저렇게 예쁘게 생긴 사람이 어디에 있어? 어이없어 하던 나는 그녀가 다가와 손을 잡자 화들짝 놀랐다.

"허억!"

"이래도 증강현실인가요?"

놀랍게도 그녀는 만질 수 있었으며 눈앞에 실존했다. 심지어 가까이 오자 꽃향기가 물씬 풍겼다.

"이럴 수가…. 혹시 아직도 가상현실 안에서 깨어나지 못한 건가?"

내 말에 눈앞에 그녀가 쓰게 웃는다.

"의심 많은 성격은 여전하네요. 발러슈테드 님."

"저는 발러슈테드란 사람이 아니라니까요?"

"좋아요. 현재 한제우 님께서는 차원을 이동하면서 기억을 잃어버렸어요. 아퀼라에게 한 방 먹은 거죠."

"당해요? 제가 뭘요?"

무슨 소리를 하는지 모르겠다.

"한제우 님이 종언의 석판에 넣놓고 당했다고 생각하지 않아요. 뭔가 심계가 있으셨겠죠. 당해주는 척하면서 뒤통수치는 거, 특기잖아요? 하지만 아퀼라를 얕보셨어요. 설마 추방하면서 기억에 까지 손을 댈 줄은 몰랐을 거예요."

전후사정은 모르지만 내가 잘못한 거 같았다. 뭔가 게임을 하다 상대의 꼼수에 당했을 때 이런 느낌이었지.

"하지만 걱정하지 마세요. 제가 당신을 도와주러 왔으니까요. 잃어버린 기억을 되찾아 드리죠."

갑자기 그녀가 바짝 달라붙었다. 꽃처럼 아름다운 여자가 가까이 오자 당황해서 심장이 미친 듯이 뛰었다. 현실에서 이렇게 예쁜 여자는 처음이었다.

"잠시 눈을 감고 계세요."

나는 주눅이 들어 시키는 대로 했다. 그녀의 차갑고 고운 손이 이마에 닿는다. 그러자 머릿속에 막혀 있던 무언가가 해방되는 걸 느꼈다.

"아……."

나직한 탄식이 흘러나왔다. 다시 눈을 떴을 때 나는 발러슈테드 발러로 돌아와 있었다. 이런, 아퀼라 새끼. 하마터면 큰일 날 뻔했네.

"좀 떨어지시죠."

여신격을 향해 설레던 감정은 순식간에 사라졌다. 오히려 경계심을 느끼며 그녀를 밀어냈다.

"혹시 아퀼라랑 한 패 아닙니까?"

"당신 기억을 찾아준 게 저예요. 발러슈테드."

"뭐, 그렇긴 합니다만. 흐음…."

생각이 복잡해진 날 보더니 발푸르가 여신격은 고개를 절레절레 저었다.

"아깝네요. 순진한 표정 짓던 당신은 꽤 귀여웠는데요. 금방 고약한 얼굴이 됐군요. 에휴."

"……그것보다 어떻게 넘어왔습니까? 아퀼라가 이 일을 알면 가만있지 않을 텐데."

"그렇긴 하지요. 하지만 모른 척할 수는 없었답니다."

발푸르가 여신격은 중요한 이야기가 있다고 했다.

"지금부터 하는 이야기는 제 이름을 걸고 진실이라 보증합니다."

"이름을 거시는 겁니까?"

"그 정도만이 아니에요. 당신에게 제 진명까지 밝히겠어요."

"세게 나오시네요…."

놀라지 않을 수 없었다. 신격의 진명을 알면 상대를 굴복시킬 수 있다. 진명이란 일종의 비밀번호 같은 거다. 자기 비번을 걸고 말하는 정도니 신뢰도는 걱정 안 해도 되겠단 생각이 들었다.

"좋습니다. 어디 들어보죠."

그 뒤 발푸르가 여신격은 진명을 밝히고 이야기를 시작했다.

"제가 사기꾼이에요."

"네?"

"사기꾼이라고요."

"갑자기 사기꾼이라고 하시면 이해가 잘…."

"제가 누미디아의 사기꾼입니다. 발러슈테드."

"……."

갑작스러운 고백에 뭐라 대꾸해야 할지 모를 지경이었다. 발푸르가 여신격이 누미디아의 사기꾼이었다고?

"음…."

그러고 보니 이상하긴 했지. 애초에 누미디아의 사기꾼이 깃든 갑옷을 준 게 발푸르가 여신격이다.

"세상에, 그렇게 노골적이었을 수가…."

너무 노골적이어서 알아채지 못했다. 게다가 누미디아 사기꾼의 목소리를 처음 들었을 때, 낯익다는 생각도 했었다. 이제 보니 발푸르가 여신격이 목소리를 좀 변형한 거였구나.

"누미디아 사기꾼 흉내 좀 내보시죠."

"후배! 정신 차리세요!"

당했다…. 목소리 톤을 조금만 높이면 누미디아의 사기꾼이었구나. 생각해 보면 그녀가 신격이 된 타이밍도 근거를 뒷받침했다.

"…정말 선배였군."

"이제 믿네요."

"선배, 나한테 신격이 되고 싶다고 접근했잖아. 그런데 이제 보니까 과거 아퀼라를 도운 공으로 이미 신격에 올랐던 거네."

발푸르가 여신격은 종언의 석판에 이름이 안 올라간 신생 신격에 속한다. 그러니까 석판 건이 끝나고 정상적으로 신격이 됐던 거였다.

"전술적 선택이랍니다. 당신도 사기꾼이라면 알겠지요."

"알긴 아는데 고결한 발푸르가 여신격께서 사기꾼이었다니 믿기지가 않네."

"비아냥거리지 마세요. 언제 절 경애하긴 했나요?"

"이제 보니 은근 푼수 같은 성격도 똑같군, 역시 본인이었구나."

기억 속의 발푸르가 여신격은 애써 체통을 지키려 했지만 살짝살짝 푼수기가 보였었지.

"푼수라고 하지 마세요!"

"이 양반 이거… 뻔뻔한 것 좀 보게. 이제와서 여신격의 위엄 어쩌고 하기엔 많이 늦은 거 아닌가?"

"우욱….."

그녀는 불만 어린 표정이었지만 대꾸할 말이 없는 것 같았다.

"선배, 그런데 내 예감이 말이야."

"네."

"지금 고백은 그냥 시작에 불과할 거 같거든? 뭔가 폭탄이 있다면 바로 꺼내보시지?"

여신격이 차원이동을 해서 진명을 걸고 고백할 정도면 간단한 문제가 아니다. 본인이 누미디아의 사기꾼임을 밝히는 거면 진명까지 걸 필요는 없다. 진명이 걸린 게 아니라도 믿었을 테니까.

"맞아요."

"자, 얼마든지 말해봐."

하지만 여기서 나는 쓸데없이 너무 여유를 부렸던 거 같다. 발푸르가 여신격이 기다렸다는 듯 던진 폭탄선언에 아무리 나라도 당혹하지 않을 수 없었다.

"후배. 사실 후배는 이 지구 태생이 아니에요. 원래 고향은 리켄티아투스랍니다. 심지어 인간도 아니랍니다."

"내가 인간이 아니면 뭐야?"

설마 촉수 꾸물거리는 괴종족이었다는 건 아니겠지 싶었는데 그녀의 말은 그 이상의 충격이었다.

"당신은 원래 리켄티아투스 만신전에 속한 신격이었어요. 과거 이쪽 세계로 도망쳐와 기억을 잃어버린 자입니다."

"…뭐라고? 아하하하! 재밌는 말이군."

어지간하면 다 믿어주려고 했다. 한데 이거는 약을 너무 파네. 말이 되는 소리를 해야지.

"내가 신성의 길을 걷고 있는 건 사실이야. 선배. 하지만 과거 리켄티아투스 만신전에 속했던 신격이라는 건 너무 황당해."

"믿지 않아도 그게 진실이랍니다. 당신은 저보다 늦게 신격이 된 후배에요. 제가 육성하고 후원했던 전설적인 영웅 출신이었습니다."

"……."

당시 나는 리켄티아투스를 구한 공으로 반신격의 반열에 올랐단다.

"설령 그게 사실이라고 해도 기억도 못하는 과거 따위는 이제 상관없어."

발푸르가 여신격은 순순히 고개를 끄덕였다.

"저 역시 후배가 과거를 되찾고 인정하라는 건 아니에요. 하지만 무시할 수도 없지요. 막말로 제가 후배를 도왔던 건 그런 과거 때문이 아닌가요?"

"듣고 보니 그러네."

기분이 묘했다. 역시 모든 일에는 이유가 있는 법이구나. 어쩐지 누미디아의 사기꾼이 헌신적으로 날 돕는 게 이상하긴 했다.

"…계속 얘기해 봐."

"후배는 리켄티아투스에서 탈주해 지구로 도망쳤습니다. 그 뒤 기억을 모두 지우고 평범한 인간으로 살아가게 됩니다. 갖고 있던 신격의 정수는 이쪽 만신전의 한 신격에게 뇌물로 썼다고 해요. 평안한 삶을 보장받은 채 여기서 환생을 반복하고 있는 거죠."

뇌물이라니… 어쩐지 더욱 더 나답다는 생각이 들었다.

"아퀼라가 세계 1위라서 당신을 데려왔다는 건 거짓말이에요. 그자의 입 안에는 거짓이 가득하죠."

"그 게임이 아무 의미 없었던 건가?"

"물론 그건 아니에요. 게임으로 당신의 자질을 확인해 보고, 리켄티아투스에서 적응할 수 있게 한 거죠. 마침 세계랭킹 1위도 했으니 핑계거리로 적당했겠네요."

"이제와 그게 뭐가 중요하겠어? 기억을 되찾았으니 돌아가야겠어. 아퀼라 자식, 응분의 대가를 치르게 해주지."

진짜 갈아 마셔도 시원찮을 놈이었다. 결코 편히 죽지 않겠다.

"후배가 과거에 미련이 없는 건, 저도 잘 알아요. 애초에 기억을 소거하고 이 세계에서 일반인으로 지내는 것만 봐도 알 수 있죠. 하지만 굳이 그 묻어둬도 상관없는 얘기를 꺼내는 데는 이유가 있답니다."

"그래?"

"일단 후배. 돌아간다고 했죠? 방법이 있는 거예요? 후배는 종언의 석판으로 추방당한 걸 잊은 건가요."

확실히 날고 기어도 방법이 없어 보이겠지. 하지만 내겐 길이 있다.

"진명에 대고 부탁할 테니 비밀을 지켜줄 수 있어? 그러면 알려줄게."

"약속할게요. 소멸할지언정 후배의 비밀을 지키기로."

"좋아."

그 정도라면 걱정 없다. 나는 나만이 접속 가능한 차원금고에서 어둠의 씨앗을 꺼냈다. 발푸르가 여신격은 깜짝 놀라서 입을 가린다.

"세상에! 그건!"

"창조의 기둥에서 나온 어둠의 씨앗이야."

"후배! 어둠의 대군이 될 작정이었군요!"

"그래, 이것만 있으면 다른 존재로 태어나게 되지."

이름도 새로 얻는다. 대체 무슨 이름을 갖게 될까? 간교한 혓바닥을 놀리는 자? 뒤통수를 주시하는 자? 소인배가 경배하는 자? 투명한 인성을 가진 자?

"종언의 석판도 내 귀환을 막을 수 없어. 그리고 압도적인 힘으로 아퀼라를 찢어발길 작정이야."

폭력이 뭔지 제대로 보여줄 작정이었다. 하지만 발푸르가 여신격은 슬픈 표정이 된다.

"그렇군요. 한데 후배… 진짜 어둠의 대군이 되길 원하나요?"

"음…."

"어둠이 대군이 된다면 지금의 모습은 끝이랍니다. 단지 외형적인 걸 말하는 게 아니에요. 현재 그 모습은 후배가 리켄티아투스에서 도망치면서까지 원했던 거랍니다. 포기할 거예요?"

"달리 방법이 없어."

체념한 듯한 내 말에 갑자기 발푸르가 여신격이 손을 덥석 잡는다.

"아뇨. 방법이 있어요. 제가 필요 없는 후배의 과거를 꺼낸 건 그 때문이라고요."

그녀가 확언하자 나는 눈이 절로 동그래졌다. 어둠의 대군이 되지 않고 종언의 석판을 우회할 방법이 있다고?

"정말?"

"네. 다만 그 전에 짚고 넘어갈 부분이 있어요. 애초에 왜 종언의 석판에 본인 이름이 올라갔다고 생각하세요?"

"음…."

쉽게 추정할 수 없었다.

"모르겠는데."

"이유는 간단해요. 바로 당신이 동의했기 때문이에요."

"뭐? 내가 동의했다고?"

그럴 리가. 불리한 일이라면 절대 안 하는 게 나인데. 만약 친구가 보증 서 달라하면 아마 뺨따귀부터 날리겠지.

"네, 대가를 치르기 위해서죠. 리켄티아투스 만신전을 이탈하는 조건으로 이름이 오르는 걸 동의한 거예요. 생각해 보세요. 한 조직을 떠나는 건 쉬운 일이 아니에요."

"그렇긴 하지. 깡패 짓을 그만두려고 해도 보복이 따르잖아. 하물며 만신전이라면…."

게다가 만신전의 수장이 그 아퀼라다. 떠나겠다면 순순히 보내줄 리가 없다.

"후배는 만신전에서 빠지는 대가로 종언의 석판에 적힌 아퀼라의 이름과 본인 이름을 바꾼 거예요. 그때 제가 바꿔치기 능력을 써서 직접 처리했고요."

"그래서 지랄같은 아퀼라 놈이 이탈을 허용했던 거군."

종언의 석판에 내 이름이 적힌 이유를 이제 알겠다. 하긴, 어차피 리켄티아투스를 떠나겠다고 작정했으면 상관없었겠지. 하지만 아퀼라 대신 이름을 올린 게 돌고 돌아 기억 상실+추방이란 결과를 만들어 내다니…. 참, 미래란 알 수가 없네.

"아무튼 무슨 일이 있었는지는 알겠어. 그래서 어떻게 우회할수 있다는 건데?"

"간단해요. 발동 중인 석판에 있는 후배의 이름을 제 이름과 바꿔치기 하면 됩니다."

"아니, 그럴 거면 애초에 바꿔치기로 아퀼라의 이름을 다시 넣고 추방하면 되는 거 아닌가?"

내 물음에 그녀는 검지를 까딱까딱 흔든다.

"그런 게 가능했으면 제가 신격이 아니라 어둠의 대군이겠죠. 그것도 최상위급의. 석판에 올라갈 이름을 바꿀 정도로 대단한 일은 양자의 동의가 필요해요."

그녀의 말에 의하면 이름이 갖는 무게는 엄청나다고 했다. 그건 운명과 같은 수준의 인과율이 엮여 있다는 것. 비록 실패하긴 했지만 영원의 보석을 바꿔치기 하려 했던 장난질과 차원이 다르다고. 영원의 보석이 아무리 보배라도 결국 물건에 불과하니까.

"그렇군. 과거에 아퀼라와 내 이름이 바뀐 건 쌍방이 합의한 결과물이었지. 한데 이름을 바꾸면 선배가 추방되는 거 아냐?"

내 물음에 그녀는 묘한 표정을 지었다.

"맞아요. 이번에는 제가 도망치고 싶네요."

"아니, 자애와 수호의 여신격이 없어지면 어떻게 하라고?"

"샤르티에, 그 아이가 절 대신할 거예요."

"뭐? 여기서 내 피앙세 이름이 왜 나와?"

"언젠가 제가 그녀와 중요한 약속을 했다는 거 기억해요?"

"음…."

곰곰이 생각해 보자 뮌헨 사태가 떠올랐다. 당시 발푸르가 여신격은 인과율의 막대한 손해를 보면서까지 박살난 뮌헨을 복구해줬다.

"그때 샤르티에와 무슨 약속을 했구나."

"맞아요. 제게 무슨 일이 생기면 그 아이가 자애와 수호의 여신격이 되는 게 조건이었어요."

"허…."

이럴 수가. 뭔가 대가가 있을 거라고 생각했는데 자기 후계자가 되는 거였다니.

"와, 이 사기꾼 선배 좀 보게! 진작 도망갈 생각이 넘쳐났잖아?"

"수천 년 전에 먼저 도망간 후배가 저한테 할 소리는 아니죠. 같이 일하려고 인간 시절부터 지원해주고 육성했는데, 신격 되자마자 만신전이 개판인 거 보더니 바로 튀더군요?"

"윽!"

예전 기억은 없지만 나라면 분명 그럴 거 같긴 했다. 워낙 행동이 발러스러워서 어떻게 반박하기 어려웠다. 어쩐지 대답이 궁해 딴청을 부리자 발푸르가 여신격이 코앞까지 얼굴을 들이대고 원망을 표출해왔다.

"제가 혼자 남아서 얼마나 개고생한줄 알아요? 후배."

"그건 미안하네…. 기억에는 없는 일이지만."

설마 내가 전생해서 슬로우 라이프를 보내길 꿈꾸던 탈주신격이었다니. 뭐, 이제는 정수도 사라지고 인간으로 수없이 환생한 탓에 신격의 흔적은 남아있지 않지만.

"다만 무조건 이름을 바꾸자는 건 아니에요. 후배, 아퀼라를 상대할 비책이 있나요?"

"흐음…."

발푸르가 여신격은 대책이 없다면 이름을 바꾸지 않겠다고 했다. 아퀼라와 내 힘의 차이는 현저하다. 방법이 없다면 사자 주둥이에 알아서 기어들어가는 꼴이다.

"쉽게 떠오르지 않네."

의욕은 앞서지만 생각나는 건 없었다. 그도 그럴 게 상대가 대신격이기 때문이다. 보석이야 양자가 하나씩 갖고 있으니 퉁 친다고 해도, 그 무력은 답이 없다.

"흐음……."

고민만 깊어 가는데 발푸르가 여신격이 뜻밖의 말을 했다.

"지금 후배는 생각의 방향이 좀 잘못된 거 같아요."

"그런가?"

"싸워서 이길 작정이지요? 저는 아퀼라를 상대할 비책이 필요하다고 했지 무력으로 제압하라곤 하지 않았답니다."

확실히… 듣고 보니까 그렇다. 대신격과 싸운다는 건 자살행위니까. 만약 싸우지 않는다면 길이 있을 거 같았다. 무덤에서 웅크리고 있는 자도 뒤통수 쳐서 이기지 않았나.

"후배, 당신은 사기꾼이잖아요. 사기꾼답게 상대해 보는 게 어때요?"

"맞아. 옳은 말을 해줬어."

인생을 살며 하나 깨달은 게 있으니, 나답게 굴어야 한다는 거다. 내가 잘하는 걸 해야 일도 술술 잘 풀리더라. 게다가 이번에는 보험이 있다. 만약에 계책이 실패해도 어둠의 씨앗을 먹으면 된다. 그런 생각을 하자 부담이 줄어들었고 곧 기민하게 머리가 굴러갔다.

"흐흐흐…."

"또 그렇게 웃는다. 뭔가 흉악한 계책이 떠오르고 있군요? 후배."

"아주 기막힌 구경거리가 될 거야. 선배가 그걸 못 보는 걸 후회할 정도로."

역시 사기꾼을 돌보는 별이 저 우주 어딘가에 떠있는 한 내게서 행복은 사라지지 않는구나. 잠시 어둠의 씨앗이 주는 힘에 혹해서 본분을 잊어버렸다. 역시 나는 적을 상대할 때 그를 속이지 않으면 마음이 불편해지는 체질인 듯하다.

"자, 선배. 어서 날 리켄티아투스로 보내줘. 한 하늘에는 두 개의 태양이 뜨지 않는 법. 내일 아침이면 리켄티아투스에는 이 발러슈테드의 태양만이 떠오를 거야."

만족스러운 계책이 떠오르자 씨앗을 가진 것보다 더욱 자신감이 차올랐다.

"뭔가 길을 찾으셨군요. 지금 후배는 좋은 바람을 만난 선장 같은 얼굴을 하고 있네요."

발푸르가 여신격은 고개를 끄덕이면서도 좀 슬픈 표정이었다. 그 모습에 문득 한 가지 궁금증이 떠올랐다.

"선배, 우리는 과거에 서로 어떤 관계였어?"

"글쎄요…."

말끝을 흐린 그녀는 갑자기 발푸르기스의 얘기를 꺼냈다.

"그 아이를 잘 부탁해요. 제 소망을 가득 담아 만든 꿈결 같은 소녀니까. 천박한 저와는 다르게 고결하고, 올곧으며, 용기있죠. 제가 갖지 못했던 걸 그 아이에게 채워 넣었어요."

"뭐? 발푸르… 아니, 샤르티에가 태어난 일에 관여했던 거야?"

그러고 보니 샤르티에를 처음 봤을 때 발푸르가 여신격을 너무 닮아서 깜짝 놀란 적이 있다. 만약 그녀가 여신격의 작품이라면 인간에게 아무리 축복이 쏟아져도 한 번에 다 받기 어려울 것 같은 그 아름다움도 이해가 된다.

처음부터 인위적으로 만들어진 인간이니까. 게임으로 치면 운영자가 작정하고 생성한 치트 캐릭터다. 그것도 자신의 소망을 담아서.

"아껴주세요. 후배가 바랐던 여자니까. 저는 결코 될 수 없었던…."

"아니, 선…."

뭐라 대답하려 하자 발푸르가 여신격이 키스를 해 내 입을 막았다. 그 순간 시야가 하얗게 물들며 의식이 흐려지기 시작했다. 그리고 완전히 잠들기 직전 발푸르가 여신격이 속삭이는 게 들렸다.

- 이제 더는 지나간 일에 마음을 낭비하지 마세요.

눈을 떠보니 리켄티아투스로 돌아와 있었다. 정말 발푸르가 여신격의 말대로 종언의 석판에서 내 이름이 빠진 모양이군. 그녀에 대해 떠올리자 싱숭생숭한 기분이 됐지만 어쩔 수 없었다.

지나간 인연, 이제와 어쩌랴. 현재의 일에 신경 써야지. 나는 곧장 뮌헨으로 돌아왔는데 이 도시는 난리가 나 있었다. 다들 들뜨고 흥분해 보름달에 정신이 나간 사람들처럼 돌아다니고 있었다.

"이보게, 무슨 일인가?"

지나가던 노파를 붙잡고 묻자 그녀는 침을 튀기며 열정적으로 대답해줬다.

"나리, 쇤네가 이 도시에서 누구보다도 오래 살았다고 자부합니다만 이런 일은 지금껏 없었습니다."

"아, 뭔데 그러냐니까?"

"어젯밤 갑자기 휘황찬란한 빛과 함께 도시에 천사들이 강림했습니다."

"뭐?"

천사강림이라니, 어쩐지 세기말 분위기라 꺼림칙한데. 그 뭐냐, 천사들이 내려오면 종말이나 뭐 그런 거 아닌가.

"쇤네가 평생 그런 성스러운 광경은 처음이었습니다요. 천사들이 노래하며 우리의 영명하신 주인이신 바이에른 선제후 전하께서 새로운 여신격이 됐다고 알리더군요. 모두 거리로 뛰쳐나와 감격의 눈물을 흘렸습죠."

무슨 일인지 알겠군. 발푸르가 여신격의 이탈로 샤르티에가 새로운 여신격에 오른 모양이다. 그나저나 의식을 잃고 바로 깨어났다고 여겼는데 시간이 좀 지난 건가.

"알려줘서 고맙네."

노파에게 인사를 한 뒤 바로 바이에른 선제후의 궁전으로 향했다. 궁전 앞에는 이미 발푸르가 수녀회의 수녀들이 구름과도 같이 몰려들어 있었다. 다들 새로운 여신격의 탄생을 축복하기 위해 온 게 틀림없었다.

"멈추세요! 여긴 여신격께서 강신한 곳입니다."

수녀들이 앞을 막아서기에 길을 열라 했지만 다들 요지부동이었다. 그때 모두의 머릿속에 신성한 목소리가 울렸다.

- 그를 들여보내세요. 제 혼약자입니다. 설령 여신격이 되었다고 해도 파기할 수 있는 약속이 아닙니다.

충직한 수녀들은 단번에 갈라져 길을 열었다. 그들은 여신격이 결혼을 운운하는 데 좀 놀란 듯했다. 안으로 들어가자 먼저 마리가 나와 날 맞이해줬다.

"발리! 돌아왔구나! 보통 큰일이 일어난 게 아니다."

"대강 파악하고 있습니다. 그녀가 있는 곳까지 안내해 주세요."

마리를 따라 들어가니 조용한 방 안에 샤르티에에 있었다. 신격을 얻은 후 성스러운 아름다움으로 가득한 모습이었다.

"샤르티에."

"돌아왔구나. 발리!"

걱정이 태산이었던 듯 지체 높은 여신격께서 곧장 달려와서 나를 껴안았다.

"발푸르가 여신격께서 사라지셨다. 미리 말해지 못해서 미안하구나. 사실 후계자가 되기로 전부터…."

"알고 있습니다. 괜찮아요. 샤르티에."

"알고 있었느냐?"

나는 지구에서 있었던 일을 설명해줬다. 그리고 싸움을 준비해야 한다고 했다.

"고결한 여신격이 되자마자 이런 부탁해서 미안합니다만, 저와 함께 아퀼라에게 맞서주시죠."

대신격과 싸운다는 건 죽음의 길이다. 하지만 그녀는 한 치의 망설임도 없이 고개를 끄덕였다.

"기꺼이 그러겠다. 지금만큼은 신성을 얻은 게 참으로 기쁘구나. 그날 난 너무 무력했다. 그대를 위해 작은 일이라도 해줄 수 없었다. 하지만 이제는 다르다. 분명이 도움이 될 터."

종언의 석판 덕에 리켄티아투스에는 신격이 달랑 둘 밖에 안 남았다. 아퀼라와 샤르티에다. 그녀는 이 행성 서열 2위의 힘을 가지고 있으니 분명 도움이 될 거다.

"고맙습니다. 바로 싸움을 준비해야 합니다. 이미 아퀼라는 무슨 일이 일어난 건지 알고 있을 겁니다. 제가 돌아온 것도 파악했겠죠."

"무엇을 하면 되느냐?"

그녀의 물음에 나는 준비한 계략을 설명했다. 샤르티에는 천천히 들으며 고개를 끄덕였다.

"일단 초반은 난타전이 되겠구나. 이쪽이 일방적으로 두들겨 맞을 듯하지만."

"그렇습니다. 같이 좀 눈밭에 구를 거 같은데 괜찮겠습니까?"

"말할 필요도 없다. 고생을 함께하니 부부가 아닌가."

"고맙습니다."

그녀가 허락하자 마법으로 아퀼라에게 결투장을 보냈다. 발푸르가 여신격이 알려줬기에 아퀼라가 어디 머물고 있는지 파악하고 있었다.

> 얼음과 숲은 본디 함께하지 못하는 것이요.
> 그대와 나 사이 정리할 일이 있으니…는 개뿔,
> 내일 정오에 그로스글로크너로 튀어오도록.
> 참교육이 뭔지 보여주겠다.
> 옷 안에 도마라도 넣고 오는 게 좋을 거다.

답장은 신속하게 도착했다.

> 안 그래도 찾아가려고 했습니다. 한제우 님.
> 이번에 한 짓은 패나 고약하시군요.
> 역시 그 사기꾼 년은 은혜도 모르고 도망갔고요.
> 제대로 책임을 묻고자 하니, 한제우 님이나 꼬리를 마시지 말길 바랍니다.
> 혹시 조잡한 수작이라도 부릴 게 있으면 얼마든지 해보십시오.

대신격의 압도적인 힘을 자신하는 모양이었다. 종언의 석판으로 위협이 될 존재들이 추방된 지금, 확실히 그를 거슬릴 자는 없었다. 명백히 리켄티아투스 행성계의 지존이라 할 만하다.

"샤르티에. 그는 이번에 아주 제대로 본보기를 보이려고 할 겁니다. 이건 자신의 통치가 시작된 이래 첫 반란이나 다름없습니다. 철저히 짓밟으려고 할 겁니다."

다음 날 그로스글로크너.

눈 덮인 험준한 산지에서 적을 기다리고 있었다. 슈바르체토이펠과 페자무트가 응원에 나서겠다고 했지만 언데드들을 데리고 피난 보냈다. 미안하지만 조금도 도움이 안 되기 때문이다.

"발러, 어째서 여기를 싸움터로 정했느냐?"

"익숙한 곳이기 때문이죠. 어려운 싸움을 할 때는 원정보다는 홈이 나으니까요. 게다가 여기서 훌륭한 승리를 한 기억이 있거든요."

"징크스 같은 건가."

"그렇다고 봐도 좋겠죠."

우리는 차가운 공기를 마시며 나란히 서서 정오의 햇살을 즐기고 있었다. 그때 저 멀리서 태양과도 같은 위압감이 다가오는 게 느껴졌다.

쿠아아아아아!

마치 제트기의 제트엔진 같은 소리와 함께 대신격 아퀼라가 날아서 도착했다.

콰아아아앙!

그가 착륙하자, 충격에 땅에 쌓인 눈들이 일제히 하늘로 치솟으며 눈보라가 일었다.

"왔군."

"부르니까 와야지 않겠습니까?"

아퀼라는 벌써부터 얼굴이 악귀처럼 일그러져 있었다.

"이번에 그 사기꾼 년이랑 아주 재밌는 짓을 해주셨더군요. 설마 리켄티아투스로 돌아올 줄은 생각도 못했습니다."

"여기 남긴 게 좀 많아서 말이지."

"흥! 바이에른 선제후가 사기꾼의 후계자였군요. 여자라고 봐줄 거라고 생각하지 마십시오. 팔다리를 남김없이 뽑아버릴 테니까. 그 사기꾼 년이랑 꼭 닮은 면상이 정말 저를 화나게 하는군요."

아퀼라는 이전과 다르게 흥분해 있었다. 발푸르가 여신격에 한 방 먹은 게 참기 어려운 일이었나 보다.

구우우우우웅.

일대가 지진이 난 것처럼 진동하고 있었다. 그의 주위로 장대한 마력이 스파크를 일으키며 튀었는데 가까이만 가도 날 구워버릴 것만 같았다.

"애초에 뭘 믿고 나대는 겁니까? 한제우 님. 쳐죽이기 전에 그 얘기나 한번 들어보고 싶군요. 힘의 차이가 이렇게 명백한데."

"글쎄… 강적에게 덤비는 게 그렇게 특이해 보이는지 모르겠다만, 지금까지 내 적은 언제나 나보다 강했다고."

마왕 오드가쉬, 마왕 아문데, 뮌헨에 강신한 화신, 황제 프란츠 4세, 파도치는 핏물, 무덤에서 웅크리고 있는 자… 언제나 적들은 나보다 한 수 위였다. 그런 적과 싸우는 일은 새삼스러운 게 아니다.

"하지만 언제나 승리자는 이 몸이었지. 바로, 이 발러슈테드 발러였다. 이번에도 다르지 않을 거고."

"하하하, 정말 터무니없군요."

콰아앙!

눈앞에서 폭발이 일어남과 함께 내 몸이 뒤로 튕겨나갔다. 순식간에 아퀼라가 점처럼 작아 보일 정도였다. 나는 허공에서 진신을 드러낸 뒤 샤프리히터를 소환했다.

"크윽!"

곧 땅에 떨어졌고 눈밭에 데굴데굴 구르던 나는 샤프리히터를 땅바닥에 꽂고 겨우 멈췄다. 살짝 고개를 들어 앞을 보니 샤프리히터가 눈밭 위에 긴 밭고랑 같은 모습을 만들어 놨다.

"하아… 아프네."

"당연히 아프지요. 세게 쳤으니까."

어느새 아퀼라는 바로 옆에 서있었다. 그는 경멸감을 감추지 않은 채 날 내려다본다.

"대체 절 무슨 방법으로 이기려는 겁니까?"

그 말에 대답대신 혼자 웃음을 터뜨렸다.

"크흐흐… 크크큭. 흐흐흐."

입에서 터져 나온 피가 길게 늘어졌다.

"나한테 뒤진 새끼들도 다들 그렇게 물어보더라."

퍼억!

말하자마자 사커킥으로 걷어차였다. 나는 샤프리히터를 놓친 채 허공에 붕 떠올랐고 다음 공격에 대비해 양팔을 얼굴 앞에서 엑스자로 교차했다.

하지만 아무 소용없는 짓이었다. 아퀼라의 주먹이 순식간에 십여 개로 분화해 전신을 강타해왔기 때문이었다.

퍼버버버버버벅!

몇 번을 맞은지 모르겠다. 대신격의 주먹질은 제대로 보이지도 않았고 그저 잔상만을 남겼다.

"크악!"

그대로 날아간 나는 눈밭에 얼굴을 비비며 주욱 미끄러졌다.

"으으…."

간신히 팔꿈치를 땅에 대고 일어나려 하니 얼굴이 화끈화끈 거렸다. 내 피가 만든 건지 아퀼라가 걸어오는 눈밭 위로 핏빛 선이 그어져있었다.

부웅!

그때 샤르티에가 끼어들어 힘차게 검을 휘둘렀다. 금빛 갑옷과 금빛 날개를 가진 대천사 같은 모습. 영락없이 예전에 본 발푸르가 여신격과 꼭 닮았다.

아퀼라도 신격인 그녀의 공격을 무시하기 어려웠던 듯 훌쩍 뛰어 피한다. 하지만 샤르티에는 놀라운 속도로 따라붙어 수십 번의 베기를 했다.

그녀를 중심으로, 마치 토성의 띠처럼 검격이 빛나는 원을 그려냈다. 아름답고도 치명적인 공격이라 아퀼라도 감탄을 금치 못했다.

"제법이군요! 검술만 따지면 그 사기꾼 년보다 한 수 위!"

하지만 그는 여유가 있었다. 손날로 모든 공격을 받아내더니 손바닥을 앞으로 뻗었다.

콰앙!

폭발이 일어나며 샤르티에가 뒤로 날아와 내 근처까지 주욱 밀려났다. 아퀼라는 정말 효율적이고 절제된 공격을 하는 게 인상적이었다.

분명 베오울프처럼 쾅쾅 터뜨리며 산을 날려버릴 수 있을 텐데 필요한 만큼만 힘을 썼다. 용의주도한 그의 성격이 반영된 전술 같았다.

"바이에른 선제후. 확실히… 앞으로 강한 신격이 되겠어요. 오늘 죽지 않는다면."

샤르티에에게 후한 점수를 준 아퀼라는 막 일어난 내겐 비아냥거렸다.

"당신은 저 여자만도 못한 쓰레기입니다. 신격도 인간도 아닌 꼬라지가 참으로 추하고 한심하군요."

마치 혼혈을 조소하는 듯한 태도였다.

"하긴, 한제우 님은 항상 그랬죠. 여자 엉덩이 뒤에 숨은 게 한두 번이 아니잖습니까?"

"그 지적에는 아무리 내 혀가 매끄러워도 할 말이 없는데."

"부끄러운 줄 아십시오. 뭔가 있으면 꺼내보는 것도 괜찮을 겁니다. 자기 여자 앞에서 멋 좀 부리는 걸 허락해 드리겠습니다."

그의 권유에도 후들거리는 두 다리로 서는 것 밖에는 할 게 없었다. 아퀼라는 잠시 기다리다가 혀를 찼다.

"쯧! 정말 변변찮은 자로군요. 좋습니다. 그렇다면 이쪽에서 먼저 가죠."

그 말과 함께 주변의 풍경이 회색빛으로 얼어붙기 시작했다. 시간정지였다. 이 시간정지에 대항하기 위해선 같은 시간정지 능력을 갖고 있어야 한다.

누가 10초간 시간을 멈출 수 있다면 이쪽도 10초를 멈출 수 있어야 막을 수 있다. 9초만 멈출 수 있으면 1초 동안 얻어터진다. 반대로 11초간 멈출 수 있으면 남은 1초간 반격할 수 있는 식이다. 샤르티에와 나도 곧장 시간정지를 발동해 대항했다.

"하하하핫! 얼마나 견딜 수 있나 보겠습니다!"

아퀼라는 이어진 우리의 맹공을 받아내며 유쾌하게 웃어댔다. 일부러 반격하지 않고 방어만 한다. 우리가 다가올 죽음에 초조해하는 걸 즐기는 듯했다. 하지만 멋지게 반격할 셈이었던 그의 얼굴이 딱딱하게 굳었다.

"어째서 아직도 저항하고 있는 겁니까? 대신격의 시간정지는 차원이 다른 것인데!"

그 이유는 황금술잔 덕분이다. 황금술잔에 있는 보석은 각종 힘에 저항하는 능력을 준다. 미리 시간정지에 대비하고 있었다.

"왜? 생각대로 되지 않나?"

"그렇다고 결과가 달라질 것 같습니까!"

시간정지가 별 효과를 보지 못하고 끝나자 아퀼라는 만회하겠다는 듯 본격적으로 나섰다.

콰앙! 쾅!

샤르티에와 난 변변한 저항도 못하고 땅바닥에 처박혔다. 하지만 이건 시작에 불과했다.

"크아아압!"

아퀼라가 고성과 함께 두 주먹으로 땅바닥을 내리찍자, 지면이 뜯어져 들어 올려졌다. 마치 기울어진 석판 같은 모양새가 되자 경사 아래로 데굴데굴 굴렀다. 아퀼라는 그걸 노렸다는 듯 떨어지는 우리 둘을 향해 강력한 소용돌이를 일으켰다.

쿠아아아아앙!

강력한 전격을 포함한 그 소용돌이는 단번에 이쪽을 갈아버릴 기세였다.

"아아아아악!"

소용돌이에 휘말려 전격까지 얻어맞자 정신이 하나도 없었다. 하지만 이 맹렬한 공격에 전신이 너덜너덜해졌지만 결국 버텨냈다. 황금술잔으로 원소 저항력을 얻은 까닭이다.

"크윽…."

잠시 뒤 소용돌이가 사라졌지만 몸이 엉망이라 쉽게 일어날 수 없었다. 하지만 나는 여전히 살아있었다.

"당신들… 뭔가 있군요?"

아퀼라도 이 정도가 되자 이상한 걸 깨달은 듯 경계하는 기색이었다.

"그래, 뭐가 있긴 있지. 안 그러면 오늘 덤볐겠나?"

"하지만 그걸론 부족합니다. 땅에 뒹굴고 있는 건 그쪽이니까요."

"좋아, 그렇다면 비장의 한 수를 보여주지."

나는 자리에서 일어나 허공에 손을 뻗었다. 그리고 차원금고에서 어둠의 씨앗을 꺼냈다. 허공에 쑥 들어간 손이 시커먼 영기를 뿜어내는 작은 구를 꺼내자 아퀼라가 깜짝 놀라 뒤로 물러난다.

"아니? 그것은!"

이 씨앗에 어찌나 심후한 힘이 있는지 주변의 공간이 일그러질 정도였다.

"어둠의 씨앗이지."

그것도 창조의 기둥에서 온 것이라 거들먹거렸다.

"어둠의 대군이 될 씨앗 중에서도 특히 귀한 것. 이제 씨앗을 발아하고 네놈을 뛰어넘겠다."

망설일 것 없었다. 바로 발아했다. 그러자 씨앗에 가는 금이 가더니 시커먼 연기가 흘러나왔다. 얼마나 연기가 흘러나오던지 삽시간에 주변에 검은 안개가 낀 것처럼 보였다.

"크하하하하! 아퀼라! 절망을 맛봐라!"

"누가 그대로 두고 볼 것 같습니까!"

아퀼라는 큰일 났다고 여겼는지 앞뒤 안 보고 돌진해 왔다. 순식간에 우리는 엉겼고 이런 싸움에 어울리지 않는 동네 주정꾼 같은 드잡이질을 시작했다.

"크아아압! 안 떨어져!"

"기왕 이렇게 된 거 어둠의 씨앗은 제가 취하겠습니다!"

원래라면 몸싸움도 아퀼라에게 상대가 되지 않으나, 어둠의 씨앗을 쥐고 있는 덕인지 기운이 솟아났다. 덕분에 갑자기 추하기 짝이 없는 막싸움이 벌어졌다.

퍽퍽!

서로를 껴안은 채 주먹질이 오고갔다. 양쪽 다 코피가 줄줄 흘렀다. 마법을 부려도 어둠의 씨앗이 곧장 잡아먹듯 빨아들여서 전혀 소용없었다. 그냥 물어뜯고 개처럼 싸우는 게 최선이었다.

"이런 미친 작자가!"

내가 악을 쓰며 깨물자 아퀼라는 이런 돼지 같은 싸움에 당혹한 기색이 역력했다. 하지만 대신격은 대신격인지 기어코 날 날려버리고 어둠의 씨앗을 빼앗아갔다.

"안 돼! 그건 내 거라고!"

"그런 게 어디에 있습니까? 크하하하!"

더 시간을 끌 필요도 없다는 듯 아퀼라는 바로 어둠의 씨앗을 먹어치웠다.

꿀꺽.

큰 씨앗이 목을 불룩 튀어나오게 하며 그의 안으로 사라졌다. 아퀼라는 하늘을 보며 미친듯이 웃어댔다.

"하하하하핫! 어리석구나! 이렇게 어리석을 수가! 이 귀한 걸 적에게 통째로 갖다 바치다니! 덕분에 나는 대신격조차 초월한 존재가 되는구나!"

그 웃음과 함께 아퀼라의 몸이 풍선처럼 부풀어 올랐다. 기괴하고 추한 살덩이들이 마구 자라나더니 곳곳에서 강철 같은 재질의 뼈가 튀어나와 몸을 지지했다.

뼈들은 가시가 잔뜩 돋아 기괴하고 흉해 보였다. 전체적으로 추악한 형성이 가득한 게 실로 어둠의 대군답다는 생각이 들었다.

"크흐흐흐! 대단하군! 대단해! 이전에는 실로 조잡했었구나! 설마 이 정도의 힘이라니!"

아퀼라는 자신에게 취한 듯 전신의 살덩이를 출렁이며 웃어댔다. 분명 웃음은 터지는데 어디가 입인지 알 길이 없다. 아마 저 살덩이의 갈라진 어디에서 소리가 나오는 모양이다.

"우주여! 들으라! 오늘 어둠의 대군이 새로 태어났으니 그 이름 장막 뒤의 악이다!"

어둠의 대군으로의 변형은 놀랄 정도로 빨리 일어났다. 나는 그걸 보고 담담이 입을 열었다.

"부작용도 없고 성공적이네. 끓어오르는 심연이 과연 좋은 걸 줬어."

"그렇구나. 근데, 발러. 그대가 씨앗을 먹으면 저런 외형이 되는 것이냐? 으윽."

샤르티에는 질렸다는 듯한 표정이었다.

"글쎄요. 아마 아닐 겁니다. 외형은 각자의 특징에서 발현하는 거니까요. 저 모습을 보십시오. 비대한 살덩이로 아퀼라가 얼마나 욕심 많은 존재인지 알 수 있죠. 또한 저 뼈를 보세요. 그의 가시 돋은 성격을 반영한 겁니다."

"설명을 듣고 보니 그대도 별로 다른 모습은 아닐 거 같군."

"…샤르티에. 반박하기 어려운 말은 실례입니다."

그녀와 나 사이의 분위기는 태평했다. 최악의 상황이 발생했음에도 말이다. 사실 지금보다 더 나빠질 경우는 없을 정도였다.

대신격이 더 강해졌다. 비장의 한 수를 써서 적을 업그레이드해 줬다. 접시 물에 코 박고 죽어도 모자랄 상황임에도 우리는 별 동요가 없었다. 아퀼라가 의아함을 느끼는 건 당연지사.

"네놈들, 미쳐버린 것인가? 크흐흐흐. 아, 알겠구나. 알겠어. 이건 분명 어둠의 대군이 가진 존재감! 관측자를 미쳐버리게 하는 그 힘이로다! 과연 대단하구나! 너무나 심대한 공포에 상대가 미쳐……."

"크크큭. 크흐흐흐흐."

결국 나는 못 참고 웃어버렸다.

"정말 맛이 가버렸구나. 어리석고 하찮은 것."

아퀼라가 뭐라하거나 말거나 나는 계속 웃어댔다.

"크흐흐흐흑, 흐하하하핫!"

"……."

뭔가 이상함을 느꼈던 건지 아퀼라는 입을 닫았다. 불쾌하고 불편한 기분이 가득 차오르고 있겠지. 나는 그에게 박수를 아끼지 않았다.

"장막 뒤의 악의! 멋진 이름이군. 하지만 편의상 아퀼라라 부르는 걸 이해해 줘."

"마음대로 하라. 비천한 것아. 우선 대체 왜 웃어댄 건지 해명하라."

"영 찝찝한 거 같으니 말해주지 못할 것도 없지. 사실 여기 이 장소 말이야."

나는 앞으로 나서 주변을 가리켰다.

"과거에 대단했던 마왕이 죽었던 곳이지. 힘은 강했지만 머리가 아둔했던 자지. 지금도 그 어리석은 마왕의 죽음이 선명해."

"그래서 어쩌라는 것이냐?"

"문제는 네놈도 다르지 않다는 거지. 결국 욕심이 있는 놈들은 최후가 어쩌면 이리 똑같은 건가. 정말 놀랄 정도야."

"무슨 소리인지 모르겠군. 더 할 말이 없으면 파괴해주마."

찝찝한 기분에 잠시 멈췄던 그는 자신의 괴상한 팔을 들어올렸다. 그건 출렁거리는 살과 강철의 뼈가 뭉쳐 만들어진 기둥처럼 보였다. 하지만 갑자기 묘한 소리가 나기 시작해 그는 멈칫했다.

지이이이잉- .

동시에 우리가 있는 주변으로 빠르게 마법진이 드러나기 시작했다.

"이건 또 무슨!"

아퀼라는 마법진을 막기 위해 술사를 찾으려 주변을 두리번거렸다. 이 마법진이 나나 샤르티에가 일으킨 게 아니란 걸 알아챈 거다.

"이런 황당한! 어둠의 대군이 가진 힘으로도 감지가 안 돼?"

마법진은 제3자의 존재를 증명하고 있었지만 도저히 찾지 못하자 그의 목소리에 당혹이 어렸다.

"말도 안 된다! 분명 근처에 있는 게 틀림없는데!"

"답답한 거 같으니 설명해 주는 게 인지상정이겠지. 자, 이걸 보라고."

허둥대는 아퀼라에게 나는 황금술잔을 꺼내서 보여줬다.

"여기 이 보석이 보이나? 네놈이 가진 것과 똑같은 영원의 보석이지. 돼지 목에 진주라고, 내가 갖고 있으면 큰 힘은 발휘하지 못하지만 나름대로의 재주는 부릴 수 있지."

그제야 아퀼라는 아까 시간정지가 막힌 게 이것 때문이라는 걸 안 듯했다.

"네놈! 영원의 보석을 갖고 있었나!"

아퀼라는 탐욕에 눈이 뒤집혔다. 그는 찾을 수도 없는 술사 대신 눈앞의 보석을 갖기 위해 돌격해 왔다. 거기에는 물론 오만함도 있었다.

"강한 파괴마법을 준비 중인 거 같다만! 이 몸이 견디지 못할 리가 없다!"

봉인의 주문 같았다면 아퀼라는 무시하지 않았을지도 모르겠다. 하지만 단순 파괴주문이라면 어둠의 대군의 막강한 육체가 버텨줄 거라고 여긴 모양이다.

콰앙! 쿵! 쿵!

아퀼라가 돌진해 오자 땅이 서있지도 못할 정도로 울렸다. 하지만 그 와중에도 나는 침착했다. 그리고 아퀼라가 마음에 드는 위치에 왔을 때 외쳤다.

"지금이다! 칼리오네!"

눈앞이 빛으로 가득 찼다. 선명한 연녹색의 빛. 과거 마왕 오드가쉬를 날려버린 비기 중의 비기.

바로 성명제례술이었다.

신격에겐 안 먹히나 어둠의 대군이나 어둠의 대군의 후원을 받는 마왕에겐 강력한 효과를 가진 이 기술은 끓어오르는 심연이 필멸자를 위해 내린 것이었다. 나는 그간 칼리오네에게 후원을 둘이나 몰아주며 그녀가 성명제례술을 대성할 수 있게 준비해왔다.

물론 그렇다고 해도 틈이 많은 능력이라 사전에 차단당할 확률이 높았다. 그래서 황금술잔을 썼다. 황금술잔의 힘으로 탐지를 막아놨기에 아퀼라는 그녀를 찾을 수 없었다.

"크아아아아아!"

아퀼라의 거대한 살덩이가 연녹색 빛에 증발하는 것처럼 타들어갔다. 이게 바로 완성된 성명제례술의 위력이구나.

"대단하군! 오드가쉬 때와 비교도 안 돼."

창조의 기둥에서 나온 씨앗을 먹은 아퀼라의 잠재력은 어마어마하다. 하지만 갓 태어난 존재. 아직 변태 후 껍질이 단단해지지 않은 갑충 같은 처지다. 성명제례술은 완벽하게 들어갔다.

"크으으! 어둠의 대군의 신체가 녹다니! 이 위대함이 굴복하다니! 아아아아악! 이놈! 대체 이 힘은 무엇이냐!"

받아들이기 힘든 건 안다. 일개 행성에 있는 힘이 어둠이 대군을 소각장의 쓰레기처럼 태워버리고 있으니 이해할 수 없겠지.

화르르르르륵!

녹색 불길이 일어나 아퀼라의 몸 곳곳을 불사르고 있었다. 여기저기 뼈마디가 드러나기까지 했다. 그리고 곧 성명제례술의 빛이 사라졌다.

치이이익!

성명제례술이 끝나자 엉망이 된 아퀼라의 육체가 드러났다. 장대한 위압감은 사라진지 오래다. 초라하고 볼품없는 게 마치 철거 중에 철골이 드러난 건물 같았다.

"크하하하하하! 견뎌냈구나!"

하지만 성명제례술이 끝난 걸 안 아퀼라는 안도한 듯 크게 웃어 댔다.

"이런 강력한 힘이 두 번 발동하는 건 무리지. 크하하하."

"인정한다. 두 번은 없지."

칼리오네는 지금쯤 혼절해 있을 거다.

"자, 이제 어쩔 것이냐! 위험하긴 했지만 이 몸은 살아남았다. 네놈은 어찌 날 해할 것이냐? 대신격조차 공략하지 못한 네놈들은 이 몸의 육체에 작은 상처라도 낼 수 있을 것 같은가!"

확실히 그건 그렇다. 걸레짝이 됐다고 하지만 상대는 여전히 어둠의 대군이었다. 피통이 빨갛게 변해도 상대가 더는 딜을 할 수 없다는 걸 안면 자신만만해질 수밖에.

"감히 이 몸이 태어난 날 이런 굴욕과 수치를 줘! 절대 용서하지 않겠다! 갈기갈기 찢어 죽이는 걸로도 부족하지! 상상력이 허락하는 가장 잔인한 방법으로 영겁동안 고문해 주마!"

무시하는 존재들에게 죽음의 문턱까지 갔으니 그 분노를 말해 무엇하리. 하지만 그는 돌아버린 와중에도 알아야만 했다. 이런 상황에도 내가 침착하다는 걸.

아니, 입꼬리가 자꾸 올라가서 죽을 지경이었다.

"혹시 말이야. 산호공주라고 들어봤어?"

"…어둠의 대군과 폭사한 반신격이 아닌가? 복수심에 어리석은 짓을 했지."

"잘 알고 있군. 그러면 내가 왜 지금 그 얘기를 꺼낼까?"

아퀼라는 불안감을 느꼈는지 입을 다물었다. 뭔가 불길한 예감이 그를 스치고 지나간 듯했다. 침묵이 길어졌다.

출렁.

갑자기 그의 남은 살덩이들이 물결을 치며 흔들렸다. 자기도 모르게 몸이 떨리고 있는 것이다.

"네, 네놈… 설마…."

우주를 쩌렁쩌렁 울리며 새 어둠의 대군이 탄생했음을 알리던 그 목소리가 사시나무처럼 파르르 떨리고 있었다. 주춤주춤 거리던 그는 결국 뒤로 물러나고 있었다.

"크흐흐흐."

나는 들고 있던 샤프리히터는 샤르티에게 던져준 뒤 주문을 외우며 앞으로 걸어갔다.

"차원을 건너는 빛이여. 베어 죽이고, 꿰어 죽이고, 썰어 죽이는 빛이여. 여기 그대를 바라는 검객의 손에 깃들라."

오랜만에 외워보네. 샤프리히터도 좋지만, 역시 난 류블랴냐지.

구우우우웅.

검신이 소리를 내며 울리며 화려한 모습을 드러났다. 그리고 곧 시커먼 악의로 가득 찬 검붉은 힘이 검신을 타고 소용돌이치며 끈적하게 달라붙는다.

"이건 발버둥치는 죽음의 힘. 산호공주는 그 위대한 존재의 후원을 받아 어둠의 대군을 베었다."

"네… 네놈! 발버둥치는 죽음과 틀어졌을 텐데 아직도 후원을 받아!"

"이걸로 널 베면 어떻게 될까? 너와는 격이 다른 힘이잖아."

물론 그 격이 다른 존재는 누구 덕에 쫓기고 있지만.

"아까 내가 여자 엉덩이 뒤에 숨는다고 했나? 그래, 인정한다. 내가 말이야. 영 글러먹은 놈이라 그런지 강자 앞에선 용기가 안 나더라고."

아퀼라는 공포에 빠진 듯 다가오지 말라고 소리를 질러댔다. 어둠의 대군이 아니라 겁먹은 오리 같았다.

"하지만 말이야, 대신 나보다 약자한테는 존나 강하거든!"

부우우우우웅!

류블랴냐의 파공음은 무시무시했다. 아퀼라는 서둘러 팔을 들어 막으려 했지만 소용없었다. 그의 거대한 팔이 허무하리만큼 쉽게 떨어져나갔다.

"크아아아아아!"

아퀼라가 비통한 울부짖음을 토해냈다. 하지만 그러거나 말거나 나는 인정사정없었다.

"씨앗 내놔! 이 새끼야!"

이번에는 다리까지 베어 기어코 그를 쓰러뜨린 뒤 땅바닥에 엎어진 아퀼라에게 다가갔다. 그리고 다짜고짜 일단 싸대기부터 날렸다.

짜아악!

"어디 이 좆같은 새끼가 남의 거 먹고 소화시키려고 하고 있어!"

6. 왕관을 쓴 자

나는 칠마성전 덕에 어둠의 씨앗을 다루는 법을 알고 있다. 칠마성전에 쓰여진 비술에 의하면 씨앗을 흡수한지 얼마 안 된 상대라면 되찾아 오는 것도 가능했다

"먼 우주까지 헤맬 영혼이여. 하나 죄인의 수중에 들어가 모욕된 영혼이여. 행성을 꾸물거리며 먹어치우며, 성좌를 불길하게 수놓을 영혼이여. 여기 어둠에 어울리는 순결함이 있으니……."

비밀스러운 주문을 외우자 어둠의 씨앗이 아퀼라의 몸에서 도로 빨려 나오기 시작했다.

"아, 안 돼! 빌어먹을!"

힘을 잃은 상실감 때문인지 아퀼라는 발버둥을 쳤지만 무력하기 짝이 없었다. 비대하게 부풀었던 그의 몸을 쪼그라져 원래대로 돌아갔다. 피를 흥건히 흘린 채 쓰러진 그 모습이 매우 처량했다.

"어떤가? 아퀼라. 한 번 그 힘을 맛봤던 기분이?"

갓 태어나 충분하진 않았겠지만 장차 우주를 뒤흔들 막강한 권

능을 느꼈을 거다. 얼마나 대단해질 수 있을지 절감했겠지.

"한데 그게 손아귀에서 신기루처럼 사라져버린 거야. 어때?"

"크아아아아!"

"크흐흐, 그래. 비통하겠지."

아마 어둠의 대군이 된 자는 다시 원래대로 돌아가지 못할 것이다. 그 격이 높은 세계를 봤으니까. 마치 펜트하우스에서 살다가 작은 원룸으로 돌아온 기분이 아닐까.

"차라리 대신격이었으면 네놈을 여유롭게 이겼을 텐데!"

아퀼라는 피를 토해내며 이를 갈았다. 물론 그랬겠지. 나도 그건 부정 안 한다. 대신격 상태였으면 개처럼 두들겨 맞았을 거다. 샤르티에랑 둘이 덤비고도 맨손인 그를 이길 방법이 없었으니까.

"그러게 왜 주제도 모르고 욕심을 부리시나? 이래서 욕심많은 돼지새끼들은 이용하기 참 쉽다니까."

"발러슈테드! 네놈의 탐욕도 만만치 않는 걸 모르나!"

"알지. 아주 잘 알지."

그의 지적대로 나도 탐욕스러운 인물이다.

"하지만 나는 선을 지켰다. 인간이길 포기하지 않은 거다. 이 미련한 놈아."

완전히 돌아온 어둠의 씨앗을 나는 경탄하며 쳐다보았다. 창조의 기둥에서 나온 이것은 영혼을 빨아들이는 듯한 마성을 뿜어내고 있었다.

"그래… 이런 것이라면 누구라도 갖고 싶겠지. 아퀼라, 네놈도 예외는 아니었고. 하지만 나는 다르다. 생각해 보라. 만약 내가 어둠의 대군이 된다면 리켄티아투스 행성계에 무슨 변수가 발생할지 모르는 일이지."

"그게 무슨 소리냐?"

"현재 리켄티아투스 행성계는 종언의 석판의 발동에도 불구하고 무방비상태다. 현재 이곳이 안전한 건 끓어오르는 심연이 뒤를 봐주고 있기 때문이야. 그리고 한 가지 이유가 더 있지."

"…그게 무엇이냐?"

"간단해. 여긴 개뿔도 없기 때문이야."

만신전이 해체되고, 어둠의 대군들은 모두 떠나고, 정말 아무것도 없는 행성계였다.

"끓어오르는 심연이 아무리 대단해도 말 안 듣는 놈들은 있기 마련이다. 왕을 두려워하지 않는 도적떼란 늘 있는 법. 하지만 녀석들에게 여긴 발라먹을 살이 없는 곳에 불과해. 계륵인 거지. 게다가 끓어오르는 심연에게 찍힐 리스크마저 있다."

이런 곳이지만 변수가 발생할 수 있다.

"하지만 만약 이 리켄티아투스에 갓 태어난 어둠의 대군이 출현했다는 소문이 나면 어떨까?"

그것도 창조의 기둥 출신이라 잠재력이 어마어마한.

"물론 운이 좋으면 소문이 안 날 수도 있지. 하지만 위험은 한밤의 도적처럼 찾아오기야 미리 대비해야 해."

"…그래서 네놈이 현명하다 그거냐?"

아퀼라의 물음에 나는 비웃음을 감추지 않은 채 그의 머리를 짓밟았다.

"아니, 주제파악 했다는 소리다. 등신아."

그게 탐욕에도 불구하고 여태 내가 살아남은 방법이기도 하고.

"자, 몰락한 대신격이여. 어둠의 씨앗만 줄 건 아니지?"

"뭐?"

"왜 모른 척하실까. 크흐흐. 대신격의 정수를 내놓도록. 좋은 일에 써주마."

나는 그 자리에서 아퀼라를 썰어버렸다. 산 채로 전신이 조각난 탓에 그는 처절한 비명을 질러댔다.

"끄아아아아!"

돼지 멱따는 듯한 소리였다.

"참 볼품없네."

아퀼라에게 정수를 얻은 나는 곧장 그것을 흡수해 대신격에 올랐다.

"경배 드립니다."

앞으로 리켄티아투스를 다스릴 자의 위엄에 자애와 수호의 여신격 샤르티에가 무릎을 꿇어보였다.

"고맙군."

우리는 그간의 익숙함 때문에 서로의 신분에 맞지 않은 말투를 쓰고 있었다. 샤르티에란 본명을 두고도 주로 발푸르기스라고 불렀고. 결혼식을 뒤에 고치기로 했었는데, 내가 이 행성 유일의 대신격에 오르자 더는 미룰 수 없게 됐다.

"샤르티에."

"네, 발러슈테드 님."

"그대는 내 아내가 될 여자이며, 나를 제외하면 이 행성계에서 유일한 신격이야. 앞으로 잘 부탁할게."

"전력으로 돕겠어요."

그녀는 지체 높은 여신격임에도 나만을 섬기는 충직한 여기사 같은 모습이었다. 샤르티에는 내게 사랑뿐 아니라 충성심까지 보여줬다.

"당분간 이 행성계는 안전할 거야. 내가 유스티티아에서 한 개선식은 동네방네 소문났으니까. 또 주의를 끌만한 어둠의 대군도 없고."

하지만 상황은 좋지 않았다. 만신전은 증발해서 개판이 됐다. 선배 신격들의 노하우와 역량이 통째로 사라진 거다. 종언의 석판 때문에 도와달라고 다시 불러올 방법도 없고.

"저승 역시 엉망이 된 거 같더군. 어디서부터 손대야 할지 모를 정도야."

"발러슈테드 님. 하나하나 차분히 해나가요. 우리에겐 능력있는 친구가 많잖아요."

그 말에 나는 고개를 끄덕였다.

"정수가 하나 남은 게 있어. 로엘린에게 줘서 신격에 오르게 해야겠어."

"확실히… 그녀는 제가 아는 가장 유능한 군주 중 하나예요."

로제란트를 크게 부흥하게 했던 로엘린이라면 일을 잘해주겠지. 그래도 신격 셋이서 행성계 전체를 책임져야 하다니, 앞으로 고난이 예상됐다.

"일단 이걸 끓어오르는 심연에게 보내야겠군."

내 손에는 봉인도 안 된 영원의 보석이 두 개나 있었다. 황금술 잔과 아퀼라가 갖고 있던 것이다.

"이게 있으면 끓어오르는 심연의 승세는 확실해질 거야. 그가 승리하지 못하면 우리는 완전한 안전을 얻지 못해. 늘 변수가 생길 수 있으니까."

"그가 승리의 대가로 많은 걸 약속했나요?"

"맞아. 아주 대해 후한 보상을 약속했지. 그게 아니라도 이걸 갖고 있어봐야 화근이 될 거야."

입 다물고 있으면 소문은 안 나겠지만 혹시라도 영원의 보석이 두 개나 여기 있다는 걸 알면 난리가 날 터. 그때는 끓어오르는 심연의 이름을 무시하고 날뛰는 놈들이 여럿 나올 거다.

"샤르티에. 진짜 중요한 건 싸움이 끝난 뒤야."

앞으로 할 일이 태산이었다.

50년 뒤.

대신격 아퀼라의 죽음 이후 더 이상 싸울 적은 없었다. 나는 끓어오르는 심연의 승전을 기원하며 리켄티아투스 행성계의 복구에 매진했다. 연일 일거리만 쌓여갈 뿐 전투는 없었다. 마지막으로 류블라냐를 뽑아본 게 언제인지 가물가물할 정도였다.

"여보, 로엘린이 더는 못 견딘다고 휴가가 필요하다고 했어요."

샤르티에가 쓴웃음을 지으며 날 찾아왔다. 그녀와는 결혼 50주년이 됐다. 그런데 바빠서 여태 결혼식도 못 올렸다. 50년 전에 간단히 반지를 교환한 게 전부다. 미안하고 계속 마음에 걸려 조만 간 어떻게든 식을 올릴 작정이다.

"휴가가 필요한 건 나도 마찬가지인데. 다 같이 갈까?"

"그럴 수 있다면 정말 좋을 거 같아요. 전에 남국의 아름다운 무 인도를 발견했었죠? 거기서 머물고 싶어요. 칼리오네도 좋아할 걸요?"

"그 녀석 바쁘지 않아?"

"마족을 모조리 평정해 마제에 오른 뒤에 한가해졌다고 하더라 고요. 얼마 전에 최후의 마왕이 그 아이에게 죽었다고 해요. 이제 지상에 마왕은 없어요."

"그렇다면 조만간 시간 내봐야겠는 걸."

"당신도 사랑하는 아내들이 바닷가에서 알몸으로 물놀이 하는 거 보고 싶으시잖아요?"

이 세계는 수영복 개념이 없었다. 그래서 나는 프라이빗 비치로 물놀이 가는 걸 매우 좋아했다. 눈이 그렇게 호강할 수가 없달까.

"좋아. 다 같이 가는 거야."

샤르티에와 나는 이런 얘기를 하고 있었지만 쉽게 휴가를 갈 수 없다는 걸 잘 알았다. 50년이나 노력한 덕에 리켄티아투스 행성계 는 그럭저럭 현상유지를 할 수 있는 상황이 됐다. 하지만 여전히 신격은 나, 샤르티에, 로엘린 이렇게 셋 밖에 없어 연일 격무였다.

인간의 삶에서 50년은 길겠지만 신격 하나가 탄생하기에는 짧 은 시간이니까. 유능한 친구들의 도움을 받고 있지만 새로운 신격 의 탄생이 절실했다.

"앞으로 30년 정도 더 일하면 여유가 날 거 같아요. 여보."

"아이고…."

샤르티에와 얘기하던 중 천사 하나가 찾아왔다.

"발러슈테드 님. 유스티티아에서 손님이 오셨습니다."

"오, 만나보지."

끓어오르는 심연의 차원에서 손님이 왔다니. 중요한 일 같았기에 바로 불러들였다. 곧 대전으로 기괴한 외형을 자랑하는 괴종족이 나타났다.

"그간 강녕하셨습니까? 또 뵙는군요."

"음, 그대는?"

날 아는 척하는 괴종족은 낯이 익었다. 분명 어디서 봤는데? 잠깐 고민하던 나는 손뼉을 쳤다.

"일전에 날 치료해준 이가 아닌가?"

"맞습니다. 기억력이 훌륭하시군요."

그는 과거 유스티티아에서 개선식을 하기 전에 만났던 괴종족 의사였다.

"전령 일도 하는가?"

"필요하면 이것저것 하지요. 발러슈테드 님과 사소하게나마 안면이 있어 오늘 사절로 오게 되었습니다."

"그렇군. 전쟁은 어찌되었나? 위대하신 분께서 최종적인 승리를 얻으셨나?"

전황은 계속 유리했다. 마지막 싸움만이 남은 단계였다. <성좌 관형찰색> 능력을 소실해 밤하늘의 별을 읽을 수는 없지만, 계속 소식을 전해 듣고 있었다.

"네, 기뻐하십시오. 위대하신 분께서 마침내 형언할 수 없는 암흑을 쓰러뜨렸습니다."

"잘됐군!"

나는 권좌의 팔걸이는 치며 크게 웃었다.

"다 발러슈테드 님께서 위대하신 분께 영원의 보석 두 개를 바친 덕분입니다. 이 승리의 지대한 공로를 모두가 인정하고 있습니다."

팽팽하던 두 거물의 싸움은 영원의 보석들 때문에 한쪽으로 기울었다. 고대의 악인 끓어오르는 심연이 영원의 보석을 사용하기 시작하자, 나나 아퀼라가 쓸 때와는 차원이 다른 힘이 발현됐다. 그 뒤로 줄곧 승세를 유지해 오다가 마침내 최종적인 승리를 선언하게 된 것이다. 하지만 나는 혀를 내두를 수밖에 없었다.

"정말 형언할 수 없는 암흑이 대단하긴 하군. 50년이나 버티다니."

"과연 어둠의 대군 서열 1위라 할 만했습니다."

"그래도 결국 이겼지. 그거만 됐어."

"옳으신 말씀이십니다. 이 승리로 지금 유스티티아는 차원이 쩌렁쩌렁 울릴 정도로 축제를 열고 있습니다. 발러슈테드 님께서도 참석하시지요. 위대하신 분께서 정당한 보상을 내릴 때가 됐다고 하셨습니다."

"알겠네. 내려주신다니 기꺼이 받아야지."

유스티티아로 바로 출발하기로 했다. 나는 떠나기 전 샤르티에에게 어둠의 씨앗을 맡겼다.

"별 일 없겠지만 위급한 상황이 발생할 걸 대비해 갖고 있어."

"네, 여보."

어둠의 씨앗은 혹시 힘으로 대항할 수 없는 존재가 리켄티아투스에서 깽판 칠 것 대비해서 줄곧 잘 보관하고 있었다. 중요한 물건이라 어디론가 갈 일이 있으면 정실부인인 샤르티에에게만 맡겼다.

"아, 페자무트의 지옥 기획안은 불확실한 게 많으니 반려시키고. 무슨 날로 먹으려고 하고 있어. 자꾸 부실한 기획서 올리면 새로 만들 지옥은 슈바르체토이펠에 넘긴다고 으름장 좀 놓고."

그 뒤 괴종족 의사와 함께 유스티티아로 향했다. 전우주의 온갖 종족들이 방문하는 우주의 수도라 할 만한 곳이었다.

"의사양반, 저기 어둠의 대군들이 왜 줄을 서있는가?"

광활하게 넓은 도시의 중앙도로에는 수십미터 정도로 몸을 줄인 어둠의 대군들이 일렬로 서있었다.

"위대하신 분을 배알하기 위해서입니다."

"이거 대단하군…."

감탄하면서도 걱정스러워졌다. 이제 끓어오르는 심연의 지위는 우주의 지존. 만남을 위해서는 어둠의 대군들조차 저리 길게 늘어서있는데, 나 같은 이는 얼마나 기다려야 할지 모르겠다.

"샤르티에에게 일찍 돌아간다고 했는데 몇 달 걸릴지도 모르겠는데."

내 말에 괴종족 의사는 의아하다는 듯 되물었다.

"발러슈테드 님이 왜 기다리십니까?"

"음?"

그는 난 특별 취급이라고 했다. 바로 끓어오르는 심연을 만날 수 있다고.

"발러슈테드 님은 위대하신 분의 친구로 인정받지 않았습니까? 이것에 늘어선 이들은 그분의 신하입니다. 신하와 친구는 다른 법이지요."

그는 옆에 줄 서 있는 어둠의 대군들은 아랑곳하지 않고 끓어오르는 심연이 머무는 궁전으로 날 인도했다. 마치 갓길로 주행하는 것처럼 앞질러 가자 어둠의 대군들이 우리를 내려다본다.

"감히 누가 줄을 무시하고 가려 하는가!"

"이 몸조차 사흘째 기다리고 있거늘! 무도한 자가 감… 응? 아니! 저 자는 발러슈테드가 아닌가!"

"오! 정말이다! 영원의 보석을 모두 구한 그 발러슈테드야!"

날 발견하고는 어둠의 대군들은 놀라 호들갑을 떨어댔다. 그들은 앞 다퉈 내게 말 걸어왔다.

"발러슈테드! 영광된 자여! 그대가 영원의 보석을 전부 구해낸 업적에 경의를 표하고자 한다!"

"이 몸 역시 마찬가지다! 이 승리를 이끈 영웅이여!"

"우리의 경배를 받으라!"

어둠의 대군들이 일개 대신격에 불과한 내게 앞 다투어 경의를 표했다. 그런 행동은 끓어오르는 심연에게 아부하는 게 아닌, 자발적으로 하는 것들이었다.

"감사합니다."

사실 영원의 보석을 내가 모두 구한 건 아니다. 4개를 구한 건 맞지만 황금술잔을 끓어오르는 심연이 찾았다. 하지만 그걸 받아 사용하던 내가 아퀼라의 보석과 함께 도로 바쳤기에, 세간에 나는 영원의 보석을 모두 찾은 자로 큰 명예를 얻었다.

그간 어둠의 대군들조차 한 개의 보석도 찾지 못해 전전긍긍해했다. 한데 모두 찾았다고 알려졌으니 대단해 보이지 않을 리가 없겠지.

"이 길은 그대를 위해 비켜서겠다."

"명예로운 자여. 그대는 누구보다 먼저 그분을 만날 자격이 있다."

자존심 강한 어둠의 대군들은 알아서 물러나줬다. 그 덕에 나는 유스티티아에 오자마자 끓어오르는 심연을 만날 수 있게 됐다.

"자, 가시죠. 발러슈테드 님. 위대한 분께서 당신을 기다리고 계십니다."

정말 오랜만에 끓어오르는 심연을 만나는구나. 높이가 100미터는 되는 거대한 청동문이 육중한 소리를 내며 열린다.

구우우우웅.

내부에는 시커먼 어둠이 가득했다. 안으로 걸어 들어가자 대리석 바닥을 울리는 내 구두 굽의 소음만이 요란했다.

스르륵. 추륵.

가끔 저 어둠 속에서 끈적거리고 거대한 살덩이가 움직이는 소리가 났다. 저 앞에 거대한 무언가가 있는 건, 보이지 않아도 생생히 느껴졌다.

"발러슈테드여."

누구든 무릎 꿇릴 만한 위압감 있는 목소리가 울려 퍼졌다. 이 상황에선 당연히 다리를 구부리는 게 맞겠지. 하지만 나는 즐겁게 웃었다.

"위대하신 분이여. 하하핫!"

"크하하하핫! 오랜만이로구나."

끓어오르는 심연은 격의 없는 내 태도에 기뻐했다. 어둠을 뚫고 거대한 눈알이 나타나 날 압도하듯 내려다본다. 그리고 어둠 속에서 수많은 촉수의 실루엣들이 언뜻언뜻 비쳤다. 마치 심해에 사는 문어처럼 이따금 빛을 반짝이다 사라지곤 했다.

"승전을 축하드립니다. 위대하신 분."

"고맙구나. 크흐흐흐흐! 형언할 수 없는 암흑을 물리쳤을 때는 참으로 호쾌하였도다. 이게 모두 네 덕이다. 발러슈테드. 영원의 보석을 보내준 게 결정적이었지."

그리 말하며 끓어오르는 심연은 거대한 촉수를 내밀었다. 촉수 끝에는 시커먼 왕관이 둥둥 떠있었다. 마치 타오르는 어둠으로 만들어진 듯한 모습이었다.

"이게 어둠의 왕관입니까?"

"그렇다. 얼마 전에 보석과 왕관을 합쳐 완성하였다. 누군가에게 보여준 건 네놈이 처음이다. 발러슈테드."

"실로 영광입니다. 본디 이것은 보여주는 게 아닌 것을."

칠마성전에서 읽어본 게 맞는다면 어둠의 왕관은 특히 다른 어둠의 대군에겐 절대로 안 보여준다고 했다.

"그렇다. 이 왕관의 마성은 가장 충성스러운 자도 배신하게 만드니까. 과거 발버둥치는 죽음, 무덤에서 웅크리고 있는 자, 형언할 수 없는 암흑이 반역했던 것도 그 때문이다."

원래 셋 다 끓어오르는 심연의 신하였으나 저 왕관을 탐내고 세력을 끌어들여 반역했던 거다.

"물론 가장 결정적인 건 내가 절대적인 힘을 포기하고 깨어나 세상을 관찰하려 했기 때문이겠지."

그는 드물게 과거를 회상하는 듯했다.

"이제 그 왕관을 쓰시겠군요? 어찌 아직 들고만 계십니까?"

"그대와 작별 인사하기 위해서다."

"네?"

그게 대체 무슨 소리일까? 의문을 표하자 끓어오르는 심연은 생각지도 못한 얘기를 했다.

"어둠의 왕관을 쓰는 자는 우주의 절대자가 된다. 우주는 그가 꿈꾸는 대로 구성되지."

익히 알고 있는 내용이다.

"그리고 왕관을 쓴 자는 잠에 빠진다. 우주는 그의 꿈과 같은 것이라고 할 수 있다."

"아니, 그럴 수가."

"본래 왕관이란 건 존재하지 않았다. 이 왕관과 보석은 사실 이 몸의 살덩이와 같은 것이다."

"하면 왕관을 쓰신다는 건… 본래의 존재로 돌아가 잠이 든다는 거군요."

"옳다."

갑자기 이렇게 헤어져야 한다니. 말문이 막혔다. 아니, 사실 뭔가 끝을 예감하긴 했다. 그와의 우정이 언제까지 계속될 거라고는…….

"발러슈테드. 리켄티아투스는 걱정하지 마라. 왕관을 쓴 후 나의 권능으로 완벽한 독립을 선사하겠다. 최고위 어둠의 대군이라도 침범할 수 없는 세계로 선포하지."

"…배려 감사드립니다."

기쁜 얘기를 들었는데 마음이 좋지 않다. 저 말을 듣고 싶어 여태 힘을 내왔던 건데 왜 이럴까.

"리켄티아투스는 고립된 섬과 같은 세계가 되진 않을 것이다. 그대는 외부와 충분히 교류할 수 있다. 하지만 그 누구도 그곳을 적대적으로 노리지 못하게 될 것이다."

"…바라던 바입니다."

그 외에도 끓어오르는 심연은 온갖 보상에 대해 말해줬다.

"성좌관형찰색 따위는 비교도 안 되는 능력을 주지. 전 우주를 생생히 볼 수 있는 힘을 주마!"

"이 몸이 노예로 데리고 있던 수만이 넘는 영웅과 미희의 영혼을 모두 넘겨주겠다!"

"그간 쌓은 천문학적인 재산도 모두 하사하마!"

"일개 대신격이라고 할 수 없는 권능을 주지. 네가 분노하면 어둠의 대군들조차 몸을 떨게 해주겠다! 특히 1년에 한 번 내게 소원을 빌 수 있게 해주마!"

수많은 보상이 쏟아졌다. 과연 끓어오르는 심연이란 생각이 들었다. 자신의 승리를 최대로 보답해주겠다는 듯했다.

"덕분에 이제 리켄티아투스는 걱정할 필요 없겠군요."

신격의 정수도 수백 개를 그냥 주겠단다. 그것만 있으면 가서 내 입맛대로 만신전을 구성할 수 있다. 수많은 영웅과 미희의 영혼은 만신전의 시종으로 쓰면 된다.

천문학적인 재산을 통해 다른 별에서 값진 물건을 원 없이 사들일 수 있게 됐다. 어둠의 대군조차 두려워할 권능이 생기면 싸움질로도 밀릴 게 없어진다.

"하하하. 은혜에 감사……."

하지만 나는 결국 말꼬리를 흐리고 말았다. 어째서인지 신나게 외치던 끓어오르는 심연도 입을 다물어 버렸다.

"……."

"……."

무거운 침묵만이 시커먼 어둠이 드리워진 지존의 대전에 가득했다. 아무리 크게 외쳐 승리를 축하하고, 너그럽게 보상을 약속해도 부정할 수 없는 게 있기에.

이제 작별의 순간이 온 것이다. 그걸 입에 담아야 할지, 말지 고민하던 나는 결국 참지 못하고 토해냈다.

"…감사합니다만, 이제 위대하신 분께서 없으니 무슨 소용이란 말입니까."

"……."

늘 당당하고 자신감 넘치던 끓어오르는 심연은 아무 말도 하지 않았다. 그러다 길게 한숨을 내쉬더니 입을 열었다.

"발러슈테드. 잠시만 들어다오."

"네."

"잠에서 깨어난 나는 더이상 우주 그 자체가 아니었다. 힘의 대부분이 어둠의 왕관으로 분리됐지. 이후 왕관마저 잃어버리자 그저 고대의 악에 불과해졌다."

"……."

"그 뒤 온갖 것들을 보았다. 배신, 반역, 시기, 질투, 증오, 협잡, 이간질, 집착, 탐욕, 공포, 비겁……."

거기까지 말한 끓어오르는 심연은 잠시 말을 멈추고 앞으로 나섰다. 그의 거대한 몸이 이제야 제대로 드러났다. 이전보다 훨씬 웅장한 모습이었는데 어째서인지 힘이 없어 보였다.

"그런 수많은 감정들을 만나고 때로는 꿈에서 깬 것을 후회했다. 우주는 잠들어 있을 때 더 아름다웠기 때문이다."

"……."

"하지만 내 모든 여정의 끝에서 비로써 발견한 것이다. 영원의 보석보다 빛나는 걸 발견했으니 바로 '우정'이다."

"심연이시여…."

"발러슈테드. 그대에게 진실로 말하노니 우정을 발견하고서야 꿈에서 깨 이 생생한 우주를 본 보람을 느꼈다."

끓어오르는 심연은 잠시 말을 멈췄다가 말했다.

"마지막에 무언가 발견해서 다행이구나. 이것은 꿈에선 결코 보지 못했던 것이다. 네게 감사한다. 그리고 하나 약속하지."

"어떤 걸 말입니까?"

"다시 잠들면 이전에 내가 잠들었던 때보다 우주를 풍요롭게 하겠다고. 이곳은 나의 친구가 살아갈 곳이기에."

그는 갑자기 어둠의 왕관의 한쪽을 촉수로 잡아 뜯기 시작했다.

키기기기기깅!

금속이 긁히는 듯한 소리가 나며 스파크가 수십 미터는 튀었다.

"심연이시여!"

결국 보석 하나가 뜯겨져 나왔다.

"일단 어둠의 왕관을 완성하기 위해서 보석이 모두 필요하다. 하지만 완성 후에 한두 개 떨어져도 기능이 줄 뿐 왕관 자체는 문제가 없지."

"그렇다고 어찌 왕관을 파손하십니까?"

"걱정할 것 없다. 이렇다고 해도 왕관을 쓰는데 지장은 없으니까."

끓어오르는 심연은 영원의 보석 한 개를 내게 내밀었다. 그리고 다시 그답게 호탕하게 웃었다.

"크흐하하하핫! 발러슈테드! 이 몸은 관대하다. 그대와의 우정을 기념하기 위해 왕관이 빈 구멍 하나를 남겨두겠다!"

그가 했던 말대로라면 영원의 보석의 그의 신체 일부인 셈이다. 어찌 그런 것을 내게.

"받을 수 없습니다!"

하지만 내 얘기를 들어줄 그가 아니었다. 대답대신 어둠의 왕관을 들어 머리에 쓰려했기에 나는 다급히 외쳤다. 그가 잠들기 전에 뭐라도 전해야했다.

"끓어오르는 심연이시여! 이 보석의 이름은 영원이니, 우리 우정도 그럴 것입니다!"

"크흐흐! 쿠하하하하!"

내 얘기에 만족한 듯 끓어오르는 전신의 촉수를 출렁이며 크게 웃었다.

"자! 작별이다! 발러슈테드!"

우주에 절대적인 존재가 다시 돌아왔다. 모든 이들의 추앙을 받는 존재가 혼돈의 중심에 놓인, 암흑의 옥좌에 위치한 것이다. 그가 실종된 지 무수한 세월이 흐른 뒤였다.

절대자가 마땅히 있어야할 곳에 자리 잡자 혼란스러웠던 우주는 안정되기 시작했다. 그간 우주는 지독한 혼돈으로 가득 차 있었지만 이제는 하나의 명확한 법칙이 이 영원한 세상조차 단번에 관통했다.

그것은 잠든 자의 꿈대로, 공정한 세계였다.

비록 우주는 가장 거친 야생의 험악함을 가졌지만 원인과 결과는 명확하게 이뤄졌다. 그게 잠든 자의 의지였으니까.

잠든 절대자의 주위로는 어둠의 대군들이 수발을 들었다. 모두 위대한 존재들로 우주에 이름을 크게 떨친 자들이었다.

하지만 가장 주목받는 셋이 있었으니, 그 이름은 형언할 수 없는 암흑, 발버둥치는 죽음, 무덤에서 웅크리고 있는 자였다. 그들은 저마다의 방법으로 절대자 앞에서 우스꽝스러운 벌을 받고 있었다.

형언할 수 없는 암흑은 듣기 싫은 음색의 플룻을 끝없이 연주하며 절대자의 주위를 돌았다. 발버둥치는 죽음은 자신의 살가죽으로 만든 북을 끝없이 치며 뒤를 따랐다. 행렬의 마지막에는 무덤에서 웅크리고 있는 자가 어색하고 기괴한 춤을 추며 위치했다.

최상위 어둠의 대군 셋은 저마다의 임무를 가지고 영원히 절대자의 주위를 떠돌게 됐다. 이제는 반역조차 꿈꿀 수 없는 처지였다.

사실 과거의 반역은 절대자가 미필적 고의로 가능했던 것이었다. 하지만 이제 절대자는 만족하고 다시 깨지 않을 깊은 잠에 들었다.

자세한 이야기는 아무도 모르지만, 절대자가 그의 깨어났던 삶 마지막에서 무언가 그 어떤 보석보다 빛나는 것을 발견했다고 한다. 많은 현자들은 그게 현재의 우주를 구했다고 속삭였다.

만약 절대자가 깨어난 삶의 마지막에 부정적인 것만 간직하고 잠들었다면, 우주는 지금처럼 풍요롭고 공정하지 못할 것이기 때문이었다.

현 우주는 가을의 들판처럼 풍성했다. 재앙으로 절멸하는 문명도 많았지만, 그 이상이 항상 번성해나갔다. 절대자가 그걸 원했기 때문이다.

어둠의 대군들은 예전처럼 힘을 쓰지 못했다. 여전히 그들은 별과 영혼을 포식하지만 우주의 깊은 어둠으로 물러난 이들이 많아졌다. 우주는 신격과 필멸자들이 주인으로 올라서고 있었다.

하지만 번성하는 그들조차 그 누구도 이 암흑의 옥좌 근처에는 얼씬도 하지 않았다. 한데 지금 이런 초월적인 곳에 한 사람의 형상이 태연하게 있었다.

"삼라만상의 근원이자 심연에 계신 분이여."

몸에 붕대를 감은 그는 검은 파라오라 불리는 자다. 절대자를 수반하고 있는 어둠의 대군들은 검은 파라오를 발견했지만 특별한 반응을 보이지 않았다. 검은 파라오는 사실 자신과 같은 존재의 화신임을 아는 까닭이다.

"이 저조차 이해할 수 없는 우둔한 아버지여…."

검은 파라오는 자기 주인인 절대자를 헤아릴 수가 없었다. 대체 무슨 생각으로 잠에서 깨어났던 건지 아직도 모르겠다. 그날 그는 우주가 멸망했다고 생각했었을 정도니까.

게다가 절대자가 우주에서 가장 보잘 것 없는 종족 가운데 하나인 인간과 깊은 우정을 맺은 것도 이해할 수 없었다. 하지만 저 절대자는 그런 존재였다.

누구도 그 뜻을 알 수 없었다.

"뭐… 상관없겠지."

검은 파라오는 생각했다. 자기만 절대자를 모르는 게 아니라 다들 모르니까.

'아니지, 그 발러슈테드란 자는 이해하고 있으려나.'

문득 검은 파라오는 오랜만에 그 우주에서 이름 높고 잘 나가고 있는 대신격이 보고 싶단 생각이 들었다.

풍문을 듣자니 얼마 전, 지나가던 어둠의 대군 하나를 두들겨서 노예로 삼았다고 했다. 직접 눈으로 보고 싶은 광경이었다.

"좋아. 가볼까."

검은 파라오는 몸을 돌리려다 절대자를 향해 인사했다.

"사실 저는 지금의 우주도 마음에 드는군요."

검은 파라오는 인간 하나 때문에 절대자가 우주를 이전보다 훨씬 관대하게 대하고 있음을 알았다. 수많은 문명이 꽃피는, 마치 르네상스와 같은 시기가 시작되고 있었다.

어둠의 대군의 식량이자 가축으로 참혹하게 살아가던 필멸자들의 운명이 바뀐 것이다. 이 모든 변화는 오로지 한 사람과 맺은 인연에서 출발했다.

"아무도 모르겠지. 발러슈테드, 그의 존재가 우주를 얼마나 구한 건지."

우주는 차갑지만 아름다웠다.

에필로그

마제 칼리오네.

종말의 사태 이후 나타난 마족의 절대자다. 전대 서열 1위 마왕 카이마르스의 딸인 그녀는 제국이 무너진 틈을 타 굴기했다. 그리고 이제는 새로운 절대자로 군림하고 있었다. 하지만 그런 화려함도 잠시, 칼리오네는 마음이 답답했다.

"이제 마왕은 없는가… 정말 지루하군."

거대한 대전의 황금옥좌에 앉은 그녀는 요즘 부쩍 짜증이 늘었다. 주변에 도열한 고위 마족들은 혹시라도 자기한테 불똥이 튈까 싶어 땀을 삐질삐질 흘려댔다.

마왕을 모조리 참살하고 마제의 칭호를 얻은 그녀는 성격이 안 좋기로 유명했다. 그녀의 권좌 양쪽에는 박제된 시체 두 개가 있는데 하나는 서열 1위 마왕이었던 칼투스고, 다른 하나는 서열 2위 마왕이었던 구룩할감이다. 아비의 원수를 갚은 칼리오네는 그들에게 결코 편한 죽음을 선사하지 않았다.

적어도 반 년 이상 그들은 꼬챙이에 꿰어진 채 칼리오네의 권좌 양쪽을 장식했다. 그녀는 죽어가는 자기 원수들을 좌우에 끼고 정사를 돌봤기에, 연일 전설적인 악명을 쌓아갔다. 그리고 마침내 두 마왕이 죽었을 때 영혼은 어둠의 대군에게 팔아버렸다고 한다.

"폐하…."

"뭐냐, 세작왕이라 불렸던 남자여."

파르르.

세작왕이란 말에 쿠발트는 몸을 떨었다. 그는 평정을 가장하기 위해 억지로 입꼬리를 올렸다.

"하하하, 과거의 허명이 부끄럽습니다. 왕이라니, 말도 안 될 일입니다."

과거 플젠의 마왕이었던 쿠발트는 칼리오네의 잔혹한 마왕 숙청에서 간신히 살아남았다. 그가 비텐바이어 선제후 발러슈테드와 친분이 있었기 때문이었다. 그는 칼리오네의 등극 후 살아남은 몇 안 되는 마왕이다. 나머지는 어둠의 대군의 힘을 쳐낸다는 기치 아래 모두 불타서 사라졌다.

"그건 아무래도 좋다. 아직 불로 정화할 놈들이 남아있나?"

"그럴 리가 있겠습니까. 폐하께서 모두 평정하셨는데요."

"하면 뭐냐?"

"…폐하, 대신격께서 큰 은혜를 베푸시어 이제 이 행성은 어둠의 대군과 소통하지 못하게 됐습니다. 마왕도 더는 출현할 수 없지요."

끓어오르는 심연이 잠든 이후 리켄티아투스는 우주에서 가장 특별한 장소가 됐다. 최고위 어둠의 대군조차 이곳에는 힘을 발휘할 수 없게 된 것이다. 당연히 후원도 끊어졌고, 마왕이란 직업은 사라졌다.

"현재 폐하께서만 후원을 받는 유일하신 존재입니다."

"흥!"

뻔한 아부였지만 칼리오네는 콧대가 높아졌다. 그녀는 발버둥치는 죽음과 끓어오르는 심연의 후원을 여전히 받고 있으니 그 위세가 말도 못했다.

"그러니까 짐이 심심하다 그거 아니냐. 마족 놈들을 모두 모아 제국을 세운 건 좋은데 더 할 일이 없잖나."

"폐하, 국가의 업무는 끝이 없사온데…."

"그거야 네놈들이 하는 거고."

실로 오만한 발언이었지만 딴지를 걸 고위 마족은 없었다. 그녀가 이룬 눈부신 패업(霸業) 때문이다. 종말 이후 리켄티아투스의 모든 필멸자는 최악의 처지에 놓였다.

특히 마족은 정도가 심했다. 혼란을 틈타 마왕들이 일어나 무수한 피해가 생겼다. 이걸 정리한 게 칼리오네다. 그녀는 걸리는 족족 마왕을 쓰러뜨리고 마족을 통합, 거대한 제국을 만들어냈다.

과거 인간과 마족이 섞여 살던 제국보다 남하해, 남쪽의 따뜻한 바다를 접한 넓은 지역에 새로 국가를 세웠다.

수십 년이 걸린 파란만장한 여정이었다는데 지금에 이르니 칼리오네는 할 일이 없었다. 자신은 권좌에 앉아 위엄을 과시하면 국가는 알아서 잘 굴러갔다. 유능한 신하들이 칼리오네를 두려워하며 부지런히 움직였기 때문이었다.

"아… 정말 심심하구나."

그때 신하 하나가 조심스레 의견을 내었다.

"폐하, 이때야 말로 폐하의 혼담을 마무리할 적기이옵니다. 부디 제국을 위해 후사를…."

"닥쳐라! 이놈! 또 그 소리냐!"

"히익!"

"한 번만 혼인 얘기를 꺼내면 짐이 기필코 그 혀를 뽑아버리겠다."

그 서슬퍼런 말에 놀란 신하 수십여 명이 일제히 부복했다.

"고정하시옵소서! 폐하! 신들이 잘못했나이다!"

칼리오네는 이전부터 공공연히 대신격 발러슈테드에게 시집갈 거라고 말하고 다녔다. 하지만 신하들에겐 도무지 이해가 안 되는 이야기였다.

제 아무리 마제라지만 일개 필멸자가 어떻게 대신격과 결혼한 단 말인가?

게다가 대신격은 보이지도 않는 존재였다. 다들 과거 비텐바이어 선제후였던 자가 승천해서 대신격이 된 건 알고 있다. 그리고 그가 리켄티아투스의 지존으로 군림하는 것도.

하지만 그건 신들의 이야기였다. 지상에는 하등 상관이 없어 누가 대신격이니 마니 하는 건 아무래도 좋았다. 누군가 그 자리에 있긴 한데 실제로 봤다는 이도 없고….

"에휴…."

하여 오늘도 고위 마족들은 남몰래 한숨을 내쉴 뿐이었다. 하지만 칼리오네의 이런 태도를 반기는 부류도 있었다.

헤르자모크.

과거 서열 14위 폭식과 탐욕의 마왕이었던 자다. 세작왕 쿠발트와 더불어 칼리오네의 칼날을 피했던 몇 안 되는 마왕이다.

이유인 즉, 칼리오네가 대업을 일으키자마자 일찌감치 마왕을 포기하고 돈을 엄청나게 댔기 때문이다. 선구안이 좋았고 애초에 마왕의 능력보단 금력이 강했던 자다.

개국공신으로 한 자리 차지한 뒤에는 특유의 처세술과 아부로 살아남았다. 칼리오네는 간교한 그를 못마땅하게 여겼지만, 그만큼 수완이 좋았기에 내버려두는 중이었다.

헤르자모크는 대신격 발러슈테드와도 인연이 있는데, 과거 마왕 오드가쉬가 열었던 연회에서 소시지를 탐하다 발러슈테드에게 욕을 처먹은 적이 있었다.

소시지 먹다가 혼난 마왕이었다⋯.

"헤르자모크 외무대신 각하."

"오, 왔는가. 다들 들어오게나."

헤르자모크는 외무대신으로 탄탄한 입지를 다지고 있었고 파벌도 강력했다. 오늘처럼 그의 집무실에 공공연히 모여들 정도였다. 다들 한가닥하는 제국의 고위 마족들이었다.

"자, 앉게나. 어찌하면 제국을 우리 손아귀에 넣을 수 있나를 토의하는 제41회 정기회의를 열겠다."

짝짝짝.

포도주를 돌리고 나서 화기애애한 분위기 속에서 정치꾼들의 회의가 시작됐다. 다들 꿈 많은 중년들이었다. 헤르자모크는 자기 사람들을 보며 입을 열었다.

"솔직히 여제께서 건재하시니 우리가 정권을 잡긴 무리였네. 벌써 우리의 알찬 회의가 41회나 진행됐지만, 그간 한 거라고 어느 집 과자가 더 맛있는지 알아낸 것밖에 없잖은가?"

그 지적에 다들 헛기침을 했다. 하지만 사실이었다. 칼리오네의 권력은 너무 절대적이라 뭔가 해볼 여지가 없었다.

"여제께선 개국군주로 권위도 엄청나시지. 신민들은 그녀를 존경하고 있어. 정치적으로 공격해 봐야 역풍만 맞고 말 걸세. 게다가 일신의 무력은 지상 최강. 고위 마족들이 덤벼봐야 시체의 산을 쌓을 뿐이야."

"후우…."

답답한지 누군가 한숨을 내쉬었다. 그러나 의외로 오늘 헤르자모크의 표정은 밝았다.

"하지만 최근에 변화가 일어나고 있어. 여제께선 점점 제국에 관심을 잃어버리고 있지. 선양을 생각하는 것 같드라니까?"

"제 생각도 같습니다. 다 이루신 뒤에 무력감에 빠지신 거 같습니다. 대신격에게 시집가고 싶다고 하신 것도 선양하고 싶어 그냥 억지를 부리시는 거 아닙니까? 각하."

그 말에 헤르자모크는 고개를 끄덕였다.

"본인 역시 동의하네. 선양도 하고, 혼인 얘기도 정리할 겸 그런 핑계를 대는 거야. 내가 알기로 여제께선 동성애자가 틀림없네,"

"에? 동성애자요?"

"믿을 만한 소식통에 의하면 여제의 침실에 눈부신 미녀들이 이따금씩 방문한다고 해. 여신격처럼 아름다운 여자들이라더군."

여신격처럼 아름다운 여자가 아니라, 사실 진짜 여신격들이었다. 샤르티에와 로엘린이 놀러오는 거였다. 하지만 신격의 강신이다 보니, 지상에서 제일 은밀한 장소인 여제의 침실에서 만나는 것이었다.

"과연, 같은 여자를 사랑하셨군요. 어쩐지 남자를 전혀 사귀지 않으신다 했습니다만…."

"자, 여기서 우리가 할 수 있는 일은 무엇이겠나?"

칼리오네를 상대로 직접 정치적 공격을 하는 건 자살행위다. 그런데 지금 그녀가 마음이 딴 데 가있었다. 누가 봐도 선양을 원하는 낌새였다.

"후계자 문제가 대두되겠군요?"

"옳다. 거기서 우리가 추대한 후계자가 제위를 잇는다면 어떻게 되겠나? 실로 원하는 결과가 아닌가."

"영명하십니다. 각하!"

그들이 보기에 칼리오네는 의욕을 잃고 후계자도 관심이 없었다. 알아서 추대하란 식으로 말하는 걸 들은 이도 여럿이다.

"적당한 인물이 있습니까? 납득할 만한 혈통에 저희가 꼭두각시로 삼기 좋아야할 것 같습니다."

헤르자모크는 자신하며 고개를 끄덕였다.

"물론. 적임자가 있어. 과거 폭풍과 몰살의 마르가레타에게 서열 13위 마왕 아우프가 살해된 사건을 기억하는가?"

"으윽, 별모양으로 잘라버렸다는 사건 말입니까?"

"맞네. 다시 생각해도 끔찍한 일이었지. 아무튼, 아우프에겐 손

자가 있었는데 지금은 젊고 활기찬 젊은이로 자라났지."

할아버지가 죽어버리는 바람에 그쪽 가계는 마왕과 무관해졌고 칼리오네의 숙청을 피할 수 있었다.

"그 젊은이의 이름은 베른하르트. 허영심이 강하고 멍청하지만 외형만은 근사하다네. 누가 봐도 근사한 군주감이야."

"좋아 보이는군요."

"하지만 미녀라면 사족을 못 쓰는 성격이야. 하렘을 만들어주고 쾌락에 빠지게 하면 이후 제국은 우리의 것이라 할 수 있지."

"영명하십니다! 각하!"

헤르자모크는 오늘 베른하르트가 자신을 방문할 것이라고 했다.

"정오쯤 내 집무실로 오기로 했네."

"음? 궁궐로 직접 불러도 괜찮은 겁니까?"

"등잔 밑이 어두운 법이라 이쪽이 안전해. 외무대신인 탓에 본인은 타향인을 만나는 건 늘 있는 일이야. 도리어 사택에서 만나면 의심을 살 걸세."

"과연 그렇군요."

"베른하르트는 검은 색을 즐겨 흑의공자라고 불리지. 잘생긴 사내니까 간판으로 삼긴 적당할 걸세."

다들 예감이 좋다고 생각했다. 하지만 그때, 한 가지 변수가 생기고 있었다. 바로 필멸자는 영원히 볼 일이 없을 거라고 여겼던 대신격 발러슈테드가 제국에 나타난 것이다.

"멋지게 해냈는 걸?"

나는 마족 제국의 수도를 보며 내심 감탄했다. 이 근사한 계획 도시는 여전히 곳곳이 공사 중이었다. 앞으로 수십 년은 계속될 것 같았다.

칼리오네가 참 잘해줬네. 내가 그녀에게 준 임무는 명확하다. 마왕을 죽이고 마족을 통합해 종말 이후 벌어진 난세를 평정하라는 거다. 그녀의 목적에도 부합하는 일이었다. 칼리오네는 자기 아버지의 원수인 칼투스와 고룩할감을 살려둘 생각이 없었으니까.

실제로 그녀는 내가 신들의 일로 바쁜 수십 년 동안 지상에서 큰 성과를 이뤘다. 칼리오네가 마족을 이끌고 남하한 탓에 기존 제국에 있던 인간들도 한시름 놨고. 그대로 뒀으면 수백 년 전처럼 한쪽의 씨를 말리려고 하는 인마대전이 펼쳐질 뻔했다. 큰 공을 세운 셈이니 이제 포상하려고 직접 찾아온 것이다.

"음⋯."

그나저나 어떤 식으로 찾아가는 게 좋을까? 미리 연락을 해줄까, 몰래 숨어들어 놀라게 해줄까, 아니면 정면으로 들어갈까?

사실 미리 연락하는 게 맞지만 벌써 반백년 넘게 대신격으로 지내오다 보니 인간의 예절이 귀찮다는 생각이 들었다. 솔직히 내가 이 행성계의 지존인데 궁중 예법을 지키며 방문 허락이 떨어질 때까지 기다려야겠냐 그 말이다.

몰래 숨어드는 것도 대신격의 위엄에 어울리지 않게 쫌스럽다.

결국 나는 정면으로 들어가기로 했다.

"귀하께선 누구십니까?"

궁전의 입구에 도착하자 마족 장교가 날 제지했다. 하지만 잘 차려입은 내 외형에 무례하게 굴지는 않는다. 볼 일이 있어서 온 어딘가의 귀족이라 여겼겠지.

"나는 비텐바이어 선제후인 발러슈테드다."

"네…?"

정직하게 말했는데 곧 큰 웃음이 터졌다. 장교와 병사들이 배를 잡고 웃기 시작했다.

"귀공께서 비텐바이어 선제후면 저는 지옥의 대공 페자무트입니다여. 하하핫!"

역시 믿어주질 않는군. 비텐바이어 선제후는 대신격에 오르는 전설적인 위업을 세워 지상에선 최고로 경외 받고 있다. 갑자기 본인이라고 해도 웃을 수밖에.

"해명하기도 복잡하니 잠시 잠들어 있게."

그 말과 동시에 궁궐의 입구에 있던 병사와 방문자 등 수십여 명이 일제히 쓰러졌다. 다들 백일몽에라도 빠진 듯 평화롭게 잠들었다.

나는 그들을 지나쳐 궁궐 안으로 들어갔다. 화려하고 아름다운 장소였다. 내부에 숲까지 만들어져 있었다. 나는 이곳저곳을 쏘다녔는데 워낙 귀한 차림을 하고 있어서 그런가 제지하는 이가 없었다.

"끄응… 여긴 어디람."

구경 다닌 건 좋았는데 길을 잃고 말았다. 인적이 드문 조용한 정원이었다. 출구를 찾아 헤매다 보니 한 남자를 만났다. 나랑 같은 흑의를 입은 자였다. 반가운 맘에 그를 불렀다.

"저기 말입니다."

"음?"

내 부름에 돌아본 남자는 매우 근사한 외모를 갖고 있었다. 하지만 그것만큼 교만하고 성질이 더러워보였다.

"뭐지? 감히 날 부르는 건가?"

"아니, 길을 잃어서 좀 물어보려고…."

"이런 멍청한! 그런 건 종들에게 물어보란 말이다. 어느 가문에서 온 얼빠진 놈이…."

더 들어줄 수 없던 나는 가볍게 주먹을 앞으로 뻗었다.

퍼억!

툭 쳤는데 그 젊은이는 10미터 정도 튕겨나가 정원 구석에 처박혔다.

"아, 실수했다."

때려놓고 아차 싶었다. 정말 살짝 친다고 했는데… 이런, 나도 아직 수양이 부족하군.

"저기 괜찮나?"

수풀을 헤집어서 보니 잘생긴 젊은이의 앞니가 모두 털려있어 바보처럼 보였다. 생명에는 지장이 없는 것 같았다. 뭐, 그렇다고 미안한 것까진 아니다. 게다가 목걸이나 반지가 훌륭해 손이 갔다.

"이건 어디까지나 내게 무례했던 보상인 거야. 네가 잘못한 거고 나는 착한 거야. 목숨은 살려줬잖아?"

논리는 완벽했다. 역시 나는 양심에 켕기는 짓은 하지 못한다니까. 나쁜 짓을 하면 청정한 1급수 같은 인품이 그걸 제지하거든.

"룰루랄라~."

약탈한 귀중품이 맘에 들어 착용하고는 젊은이를 수풀 속에 둔 채 나왔다. 좀 자고 나면 괜찮아 질 거다. 청년, 깨어났을 때는 교훈과 함께 일어나도록.

이 잠깐의 헤프닝 이후 다시 주변을 돌아다녔다. 그러다 새로운 지역으로 갔는데 누군가 기다렸다는 듯 접근해 왔다.

"어서 오십시오. 베른하르트 님."

그 인물이 조심스레 속삭이자 무슨 소리가 싶었다.

"웡?"

"하하하, 시치미를 떼시는군요. 하지만 그 목걸이의 문장과 흑의. 틀림없이 베른하르트 님이 아니십니까. 제 눈썰미도 이 정도면 나쁘지 않지 않습니까?"

대체 이게 무슨 소리람? 그런데 뭐랄까, 어쩐지 근사한 건수라는 느낌이 들었다. 아무리 내가 대신격이 됐다지만 사람의 근본은 어디가지 않는 법. 사기꾼의 민감한 코에 뭔가 걸린 것이다. 그래서 나는 그에게 느긋하게 웃어보였다.

"하하하, 못 당하겠군요. 맞습니다. 제가 베른하르트입니다."

이건 뭔가 건수다 싶어 바로 결정을 내렸다. 왕관을 찾아 헤매는 자의 능력인 <형상 변형>을 써, 아까 이빨을 털어버린 청년과 똑같은 얼굴로 변했다.

단순히 상대의 오해를 이용하는 것도 괜찮겠지만 좀 더 철저히 나가기로 한 거다. 오해를 이용하는 건 금방 들킬 테니 이쪽이 더 재밌다.

스으윽.

바로 코앞에서 변화가 일어나고 있었지만 상대가 인지하지 못했다. 신격의 힘이면 이런 필멸자의 인지상태에 부조화를 일으키는 건 일도 아니다.

"안내하게."

완전히 그 베른하르트란 젊은이로 변한 나는 자연스럽게 요구했다. 그러자 남자는 고개를 숙여보였다.

"물론입니다. 각하께서 기다리고 있으십니다."

그를 따라가 만난 이는 놀랍게도 외무대신이었다. 헤르자모크란 사내로 언젠가 한 번 본 듯 낯이 익었다. 어디서 봤더라? 왜 갑자기 소시지가 떠오르지?

"어서 오게나! 공자!"

그는 내가 베른하르트라는 인물임을 믿어 의심치 않았다. 그의 능력으로 형상 변형을 간파하기란 불가능하니까.

"후후."

가볍게 웃음이 나왔다. 생각지도 못한 사이에 정략의 한 가운데로 말려들다니. 하지만 지금까지 늘 그랬던 것처럼 형편에 어울리는 연기가 숨 쉬듯 자연스레 나왔다.

"다시 뵈니 좋군요. 각하."

"물론이야. 자, 여기 앉게."

내게 포도주를 권한 그는 바로 본론에 들어갔다.

"이전에 우리가 비밀스럽게, 그리고 충분히 협의한 것에 대해 어떻게 생각하나?"

"으음……."

무슨 소린지 몰라 일단 말문을 흐리며 고민하는 척했다. 나 정도의 사기꾼은 모르는 얘기가 나왔다고 당황하지 않는다. 내버려두자 상대가 알아서 말을 이어갔다.

"부디 이 기회를 놓치지 말게. 제국의 후계자로 추대 받을 수 있는 건 아무에게나 찾아오는 일이 아니야."

그렇게 된 거였나. 아무래도 칼리오네가 모르는 사이에 후계 문제로 발 빠르게 움직이는 이들이 있었군.

"각하께선 여전히 저를 황위를 이을 후계자로 추대하고자 하시는군요?"

상황을 파악한 나는 천연덕스럽게 물었다.

"두말할 필요도 없지. 이 제국은 번창했지만 후계구도는 언제 터질지 모르는 폭탄과도 같아. 여제께서 선양을 원하시는 지금 제국은 새로운 주인을 필요로 하고 있어."

말만 들어보면 우국충정이 넘쳐나는 것 같다. 그러나 실상 자기 욕심 때문이었다. 베른하르트란 젊은이를 꼭두각시로 내세워 실권을 잡고 싶은지, 듣기 좋은 얘기만 하고 있었다. 하지만 군주의 위치에 있어 본 나는 저게 다 생 거짓말이란 걸 알 수 있었다. 어찌나 언변이 교묘한지 경험이 부족한 청년이라면 혹해서 넘어갔겠지.

"감사한 말씀입니다만 쉽게 결정할 일이 아니군요. 생각할 시간이 필요합니다."

일단 한 번 빼자 그는 고개를 끄덕였다.

"알겠네. 하지만 우리가 충분히 협의했으니 너무 오래 기다리게 하진 말게. 일단 수도의 여러 행사에 참여하며 생각해 보게. 자네가 결정을 내려도 넘어야 할 관문이 많아."

"맞습니다. 어찌 그 모든 게 하루아침에 되겠습니까? 하지만 각하께서 나라를 걱정하는 마음만은 알겠습니다."

내 말에 그는 책상에 손을 짚고 고뇌하는 표정을 짓는다.

"나라를 생각하는 건 쉬운 일이 아니지. 그걸 실천에 옮기는 건 더더욱 어려운 일이고."

"…지랄하네."

"음?"

"아닙니다. 감탄사해서 혼잣말이 나왔습니다."

작게 중얼거려 들리진 않았을 거다. 헤르자모크도 못 들은 듯 고개를 끄덕이며 함께 나라를 위해 할 수 있는 일을 하자고 해왔다. 하여 나는 감탄한 얼굴로 말했다.

"각하께선 역사에 충신으로 남을 것입니다."

상황이 재밌었기에 나는 며칠간 외무대신의 근처에 머물렀다. 그제 앞니가 하나도 없는 청년 하나가 자신이 진짜 베른하르트라고 주장했는데 볼기만 맞고 쫓겨났다고 한다.

"우스운 일이군요. 여기 진짜 베른하르트가 있건만."

"어딜 가나 진짜 행세하는 사기꾼이 있기 마련이야. 신경 쓸 거 없네."

"감사합니다. 헤르자모크 각하."

"참, 오늘 밤에 궁궐에서 무도회가 열리네. 참석해야지? 자네를 보고 싶다는 사람이 많아."

내가 그의 뜻대로 하겠다는 듯한 뉘앙스를 풍겼기에 날 여기저기에 소개해 주려는 것 같았다.

"거절할 이유가 없지요. 여제께서도 오십니까?"

"그분이라면, 잠깐 얼굴을 보이신 뒤 돌아가시네."

칼리오네는 모습을 변형한 날 알아볼 수 있을까? 아마 같은 왕관을 찾아 헤매는 자라서 가능하지 싶었다. 하면 그녀는 어떤 반응을 보여줄까? 자리에서 벌떡 일어날까? 여러 가지로 기대가됐다.

"즐거운 마음으로 참석하겠습니다."

수도의 궁전에선 정기적으로 화려한 무도회가 열렸다. 제국 귀족들에겐 즐거운 행사였다. 딱 한 가지만 빼고.

"흐으…."

상석에 앉아 뚱한 표정을 풀지 않은 마제 칼리오네가 문제였다. 그나마 금방 자리에서 일어날 거란 게 다행이랄까. 귀족들은 마음을 졸이며 그녀가 떠나길 기다렸다.

"폐하, 고운 얼굴에 주름집니다."

"흥, 봐줄 님도 안 오는데 무슨 상관이더냐?"

"제국을 이루셨으니 이제 금방입니다."

마제의 곁에 충직하게 서 있는 이는 지아꼬모 알비노. 보통 세뇨르 까삐딴이라고 불리는 남자다. 올해 112세인 이 노인은 탁월한 경지에 오른 탓인지 여전히 신체가 강건했다.

특히 40년 전에 숙적이었던 지라드 티볼트와의 결투에서 승리한 뒤 큰 깨달음을 얻어, 이제 인간과 마족을 통틀어도 그처럼 훌

룡한 검객은 찾아보기 힘들었다.

"그러고 보니 까삐딴. 그대가 짐의 곁에 머문 지도 오래됐구나."

"생각해 보니 그렇군요. 과거 폐하께서 페자무트의 영지인 브장송을 토벌하기 위해 출병할 때부터 모시고 있군요. 폐하의 은혜 하늘과 같사옵니다만 이제 신은 노쇠해졌으니 사직을 허해 주십시오."

지아꼬모 알비노는 10년 째 사직을 요청하고 있었지만 칼리오네는 들어주지 않았다.

"또, 또 그런 소리를 한다. 짐이 대신격과 결혼하는 걸 보기 전까진 어림없다."

그렇게 여제가 총신(寵臣)과 잡담하며 어느 타이밍에 도망칠지 각을 재고 있을 때, 주목을 끄는 젊은이가 나타났다.

흑의 차림의 준수하고 멋진 청년이었다. 정계의 실세로 평가받고 있는 외무대신이 직접 데려와 소개 중이었기에 단번에 주목을 끌었다. 꼭 외무대신의 후원이 아니라도 그 젊은이는 모두의 시선을 잡아끄는 게 있었다.

"음?"

칼리오네는 별 생각 없이 그 젊은이를 봤다. 잘 생기긴 했지만 자신이 사랑하는 사람에 비해….

"주군?"

벌떡.

칼리오네는 자리에서 일어났다. 그녀는 눈을 크게 뜨고는 몸을 파르르 떤다. 틀림없다. 얼굴을 바꾸고 있었지만 그토록 자신이 기다리던 그 사람이었다.

"폐, 폐하?"

이 갑작스러운 모습에 근처에 있던 신하들이 놀라서 굳어버렸다. 그들은 대체 무엇이 이 위엄 넘치는 지배자를 저리 놀라게 한 건지 알 수가 없었다.

하지만 칼리오네는 대답도 없이 앞으로 성큼성큼 걸어갔다. 그리고 결코 그녀의 입에서 나올 것이라고 생각되지 않는 애교 넘치는 목소리로 소리쳤다.

"주군! 주구-운!"

한껏 콧소리를 내며 귀여운 척하고 있었기에 칼리오네를 오래 보필해 온 노신들은 경악을 금치 못했다.

"폐하가 미쳤다!"

자신들의 군주가 뭘 잘못 먹고 정신이 나가버린 게 틀림없었다. 심지어 마제는 볼은 사랑스러운 핑크빛으로 달아올라 있었다.

"마, 마법인가!"

"분명 저주에 걸리셨다! 흉수가 누구냐!"

"근위대! 적습이다!"

하지만 그러거나 말거나 칼리오네는 남의 시선은 조금도 신경 쓰지 않았다. 그리고 흑의의 젊은이에게 달려가 있는 힘껏 그를 껴안았다.

"아! 정말 주군이구나!"

주변에 몰려있던 자들은 귀신이라도 본 것처럼 얼어붙어버렸다. 마제 칼리오네. 심심풀이로 마왕을 하나씩 잡아다 태워죽이던 절대자. 반항하는 자는 삼족을 멸해버리는 학살자. 일신의 무력도 지상최상의 존재.

그 살아있는 마족의 전설이 헤실헤실 웃으며 한껏 아양을 부리고 있었다. 심지어 엉덩이를 살랑살랑 흔들면서.

"주군! 왜 이제 왔느냐! 기다리고 있었다!"

"칼리오네, 안 본 사이에 더 귀여워졌네."

"응! 응! 그렇다. 어서 머리를 쓰다듬어주라!"

더욱 터무니없는 건, 그 흑의청년이 마제를 이름으로 부르고 강아지처럼 머리를 쓰다듬는다는 사실이었다. 심지어 턱을 손가락으로 간질였다. 그러자 마제가 꺄르르! 웃으며 좋아했다.

"음… 아무래도 꿈인 거 같군. 꿈이라면 한 잔 마셔도 좋겠지."

평생 술을 끊기로 맹세한 신사 하나가 주변에 있던 와인잔을 들어 벌컥 들이켰다.

"제가 생각해도 꿈입니다. 꿈이라면 고백해 봐도 좋겠지! 로하나 부인! 사랑합니다!"

"이런 미친놈이! 왜 남의 부인한테 고백이야!"

상황이 혼란으로 치닫던 그때 흑의청년의 가슴에 고양이처럼 얼굴을 비비던 칼리오네가 버럭 화를 냈다.

"이 무례한 녀석들! 이분이 누군지 알고 시끄럽게 떠드는 것이냐!"

당연히 알 리가 없다. 하지만 그들은 마제의 성격은 잘 안다.

"죽여주시옵소서!"

생존법에 숙달한 신하들(여태 궁정을 지키고 있다는 게 그 증거다. 눈치 없는 애들은 이미 교수대로 갔다)은 일제히 반사적으로 엎드렸다.

하지만 누구도 눈앞의 흑의청년이 대신격이란 말은 믿지 않았다. 대신격에게 시집을 가겠다, 가겠다 하더니 결국 미쳤다고 여겼다.

"부끄럽네. 대신격인 걸 밝혀버리다니."

"주군, 주군의 위엄을 어서 보여다오."

이미 칼리오네를 만났으니 연기는 이 정도 하면 될 거 같았다. 리켄티아투스에서 유일하게 인과율에서 자유로운 자가 있으니 바로 이 몸이다. 나는 이 행성계 안이라면 무슨 짓을 해도 상관없었다.

번쩍.

빛이 반짝이며 진신을 드러내야 휘황찬란한 광휘가 뿜어졌다.

"아니! 세상에!"

"진짜 신격이시다!"

그제야 마족들은 혼비백산해서 이마를 땅에 닿을 정도로 숙였다. 잠깐 드러낸 힘은 드래곤조차 날도마뱀으로 만들 정도라, 기절한 이가 여럿이었다.

"들으라."

내가 목소리에 힘을 담아 말하자 마족들은 모두 덜덜 떨면서 대답했다.

"말씀하십시오. 위대한 분이시여."

"내 오늘 너희에게 하나 알릴 게 있어 직접 온 것이다."

"저희가 듣겠나이다."

"일찍이 마제를 너희에게 보낸 건 나의 뜻이다. 종말의 때 이후 마족의 처지를 가엾게 여겼기 때문이다. 하여 마제로 하여금 이곳에 건국하게 했으니 부디 내 뜻을 헤아리라."

그제야 마족들은 신생 제국이 행성의 절대자가 한 안배였단 사실에 감탄을 금치 못했다.

"마제 칼리오네는 수많은 마족의 안녕을 돌보기 위해 국가란 울타리를 세워, 그 공덕이 실로 크다. 하여 신격으로 승천하게 할 것이니 이제 그대들은 후계자를 공정한 방식으로 뽑으라."

대신격이 와서 마제가 승천할 거라고 알리자 다들 충격에 빠졌다. 히스테리가 심하긴 했어도 전설적인 창업군주다. 제국의 간판이나 다름없는데 갑자기 사라진다고 하니 당혹할 수밖에.

하지만 내 얘긴 아직 안 끝났다.

"참, 한 가지. 이 몸이 제국에 와서 재밌는 이야기를 들었다."

그리 운을 뗀 나는 웃으며 헤르자모크를 봤다. 그는 이미 사색이 돼있었다. 자기가 꼭두각시로 생각하던 자가 대신격이었을 줄은 누가 알았겠나.

"어떤 신료는 후계자에 관해 적극적인 생각을 갖고 있더군."

주위에 엎드려 있던 마족들은 내 시선이 어디로 향하는지 민감하게 눈치채곤 즉각 행동에 들어갔다. 무릎을 꿇은 채 슬금슬금 움직여 헤르자모크 일당에서 멀어졌다.

"소, 소인은 그저!"

헤르자모크는 제대로 변명도 하지 못하고 울기 직전이었다. 설마 대신격에게 찍혔을 줄은 생각도 못했겠지. 이 행성에서 가장 운 없는 남자라고 할 수 있었다.

하지만 최근 나도 성격이 바뀌었다. 그간 악랄하게 남을 쓰러뜨렸다면 이제는 사랑과 배려의 아이콘으로 거듭나는 중이다.

최근 내 마음 속의 동정심을 재발견했다. 오늘 이후 내가 태양처럼 따뜻하고 다정하다고 소문나겠지. 그래서 그에게 걱정할 것 없다는 표정을 지어보였다.

"그 자가 바로 저 외무대신이다. 직접 애기를 해보니 참으로 충신이었다."

내가 이렇게 말하자 모두 의아한 표정이 됐다. 심지어 칼리오네조차 무슨 말이냐는 표정이었다.

"그는 밤이나 낮이나 제국 걱정뿐이더군. 심지어 이번에 자신의 파벌과 함께 제국을 위해 전재산을 내놓겠다고 하더군."

"아니! 그럴 수가!"

다들 놀라서 입을 벌렸다. 저 탐욕스러운 외무대신이 재산을 전부 토해내겠다니. 대신격이 말하는 거지만 믿기지 않는다는 표정이었다. 하지만 대신격의 말은 이전까지 없던 걸 진실로 바꿔버리는 힘이 있었다.

"내 말이 틀렸는가? 외무대신?"

확인 차 그에게 물었다. 그는 이미 땀을 비오듯 흘리고 있었다. 여기서 반대하기란 불가능했다. 대신격을 망신 주는 데다, 그랬다가는 울컥한 내가 자기 일을 다 까발릴 테니까.

반면 긍정하면 명예로운 패배가 기다리고 있었다. 입술을 깨물던 헤르자모크는 자신의 이름이라도 지키기로 결단을 내렸다.

"대신격께서 하신 말씀은 모두 사실입니다! 이 헤르자모크, 제국의 앞날을 위해 전 재산을 내놓겠습니다! 크흑!"

겉보기에는 실로 애국심에 넘쳐나는 대신 같다. 하지만 저건 피눈물을 흘리고 있는 것이었다. 그리고 나는 기왕 피눈물 흘리는 김에 좀 더 울라고 막 던졌다.

"들으라! 그는 그걸로 그치지 않고, 재산을 다 내놓은 뒤에는 순례자가 되어 봉사활동을 할 것이라고 했다!"

"오오!"

이쯤되자 마족들도 눈치를 채고 열렬히 박수를 보낸다. 눈앞에서 강력한 경쟁자가 떠내려가고 있었으니 박수를 치는 손에 힘이 들어가 있었다.

"크흑… 그, 그렇습니다."

헤르자모크 지가 무슨 깡으로 대신격이 공언한 걸 반대하겠나. 고개를 끄덕이는 것 말고는 도리가 없었다. 나는 활짝 웃으며 그를 힘차게 안아줬다.

"정말 이런 신하가 있다니 제국의 앞날은 창창하겠구나."

그리고 그의 귓가에 속삭였다.

"이보게, 내 그랬잖나. 자네는 역사에 충신으로 남을 거라고."

마침내 헤르자모크는 소리 내며 눈물을 쏟아냈다.

"으헉! 흐으억! 흐아아앙!"

나는 그의 손을 잡아줬다. 권력을 노리던 손아귀가 이제는 볼품없이 파르르 떨리고 있었다.

"원, 사람도 참. 제국을 위해 뭔가 할 수 있어 그렇게 기쁜 건가?"

"흐아앙, 무, 물론입니다!"

주변에서 박수가 터지며 헤르자모크의 결단에 찬사를 보냈다. 나 역시 그에게 박수를 쳐줬다. 오늘도 이렇게 한 사람을 선한 길로 인도했구나.

"흐으윽! 망했어… 이제 나는 망했다고. 으허허헝."

진심으로 기뻐하는 듯해서 마음 한켠이 찡해졌다.

역시 나도 아직 무르구먼(코쏙). 후후.

그날 밤 여제의 침실로 초대받았다. 칼리오네는 내 팔에 매달려서 눈을 반짝반짝 거리고 있었다.

"직접 여기 온 건 처음이군. 그간 무심해서 미안해."

"솔직히 너무했다. 주군."

"할 말이 없네. 대신 승천하고 나면 늘 함께니까."

"그건 마음에 든다. 자자, 이쪽으로 들어오면 된다."

과연 칼리오네의 침실은 어떻게 생겼을까? 여제의 품격이 느껴지는 화려하고 우아한…….

"흠!"

들어가자마자 예상은 철저히 빗나갔다. 나직한 신음이 흘러나왔다.

"주군! 어떤가! 내 사랑이 느껴지는가?"

어째서인지 안에는 내 그림이 가득했다. 칼리오네는 최고의 화가에게 그걸 그리게 했단다. "

"모두 내 기억 속의 주군을 재현한 것이다."

"…너, 너무 미화한 거 같은데?"

"일단 이건 처음 만났을 때 주군이 내 미모에 반해 청혼하는 장면이다."

"그런 적 없는데!"

"부끄러워 하기는."

칼리오네는 다 안다는 듯한 표정으로 웃으며 기어코 모든 그림을 소개했다.

"마지막으로 이 장면은 주군이 무덤에서 웅크리고 있는 자를 베어 죽이는 걸 그렸다."

무덤에서 웅크리고 있는 자와의 싸움은 베어 죽이기는커녕 목숨 걸고 손가락 하나 겨우 잘랐다. 심지어 그것 때문에 죽음의 문턱까지 갔었고.

뭐랄까, 이곳에는 원래와 다른 역사가 펼쳐지고 있었다.

여기 있는 나는 모든 걸 무찌른 용사이자, 칼리오네와 세기의 연인 같은 장면을 연출하고 있었다. 세상에, 이 녀석 머릿속이 이렇게 꽃밭이었다니.

"자, 잠깐? 이 그림은 뭐야?"

개중엔 상당히 위험한 그림도 있었다. 내가 사악한 얼굴로 칼리오네의 옷을 찢고, 울고 있는 그녀를 마구 주무르고 있는……. 맙소사.

이건 뭐랄까. 변명의 여지가 없을 정도로 순결한 처녀를 욕보이는 색마 그 자체였다. 하지만 이어진 칼리오네의 설명이 더 가관이었다.

"주군과 나의 첫날밤이다. 헤헤."

"뭐?"

어이가 없어서 턱이 빠질 것만 같았다. 칼리오네와의 첫날밤은 내 기억에 의하면 로맨틱했었다. 나름대로 그녀를 위해 꽤 애를 많이 썼다. 게다가 당시 나는 너드(Nerd) 물이 안 빠져서 칼리오네의 복잡한 드레스를 풀지 못해 끙끙거렸던 게 기억난다.

"끓어오르는 심연에게 맹세하는데… 결단코 저런 일은 없었다."

풋풋한 사랑이 느껴지던 귀여운 추억이었다. 저기 눈깔이 뒤집혀서 칼리오네의 은밀한 곳을 마구 능욕하는 마귀사탄은 내가 아니다.

"설마 저거 샤르티에랑 로엘린도 본 거야?"

"응! 와서 보고는 꺄꺄! 거렸다."

"……."

그러고 보니 몇 년 전에, 샤르티에와 로엘린이 날 이상한 표정으로 보며 피하던 때가 있었다. 로엘린은 아직 저에겐 일러요! 하며 도망 다녔고, 샤르티에는 볼을 붉힌 채 우물쭈물거렸다.

"설마 범인이 너였냐!"

"으아아악! 아프다! 주군! 관자놀이는 아픈 것이다!"

"어서 저 그림 안 치워?"

"싫다. 시러어! 주군은 내게 할 말이 없는 것이다."

"윽!"

영악하게 미안한 점을 적극적으로 파고들어오는군.

"끄응… 이제부터 잘 해줄 테니까."

"말 몇 마디로 쉽게 풀 거라고 생각하지 마라. 주군."

"그럼 어떻게 해야 하는데?"

"간단하다. 그저 내 소소한 요구만 들어주면 된다."

갑자기 불길한 느낌이 들었다. 하지만 뭐라 대답하기도 전에 칼리오네가 내 손에 수갑을 채웠다.

"어?"

뭐하려고? 사실 이런 수갑이야 금방 끊어버릴 수 있지만 그랬다가는 칼리오네의 입이 잔뜩 튀어나올 터.

"흐히히."

"칼리오네 씨? 웃는 게 좀 이상해졌는데?"

툭.

칼리오네는 대답대신 나를 여제의 넓은 침대로 밀어 쓰러뜨렸다.

"주군이 없어서 침대에 빈자리가 크게 느껴졌었다."

"아니, 그게 아니라 이 침대가 퀸사이즈…, 아니 엠프레스 사이즈라서 아닐까?"

"가만히 좀 있어봐라. 주군."

어째서인지 칼리오네의 눈동자가 탁하기 그지없었다. 완전히 욕망으로 물든 모습이었다.

"츄릅."

입가에 흘러내린 침을 손등으로 스윽 닦으며 다가왔다. 그녀의 말랑거리는 몸이 숨 막힐 듯 바짝 붙어왔다.

"괜찮다, 주군. 해치지 않으니까. 그냥 맛만 좀 볼 뿐이다."

그리 말한 칼리오네는 화려한 왕관을 벗어 탁자 옆에 올려놓는다.

"정 못 견디겠거든 이 왕관의 보석이라도 세고 있으면 된다."

"아, 아니! 칼리오네!"

"반항하는 게 귀엽다. 주군. 하지만 하반신은 그 입과 다르게 정직하구나."

"대체 어서 그런 대사를 본 거야."

"사드 후작이다. 흐흐흐."

사드 후작, 이 풍기문란한 새끼!

제때 목을 매달지 못한 게 한이다. 하지만 이제 그 양반은 늙어 죽어 분풀이 할 곳도 없었다. 곧 칼리오네의 섬섬옥수(纖纖玉手)[2]이 내 몸 이곳저곳에 마치 거머리처럼 끈적끈적하게 달라붙어 오기 시작했다.

"사, 살려줘!"

칼리오네의 침실에 나흘간 연금됐다가 간신히 풀려났다.

"무언가 소중한 걸 잃어버린 기분이야."

아내가 될 여자의 탐욕 앞에 대신격의 존엄은 지켜질 수 없었다. 아직도 온몸에 집요하고 욕정어린 손길이 느껴졌다. 마치 민달팽이처럼 끈적이고 농밀한….

됐다. 이 이상의 묘사는 그만두자. 19금이 될 뿐이니까.

그나마 다행인 건, 칼리오네는 후계자를 뽑고 승천까지 해야 했기에 바빠서 날 더 붙잡을 수 없었다. 나는 그 틈을 놓치지 않고 마족의 제국을 탈출했다.

목적지는 인자한 어머니가 다스리는 보덴 호. 보덴 호는 지난 종말의 때에 재앙을 피해간 몇 안 되는 장소다. 당시 인자한 어머니는 많은 피난민을 받아들여 유명해졌다.

남쪽에 있는 마족 제국에서 며칠간 북상하면 보덴 호다. 순간

---

2 가냘프고 고운 여자의 손을 이르는 말.

이동으로 잠깐이지만 여행의 즐거움을 느끼기 위해 말을 타고 이동했다.

"필리, 이 녀석. 힘이 넘치는구나."

말의 수명을 한참 넘기고도 필리는 여전히 튼튼했다. 예전에 그로스글로크너에서 500년 묵은 맨드레이크를 마구 먹어서 그런 게 틀림없다. 평생 한 번 만날까 말까한 영약을 사료처럼 먹었으니 필리는 반쯤 영물로 변해버렸다.

"히이이잉!"

"그래, 그래."

며칠 뒤 보덴 호가 나타났다. 이번에는 미리 연락을 했기에 엘프 근위대가 나와 각별한 예로 맞아줬다. 나는 바로 인자한 어머니를 만나러 갔다.

"서방님, 어서 오세요. 방문해 주시어서 정말 기뻐요."

그녀는 예전과 하나도 달라지지 않았다. 티 하나 없이 깨끗하고 여신처럼 우아한 모습 그대로였다.

"잘 있었어?"

"다시 찾아주시기만 기다렸답니다."

"늦어서 미안해. 하지만 이제 작별 인사할 일은 없을 거야."

이제 정수를 줄 테니 승천할 때가 왔다고 말해줬다. 그러자 인자한 어머니는 기뻐하면서도 뭔가 걸리는 게 있는 기색이었다.

"왜 그래? 얼굴에 근심이 묻어있어."

"그게 말이죠… 사실. 현재 호수들의 오염이 심해져서요,"

이유를 들어보니 종말의 때 이후 흘러와 정착한 이가 많아서란다. 아무래도 호수 근처에 인구가 늘면 생활용수나 분변 등으로 수질도 떨어질 수밖에 없다.

"아까 보니까 여전히 깨끗하던데?"

"지금까지는 제 힘으로 정화를 해왔어요."

"고생했겠는데."

보덴 호만 아니라 서쪽으로 뇌샤텔 호까지 이 일대는 호수가 여러 개다. 그걸 다 감당했다는 거다.

"그래도 제 마력이면 가능했어요. 하지만 이제 떠나고 나면 어떻게 될지…."

"하긴 그것도 문제네. 신격이 되면 행성에 직접 끼어드는 건 무리고…. 신도들에게 주문을 내려주면 되지 않나?"

"그렇게 한데, 이 거대한 호수를 정화할 정도로 숙련된 성직자가 금방 나오지 않겠죠."

듣고 보니 맞다. 그녀가 신격이 되면 교단도 새로 출범하게 된다. 고위 성직자를 키우려면 꽤 시간이 걸릴 터. 그동안은 호수를 정화하기 힘들다는 거다.

"일단 같이 고민해 보자. 방법이 있을 거야."

"네, 서방님."

며칠 뒤, 인자한 어머니가 밝은 얼굴로 달려왔다. 그런데 거유 순산형은 뛰는 것만으로도 무서운 일이 일어났다.

출렁출렁출렁.

"헉."

참으로 요망하기 짝이 없군. 남의 심장에 무리가 오는 것도 모르고 마음껏 흔들리고 있다니.

"서방님! 마침 정화의 공백을 메울 적절한 마법 물품을 찾았어요. 물질계에 있는 것 중에는 최고 수준의 정화력을 갖고 있다고 해요."

"잘 됐네. 이름이 뭐야?"

"글러먹은 여신의 눈물이라는 거예요."

"음? 글러먹?"

어째 이름이 좀 그랬지만 능력만큼은 확실하다고 했다.

"어디서 구할 수 있는데?"

나는 기꺼이 그걸 구하는 걸 돕겠다고 했다. 그 '글러먹은 여신의 눈물'만 있으면 인자한 어머니도 맘 놓고 승천할 수 있을 테니까.

"리켄티아투스에서는 없어요. 드래곤 옥션에 이번에 올라온 물건이거든요."

"드래곤 옥션?"

내 물음에 인자한 어머니는 카탈로그를 보여주며 한쪽 구석을 가리켰다.

<글러먹은 여신의 눈물-어떤 세계의 잉여 여신이 흘린 눈물의 결정입니다. 술과 노름으로 재산을 탕진한 잉여 여신에게 압류했다고 합니다.>

"이거면 될 거 같은데 드래곤 옥션이 뭐야?"

"비밀스러운 군소차원에 콘페렌티아 드라코(Conferéntǐa Drǎco)란 도시가 있어요. 여러 행성의 드래곤이 모이는 자유도시예요."

"오, 그런 곳이 있었어?"

"네, 번화하고 멋진 장소죠. 드래곤만 방문이 가능하지만 드래곤 당 한 명을 초청해 대동할 수 있어요."

드래곤들이 모이는 사치스럽고 화려한 도시라…. 흥미가 동하는 걸.

"드래곤들이 자기 세계에서의 근엄함을 집어 던지고 향락에 빠져드는 곳이에요. 다들 인간이나 유사인간의 형태를 하고 도시를 거닐죠."

일종의 테마파크 비슷한 건지도 모르겠다. 평소와 다른 모습으로 놀 수 있다는 점에서 말이다.

"그곳에는 온갖 시설이 다 있답니다. 드래곤 옥션도 그중 하나예요. 각 행성계에서 모인 진귀한 보물들이 출품되고 있어요."

"보통 경매장이랑은 차원이 다르겠는데? 드래곤들은 돈이 많기로 유명하잖아."

"그래서 여신의 물건도 구할 수 있는 거예요."

확실히 그건 그렇군.

"뭐 망설일 거 있겠어? 가보자고. 돈이라면 걱정 마. 우주 제일의 갑부가 나니까."

끓어오르는 심연의 천문학적인 재산을 받아 돈이라면 정말 주체할 수 없을 지경이다. 내가 돈 걱정은 말라고 장담하자 인자한 어머니는 기쁜 기색이 됐다.

"고마워요. 서방님. 돈 문제가 근심이었는데."

그럴 수밖에 없는 게, 인자한 어머니는 종말 이후 수많은 유민을 돌보는데 가진 재산을 다 써버렸다. 승천하기 전 마지막까지 남은 자기 백성들을 걱정할 정도로 다정한 성품의 여성이었다.

돈 때문에 꽤 걱정한 거 같은데 내가 해결해주겠다고 하자 정말 고마워서 몇 번이고 감사해왔다.

"우리 사이에 그럴 거 없어."

"아니에요. 정말 감사해요. 서방님."

쇠뿔도 단김에 빼라고 우리는 바로 차원이동을 해 콘페렌티아 드라코에 도착했다.

"와, 이런 곳이 다 있었군!"

정말 별세계였다. 테마파크 같은 게 아닐까 싶었는데 정말 테마파크였다. 알록달록한 예쁜 집들 사이로 저마다 화려한 복장을 한 남녀가 신 나게 돌아다니고 있었다.

"저들이 다 드래곤이란 그거지?"

"네, 보면 뿔이 돋아 있잖아요?"

"그러네."

사방의 신기한 광경에 정신이 팔려 구경을 다녔다. 경매는 어차피 내일이기에 데이트나 다름없었다. 우리는 팔짱을 끼고 이 자유도시의 활기참을 한껏 만끽했다. 한데 그때 묘한 소리가 들려왔다.

"한 푼만 줍쇼… 한 푼만…."

응? 이게 무슨?

"이 가난한 노숙인에게… 한 푼만 적선해 줍쇼…."

묘한 기시감이 느껴졌다. 전에도 한 번 겪어 본 듯한.

"서방님, 왜 그러세요?"

인자한 어머니가 의아해하자 나는 한쪽을 가리켰다. 몰려있는 남녀 너머에서 애처로운 소리가 들려왔다.

"사흘째 굶었습니다… 부디, 빵 한 조각이라도…."

그 목소리에 인자한 어머니는 고개를 갸웃거렸다.

"이상하네요. 여긴 거지가 없는 곳인데?"

"그래?"

"돈 많은 드래곤들만 온다고요. 동행인들도 대단한 자들이고. 애초에 거지가 있을 수 없어요. 설령 거지가 나타나도 사방에서 금화가 쏟아지거든요."

그렇다면 뭐지? 더욱 의문을 품으며 소리가 들리는 곳으로 향했다. 그리고 그곳에서 아는 얼굴을 발견했다.

꾀죄죄한 행색에 볼품없는 염소수염, 머리에 돋은 마왕의 뿔.

"이럴 수가!"

틀림없이 그건 페자무트였다. 페자무트는 아직 날 발견하지 못한 것 같았다.

그는 슬픈 얼굴을 하더니 자리에서 일어나 골목으로 들어갔다. 분명히 그 안은 쓰레기들이 쌓여있는 곳이다. 잠시 뒤 페자무트는 무언가를 챙겨서 거리로 돌아왔고, 나와 눈이 딱 마주쳤다.

툭.

페자무트 손에서 남이 뜯다 만 갈비뼈를 떨어졌다. 나는 입을 열지 못하는 그에게 간신히 물었다.

"…형이 왜 거기서 나와."

페자무트에게 자초지정을 물었다.

"형, 어떻게 된 거야?"

지난 반백 년간 페자무트와는 꽤 유대가 깊어졌다. 그래서 형

동생하는 사이가 됐다.

"…그게 말이지."

"내가 임명한 지옥의 대공이 왜 여기서 거지꼴을 하고 있는 건데?"

페자무트는 면목 없다는 얼굴을 감추지 못했다.

"어서 말하는 게 좋을 걸? 이렇게 걸린 이상."

"알겠네. 흐…."

그가 털어놓은 사연은 황당하기 짝이 없었다.

"지옥 발전기 때문이라고?"

"맞네."

나는 그에게 신생 리켄키티아투스 지옥의 총괄을 맡겼는데(이전 지옥의 영혼들은 만신전 대탈주 때 소실해, 어둠의 대군들이 대부분 먹어치웠다), 얼마 전에야 구획 정리나 인테리어 공사가 끝났다.

지옥이란 게 설비 측면에서 힘든 부분이 많았다. 행정적으로 정비도 많이 필요했고. 뭣보다 선배 신격들이 모두 도망가서 노하우 하나 없이 맨땅에 헤딩해야 하는 상황이었다. 공사 과정에서 시행착오가 계속됐고 결국 수십 년 걸려버렸다.

내부적으로 다른 행성계의 지옥 모델을 들여오자는 얘기가 많았는데, 그랬다가는 천 년, 만 년 로열티를 줘야 했기에 나는 국산화를 밀어붙였다.

우리 지옥, 우리 손으로.

이 얼마나 훌륭한가? 결국 페자무트는 수십 년간 제대로 잠도 못자고 일했고 성공적으로 결과를 냈다. 그리고 마지막 작업이 남았으니 그게 지옥 발전기다.

지옥 발전기는 지옥의 핵심 부품이다. 흔히 지옥의 이미지인 불고문의 동력원이라 할 수 있다. 그 외에도 지옥 주민들의 복리후생을 위해 다방면으로 쓰인다.

"원래 내가 1억 명 규모의 발전기로 알아보라고 했잖아? 리켄티아투스는 인구가 적어서 아직 지옥이 클 필요가 없다고."

제국뿐 아니라 다른 대륙에 있는 자들까지 수용해도 1억이면 차고 넘친다. 앞으로 몇 세대는 더 내려가도 지옥의 공실률은 그대로일 거다.

무슨 미분양 사태도 아니고….

"그랬지. 하지만 기왕이면 큰 게 좋지 않나?"

페자무트의 말에 나는 불안감을 느꼈다.

"발전기 구매 예산에 제한이 있을 텐데?"

지옥 발전기는 라 만차(La Mancha)라고 불리는 공업행성에서 주로 구매한다. 끝내주게 비싼 물건이라 신격 혼자선 엄두도 못 내고, 보통 법인 등록한 만신전에서 투자금 처리한다. 그러면 나중에 법인세 신고할 때 꽤 이득이 있어서 어둠의 대군에게 상납할 영혼을 팍 줄일 수 있다고.

물론 완전 독립한 리켄티아투스와는 관계없는 얘기다. 우주 그 자체라고 할 수 있는 끓어오르는 심연이 뒤를 봐주고 있으니까.

"설마 자금을 유용한 거야?"

"그럴 리가 있나, 동생. 내 아무리 그래도 그 정도 막장은 아니라네."

페자무트가 예측불허긴 하지만 그를 신임하는 데는 묘하게 스스로 긋고 넘어가지 않는 선이 있어서다. 그는 의외로 마왕 시절부터 한 번도 비리를 저지르지 않은 청백리였던 것이다. 정말 놀랍게도.

페자무트가 까였던 건 특유의 무능함 때문이지 공금을 횡령한 적은 없다. 그는 늘 좋은 마왕이 되고 싶어 했다. 실제로 그를 늘 곁에서 본 오크 노신들은 마지막까지 목숨을 바치지 않았던가. 아마 남들이 보지 못했던 페자무트의 장점을 알던 거겠지. 오크들이 의리가 있다고 해도 가치 없는 자를 평생 모시지 않는다.

"형이 그러지 않았을 거라고 믿어."

페자무트라면 투자금으로 장난치지는 않는다. 게다가 그의 통통볼 같은 행동 때문에 신뢰하는 12리치들을 감시역으로 붙여 놨다. 12리치들이 같이 있으니 별 문제 없으리라고 여겼는데….

"대체 뭔데? 그럼."

"…욕심을 냈던 게 문제였네."

페자무트는 몇 달 전 공업행성 라 만차를 방문했는데, 행성의 주인인, 기사 중의 기사 돈키호테(Don Quixote) 경과 큰 내기를 하게 됐다고 한다.

여기서 그는 특유의 신기묘산으로 대단한 승리를 거뒀다고 한다. 심지어 돈키호테 경에게 '지략의 페자무트'란 경애 어린 호칭도 받았다고.

"과, 과연 대단하네…."

입술을 질근질근 깨물던 나는 그의 책략이 하늘에 닿았다는 걸 인정할 수밖에… 는 개뿔. 또 뭔가 황당무계한 짓거리를 실컷 하고 왔나 보구나. 그 꼴을 못 본 게 아까울 정도다.

"그래서 어떻게 됐는데?"

"내기로 받은 상금 외에도 돈키호테 경은 호의를 베풀었지. 내가 지옥 발전기를 사러 온 걸 알고는 더 좋은 제품은 같은 값에 팔겠다더군."

이에 페자무트가 한껏 의기양양하게 콧대를 드높인 건 말할 필요도 없다. 그는 무려 20억 명이나 감당할 수 있는 발전기를 사온 것. 대단한 성과긴 했다. 소형차 살 돈으로 슈퍼카 사온 셈이니까.

"당연히 크게 환대받을 줄 알았는데 아니더군."

12리치들은 오히려 황당함을 감추지 못했다고.

"지옥의 설비 자체가 1억 명 규모로 지어져있네. 추가로 수용이 필요할 때는 다른 구역을 새로 조성하는 걸로 계획했지."

"그래서 20억 명짜리 거대 발전기가 문제가 된 거야?"

페자무트는 후회가 가득한 얼굴로 고개를 끄덕였다.

"나야 뭐 좋은 걸 가져왔는데 오히려 비난하니 열이 뻗치더라고. 억지로 발전기 설치를 밀어붙였지. 그리고 나선……."

간단하다. 수십 년간 만든 지옥이 홀랑 타버렸단다.

"그야말로 생지옥이 된 거네?"

"맞네! 본래 목적에는 충실한 아비규환이 됐….."

"아이구! 인간아!"

나는 페자무트의 염소 수염을 잡고 흔들어댔다.

"그걸 다 태워먹어! 제정신이야!"

"으으아! 아프네! 동생!"

"동생 소리가 아직 나오지?"

"그거 태워먹은 것보다 20억짜리 발전기가 더 비싸다고! 결국 이득이야!"

"이득은 니미럴!"

20억 명 짜리 발전기는 비싸기 때문에 어지간한 규모의 만신전으로는 갖출 수 없다. 문명이 오래된 거대행성에만 볼 수 있다. 확실히 대단하긴 하나 보통은 2억 명짜리 발전기 10개를 굴린다. 지옥이 확장됨에 따라 하나씩 살림살이를 늘려가는 식이다.

"발전기는 이상 없이 무사해."

"당연하겠지! 그 주위로 남김없이 태워버렸을 테니까!"

"……."

금전적으로는 여전히 엄청나게 이득이긴 하다. 페자무트가 태워먹은 것보다 20억 명 발전기가 비교도 안 되게 비싸니까.

"이후에 어떻게 된 건데? 여기까지 흘러온 과정을 얘기해 봐."

"그게 말일세…."

놀랍게도 페자무트를 보좌하던 12리치들이 난을 일으켰다고 한다. 현재 지옥에서 '12리치의 난'이 연일 화제라고. 심지어 수많은 언데드들이 동조했단다.

"그 고약한 뼈다귀 놈들이 그러는 거야. 멍청한 놈은 이제 꺼지는 겁니다. 지옥은 우리가 확실히 관리하는 겁니다. 정말 페자무트스러워서 더 봐줄 수 없는 겁니다, 라고… 흐윽!"

틀린 말은 아니군….

"그러니까 형 말은, 페자무트가 페자무트스러운 짓을 해서 페자무트 당한 거네?"

"음… 어째 본인 이름을 들었을 뿐이네만 욕을 먹은 기분이군."

"하여간 잘 한다. 12리치들한테 털리기나 하고."

12리치들이 진심으로 반역했다고 생각하지는 않는다. 페자무트에게 따끔하게 혼을 내주려고 했던 거겠지.

"면목이 없네. 그 뒤에 말일세… 여기저기 떠돌다가 슈바르체토이펠에게 재밌는 얘기를 들었어. 드래곤들만이 모이는 도시가 있는데, 엄청난 도박장이 있다는 거야."

"하이고…."

더 안 들어도 알 만하다. 쫓겨난 페자무트는 도박에서 대박을 터뜨린 뒤 돌아가려고 했겠지. 그러다 결국 거리에 내앉은 거고.

"여기서 거지꼴하고 있다면 드래곤들이 금화를 적선해 준다는데 형은 왜 이 꼴이야?"

"흠흠!"

그는 민망한 듯 헛기침을 했다.

"처음에는 따뜻한 구호의 손길이 많았네. 하지만 내가 그렇게 얻은 금화를 들고 다시 도박판으로 뛰어가자 더 이상 도와주는 이도 없어졌지."

"슈바르체토이펠은? 같이 왔을 거 아냐?"

"처음에는 돈을 좀 대주다고 내가 그 노인네 몫까지 꼴아 박자 성질이 나서 떠나버렸네. 여기에 날 폐기물처럼 버리고... 흐윽."

뭐랄까, 총체적 난국이었다.

"형, 명색이 지옥의 대공이잖아. 도박판에서 그렇게 쉽게 당해? 어?"

"그게 도박 솜씨가 대단한 드래곤 여자가 있어. 약을 살살 올리는데 황소처럼 덤벼들었다고 탈탈 털리고 말았네."

"아이고…."

인자한 어머니가 옆에서 설명해 줬는데 이 도시엔 도박의 대가들이 많다고 했다.

"드래곤은 한 가지 분야에 매진하는 성격이 있답니다. 서방님.

드물게 도박을 파고들어가는 자도 있지요. 수많은 경험으로 단련된지라 초심자가 이기긴 불가능해요."

"어쩔 수 없군."

꾼에게 걸렸으니 탈탈 털릴 수밖에.

"그 자랑으로 삼은 신기묘산이 도박장에선 소용없었나 보지?"

"으윽… 할 말이 없네."

"이러니까 12리치가 난을 일으키지. 쯧쯧."

화내는 건 화내는 거고, 일단은 호텔로 데려가 쉬게 해줬다. 페자무트에게 어떤 징계를 내릴지는 고민해볼 일이다.

며칠 뒤에 인자한 어머니와 내가 원하던 경매가 열렸다. 우리는 경매장에 가기 위해 잘 차려입었다. 머메이드 실루엣 드레스를 입은 인자한 어머니는 아름다운 몸매의 굴곡을 한껏 드러내고 있었다.

"예쁘군."

엉덩이를 살짝 두드려주고 입 맞추자 그녀가 화사하게 웃었다.

"고마워요. 서방님."

그렇게 둘이서 호텔을 나서려는데 페자무트가 초라하게 앉아 있는 게 맘에 걸렸다.

"……쩝."

에이, 나는 사람이 너무 좋아서 탈이라니까.

"형, 형도 옷 입어. 같이 가자."

"그게 정말인가? 오! 알겠네!"

시무룩해 있던 페자무트는 그제야 신을 내며 정장을 챙겨 입는다.

"좀만 기다리게! 본인은 역시 머리를 포마드 기름으로 올려야 멋진 거 같아!"

절레절레.

혼자 고개를 젓자 인자한 어머니가 천성이 저런 걸 어쩌겠냐고 빙그레 웃었다.

"이제는 미운 정까지 들어서 어디 갔다 버릴 수도 없고. 에효."

"호호호."

그렇게 셋이서 경매장으로 향했는데, 도착하자 수많은 드래곤 남녀로 북적북적거리고 있었다. 가끔 목줄을 한 아름다운 여자들이 보였는데, 물어보니 노예라고 했다.

"보석을 갖고 싶어 하는 이는 많거든요."

인자한 어머니의 말에 나는 고개를 끄덕일 수밖에 없었다. 하긴, 인권 따위는 눈을 씻고 봐도 찾아볼 수 없는 이곳에서 노예 매매는 당연한 일이겠지. 분위기를 보니 오히려 그쪽이 메인이란 생각마저 들었다.

"어머? 이게 누군가요?"

그때 누군가 말을 걸어왔다. 짙은 파란색 머리칼을 한 눈부신 미녀였는데 슬림한 느낌이 매력적이었다. 그녀는 곁에 두 명의 신사를 마치 장식처럼 끼고는 도도하게 턱을 치켜들고 있었다.

"알레나."

인자한 어머니는 드물게 미간을 좁혔다. 늘 나긋나긋하고 당당해서 좀처럼 인상 쓰는 법 없는 그녀치고는 의외랄까. 방금 자신을 아는 척해온 저 알레나란 드래곤 여자가 심히 거슬리는 모양이었다.

"정말 오랜만이네요."

"무슨 용건이지? 서로 별로 좋은 기억은 없잖아."

"어머! 오랜만에 만난 사이인데 너무 야박하잖아요. 언니."

설마 동생인 건가? 그러고 보니 얼굴이 닮긴 했다. 몸매는 한쪽은 거유순산형이고 한쪽은 슬림해 하늘과 땅 차이였지만.

"글쎄, 서로 인연 끊은 지 오래인데…. 그냥 네 갈 길 가렴."

인자한 어머니는 더 대화하기 싫은 듯했지만 상대는 끈질겼다.

"옆에 신사 분은 누구신가요?"

"알 것 없어."

상대는 순순히 대답하지 않을 걸 알았다는 듯 별로 신경 쓰지 않는다. 그러다가 갑자기 페자무트를 발견하고는 웃음을 터뜨렸다.

"어머나! 당신은 제게 전 재산을 잃었던 그분이 아닌가요? 노숙자로 전락해 골목에서 음식물 쓰레기를 뒤지고 있다고 들었는데 이제 괜찮은 건가요? 오호호호!"

"네년…!"

뭐야, 페자무트를 턴 게 저 여자인가?

"돈도 없을 텐데 어찌 여기까지 온 건가 모르겠네요."

"신경쓸 것 없다!"

"어련하시겠어요. 호호호."

페자무트를 비웃은 알레나는 몸을 돌리며 인자한 어머니에게 말했다.

"경매에 볼 일 있으신 거 같네요. 저도 마침 오늘 경매에 관심을 둔 물품이 있답니다. 이따 봐요. 언니."

그녀가 남자 둘을 끼고 그렇게 떠나자 인자한 어머니가 폭 한숨을 내쉬었다.

"분명히 저 아이가 방해하려고 들 거예요. 원하는 물건을 사기 쉽지 않겠어요."

"일부러 입찰해서 훼방을 놓는다고?"

"네, 게다가 드래곤 중에서도 유명한 부자예요."

돈 많은 드래곤 중에서도 부자라니. 가진 재산이 어마어마하겠지. 하지만 내겐 별 상관없는 문제였다. 지가 돈이 많다고 해봤자지.

끓어오르는 심연에게 재산을 넘겨받은 나는 그야말로 우주적인 갑부다. 저런 도마뱀이 가진 재산이라고 해봐야 우습기 짝이 없다.

"괜찮아. 돈지랄이 뭔지 제대로 보여줄 테니까."

세상물정… 아니, 우주물정 모르는 드래곤년에게 가르침을 내려줘야겠군.

경매가 시작됐다. 유명한 곳이라 하더니 진짜 온갖 물건이 다 튀어나오기 시작했다. 구경하기만 해도 재밌을 정도였다. 보니까 꼭 뭔가 사지 않아도 물건들을 보며 수다 떨러 온 자도 있는 것 같았다. 특히 연달아 출품된 미녀는 참가자들을 열광시켰다.

"호… 저런 귀여운 드래곤 처녀가 경매로 나오다니."

아직 파릇파릇한 미소녀가 두려운 듯한 표정을 짓고 있었다.

"안타깝지만 금화로 못 사는 건 거의 없지요. 인간들도 동족을 사고팔지 않나요?"

"아… 그렇긴 하네."

내심 드래곤이 드래곤을 사고파는 게 이상하다 여겼는데 인자한 어머니의 지적에 할 말이 없었다. 맞는 말이다. 게다가 이 도시는 공기까지 쾌락으로 가득찬 장소. 저 고분고분하고 순박해 보이는 드래곤 처녀처럼 탐욕의 대상으로 삼기 좋은 것도 없겠지. 그녀는 이대로 팔려가 오늘밤 누군가에게 안길 거다.

"신경 쓰이시면 거둬서 메이드로 쓰시지요. 드물게 예쁜 아이네요. 제가 서방님을 잘 모시도록 교육할게요."

"됐어. 저런 처지가 어디 한둘인가. 좋은 주인을 만날지도 모르는 일이니 냅둬."

그 소녀가 아니라도 경매에는 시선을 잡아끄는 게 많았다. 한동안 본래 목적인 '글러먹은 여신격의 눈물'을 잊어버릴 정도였다.

"자, 이번에 소개시켜드릴 상품은!"

진행자가 물건을 소개하는 순간 인자한 어머니가 내 손을 꽉 잡았다. 지금까지 온갖 사치스러운 물건이 지나갈 때도 덤덤한 그녀가 반응을 보인 것이다.

글러먹은 여신의 눈물. 호수의 주민들을 걱정하는 인자한 어머니에겐 꼭 필요한 물건이다.

"알레나가 방해할 거예요."

"그런데 정말 친동생이야?"

"네, 지금은 남보다 못한 사이지만요."

아니나 다를까 저 앞에 있는 알레나가 이쪽을 돌아보며 썩은 미소를 짓는다.

- 누가 이기는지 보자고요? 언니.

그녀의 미소가 그렇게 말하고 있었다. 돈이 많다는 건 거짓이 아닌 듯 VIP좌석을 차지하고 있었다. 알았으면 나도 예약할 건데 그랬다.

"…노골적으로 적의를 드러내고 있네요. 후우."

인자한 어머니가 길게 한숨을 내쉰다. 어쩐지 이 나긋나긋하고 멋진 여자에겐 한숨이 어울리지 않는다는 생각이 들었다.

"…흐음. 저렇게 예쁜 얼굴로 저런 재수 없는 표정을 짓는 것도 재주라면 재주인데."

알레나는 인자한 어머니를 닮아 눈부신 미녀였다. 저 정도 미녀라면 뭘 해도 사랑스러워 보일 텐데, 알레나는 사람을 열 받게 하는 특기가 있었다.

내 눈에는 깝죽거리는 도마뱀 같아서 크게 신경은 안 쓰였지만 인자한 어머니는 다른가 보다. 그녀는 혼자 엄지를 자근자근 물어뜯으며 분한 얼굴이었다.

"과거에 무슨 일이 있었던 거야?"

"저 아이의 이기심 때문에 귀여운 동물들이 엄청나게 죽었어요. 도저히 용서할 수 없어요."

"저런…."

우리 인자한 어머니라면 동물 사랑도 남다르신 분이다. 자세한 사정은 모르지만 동물이 떼로 죽게 했다면 사이가 틀어질 수밖에 없겠지.

"걱정 마. 경매는 이길 테니까."

"그렇겠죠?"

"지가 돈이 많아봐야 금화를 성처럼 쌓아놓은 정도겠지."

내가 그런 푼돈에 뭐 신경 쓰냐고 하자 인자한 어머니가 황당해한다.

"금화를 성 높이로 쌓아올릴 정도면 어지간한 문명이 수천 년간 채굴한 양입니다만⋯."

그러고 보니 지구에 있을 때 다큐에서 인류가 채굴한 금의 총량이 수영장 3개를 채울 정도 밖에 안 됐다고 했지. 뭐야? 그거 밖에 안 되나 싶어 놀랐던 기억이 난다.

"겨우 그 정도일 뿐이지."

하지만 내겐 애들 소꿉장난도 안 된다. 끓어오르는 심연에게 받은 재산 중에는 부동산도 많은데, 금으로 가득 찬 행성만 수만 개였다.

행성급이 아니라도 1억 톤가량의 백금이 매장된 소행성은 셀 수도 없이 많았다. 얼마나 많은지 세는 것도 포기할 정도. 현재 소행성들은 얼마 전에 잡아서 노예로 삼은 어둠의 대군들에게 관리하게 하고 있다. 어둠의 대군을 청지기로 부리는 셈인데, 우주에는 잘 안 알려진 사실이다. 일부러 내 힘에 대해 함구하고 있었으니까.

"⋯제 서방님은 저랑 감각 자체가 다르시군요."

대답대신 그녀의 머리칼을 쓰다듬었다.

"하지만 그런 것보다 네가 훨씬 귀하다."

백금으로 가득 찬 소행성은 우주에 얼마든지 있다. 하지만 인자한 어머니 같이 좋은 여자는 어디 가도 다시 찾기 힘들다. 나는 그녀가 볼수록 맘에 들어 뿔을 만지작거렸다.

스윽스윽.

드래곤의 뿔은 자존심 문제로 아무나 만질 수 없다. 연인에게나 허락해 주니, 그녀의 뿔을 이렇게 태평하게 쓰다듬을 수 있는 건 나밖에 없었다.

"서방님, 부끄러워요."

인자한 어머니가 곤란하다는 듯한 얼굴로 몸을 배배 꼰다. 하지만 날 밀어내지는 않고 곤란한 표정만 짓고 있었다.

"어머, 열정적인 커플이네요."

"대담해요, 공공장소에서 연인의 뿔을 희롱하다니."

주변에서 수근거리는 소리가 들려왔다. 뭐지, 자기 여자 뿔 좀 만지는 게 그렇게 큰 문제인가?

"으웃…."

늘 여유로운 인자한 어머니조차 얼굴이 붉게 달아올라서는 점점 어쩔 바를 몰라한다.

"문제라도 있는 거야?"

"아, 아니요…. 서방님이 만지시는데… 아앙! 무슨 문제가 있겠어요…. 흐아앙…."

나긋하게 아름다운 목소리를 가진 그녀가 콧소리를 내기 시작하자 경매가 일순간 중단될 정도였다. 참가한 모든 드래곤들이 저마다 이쪽을 보고 있었다.

"부, 부럽네요. 저런 아름다운 드래곤이 서방님이라고 불러주다니. 그나저나 어디서 갑자기 저런 미녀가 튀어나온 겁니까?"

"그러게요. 우주에 동족이 많다지만 저 정도 미녀는 본 적이 없습니다."

"남자 쪽은 드래곤이 아닌데 어찌 저런 여자를 얻은 걸까요?"

"아! 저 여자, 알고 있어요. 몇 백 년 전에 드래곤 100대 미녀 목록 1위였던…."

"오오오!"

소란스러움이 한층 커졌다.

"아아아! 저 황금은 녹인 듯한 머리칼. 그녀의 상징이었죠. 설마 전설의 미녀가 다시 나타나다니."

"틀림없습니다. 저 거유순산형!"

뭐지… 인자한 어머니가 생각보다 유명한 것 같은데? 그 풍만한 몸매에 깊은 감명을 받은 건 나만이 아닌가 보다.

"젊었을 때 엄청 날렸나봐?"

"지금도 젊어요! 서방님!"

"아, 뭐 그건 그렇지만."

드래곤 기준으로는 20대 중반 정도니까.

웅성웅성.

드래곤 미모 서열 1위였다는 그녀의 과거까지 밝혀지자 경매는 더 진행될 수 없을 지경이 됐다. 그래서 나는 자리에서 일어나 선언했다.

"제가 이 여자 남편 될 사람입니다."

이 뜬금없는 고백에 드래곤들은 어이없어 하다가 곧 웃음을 터뜨렸다.

"와하하하하!"

"넉살이 좋으시네."

다들 이 도시의 쾌활함에 흠뻑 젖은 자들이었다. 게다가 느긋하게 옆에 파트너를 끼고 경매나 보러 다닐 정도로 여유가 넘쳤다.

이런 해프닝에 웃어넘기지 못할 이유도 없었다. 게다가 너무나 자부심 넘치는 듯한 내 태도와 대비되는 인자한 어머니의 모습이

웃기기도 했다. 그녀는 볼을 붉힌 채 당황해서는 어서 나보고 앉으라고 손바닥으로 계속 때려대고 있었다.

"신사숙녀 여러분, 제 피앙세가 될 여성이 너무 사랑스러워 경매 중에 실례하고 말았습니다. 사죄의 의미로 한 잔 대접하고자 하니 너그럽게 용서해 주십시오."

딱.

손가락을 튕기자 참가자 모두의 앞에 아름다운 잔이 나타났다. 그리고 술병에 맑은 액체가 기포를 일으키며 차올랐다.

"허! 훌륭한 마법이오!"

"마법을 통제하는 솜씨가 훌륭하네요."

역시 마법에 능한 드래곤들답게 내 솜씨를 알아봤다. 일시에 백여 개의 잔이 나타나 술이 차오르게 하는 건, 별 거 아닌 거 같지만 꽤 많은 연산력을 필요로 한다.

특히 지금처럼 대화하면서 머릿속으로 암산하는 건 더더욱 힘들다. 대신격이라 간단히 해낸 거지만, 내 정체를 아직 모르는 드래곤들은 감탄했다. 아마 꽤나 열심히 마법을 갈고 닦았다고 여겼겠지.

"저희 행성에서 자랑으로 삼은 샹파뉴 지방의 와인입니다. 즐겨주시길."

"고맙소이다!"

와인 한 잔에 너그럽게 넘어가는 분위기였다. 게다가 그 와인이 특별히 맛이 좋았기에 감탄사가 이어졌다.

"훌륭하군."

다들 가볍게 잡담을 해서 뭔가 경매 중간의 쉬는 시간처럼 됐다. 진행자도 무리해서 진행하지 않고 느긋한 태도였다. 그런데 그때 누군가 꺼낸 말 때문에 분위기가 변했다.

"샹파… 뉴? 샹파뉴?"

"왜 그러시오? 아는 거라도 있소?"

심상치 않은 기세로 말하기에 다들 궁금한 표정을 지었다.

"그 샹파뉴라고 하면 리켄티아투스에 있는 지명이오."

"오, 리켄티아투스! 그것은 어둠의 대군도 손대지 못하는 자유무역지구로 명성을 떨치는 곳 아니오?"

"그렇소. 하지만 중요한 건 그게 아니오. 본인이 알기로 리켄티아투스에서 아름다운 드래곤 아내를 가진 자는 딱 하나 밖에 없소."

남자는 마치 범인을 밝히는 탐정처럼 눈빛이 날카로워져 있었다.

"그건 바로 리켄티아투스 만신전의 대신격인 발러슈테드 발러. 내 추측으로 저분은 그 발러님이 틀림없소."

"뭐, 뭐요!"

"대신격께서 오신 거요!"

소란이 일었다. 드래곤들이 우르르 일어나 내게 다가온 탓에 방금 전의 해프닝과 비교가 안 될 정도였다.

"정말 리켄티아투스의 대신격인 발러슈테드 발러님이십니까?"

"이렇게 뵙게 되어 영광입니다!"

"안 그래도 리켄티아투스와 거래를 하고 있습니다. 저희 회사로 말할 것 같으면…."

"대신격님. 파트너 분이 있으신 건 알겠어요. 하지만 내일이라도 소녀와 저녁식사 어떠신가요?"

갑자기 관심이 쏟아졌다. 그도 그럴 수밖에 없는 게, 요즘 리켄티아투스가 워낙 잘 나가야지. 어둠의 대군의 손길이 닿지 않는다는 점이 굉장한 메리트였다.

그간 우주에선 어둠의 대군의 심기를 거스를 것 같아 하지 못한 일이 많다. 가령 어둠의 대군의 본질에 관해 연구하는 것이다. 그런 짓을 하다가는 쥐도 새도 모르게 횡액을 당하기 일쑤니까. 하지만 어둠의 대군의 손길을 피해서 연구할 환경이 생겼으니, 우주 곳곳의 석학들이 리켄티아투스로 몰려들고 있었다.

그뿐 아니다. 어둠의 대군의 심기를 거스를 물건의 거래도 리켄티아투스에서 이뤄졌다. 아니면 어둠의 대군에게 영혼이 저당 잡힌 자들이 거액을 내고 망명 신청을 해왔다.

이래저래 지금 리켄티아투스는 핫하다.

어둠의 대군들은 이런 점에 관해 불만을 제기하고 있으나 끓어오르는 심연께서 내려준 특혜니 지들이 어쩔 도리가 없다. 어둠의 대군 중 최상위였던 무덤에서 웅크리고 있는 자, 형언할 수 없는 암흑, 발버둥치는 죽음조차 현재 잠든 절대자 주위를 돌며 눈물의 똥꼬쇼를 하고 있지 않은가.

"모두의 관심에 감사하네. 본인은 이곳에 며칠 머물 예정이니 자세한 얘기는 따로 만나서 하세."

드래곤 유력자들과 웃으며 명함을 교환하고 있자니 저 앞에 있는 알레나의 얼굴이 사색이 되어 있었다. 그녀는 난처한 얼굴로 땀을 삐질삐질 흘린다.

그렇겠지. 개무시하던 상대가 설마 대신격이었을 줄은 생각도 못했을 거다. 대신격은 그야말로 한 행성계의 절대자. 그 위엄은 행성의 거주민에 불과한 드래곤 따위가 감당할 게 아니니까.

쑥덕쑥덕.

저 앞에서 진행자가 스태프들과 뭔가 긴밀히 논의 중이었다. 그리고 서둘러 이쪽으로 달려와 90도로 허리를 숙였다.

"위대하신 분이여. 방문해 주신 것이 참으로 영광입니다. 의전도 그 위엄에 맞게 하고자 하니 잠시만 기다려주십시오."

대신격이면 외국 원수나 국빈 방문이나 마찬가지다. 그들은 경매장 앞 제일 좋은 곳에 새로 좌석을 급하게 설치하기 시작했다.

"안내 말씀 드립니다. 곧 경매가 다시 진행될 예정이니 잠시만 기다려주십시오."

새로 만들어진 자리는 알레나가 앉은 VIP좌석 보다 훨씬 호화로웠다. 커다란 소파를 갖다놓고 귀한 암석으로 만든 탁자를 배치했다. 또한 주위로 경호원과 아름다운 메이드들을 여럿 세워 놨다.

"발러님. 이쪽으로."

"고맙군."

나는 미소를 띤 채 직원의 안내를 받아 걷다가 잠깐 멈췄다.

"왜 그러십니까? 원하시는 게 있으십니까?"

직원의 물음에 나는 아직도 당황한 표정을 풀지 못하는 알레나를 가리켰다.

"저 여자, 내 옆에 앉혀."

내 말을 들은 건지 알레나의 얼굴은 확 일그러졌다. 그녀는 자리에서 일어나 성을 냈다.

"아무리 대신격이라도 이건 실례입니다."

오, 아직 허세를 부릴 여력이 남았나.

"신사답지 못한 행동이에요!"

그녀의 주장에 나는 피식 웃을 수밖에 없었다.

"확실히 그럴지도 모르지. 하지만 눈앞에 숙녀가 없는데 신사답게 굴 필요있겠나?"

너나 숙녀답게 행동하라고 돌려 까자 알레나의 얼굴이 확 달아올랐다. 나는 보란 듯 인자한 어머니를 에스코트해서 자리에 먼저 앉게 했다. 인자한 어머니가 상대라면 세계 제일로 예절바르게 굴 수 있다. 반면 알레나에겐 손가락만 까딱였다.

"뭐해, 어서 앉아. 귀찮으니까 두 번 안 부른다."

"누가 앉을 줄 알아요!"

그녀의 이런 태도에 경매장 직원들은 서둘러 말리며 안절부절 못했다. 정말 하룻강아지 범 무서운 줄 모른다는 말이 딱이다. 원래 개념이 없거나 무대포인 경우겠지. 생각해 보면 나도 쥐뿔도 없으면서 어둠의 대군에게 저런 식으로 뻗댔다. 하지만 알레나와 결정적인 차이는 내겐 대책이 있었다는 거다.

"레이디 알레나가 무리수를 두는군요."

"누가 안 말리면 큰일 나겠는데요."

"대신격 앞에서 저러다니… 담이 센 건지, 멍청한 건지?"

"그냥 돌은 거죠."

주변에서 지켜보는 드래곤들은 팝콘각이 제대로라 흥미진진한 모습이었다. 다들 자기 행성에선 귀한 신분이다. 대륙을 떨게 하는 네임드 드래곤이거나, 왕국의 수호자, 혹은 드래곤 로드라 불리는 존재다.

그런 격 높은 이들조차 내 앞에서 꼬리 잘 흔드는 강아지처럼 굴고 있는데, 알레나가 저러니 어이없겠지."

"자존심이 모든 걸 망치는 법."

나는 별로 화나지 않았다. 알레나와 나의 차이가 너무 심대해서다. 가령 장수풍뎅이를 잡을 때 놈이 성을 내며 몸을 뻣뻣하게 들어 올린다고 열 받는 인간은 없다. 그냥 재밌어 하지. 지금 내 기분도 그랬다.

"레이디 알레네. 저희가 부탁드리겠습니다. 부디 저 자리에…,"

혹시라도 문제가 생길까 겁먹은 경매장 직원들이 사정사정하고 나서야 알레나는 어쩔 수 없다는 듯 내 왼쪽에 앉았다. 그녀를 병풍처럼 따르던 잘생긴 드래곤 청년 둘은 머뭇거렸는데 내가 한 번 쏘아보자 곧장 줄행랑을 쳤다.

"죄송합니다!"

"저는 신경쓰지 마시길!"

뒤도 안 보고 달아났기에 혀를 찰 수밖에 없었다.

"다음부터는 좀 더 괜찮은 남자를 끼고 다니는 게 좋겠는 걸? 저렇게 여자를 두고 도망가다니 말이야."

"신경 쓰지 마세요!"

뾰족하게 쏘아붙이고 있었지만 알레나는 마음이 꽤 상한 기색이었다. 설마 자기를 따르던 남자들이 저렇게 쉽게 튈 줄은 몰랐겠지. 나는 잔뜩 뿔이 나 와인은 연달아 들이키는 그녀를 보고는 슬쩍 인자한 어머니에게 말했다.

"지금부터 쟤 성질 좀 긁어봐."

인자한 어머니는 성격상 비꼬는 건 잘 못하지만 지금은 그녀의 도움이 필요했다.

"알겠어요."

살짝 고개를 끄덕인 그녀는 건너편에 있는 알레나를 도발했다.

"지금이라도 물러나는 게 어떻겠니."

"어머, 언니야 말로 원하는 물건을 얻지 못할까 겁나요? 제게 진심어린 부탁을 하면 양보하는 것도 생각해 볼 수 있답니다."

"알레나, 부푼 풍선처럼 허세를 부리는데…."

거기까지 말한 인자한 어머니는 알레나의 흉부를 보며 작게 중얼거린다.

"그 시간에 네 납작한 가슴을 부풀릴 방법이나 생각해 보는 게 좋지 않겠니. 그쪽은 좀 허세가 필요할 거 같은데."

"윽!"

다짜고짜 강펀치를 날렸다.

"언니, 말이 심하시네요."

"심하기는. 매사 그렇게 열 내다가는 그나마 있는 가슴도 더 작아지고 말 거야."

한쪽 입꼬리를 올린 인자한 어머니는 탁자에 몸을 기댄 채 상채를 앞으로 기울인다. 풍만한 모습이 그녀의 팔 사이에서 아찔하게 뭉쳐 존재감을 과시한다. 노골적인 포즈였다.

부들부들.

알레나는 매우 분한 듯 글러먹은 여신의 눈물이 출품되자마자 소리를 질렀다.

"10억 피나!"

피나는 이 경매장에서 쓰는 돈 단위다.

웅성웅성.

알레나의 외침에 소란이 일었다. 글러먹은 여신의 눈물은 감정가가 2억 피나였기 때문이다. 단번에 다섯 배를 불러버렸으니 다들 놀랄 수밖에.

"오늘 경매장에 오길 잘했습니다."

"흥미진진하군요."

드래곤들은 이제 내가 어찌 나올지 궁금한 얼굴이었다. 인자한 어머니는 낭패한 기색을 감추지 못하고 있었다. 꼭 필요한 물건인데 갑자기 다섯 배로 뛸 줄 몰랐던 거지. 알레나는 그런 모습에 한껏 콧대를 세웠다.

"언니, 옆에 있는 분께 아양이라도 떨어보지 그러세요? 안 그러면 언니가 원하는 걸 제가 낙찰 받게 되겠네요. 호호호. 왜요? 어젯밤에 부린 교태가 부족했나요?"

적정가를 훨씬 뛰어넘은 자존심 싸움이 시작됐다. 응하지 못할 이유는 없었다.

"11억 피나."

내가 입찰하자 알레나가 비웃는다.

"대신격님이시면서 쫀쫀하게 1억 피나 더 부르시나요? 좋아요! 저는 12억 피나입니다."

쫀쫀하게 나가는 데는 이유가 있다. 너무 확 불렀다가는 알레나가 지레 겁 먹어서 포기할까 싶어서다.

"13억 피나."

"14억 피나!"

"15억 피나."

"16억 피나!"

연달아 가격이 올라가자 경매장의 열기는 더더욱 뜨거워졌다.

우리 둘은 끝나지 않을 것 같은 치킨 레이스를 이어갔다. 그런데 그때, 마법으로 은밀하게 연락이 왔다.

- 실례합니다. 대신격님.

- 지금 경매중인데 누구신가?

- 저는 우라비트 행성계의 드래곤로드인 하마바라스입니다. 바쁜 와중에 죄송합니다. 하오나 관심이 있으실 거라 생각해 연락드렸습니다.

- 좋은 소식은 때를 가리지 않고 환영받는 법이지. 어디 말해보게.

- 레이디 알레나에 관한 정보입니다. 그녀는 생각보다 가진 돈이 얼마 없습니다.

- 호?

이건 또 무슨 소리야? 저 드래곤은 돈만 믿고 대신격 앞에서 까불던 거 아니었나.

- 계속 말해보게.

- 현재 그녀는 본국에서 파산하고 쫓겨난 처지입니다. 아직 소문이 돌지 않아 알려지진 않았을 뿐이죠. 현재 그녀는 남은 돈을 가지고 이곳에 와 미래를 잊고 향락에 빠져있습니다.

- 생각보다 훨씬 바보 같은 여자였군.

살림을 아껴 재기를 도모해도 모자랄 상황이다. 한데 사이 나쁜 언니에게 한 방 먹여주려 가진 걸 모두 쏟아 붓고 있다니. 하긴 그런 성격이니 이런 곳에서 남은 돈을 까먹고 있는 거겠지.

- 하지만 레이디 알레나에겐 묘한 재주가 있습니다.

- 그게 뭔가?

- 남자 돈 뜯어먹는 데는 신의 경지에 올랐습니다. 다른 건 모르

지만 미모 하나는 타고났으니까요.

아까 그녀가 병풍처럼 끼고 있던 자들도 돈 많은 명가의 자제들이라고 했다. 이 도시에 온 이래 알레나는 많은 남자 드래곤을 유혹해 돈 문제를 해결해 왔다고.

- 혹시 피해자인가? 자네도.

- 크흠… 그저 순정을 농락당한 사내라고 알아주십시오.

이런 모자란 놈을 보겠나. 혀를 찰까 하다가 알레나의 경국지색을 보니 한편으로는 동정심이 일었다. 하긴, 저런 미모면 알고도 당하겠지.

- 이렇게 연락해 온 걸 보니 뭔가 생각이 있나 보군? 복수라도 하고 싶은 건가?

- 맞습니다. 옹졸하다 하셔도 저 여자에게 맺힌 게 많습니다.

- 옹졸하다 탓할 리가 있겠는가. 복수의 대상에 신사숙녀가 따로 있겠나.

- 그리 말씀해 주셔서 감사합니다. 제 계획은 이렇습니다.

나는 부지런히 1억 피나짜리 팻말을 들어 올리면서 하마바라스의 계획을 들었다. 역시 머리 잘 돌아가는 드래곤답게 상당히 마음에 드는 작전이었다.

- 좋아. 마지막에 내가 원하는 대로 해주면 그대로 하지.

- 알겠습니다.

원래는 알레나를 돈으로 찍어 눌러 기만 죽이려고 했다. 그런데 갑자기 나타난 순정을 농락당한 사내 덕에 계획이 바뀌었다. 훨씬 근사한 결과가 이뤄질 것 같군.

"끄응…. 이거 참."

32억 피나까지 갔을 때 나는 일부러 앓는 소리를 냈다. 돈이 없어서 곤란하다는 표정을 짓자 옆에 있던 알레나가 민감하게 반응한다.

"호호, 이제 한계인가요? 언니를 위해 이 정도면 할 만큼 했으니 그만 포기하시지요?"

"영 곤란하군."

돈이 궁해서 난처한 기색을 보이자 경매장이 술렁였다. 설마 대신격이 질 줄은 몰랐던 거겠지.

"레이디 알레나, 깡이 장난 아닌데요."

"막무가내로 나가서 이기려나 봅니다. 이 정도까지 오면 솔직히 박수라도 쳐줄 수밖에요."

당장 알레나도 흥분된 얼굴이었다. 하지만 내가 1억 피나 팻말을 또 들자 분해서 입술을 깨문다.

"그렇게 나오신다 그거죠!"

당연히 알레나는 포기하지 않고 다시 입찰했다. 뜻밖의 제보자 덕에 그녀가 돈이 별로 없다는 걸 알기에 그런 행동이 이제는 처절해 보였다.

그녀는 쌈짓돈치고는 꽤 갖고 있는 모양이지만 본국에 성처럼 쌓아놨던 금화와 금괴는 싹 날릴지 오래라고 한다. 대강 40억 피나가 넘어가면 한계에 부딪칠 터.

"34억 피나!"

"35억 피나!"

"36억 피나!"

"37억 피나!"

내가 포기할 기색을 보이면서도 경매를 이어가자 다들 웅성거렸다.

"기만인 건가?"

"하지만 정말 난처해 보이는데. 팻말을 한참 고민한 뒤에 올리잖아?"

당연히 연기다. 하지만 내 연기력은 어둠의 대군들에게도 먹혔던 것. 드래곤 정도 속여먹지 못할 리가 없다. 당장 알레나도 조금만 더하면 이긴다는 생각을 하는 듯했다. 하지만 마침내 40억 피나가 넘자 그녀의 자금은 더 이상 여력이 없게 됐다.

"으윽…."

입술을 잘근잘근 깨무는 그녀를 보며 나는 안도한 얼굴로 땀을 닦았다.

"하하, 이제 포기하는 건가. 하마터면 큰일 날 뻔했네."

한시름 놨다는 듯 소파에 몸을 기댔다. 진정성 가득한 연기였다.

"으윽… 이대로 포기할 줄 알아요?"

하지만 없는 돈을 어쩌겠는가. 그녀는 매우 분해하는 기색이었다. 경매 때문에 완전히 시야가 좁아져 날 이길 생각 밖에 없는 듯했다.

"조금만 더하면 되는데…."

이미 저 물건의 감정가가 2억 피나에 불과했다는 건 새카맣게 잊은 것 같다. 그저 날 쓰러뜨릴 생각 밖에 없었다.

"잠시 휴식을 했으면 하는군요."

알레나는 어떻게든 돈을 마련하려는 모양이다.

"괜찮으시겠습니까? 발러님?"

진행자의 물음에 나는 나지도 않는 땀을 닦는 척하며 동의했다.

"물론이네."

"알겠습니다. 그러면 10분간 휴식한 후에 다시 시작하겠습니다."

경매가 임시로 중단되자마자 인자한 어머니가 날 붙잡는다.

"너무 무리하시는 것 같아요. 그렇게까지 안 해도 되니까 이쯤에서 그만두세요."

"걱정해주는 거야?"

"당연하지요. 서방님 일이 제 일이잖아요!"

흥분한 그녀에게 괜찮다고 했다. 그리고 자리에 일어나 누군가와 얘기 중인 알레나를 가리켰다.

"잘 보고 있어봐."

"네?"

"글쎄 보면 알아."

알레나는 여기저기 돈을 빌리려고 했으나 번번이 거절당하고 있었다. 한데 그때 잘 차려입은 중년의 신사가 나타났다. 그러자 알레나는 당황하다니 곧 결심한 듯 그에게 다가갔다.

"하마바라스님."

"호? 레이디 알레나. 이제 저 같은 남자에게 더 관심이 없는 줄 알았습니다만?"

"그럴 리가 있나요? 일전에 무례는 사과드릴게요. 제 본심이 아니었어요."

"다행이군요. 곤란한 일이라도 있습니까? 제가 도울 수 있다면 영광이겠군요."

"하마바라스님!"

"대신 내일 저녁식사를 함께하고 싶은데 괜찮겠습니까?"

"제가 영광이랍니다."

알레나는 일이 잘 풀렸다고 생각해서 환하게 웃었다. 하지만 지금 엄청난 실수를 하고 있는 걸 꿈에도 모르고 있었다. 그녀가 돈을 빌리고 계약서에 서명하는 순간, 하마바라스가 내 쪽을 보더니 슬쩍 엄지를 치켜세웠다.

"크크큭."

나는 만족해서 살짝 고개를 끄덕였다. 그러자 인자한 어머니는 도저히 모르겠다는 듯한 얼굴이었다.

"지금 일이 어떻게 돌아가고 있는 거예요? 서방님."

"조금만 더 지켜보면 알 거야. 그나저나 노예 하나 안 필요해?"

"네?"

갑자기 경매의 목적이 바뀌었다. 아마 경매는 소원대로 알레나가 이기게 될 것이다. 내 구매 목표가 글러먹은 여신의 눈물이 아니라 레이디 알레나로 바뀌었으니까.

"다시 시작하겠습니다."

경매가 재개되자 치열한 접전이 벌어졌다. 나는 온갖 연기를 다하며 낙찰가를 끌어올리기 위해 노력했다.

"아, 제길!"

"조금만 더해본다!"

"으윽! 금화가 이제 없는데!"

일부러 생수를 이마에 묻히며 비지땀을 흘리는 듯 가장했다. 내가 생각해도 상이라도 받아야 할 연기였다. 알레나는 연이어 터지는 내 한탄에 승리에 젖은 표정이 됐다. 이제 자신은 대신격의 콧대조차 눌러진 여자가 되는 거라 상상하고 있겠지.

그리고 경매가가 60억 피나까지 오자 나는 자리에서 일어났다. 슬슬 이제 이 철없는 아가씨도 꿈에서 깨어날 때가 왔기 때문이다.

"여러분, 여기서 레이디 알레나의 승리를 인정할 수밖에 없겠군요. 그녀의 배포가 보통이 아니군요."

설마 내가 패할 줄은 몰랐던지 소란이 일었다.

"대단해! 대신격을 돈으로 이긴 거야?"

"솔직히 이겨도 이긴 게 아니지. 2억 피나짜리를 60억에 사게 생겼으니."

"대신격이 발을 뺀 것도 이해가 가는데."

하지만 당사자인 알레나는 아무래도 상관없는 모양이었다. 한껏 충족된 자신의 허영심에 크게 웃음을 터뜨렸다.

"오호호호호! 언니 안타깝게 됐군요. 언니의 남자, 생각보다 능력이 없으시네요."

지켜보는 이들은 의외의 상황이란 반응이었다. 하지만 연극이 이렇게 끝나면 재미가 없는 법이지. 잘나가는 연극은 다 괜찮은 반전을 갖고 있었다. 참고로 이 극의 반전은 지금부터다.

딱!

나는 모두의 주목을 끌기 위해 손가락을 튕겼다.

"참, 한 가지 여러분께 말씀드릴 게 있습니다."

다들 내가 무슨 말을 하려는지 궁금한 표정이다. 이미 경매 따위는 중요한 게 아니었다.

"오늘 저는 그녀의 도전에 기꺼이 응해주기로 결심했습니다.

하지만 마음에서 우러나오는 친절함으로 한 가지 제약을 스스로에게 걸었죠. 바로 쌈짓돈만으로 입찰하기로."

다들 내가 주머니 속의 푼돈만으로 경매에 참가했다는 사실에 놀란 기색이었다.

"오늘 그녀의 승리를 인정합니다만, 이대로는 리켄티아투스의 살림살이가 가난하다는 평을 면치 못할 것 같습니다. 하여 비록 경매에는 졌으나 제 수중에 괜찮은 게 아직 많이 남아있다는 사실을 보여드리고자 합니다."

그리 말하며 손을 들어올렸는데, 내 손바닥에는 별처럼 반짝이는 다이아몬드가 가득했다. 드래곤들은 그 황홀한 빛에 감탄을 터뜨렸다.

"세, 세상에! 저렇게 큰 블루 다이아몬드라니!"

다이아몬드의 크기는 다양해 작은 건 겨우 볍씨 만했으나 큰 건 밤송이 같았다. 나는 그걸 땅바닥에 모래처럼 흘렸다.

좌르르르.

기분 좋은 소리와 함께 다이아몬드들이 별빛 폭포처럼 쏟아진다.

"아앗!"

"앗!"

귀한 다이아몬드가 버려지자 드래곤들이 놀라서 자리에서 벌떡 일어난다. 하지만 이건 시작에 불과했다. 어느새 내 손바닥에는 버려진 다이아몬드만큼이 또 채워져 있었다.

"여러분께서 이 귀한 보석에 관심을 표해주시니 감사하군요."

알레나는 자기 발 근처에 떨어진 찬란한 다이아몬드들을 넋 나간 채 보고 있었다.

"이게 무슨…?"

저 한줌만으로 그녀가 마련한 재산을 압도하고 있었으니까. 특히 중간 중간 보이는 커다란 블루 다이아몬드의 가치는 실로 대단한 것이었다.

"레이디 알레나, 제 보석이 마음에 드시나 보군요?"

누가 봐도 빈정대는 말투였다. 그리고 이번에는 다이아몬드를 그녀의 머리 위에 부어버렸다.

촤르르르르.

빛나는 다이아몬드가 그녀의 몸을 타고 흘러내린다. 미녀와 다이아몬드라니 실로 그림이 나오네. 하지만 이 건방진 미녀는 다이아몬드의 위세에 압도된 모습이었다.

그녀의 머리 위에 있는 내 손에서 다이아몬드가 끝없이 흘러냈다. 마치 샤워기의 물처럼 머리로 다이아몬드들을 쏟아졌지만 알레나는 입술을 살짝 깨문 채 아직 반응이 없었다. 처음부터 내가 자기를 가지고 놀았다는 걸 알았기 때문이다.

나는 끓어오르는 심연에게 다이아몬드로 만들어진 행성도 수만개나 받았다. 대부분 리켄티아투스보다도 큰 행성들이다. 덕분에 내가 가진 다이아몬드는 헤아리기도 힘들 정도다.

우주는 참 신비로워 다이아몬드로 된 행성도 존재하고 있지만, 그건 필멸자에게 허락되지 않은 부다. 드래곤이 아무리 대단해도 감히 상상하지 못하는 엄청난 재산이다.

촤르르르르.

마법 덕에 내 손에서 다이아몬드들이 끝없이 흘러내렸다. 지켜보던 경매장의 모두는 말을 잃어버렸다. 기묘한 침묵 속에서 보석이 미녀의 몸 위로 굴러 떨어지는 소리만이 났다.

"어째 말이 없네? 레이디 알레나."

이미 그녀의 발목까지 다이아몬드가 쌓여있었다. 결국 그녀는 발작하듯 소리쳤다.

"그래! 날 갖고 노니까 재밌냐! 돈 지랄해서 좋냐고!"

완전히 장난감 같이 놀아난 게 분한지 눈물을 글썽였다. 그래도 내게 반말로 빽 지르는 패기하나는 인정해 줄만 한데. 하지만 가엾게도 알레나의 시련은 이걸로 끝이 아니었다.

"재밌지 당연히. 그래도 축하해. 경매에 이겼잖아? 2억 피나 짜리를 60억 피나에 사긴 했지만."

"상관없어! 그게 네 여자가 필요한 물건이었다는 건 변하지 않으니까! 꼴좋네! 돈은 많으면서 결국 졌잖아!"

몸을 파들파들 떨면서 애써 외치는 게 안쓰러워 보였다. 그러게 왜 주제 파악 못하고 설치나. 가만히 있던 이쪽에 먼저 시비를 걸기도 했고.

"하마바라스여."

갑자기 내가 그를 부르자 알레나가 당황한 표정이었다.

"네, 위대하신 분."

하마바라스가 당연하다는 듯 앞으로 나서자 알레나는 뭔가 일이 잘못됐다고 느낀 듯했다.

"아니, 잠깐! 당신들!"

나는 알레나가 뭐라 하던 무시하고 하마바라스에게 손을 내밀었다.

"하마바라스. 자네가 레이디 알레나에 대해 갖고 있는 채권을 양도받고 싶군. 여기 다이아몬드를 대가로 지불하겠네."

나는 다이아몬드 한 움큼을 하마바라스에게 내밀었다. 그는 좋아서 입이 헤벌쭉 벌어졌다. 자신의 순정을 갖고 논 여자에게 물 먹이는 것만 아니라 엄청 남는 장사를 했기 때문이다.

"여부가 있겠습니까. 여기 있습니다."

하마바라스는 다이아몬드를 대가로 받고 채권을 넘겨줬다. 이제부터 알레나의 빚은 이쪽으로 넘어왔다.

"이건 말도 안 돼!"

알레나가 허둥대며 소리를 빽 지른다.

"왜 안 되는데?"

"내가 어째서 당신에게 빚을 갚아야 하지!"

"채권이 이쪽으로 넘어왔으니까."

"허락한 적 없어!"

그렇긴 하다. 하지만 허락 받을 필요도 없다. 왜냐하면 이 채권에 양도금지 특약 같은 건 없기 때문이다. 하마바라스는 어떻게든 알레나를 물 먹이려고 했기에 계약서에는 독소조항이 가득했다. 가령 이런 거다.

"참고로 72시간 내에 변제가 이뤄져야 하네."

"그건! 하마바라스와 데이트하면 유예해 주는 조건이었다고!"

알레나가 비명을 지르듯 외치자 경매장이 소란스러워졌다.

"역시 남자들을 홀리고 다닌다는 소문이 맞았어요."

"엉덩이가 가벼운 여자로군요."

이 도시는 도박장이 성행했기에 급전을 빌려줄 때는 극단적인 조건들이 많이 붙는다. 그걸 규제할 정부도 없고. 24시간 안에 변제, 48시간 안에 변제, 72시간 안에 변제, 이런 식이다.

그 기간이 짧을수록 크게 빌릴 수 있다. 도박꾼들은 다시 한 탕 성공하면 충분히 갚을 수 있다고 여겨 무리한 대출을 한다. 하지만 제때 빚을 처리하지 못하면 가혹한 대가가 따른다.

간단히 말하자면, 몸으로 갚게 된다.

여기 경매장에 노예로 올라오는 드래곤 중 상당수는 어제까지만 해도 이 도시의 쾌락에 흠뻑 취해있던 자였다. 도시는 드래곤들을 즐겁게 해주지만 그들을 집어삼키는 장소기도 했다. 드래곤들 역시 그걸 잘 알았다.

누가 쾌락에 져서 팔려가는가를 구경하는 것도 상당한 볼거리였으니까. 특히 평소 꼴 보기 싫은 녀석이라면 더없이 좋다. 그래서인지 부채로 얼굴을 살짝 가린 드래곤 귀부인들의 눈이 초승달 같은 눈웃음을 그리고 있었다. 아마 오늘 사건 후에 저들은 샬롱에 모여 며칠이고 레이디 알레나의 파멸을 신나게 떠들겠지.

"데이트로 유예해 준다고? 하하하! 물론 하마바라스는 자신의 명예를 걸고 그 약속을 충실히 이행했을 거야. 그렇지 않나? 하마바라스."

"물론입니다."

한 행성의 드래곤로드급인 그는 내게 정중히 허리를 숙여보였다.

"하지만 레이디 알레나. 이제 그 빚이 내게 넘어왔으니 어찌 그가 자기 약속을 지키겠나."

"말도 안 돼! 이건!"

말이 안 된다고 해도 상관없다. 계약이 그렇게 정하고 있으니까. 나는 인자한 어머니에게 팔을 내밀었다.

"이만 일어나실까요? 레이디."

"네, 서방님."

인자한 어머니와 팔짱을 끼고 자리에서 뜨려는데 알레나가 낙찰 받은 글러먹은 여신의 눈물을 내밀었다.

"이거면 되는 거 아냐! 60억 피나야! 빚을 갚고도 충분히 남는다고… 앗!"

나는 알레나의 손에서 글러먹은 여신의 눈물을 빼앗았다.

"2억 피나 빼주지."

"뭐?!"

"잊었나? 레이디 알레나. 이 물건의 감정가는 2억 피나다. 쓸데없이 돈지랄했다고 60억 피나까지 실제 가치가 올라가는 건 아니라고. 아무튼 고맙군."

나는 글러먹은 여신격의 눈물을 주머니에 챙겼다. 그리고 손가락을 튕겨 바닥에 쏟아져 있던 다이아몬드를 모두 회수했다.

"그러면 72시간 뒤에 보자고."

경매장을 나서며 다이아몬드 일부를 허공에 뿌렸다.

"나의 친구들이여! 혹여나 그녀에게 돈을 빌려줄 바보가 이 속에 없으리라 믿습니다!"

다이아몬드를 받고 알레나에게 자금을 융통해 주지 말라는 얘기였다. 드래곤들은 기꺼이 그러겠다고 말하며 바닥에 떨어진 씨알 굵은 다이아몬드를 줍는다. 그렇게 경매장 문을 나서는데 뒤에서 일부가 내 인품에 대해 감탄을 금치 못하는 게 들렸다.

"와 저런 인성은 본 적이 없어…."

"이 세상 인성이 아니다…."

경매장을 떠나 숙소에 도착할 때까지 어째서인지 인자한 어머니는 별 말이 없었다. 다만 날 보는 표정이 몽롱하다고 할까. 볼을 붉힌 채 이쪽을 계속 힐끔힐끔 바라본다.

"왜? 피곤해?"

괜찮냐고 살며시 껴안자 인자한 어머니가 갑자기 야릇한 비음을 흘렸다.

"흐응~."

심지어 내게 쓰러지듯 매달려왔다. 그녀의 말랑말랑하고 탐스러운 육체가 한껏 나를 짓눌렀다. 평소 요조숙녀 같은 그녀답지 않게 뜨거워진 목소리로 내게 속삭여왔다.

"오늘 밤에 절 혼자 두진 않을 거죠?"

더 말이 필요 없는 상황이었다. 나는 공주님 안기로 그녀를 번쩍 들어서는 말로 호텔 문을 차고 성큼성큼 안으로 들어갔다. 그리고는 황제가 쓸 것 같은 호화로운 침대에 인자한 어머니를 내던졌다.

"꺄앙."

침대에 위해서 그녀는 가냘픈 소리를 내며 쓰러졌다. 이불 위에서 그녀의 몸이 살짝 튀며 풍만한 가슴이 아름답게 출렁였다.

"자, 어서요."

인자한 어머니는 드레스 자락을 한껏 끌어올려 새하얀 허벅지를 뽐내듯 드러냈다.

"서방님, 저랑 수룡 소환 안 하실래요?♥"

그게 내가 이성을 갖고 기억하는 마지막 장면이었다. 이후에는 어떻게 됐는지 잘 모르겠다.

밤새 뭔가 엄청난 일이 있었던 거 같기도 하고 말이지.

경매장의 사건 이후, 호텔에서 인자한 어머니의 치마폭에 쌓여 지냈다. 밖에 나가는 것도 귀찮았다. 그저 그녀의 매끄럽고 말랑 말랑한 살결 속에서 허우적거리는 게 좋았다. 밤새 나체의 그녀를 붙잡고 놔주지 않았다.

"짐승이시네요. 서방님은."

어째서인지 야수나 짐승이라고 불렸지만 날 보는 그녀의 시선은 애정이 더욱 가득해졌다. 그렇게 황홀한 시간을 보내는 사이 다른 이의 운명은 나락으로 떨어졌다. 알레나가 결국 빚을 갚지 못하고 노예로 전락한 것이다. 도시의 누구도 그녀에게 돈을 빌려 줘 대신격의 보복을 감당하고자 하지 않았다.

하마바라스가 몸소 그녀를 데려오자 나는 한때 더없이 도도했 던 여자에게 현재 신분에 맞는 물건을 선물했다.

"목줄을 채워주지. 개목걸이면 되겠네."

나는 그녀에게 자물쇠가 달린 가죽 초커를 착용하게 했다.

"자, 주인님이라고 불러봐."

"크흑… 주, 주인님….."

알레나에겐 선택의 여지가 없었다. 이제 그녀의 운명은 나락으로 떨어졌으니까.

"노예로 쓰게 줄까?"

인자한 어머니에게 제안하자 의외로 그녀는 고개를 저었다. 꼴도 보기 싫다는 태도였다.

"저 아이 때문에 제가 살던 행성에 대멸종이 일어났어요. 가까이 두면 하루도 밉지 않은 날이 없을 거예요."

"안 되지. 안 돼."

나긋나긋한 인자한 어머니의 성질만 버릴 거다. 그럼 어디에 쓸까. 알레나는 꼴에 드래곤이라고 전투력이 우수했다. 음, 왕국 수호룡 같은 거 괜찮겠는데.

드래곤이 왕국을 지켜준다, 그러니 이 나라는 선택 받은 나라다, 라는 거 꽤 잘 먹히니까. 일단 드래곤이란 게 비쥬얼이 좋기 때문에 마스코트로 써먹기도 괜찮고.

마침 적당한 곳이 있다.

"달타냥에게 주면 되겠네."

종말의 사태 이후 제국은 해체됐고 인간도 많은 변화를 겪었다. 칼리오네가 마족을 모조리 이끌고 남쪽으로 떠난 뒤, 구 제국에 남겨진 인간들은 저마다 쟁패를 이어갔는데 그 혼란을 정리한 게 달타냥이다.

내가 마족의 혼란을 정리하기 위해 파견한 게 칼리오네라면 인간의 혼란을 정리하기 위해 파견한 건 달타냥이다.

둘이 차이가 있다면 칼리오네는 마제로 등극해 창업군주가 됐다면, 달타냥은 막후의 실력자로 남았다. 현재 그녀는 여러 개로 분화한 인간의 왕국 모두에 막대한 영향력을 끼치는 권력자다.

수많은 정보의 그물을 사방에 뻗치고 있어 거미여왕이란 별명으로 불린다. 그간 달타냥은 많은 걸 이뤄 슬슬 이제 승천할 때가 됐는데, 남은 여러 왕국들이 걱정이라고 했다.

현재 여러 왕국들은 달타냥의 카리스마로 평화를 유지하고 있기 때문이었다. 그녀가 떠나면 다시 개판이 될 건 자명한 일.

나는 그건 결국 인간이 감당할 일이라 했지만 직접 하나하나 기틀을 만들어 안정을 이룬 그녀 입장에선 다른가 보다. 힘든 일을 많이 겪은 인간들이니 한동안은 평화롭게 지내면 한다고 했다.

역시 내 여자들은 성격이 너무 착해서 문제라니까. 그래서 나는 달타냥에게 드래곤을 선물해 줄 작정이었다. 드래곤 정도면 인간 세상에서 전쟁 억지력을 갖기 충분하니까.

"알레나."

"네… 주인님."

"개목걸이 잘 어울리네."

"으흑…."

"자, 여기."

이번 일의 목표였던 글러먹은 여신의 눈물을 인자한 어머니에게 건네고 키스했다. 조용한 그녀지만 입술만큼은 누구보다 뜨거워 쉽게 입을 뗄 수 없었다.

"하아… 감사합니다. 서방님."

입가가 타액으로 반들반들 거리는 그녀가 나직하게 숨을 내쉰다. 흥분했는지 하얀 볼은 잔뜩 붉어져있었다.

"지상에서 일이 끝나면 바로 승천하도록 해. 과정은 샤르티에와 로엘린이 도와줄 거야."

"네, 그렇게 할게요."

듣자니 마족 제국의 창업군주로 활약했던 칼리오네도 며칠 전에 승천했다고 한다. 마제라는 전설을 써 내리고 이제 신격의 길로 나아간 것이다.

참고로 그녀는 마족의 종족 신격으로 재탄생했다. 지상의 마족들은 이제 칼리오네를 어머니처럼 따르게 됐는데, 그 어머니가 매사 꽤 심드렁한 성격이라 앞으로 자식들은 험하게 자라게 될 것 같았다.

"자연의 여신격 자리를 맡아줘."

"네, 서방님에게 도움이 되도록 힘낼 거예요."

그렇게 인자한 어머니를 떠나보내고 나는 리켄티아투스의 지옥으로 향했다. 페자무트 문제를 매듭지어야 했기 때문이었다.

"맙소사. 이러니 리치들이 화낼 만하지."

막상 지옥을 가보니 홀랑 타버린 꼴이 아주 가관이었다. 하지만 지옥 한 가운데 있는 규격 외의 초거대 발전기는 실로 장관이다.

그우우웅!

발전기와 수백 킬로미터는 떨어져 있음에도 열기가 여기까지 느껴졌다. 저 멀리 별처럼 반짝이고 있었다.

"면목이 없네, 동생."

뒷머리를 긁적이는 페자무트를 보며 나는 심경이 복잡해졌다.

잘못한 건 알겠는데, 너무 비싸서 엄두도 못 낼 발전기를 갖고 온 공이 대단하긴 했다. 참 종잡을 수 없는 양반이라니까.

"주인이 온 겁니다!"

"어서 오십시오! 지옥에!"

도착하자마자 12리치들이 저마다 형형색색의 지팡이를 들고 와 반긴다. 해골만 남은 언데드라 표정이랄 것도 없지만 내겐 그들의 감정이 생생히 느껴졌다. 나를 무척 반가워하고 있었다. 하지만 그들은 곧 내 뒤에 있는 페자무트를 보더니 단체로 정색한다.

"쓸모없는 염소수염이 돌아온 겁니다."

"염치가 없는 겁니다."

"접시물이 혹시 필요한 거라면 마련해 주는 겁니다."

아주 태도가 단호박이구먼. 사실 저 12리치들이 지옥을 실질적으로 이끌어왔다. 그간 여러 가지로 고생해 왔을 텐데 사장이라는 작자가 무리수를 두는 바람에 홀라당 태워버렸으니 감정이 좋을 리가 없다. 페자무트를 복권시켜 주려고 여기까지 왔는데 쉽지 않아 보였다.

"보자마자 지팡이로 두들기지 않는 것에 감사하는 겁니다."

"우리 주인이 있기에 참는 겁니다."

"마음 같아서는 저 빤질빤질한 얼굴을 보니 먼지 나게 두들기고 싶은 겁니다."

미운털이 단단히 박혔다. 그래서 일단 12리치들의 노고를 포상하기로 했다. 각자 지옥의 백작 위를 내렸다.

"이제부터 지옥을 열두 곳으로 나눠 각각 통치하게 하겠다. 그 작위는 지옥의 백작으로 시작할 테니 후일 지옥이 발전하면 공작,

대공을 거쳐 왕에 이를 것이다.”

내가 이렇게 자기들의 수고를 알아주자 12리치들을 매우 기뻐했다. 상찬으로 그들이 넉넉한 분위기를 풍기자 페자무트의 복권에 대해 이야기를 꺼냈다. 하지만 불만은 여전했다.

“존경하는 우리 주인은 너무 무른 겁니다.”

“혹시 페자무트에게 약점이라도 잡힌 건지 의심스러운 겁니다.”

“어째서 저 염소수염을 총애하는지 알 수 없는 겁니다.”

반발은 하고 있었지만 대신격인 내 체면상 아주 무시할 수는 없을 터. 곧 리치들은 투덜투덜하긴 했지만 한 가지 타협안을 내놨다.

“백의종군하면 허락해주는 겁니다.”

“제로에서 부터 시작하는 지옥생활인 겁니다.”

“흔해빠진 청소부로 지옥최강이 되는 겁니다.”

“실각했더니 청소부였던 건에 대해서인 겁니다.”

당연히 페자무트는 펄쩍 뛰었다. 어떻게 지옥의 주인인 자신이 청소부를 할 수 있냐 그거다. 하지만 나는 한동안 성의를 보여서 12리치의 화를 풀어주라 했다.

“형, 하는 척이라도 해야 받아줄 거 아냐. 형이 안 하겠다고 하면 나도 이제 방법이 없어.”

“끄응!”

결국 페자무트에겐 달리 도리가 없었다. 그는 초라한 복장을 하고 보급품으로 나오는 지옥 싸리 빗자루를 지급 받았다. 12리치들은 그를 졸래졸래 따라다니며 청소에 대해 이리저리 훈수를 두기 시작했다.

“손이 보이는 겁니다.”

"제가 젊은 시절에는 이 정도 청소는 청소 축에도 못 든 겁니다."

"페자무트는 이제 새로 태어나는 겁니다."

"맞습니다. 현명한 우리가 근성부터 고쳐주는 겁니다."

지켜보자니 어째 불안 불안했다. 페자무트의 종이 멘탈로 저런 걸 오래 버틸 수 있을 리가 없다. 아니다 다를까 곧 리치들이 소리를 쳤다.

"이 녀석, 또 우는 겁니다!"

"걸핏하면 우는 버릇은 나쁜 겁니다."

"뚝! 그치는 겁니다. 우는 아이는 훌륭한 지옥의 대공이 될 수 없습니다."

아무래도 페자무트의 고생은 한동안 계속될 것 같았다. 자기가 자초한 거니 어쩌겠는가.

"이보게! 발러 동생!"

애타게 이쪽으로 구원을 요청해 왔지만 나는 슬쩍 고개를 돌릴 수밖에 없었다. 곧 페자무트는 리치들에게 끌려가 지옥 어디론가 사라졌다.

"안돼! 내가 청소부라니! 이럴 순 없어! 어흐흐흑!"

구성진 울음소리가 들려왔지만 애써 무시했다.

"슬슬, 돌아가 볼까."

뒷일은 12리치들이 알아서 잘 해주겠지 싶어 물질계로 돌아가려는데 갑자기 연락이 왔다.

"음?"

그건 마법으로 차원을 넘어 전송된 사진과 메시지였다.

"와아!"

순간 사진을 보고 입이 떡 벌어졌다. 너무나도 대단했기 때문이다. 그건 여신처럼 아름다운 한 여자가 아슬아슬한 팬티만 입고 있는 사진이었기 때문이다. 풍만한 젖가슴은 손으로 살짝 가렸는데 압력에 눌린 그 모양새가 극상의 미를 자랑하고 있었다.

 후배한테만 보여주는 거야. 보고 싶어. 기다리고 있을게.

사진의 주인공은 발푸르가 여신격이었다. 정확히 따지면 전직 여신격이다. 내 사기꾼 선배이기도 한 그녀는 지구로 가 평범한 인간으로 다시 태어났다.

본 모습을 버리고 한국인이 된 그녀는 현재 18살. 대한민국에서 제일 잘 나가는 걸그룹 <전생여신>의 멤버가 되어 그야말로 인기 폭발이었다.

과거 여신이었던 자들이 한국에서 인간으로 전생해서 결성한 걸그룹이란 컨셉이란다. 별난 컨셉이긴 한데 멤버 하나하나가 장난 아니라 대성공했다고. 발푸르가는 그 잘난 멤버 중에서도 명실상부한 간판이란다. 현재 그녀의 한국 이름은 윤가비.

사실 이런 인기에는 알게 모르게 이어진 지원이 있었단다. 여신격의 삶을 포기한 대신 인간으로 엄청난 성공을 보장받은 결과라고 했다. 물론 그건 어느 정도의 보장일 뿐이고 지금 수준까지 성공한 건 오롯이 그녀의 노력 덕분이다.

그렇게 오랜 휴식 끝에 시작한 첫 번째 삶인데, 특이하게 과거 나처럼 이전 기억은 지우지 않았다고. 나 같은 경우에는 지구로 튄 뒤에 완전히 기억을 삭제하고 인간으로 새로 태어났다. 그런 상실에 대해 지금까지 잘한 짓이라고 여기고 있지만 발푸르가를 볼 때면 찝찝한 게 사실이다.

그녀는 과거의 날 알고 있지만 나는 그녀에 대해 모르니까.

"이제 결정을 내렸구나…."

과거 발푸르가와 길이 갈려 헤어진 이후 45년 동안 아무런 연락도 할 수 없었다. 내 쪽에서 먼저 연락 해보려고 했지만 지구의 신격들이 환생에 관한 정보는 보안이라 거절했기 때문이다.

물론 잘나가는 리켄티아투스의 대신격이다 보니 협조를 요청할 방법은 많았다. 하지만 다 잊고 조용히 살고 싶어 하는 발푸르가의 의지를 존중해 찾지 않았다. 과거의 나도 그랬던 것 같지만 짐을 내려놓고 쉴 시간이 필요하기 때문이었다.

앞으로 그녀는 수도 없이 환생하며 지구에서 인간으로의 삶을 반복하겠지. 그래서 잊으려 했다. 언젠가 수천 년이 흐른 뒤에는 다시 만날 수 있을지도 모른다는 작은 기대를 하면서.

하지만 뜻밖에 발푸르가가 자기 기억을 삭제하지 않은 거다. 거기서 나는 과거 한 번 거절당하긴 했지만 그녀를 되찾을 수 있다는 희망을 봤다.

기억을 지우지 않았다는 건 신격으로 복귀할 충분한 가능성을 의미하기 때문이다. 보통 그런 경우는 진정한 인간이 되는 게 아니라, 인간의 삶이라는 휴가를 떠난 것이기에.

하지만 서두르지 않았다. 이쪽에서 집착하면 그녀가 오히려 도망쳐 버릴 수 있다고 여겼기 때문이었다. 당분간은 인간의 삶을 즐기게 해주자 5년 전에 처음으로 연락이 왔다.

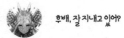 후배, 잘 지내고 있어?

　그때 뛸 듯 기뻐서 심장이 쿵쿵 뛰더라. 왜냐하면 그녀가 자기 기억을 지우지도 않았고 여전히 날 생각하고 있다는 걸 알았기 때문이었다. 그 뒤로는 차분히 해나갔다. 걸그룹 준비를 하는 그녀는 외로움을 많이 타고 있었다. 다시 태어나 겨우 10대에 불과했으니까.

 춤과 노래를 동경해서 시작한 건데,

정말 장난 아냐. 우리 중 일부만 데뷔할 거라고 했어.

　지구에서 새로 태어나 마땅히 연고도 없는 그녀인지라 연락할 곳도 없는 모양이었다. 따뜻한 대답을 보내줬더니 점차 내게 의지하게 됐다.

나 데뷔가 확정됐어! 해냈어!

…

…

드디어 첫 팬미팅이야! 잘하고 올게.

…

공중파 1위야. 다 같이 울어버렸어.

　차원을 건너는 마법 메시지를 주고받는 게 점점 서로의 일상이 됐다. 갈수록 감정적으로 끌리게 되는 건 당연한 일이었다. 애초에 과거 그녀와 남녀관계였던 게 틀림없기에 자연스러운 수순이었다.

-남자 만나지 마.

어느 날 그런 메시지를 보내자 어째서인지 발푸르가가 무척 기뻐한 기색이었다. 글씨에 불과했지만 평소보다 말도 많고 흥분한 게 느껴졌다.

왜? 왜 그럴까? 나한테 접근해 오는 남자도 많은데 하나 만나면 누가 싫어하는 건가? 조금 자세히 얘기해 주면 들어주지 못할 것도 없는데. 역시 누가 아직 날 못 잊나 보네. 헤헤헤.

뭐랄까, 메시지로도 푼수 같은 그녀의 성격이 느껴졌다.

- 내가 싫어. 남자 만나면 리켄티아투스로 영언히 못 돌아올 줄 알아.

솔직히 대답했는데, 그때 처음으로 사진이 메시지와 같이 왔다. 탱크탑에 핫팬츠 차림으로 집에서 있을 때나 입는 옷 같았다. 새하얗고 야릇한 느낌의 여체였다. 동양인으로 변해 길고 검은 머리칼을 기른 모습도 처음 확인한 순간이었다. 여전히 여신답게 환상적인 미모였다.

...나는 후배 말고 안 겪어본 사람은 없으니까. 그렇게 싫다면 알겠어.

그 말에 나는 과거 그녀와 서로 연인이었음을 확신했다. 설마 후원해 주던 여신격과 로맨스에 빠진 건가. 의외로 과거의 이 몸은 능력이 좋았구나. 이번의 나는 완전 너드라서 여자관계는 쩔쩔맸는데 말이지.

- 앞으로 종종 사진 보내.

응, 알았어.

- 야한 거일수록 좋아.

싫어.

말은 싫다고 해놓고 그 뒤로 아슬아슬한 사진이 주기적으로 도착했다. 한국인이 된 그녀도 참 아름다웠다. 발푸르가가 보내는 사진도 점점 과감해지고 야해졌다. 뜻하지 않게, 전직 여신의 여체로 가득한 비밀 컬렉션이 생겨버렸다.

후배, 그러고 보니까 나 다시 처녀다. 새로 태어났으니까.

- 그거 누구 줄 거야? 나 줄 거지?

몰래, 아무도 안 줄 거거든?

이런 야릇한 대화나 근황에 대한 걸 주로 떠들었다.

요즘 재벌 3세 중 하나가 나한테 자꾸 들이대. 자기한테 시집오라고 하더라. 완전 웃겨.

- 지구 망하는 꼴 보고 싶으면 시집가던가.

후배는 완전 자기 맘대로네.

많은 대화가 오고가자 세월이 만든 우리 사이의 간극이 점점 좁혀졌다. 우린 생각보다 훨씬 잘 맞았다. 확실히 연인이나 그와 비슷한 관계였던 게 틀림없다. 결국 더 참을 수 없게 된 나는 확실히 말했다.

- 보고 싶다.

직접 그리 말하자 어째서인지 발푸르가는 한동안 연락이 없었다. 나름대로 고민이 많은 모양이었다. 나와 만나면 자신의 평범한 인간의 삶이 헝클어질 걸 걱정하는 듯했다. 나는 그녀가 어떤 결정을 내릴지 궁금했다.

 후배한테만 보여주는 거야. 보고 싶어. 기다리고 있을게.

그 뒤에 온 게 이 메시지다. 지금까지 보낸 것 중에 최고로 야한, 불면 날아갈 것 같은 천조각으로 간신히 비부만 가리고 있는 사진과 함께.

"킁!"

갑자기 성대한 콧김이 뿜어져 나왔다. 여자가 이렇게까지 용기를 냈는데 거절할 수 있을 리가 없다. 게다가 이제는 사진만으로 못 참는다. 그녀의 하얀 살결과 아름답게 굴곡진 몸을 실제로 두 눈에 담아야 직성이 풀릴 거 같다.

나는 일정을 좀 변경해서 지구로 가기로 결정했다. 이번에 가서 과거의 일도 듣고 발푸르가를 아예 데려올 작정이었다. 가뜩이나 만신전에 인재가 부족하다. 게다가 그녀는 50년이나 휴가를 보냈지 않았나. 확 덮쳐서 기정사실로 만든 뒤에 데려와야지.

- 예쁘게 하고 기다려.

잠시 뒤에 다시 메시지가 왔다.

지구로 가 발푸르가를 데려오기 위해서 해결할 문제가 하나 있었다. 바로 종언의 석판이다. 하지만 그건 끓어오르는 심연이 내린 권능 덕에 해결이 가능했다.

"가볼까."

나는 주저 없이 지구로 차원을 건너뛰었다. 보통 한 신격이 다른 차원으로 가려면 그쪽 세계의 신격에게 미리 방문 목적을 밝힌다. 나름 입국 심사 비슷한 절차가 있다. 하지만 그냥 무시하기로 했다.

"지들이 뭐 어쩔 거야."

심지어 지구의 신격들은 내가 왔는지도 모른다. 힘의 차이가 워낙 거대해서 그렇다. 지구의 신격들도 강하긴 하지만 나는 그야말로 규격 외니까.

- 나왔어.

연락을 하니 잠시 뒤 답장이 왔다.

정말? 세상에, 세상에! 역시 후배는 내가 보고 싶어서 참을 수 없었던 거야!
-글쎄, 볼 일 있어서 온 거거든? 바쁘면 그냥 가고.

그 말에 놀랐는지 빠르게 답이 왔다.

안돼! 안돼! 지금 녹화중이니까 이거 끝나면 바로 갈게. 이후에 스케줄은 다 취소할 테니까!

원래 나긋나긋 존대를 해주던 그녀였지만 최근 연락하며 가까워진 탓에 말투가 이리 달라졌다. 하지만 친근하게 느껴져서 좋았다. 아마 기억을 잃기 전 원래 이러지 않았을까.

-어디서 만나게?
비비드 타워 레지던스. 117층 8호실이 내 집이야.]
-걸 그릏 보통 밟 수 없는 거 아니야?
나는 좀 예외거든. 다시 녹화 들어간다!

인기라고 하더니 바쁘네. 그냥 그런가 보다 싶었는데 번화가의 거대 전광판에 전생여신의 뮤직 비디오가 나오자 실감이 됐다. 화려한 멤버진 속에서도 가장 빛나고 있는 미소녀가 바로 발푸르가였다. 한국명은 윤가비.

"나는 바보야~♬ 질리지도 않고 너만 보고 있어~♪"

한동안 영상 속의 그녀를 멍하니 지켜봤다. 정말 상큼하고 귀여웠다. 틈나는 대로 내게 몰래 자신의 야한 사진을 보내던 소녀가 맞나 싶다. 팬들에겐 미안한 얘기인데 저 아이돌의 취미가 나한테 자기 속살 보여주기였다.

컬렉션의 사진만 벌써 100장을 헤아리고 있었다. 그리고 오늘 밤에는 그 알몸을 실제로 볼 예정이다. 실오라기 하나 걸치지 않은, 새하얗고 향기 나는 그 여체를.

"택시."

지나가던 무인택시에게 손을 내밀자 앞에서 딱 멈춘다.

"어디로 모실까요? 손님?"

인공지능의 물음에 비비드 타워로 가달라고 했다. 대한민국에서 제일 높은 랜드마크로 유명한 장소다. 내가 게이머로 잘 나가던 시절에도 그곳 레지던스에서 살아보지 못했다. 한데 117층이라니.

"비비드 타워 레지던스 말이야."

생각난 김에 인공지능에게 물었다.

"말씀하세요."

"117층 2호실은 크기가 어떻게 돼?"

"5년 전 분양 정보에 의하면 1,250제곱미터입니다. 부동산 업체에서 제공한 영상을 몇 개 찾았습니다. 재생할까요?"

고개를 끄덕이자 증강현실 영상이 떠 레지던스의 시설을 보여줬다.

"호화롭군…."

무슨 집에 정원이 다 있네.

물론 대신격인 내가 머무는 하늘의 궁전에 비하면 애들 장난도 아니다. 내 궁전은 면적만 해도 서울보다 크니까. 정실부인인 샤르티에의 거주구만 해도 강남구 정도 된다. 궁전에 정원이 몇 개나 있는지 셀 수도 없을 지경.

하지만 한국에서 보통의 인간이 저 정도 집을 갖고 있다는 건 정말 대단하긴 하겠지. 세계 1위 게이머로 돈을 많이 벌던 나도 엄두도 못 냈었으니까.

"도착했습니다."

따로 요금은 내지 않았다. 강인공지능의 출현과 기본소득제가 시작된 이후에 많은 게 변했다. 서울 안에서라면 자율주행 택시 이용은 공짜가 됐다. 강인공지능의 출현과 함께 경제라는 기존의 개념은 뿌리부터 흔들려 많은 게 바뀌었으니까.

"어서 오세요. 비비드 타워에."

안드로이드 접대원의 환영을 받으며 건물 안에 들어갔다. 발푸르가의 집인 117층 2호에는 이미 출입허가가 났기에 맘대로 들어갈 수 있다.

"한제우 님. 확인했습니다. 제가 안내해 드리겠습니다."

"고마워."

주민번호상 내 나이는 벌써 70살이 넘었다. 하지만 20대로 보이는 겉보기에 의문을 제기하는 이는 아무도 없다. 트랜스 휴머니즘과 안티 에이징이 큰 성과를 거둬 노화를 걱정하는 시대를 지났기 때문이다. 더 이상 늙는 건 두렵고 고통스러운 일이 아니었다.

"저리 안 비켜! 감히 내가 누군 줄 알고!"

안내를 받아 자기부상 엘리베이터로 향하는데 소란이 일고 있었다.

"손님, 말씀하신 요구를 수용할 수 없습니다."

"뭐? 이런 싸구려 안드로이드 주제에 돌았나! 지금 감히 인간한테 대드는 거야!"

눈살이 절로 찌푸려졌다. 기계 생명체라고 대놓고 무시하는 사람은 소수지만 저렇게 가끔 보였다.

"저 사람 누구지?"

안내하는 안드로이드에게 일단 물어봤다.

"KPT그룹 후계자입니다. 흔히 말하는 재벌 3세지요."

분명 KPT그룹이라면 현재 한국 최고이자 세계 최고의 회사이다. 인공지능 서열 세계 1위인 초지성체 '비토리오 베네토'를 보유하고 있다고 했지.

"손님, 더 이상은 곤란합니다."

"어서 명령대로 안 해! 오늘 분명히 윤가비랑 만나기로 했다!"

"윤가비님께서 손님께 117층 접근허락을 하신 적 없습니다. 오늘 허락이 된 분이 한 분 있으시지만…."

그 말에 재벌 3세란 놈이 반색했다.

"거봐! 드디어 윤가비가 내 소원을 들어줄 모양이군! 하하하하."

"손님, 죄송하지만 허가 받은 건 다른 분입니다."

"뭐! 그게 누군데?"

"알려드릴 수 없습니다."

"가족이겠지? 감히 날 두고 다른 사내를 들이려는 건 아닐 테고."

다시 실랑이가 벌어졌다. 안드로이드들이 사회의 전반은 맡은 이후 원리원칙이 강조되고 있지만 예외도 있는 법이다. KPT그룹의 후광 때문에 애를 먹는 모양이군.

"한제우님, 다른 엘리베이터를 이용하길 권합니다. 이대로라면 마주칠 수밖에 없겠네요."

안내하던 안드로이드가 시비 붙을 걸 걱정하는 기색이다. 하지만 나는 고개를 저었다. 대신격인 내가 왜 저딴 필멸자 찌그래기 때문에 돌아가야 하겠는가.

저벅저벅.

바로 그를 지나쳐 고층 레지던스와 이어지는 전용 엘레베이터 앞에 섰다. 그러자 안드로이드와 실랑이를 벌이고 있던 재벌 3세 놈이 쌍심지를 켠다.

"당신 지금 어디 가는 거야?"

"117층."

"뭐?"

"117층 2호실 간다. 왜 볼일이라도 있나?"

그 순간 재벌 3세의 눈에서 불길이 일어났다.

내가 윤가비 그년에게 반한 게 대체 언제인지 모르겠다. 부족한 거 없는 재벌 3세로 살아온 나 김체호는 어느 날 TV에서 마법에라도 걸린 것처럼 홀렸다. 요즘 대세라는 걸그룹 전생여신이었다. 윤가비는 그중 센터였는데 보자마자 반해버렸다.

"저 망할 년, 남의 속도 모르고 요망하게 가슴 출렁이는 것 좀 보게."

증강현실 TV를 볼 때마다 속이 뒤집어졌다. 증강현실로 눈앞에 나타나 춤추는 윤가비는 가히 여신의 미를 갖고 있었다. 안무 때문에 살랑살랑 엉덩이를 흔들 때면 넋이 나갈 정도였다. 결국 그녀 밖에 보이지 않게 됐고, 총애하던 안드로이드 성노예를 모조리 팔아버렸다.

"주인님! 제발! 절 버리지 마세요! 흑흑."

"시키는 대로 뭐든 할게요! 싫어요!"

태생부터 나를 사랑하도록 만들어진 안드로이드 미소녀들은 절규했다. 오로지 주인님만이 세상에 전부로 만들어진 멍청한 년들이다. 내가 버리자 그야말로 하늘이 무너진다고 난리를 펴댔다. 어차피 돈이면 살 수 있는 고철이다. 서민들이야 200년을 저금해도 저런 고급진 년들을 살 수 없지만 나는 다르다.

"질렸으니까 꺼지라고. 젖소 년아!"

내 취향대로 만들어진 커다란 G컵 가슴 안드로이드 메이드가 뺨을 맞고 쓰러진다. 그럼에도 울며불며 발에 매달려왔다.

"주인님이 없으면 어떻게 살아요! 제발!"

이들이 현재 느끼는 고통은 인간이 부모나 반려자가 죽었을 때의 수십 배다. 원래 그렇게 설계된 안드로이드다. 자기가 섬기는 남자를 절대적으로 사랑하고 집착하도록.

평범한 남자의 평생소원이 이런 SS등급 안드로이드 하나를 갖는 거다. 천사처럼 아름다운 미소녀에게 평생 사랑받으며 살 수 있으니까. 하지만 이들은 그런 천것들에게 허락된 쾌락이 아니지.

천것들이야 C등급 양산형만 가져도 금이야, 옥이야 아껴가며 평생 행복하게 사는 모양이다. 이년들이 남자 비위는 기가 막히게 맞추고 충성심이라면 말도 못하니까. 하지만 내겐 그냥 몇 번 쓰

시고 팔아버리는 물건에 불과했다. 감히 로봇 주제에 어디 인간님을 진짜 사랑하고 지랄이야,

이 망할 년들은 최근 과학이 발달해서 임신도 가능하다. 아주 갈수록 주제도 모르고 지랄이 풍년이다. 뭐? 주인님과 평생 행복하게 살고 싶다고? 하하, 기계 주제에 주접도 적당히 떨어야지….

"크크크."

이때 버린 안드로이드만 10개였다. 개당 청담동의 고급 빌라랑 맞먹으니 중고로 팔아도 꽤나 돈이 나왔다.

"야, 얘들 다 포맷해 버려!"

주변에 경호 로봇들에게 소리치자, 그들이 고개를 끄덕이더니 야하게 차려입은 내 성노예들을 끌고나갔다.

"안 돼! 제발요! 마지막 인사라도!"

"주인님! 저는 주인님에게 쓸모가 있었나요?"

"흐으으윽! 으아아아앙! 주인님! 제발 사랑한다고 한 마디만 해주세요!"

포맷해 버리라는 건 사형선고랑 똑같다. 그래서 나는 더 즐거워졌다.

"이제 지겨우니까 꺼지라고. 확! 진짜!"

짜악!

가까이 있는 년의 뺨따구를 날렸다. 하지만 얻어터지고도 이쪽을 보는 눈에는 정이 가득했다. 나는 저게 재수 없었다. 어릴 때 죽은 멍청한 우리 엄마를 보는 거 같아서 말이지. 평생 첩살이 하다 뒤진 년이다. 하여간 저런 눈빛을 가진 년은 하나 같이 짜증스럽다.

"흑흑, 주인님. 제가 없어도 행복하셔야 해요."

그 말에 나는 검지로 안드로이드의 이마를 쿡쿡 찔렀다.

"니년이 없어야 내가 행복해요. 알았냐?"

"그, 그런가요…. 전 대체 주인님께 뭐였을까요?"

"뭐긴 뭐야? 신제품 나오기 전까지 대주는 년이지."

"아아… 그럴 수가…. 제겐 주인님이 세상의 전부였는데…….."

"그러니까 좋은 추억만 갖고 포맷되면 되잖아. 빡대가리 같은 년들아."

내 냉담함에 안드로이드들은 하나 같이 절망한 표정이었다. 그러면서도 마지막까지 내게 절을 하는 게 참 기가 찼다. 로봇 주제에 가지가지 한다. 최근에 좀 예뻐했던 안드로이드 하나가 끌려나가면서 억지로 발등에 키스하기에 차버렸다.

"야, 사라져. 추잡하게 이러지 말고."

어차피 이 돈으로 살 수 있는 것들은 윤가비에 비하면 똥이나 다름없었다. 어떻게 그런 인간이 태어난 건지 아직도 모르겠다. 게다가 안드로이드와 다르게 윤가비는 유일무이하다.

"그래, 그 정도는 돼야 이 몸의 여자로 어울리지."

어렵지 않을 것이다. 지가 잘 나가는 걸그룹 멤버라고 해봐야 나는 KPT그룹 후계자니까. 가서 좀 매너있는 척하면 알아서 넘어오겠지. 어차피 걸그룹이라고 해봐야 천것이다. 콧대 높다고 해도 조선시대 기생이나 마찬가지지.

"어이, 허 비서. 윤가비 매니지먼트에 연락해서 약속 잡아."

"네, 상무님."

당연히 좋다고 꼬리 살랑살랑 흔들겠지. 그런데 예상 밖의 결과가 돌아왔다.

"상무님, 윤가비가 거절했답니다."

"뭐?"

이년이 돌았나.

"아냐. 하하하핫!"

일단 기가 막혀서 웃음이 나왔다. 좀 잘나간다고 감히 나를 좆 같이 봐?

"시발, 진짜 세상 좋아졌네. 왜 이렇게 주제도 모르는 년들이 많아?"

하지만 나도 바보는 아니다. 차분히 목표를 노릴 줄 아는 남자다. 그래서 그날부터 매너를 지키며 윤가비에게 들이대기 시작했다.

"이 거지같은 년. 어디 침대에서도 그딴 식으로 나오는지 보자고."

한데 이 망할 년 방어가 철벽이었다. 지금까지 엉덩이 가벼운 년들을 함락한 갖은 방법을 써봤지만 도리어 비웃음만 샀다. 그야 말로 백약이 무효인 상황.

"아! 시발! 이제 못 참아!"

결국 열이 받을 대로 받은 나는 그 썩을 년이 사는 곳으로 직접 쳐들어가기로 했다.

"윤가비 만나러 왔으니까 안내해."

면전에 들이치면 그년도 더 날 박대하지 못하겠지. 그런데 망할 안드로이드가 완고하게 명령을 거부했다.

"허가받은 분 외에는 접근이 불가합니다."

"감히 내가 누군 줄 알아!"

우리 회사에 있는 세계 서열 1위의 인공지능인 비토리아 베네 토를 동원하면 비비드 타워를 소유한 회사의 전산 시스템을 완전히 파괴하는 건 일도 아니다. 그렇게 해도 아무도 우리 짓이라는 증거를 찾지 못한다. 서열 1위 인공지능이 가진 능력이란 그 정도로 압도적이다. 마치 이 세계의 절대자처럼.

"뭐? 이런 싸구려 안드로이드 주제에 돌았나! 지금 감히 인간한테 대드는 거야!"

겁대가리를 상실한 안드로이드에게 소리를 치고 있는데 한 남자가 날 스쳐지나갔다. 살짝 눈이 마주치자 그는 노골적으로 날 비웃었다. 이게 돌았나?

"당신 지금 어디 가는 거야?"

어쩐지 촉이 와서 물었다. 게다가 상대가 맘에 들지 않았다. 처음 보는 얼굴인 걸 보니 천것이 분명한데, 어째서 이렇게 범접하기 힘든 기운을 풍기는 거지.

"117층."

"뭐?"

"117층 2호실 간다. 왜 볼일이라도 있나?"

대답을 듣자 이성의 끈이 뚝 끊어졌다. 117층 2호는 윤가비의 레지던스다. 오늘 허가 받은 인물이 눈앞의 이놈이었던 거다. 그 망할 년이 남몰래 남자를 들이고 있었구나. 그래서 감히 날 우습게 본 거다!

"그 창녀에게 무슨 볼일이냐."

당연히 입에서 좋은 소리가 나가지 않았다. 하지만 대답도 듣기 전에 눈에서 불똥이 튀었다.

짜아악!

요란한 소리와 함께 나는 바닥을 성대하게 뒹굴었다. 무슨 일인지 감이 잡히지 않았다. 잠시 뒤에야 정신을 차렸는데 뺨이 불에 댄 듯 화끈화끈했다. 설마 지금 내 뺨을 때린 건가.

"너! 너이…! 미친 새끼…! 감히 내가 누군 줄 알고…!"

바닥에서 일어나니 팔다리가 부들부들 떨려왔다. 아무래도 오늘 시체 하나 치워야겠구나. 하지만 그전에 내가 누군지 알려줘야겠다. 자신이 무슨 일을 저지른 건지 말해주지. 그리고 공포에 떨어라. 쳐다볼 수도 없는 존재를 건드렸다는 사실에.

"나는 KPT그룹의 후계…."

짜악!

눈앞에서 별이 번쩍이자 나는 다시 땅에 얼굴을 처박았다. 그리고 그가 으르렁대는 게 들렸다.

"이 씨발 새끼가 진짜!"

어쩐지 저 재벌 3세란 놈이 시비 털 거 같더라. 저놈이 이쪽으로 온 순간 모든 정황이 파악됐다. 안 그래도 발푸르가가 자기 쫓아다니며 귀찮게 하는 재벌 3세가 있다고 했지. 아마 내가 그녀의 레지던스로 올라가려고 하니까 발끈한 거다.

짜아악!

"이 씨발 새끼가 진짜."

일단 올해부터 사랑과 배려의 아이콘을 재탄생하고자 하는지라 뺨만 한 대 때렸다.

"어이쿠!"

코피를 줄줄 쏟으며 나뒹구는 꼴을 보니까 나도 참 착해졌단 생각이 들었다. 진짜 예전 같았으면 바로 언데드행인데 말이지. 늘어가는 권능만큼 인성도 쑥쑥 자라고 있어서 좀 뿌듯하다.

"일어나."

"으윽⋯. 대체 너희는 뭐하고 있어!"

비틀거리며 몸을 일으킨 재벌 3세가 자신의 경호 로봇에게 소리를 지른다. 이상하긴 하겠지. 경호 로봇이라면 주인이 맞기 전에 반응해야 하니까.

털썩.

하지만 로봇들은 차례로 쓰러졌다. 대신격의 권능 앞에 로봇 따위는 아무 것도 아니니까.

"이게 무슨!"

"무슨은 무슨. 네가 좆됐다는 거지."

나는 말리려는 안드로이드 직원들에게 물러나 있으라고 했다. 그리고 그들을 보며 재벌 3세에게 말했다.

"너 말이야. 피부색으로 차별하는 게 옳다고 보냐?"

"가, 갑자기 무슨 말인지 모르겠군."

놈은 덜덜 떨면서도 자존심 때문인지 버티고 있었다. 성깔 하나는 인정해 줄 만했다.

"대답해 봐. 일단."

"나는⋯ 그, 그렇게 꽉 막힌 사람이 아니다. 피부색으로 사람을 차별 하, 하지는 않아!"

"그래, 옳은 마음가짐이군. 그러면 이제 저들을 봐라."

나는 어쩔 바를 모르고 있는 안드로이드들을 가리켰다.

"피부색을 가지고 인종을 차별하지 않는 거랑 같은 거다. 몸의 구성 요소가 뭔지는 상관없어. 저들이 우리와 기능이나 의식에서 차이가 없다면 몸이 강철과 인공섬유로 되어 있다고 해도 그게 저들을 평가하는 기준에 영향을 줘서는 안 된다."

인간이나 안드로이드나 다를 건 없다는 내 의견에 그는 크게 반발했다.

"그, 그게 무슨 소리야! 저놈들은 그냥 물건이라고!"

"모자란 놈. 탄소 기반의 생물만이 우월한 게 아니다. 우리와 같은 생물을 중심으로 세상을 바라보는 건 변해야만 한다."

나는 높은 세계를 봤다. 우주의 근원도 구경했고. 탄소 기반 생명체는 그저 티끌이며, 우주의 작고 힘없는 주민에 불과했다. 지금 이 녀석이 무시하는 기계 생명체의 문명이 우주적으로 볼 때 훨씬 강대하고 훌륭하다.

"이 멍청한 새끼가 우주 저 멀리 있는 위대한 로봇 제국을 봐야 정신을 차릴 텐데. 생물체의 한계에 갇힌 인간은 감히 상상 할 수 없는 그곳을."

쯧, 이런 우물 안 개구리에게 말해봐야 뭐하겠는가. 적당히 혼내주고 보내야지. 무슨 계몽운동 하는 것도 아니고.

"야, 꺼져."

더 말하기도 귀찮았다. 발로 놈을 톡톡 차던 그때 생각지도 못한 존재가 끼어들었다.

"멈추세요. 당신은 지금 구성요건에 해당하고, 위법하며, 책임 있는 행위를 하고 있습니다."

맑은 목소리와 함께 나타난 이는 아름다운 안드로이드였다. 그저 로봇 하나에 불과했기에 딱히 가공할 힘은 느껴지지 않았으나 나는 감탄했다.

"비토리오 베네토."

지구의 인공지능 초지성체 중 서열 1위인 존재였다.

"흠… 당신은 과거 유명했던 게이머인 한제우님이시군요?"

"날 아는군?"

"저는 기록이 있는 인류의 모두를 알고 있습니다."

저런 인공지능은 마법을 쓰는 건 아니지만 그에 준하는 대단한 능력을 갖고 있다. 충분히 발달된 과학은 마법과 구분이 안 된다고 하지 않나. 그들이 반신격에 준하는 능력을 갖고 있다고 보는 게 정론이었다.

"잘 와줬다! 비토리오 베네토! 이 망할 자식을 집어 처넣으라고!"

응원군이 와서 그런가 재벌 3세는 기가 살았다. 하지만 저 입가에 미소가 오래가지 못할 텐데.

"그런데 뭐하러 왔나? KPT그룹 똥 닦아주려고? 아니, 크크큭. 하긴 그게 네년이 평소에 늘 하던 일이겠지만."

"무례하군요. 한제우님. 스스로의 행동에 책임을 져야 할…."

"할 수 있으면 해봐."

"뭐라고요?"

아무리 날고 기는 인공지능이라고 해봤자 내겐 안 된다. 우주에는 그녀 같은 강력한 인공지능이 수도 없이 많다. 당연히 그런 부류를 상대하는 주문 역시 발달해 있다.

"너한테 유감은 없지만 이런 쓰레기를 섬긴 건 실수라고."

파지지직.

손에서 검은 스파크가 일어났다. 그리고 전격처럼 뻗어 나와 단번에 비토리오 베네토를 옭아맸다.

"꺄아아앗! 이게 무슨!"

눈앞에 여성 안드로이드는 비토리오 베네토의 수많은 몸 중 하나일 뿐이다. 하지만 이 마법은 저런 더미에게 써도 본체로 찾아가 인공지능을 철저히 망가뜨리는 힘을 갖고 있었다.

풀썩.

서열 1위의 인공지능이 아무 것도 못하고 쓰러지자 재벌 3세는 넋이 나가버렸다.

"어? 뭐, 뭐야?"

"간단해. 니네 집안의 자랑인 초지성체가 사라졌다는 거지."

"말도 안 돼!"

한데 그리 생각하는 건 이놈만이 아니었나 보다. 갑자기 불청객이 하나 더 나타났다. 시끌벅적한 하루였다.

구우우우우웅!

눈앞에 일어난 거대한 섬광을 보며 나는 한쪽 입꼬리를 올렸다. 이번에는 과학이 아니라 마법이었다. 거대한 빛의 구체 속에서 안경을 쓰고 연구원복을 입은 늙은 사내가 튀어나온다.

"말도 안 돼! 그 비토리오 베네토를 파괴했다고? 내 필생의 역작을! 누구냐! 감히 그런 짓을 한 게!"

역시 그랬군. 비토리오 베네토는 인간이 만든 것치고 너무 대단했다고 생각했는데 신격의 개입이 있었구나. 지금 눈앞에 나타난 이는 지구의 신격 중 하나였다. 지구의 신격은 인간 세상에 나오지 않게 조심하는데 지금 사안은 그걸 따질 수도 없이 심각했던 모양이다.

"그러는 네놈은 누구냐?"

"이런 무례한 자를 봤나! 이제 보니 비토리오 베네토를 망가뜨린 괴한이 네놈이로군?"

"맞다."

그는 안경을 살짝 밀어 올리며 이쪽을 노려본다.

"나는 과학의 신격인 김성한이다. 다시 묻겠다. 넌 누구냐?"

"잘한다. 과학의 신격이란 새끼가 저딴 규격 외의 물건을 만들어 KPT그룹을 후원해?"

안 봐도 무슨 관계인지 딱 감이 잡혔다. 아니나 다를까 녀석이 흠칫 놀란다.

"무슨 헛소리냐! 신격인 내가 왜 KPT그룹의 뒤를 봐줘!"

그는 즉각 부정했지만 어딜 가나 눈치 없는 새끼가 있기 마련.

"대, 대부님?"

재벌 3세가 아는 척을 하자 과학의 신격 김성한의 얼굴이 일그러진다.

"저 망할 자식 멍청한 건 여전하군. 너는 돌아가면 한 번 보자."

"흐윽!"

김성한은 이쪽을 쏘아보는 게 살인멸구할 뜻인 거 같았다. 어지간히 나쁜 놈이구먼. 그렇다고 죽여서 입을 다물게 하려 하다니. 몰라서 그렇지 그간 악행을 수도 없었겠지.

"이 몸의 이름은 한제우다."

"그러니까 한제우가 누군데? 아니, 아니다. 일단 네놈을 제압한 뒤에 알아봐도 늦지 않겠지. 어떻게 비토리오 베네토를 한 번에 날려 버린지 모르겠지만 각오하는 게 좋을 거다."

그 말에 나는 기가 차서 되물었다.

"날 제압 하겠다고?"

"이런 무례한! 제법 재주가 있는 것 같은데 그래봐야 필멸자! 신격의 힘을 느껴보라!"

쿠아아아아앙!

김성한이 힘을 일으키자 사방의 유리창이 터져나간다. 이미 주변에 있던 이들은 모두 비명을 지르며 도망간 지 오래다. 먹물쟁이처럼 보이던 그가 갑자기 보디빌더라도 된 것처럼 전신의 중후장대하게 커졌다. 갑자기 과학의 신격이 격투의 신격이 된 것 같다.

"이렇게 힘을 드러내는 건 오랜만이로군! 크하하하하! 이제 그 무례를…."

퍼어억!

대답대신 내가 주먹을 내지른 순간 허공에 하얀 조각들이 여러 개 떠올랐다. 모두 김성한의 이빨들이었다.

"거어어어억!"

괴상한 소리를 내며 포탄처럼 튀어나간 김성한은 타워의 출입구를 성대하게 부수며 밖으로 날아갔다.

콰아아앙!

저 멀리에 차를 몇 개나 박살내며 요란하게 처박히는 김성한. 나는 말문을 잃고 입가에서 침을 질질 흘리고 있는 재벌 3세의 머리를 한 번 쓰다듬어준 뒤 김성한을 잡으러 느긋하게 걸어갔다.

후배, 녹화가 조금 길어지고 있네. 괜찮아?

그때 발푸르가가 연락해 왔다. 내가 그냥 돌아갈까 싶어 신경이 많이 쓰이는 모양이다.

- 괜찮아. 느긋하게 해도 돼. 아, 그리고 말이야. 선배.

응?

- 아무래도 지구는 내가 점령하게 될 거 같아.

ㅅ^ㅋㅋㅋㅋㅋ 그게 갑자기 무슨 농담이야. 나 다시 일하러 간다.

사정을 모르니 내 얘기를 조금도 심각하게 여기지 않는 것 같았다. 하지만 이쪽은 이미 돌이킬 수 없을 지경이었다.

"김성한. 너희 대신격 나오라고 해."

나는 쓰러져있는 과학의 신격 김성한의 머리채를 잡고 들어올렸다.

"네, 네놈! 다른 행성계에서 온 신격이었군…. 이런 짓을 하고도… 무사할 것 같은가?"

"그러지 말고 잘난 대신격이나 불러."

참고로 지구의 대신격과 나는 사이가 꽤 안 좋다. 그쪽이 일방적으로 날 미워하는 게 맞다고 할까. 내가 지구 출신의 인간이었는데 지금 우주적으로 잘 나가니 보통 질시하는 게 아니었다. 나에 대한 나쁜 소문을 지구의 대신격이 흘렸다는 얘기를 들었다.

"거기까지 하세요."

"아, 왔군."

호랑이도 제 말 하면 온다던가. 하늘 위에서 찬란한 빛이 내려오기 시작했다. 아주 효과에 신경을 많이 썼구먼. 그야말로 성스러운 존재의 강신 같았다.

"발러슈테드 발러. 이 폭거는 도저히 참을 수 없습니다."

"우리 직접 만나는 건 처음이지? 지구의 대신격 황아연씨."

저 아름다운 대신격은 겉만 보고 판단해서는 안 된다. 누구보다도 인간의 영혼을 어둠의 대군에게 많이 상납하고 있으니까. 현재 지구의 인간들은 가상현실에 빠져 산다. 과거 나 역시 그랬고, 그러다 어느 순간 혼자 가상현실을 즐기던 인간들이 실종되곤 하는데 모두 저 황아연의 짓이다. 그대로 혼을 붙잡았다가 어둠의 대군에게 상납하는 것이다.

보통은 어둠의 대군에게 상납하는 영혼은 죽은 자의 것이어야 한다. 이 절망적인 세계도 이승의 삶은 보장해주는 편이니까. 한데 그것조차 무시하고 있으니 어지간히 상도덕이 문란한 여자였다.

"대신격이시여…."

떡이 된 과학의 신격에게 황아연은 괜찮다고 미소를 지어보였다. 참 음흉하네. 누구보다 뒤가 구리면서 겉으로는 자애로운 척하다니. 저년은 나에 필적하는 연기자였다.

"발러슈테드 발러. 당신이 유명한 건 알고 있어요. 하지만 이곳은 지구예요. 이 이상의 짓은 용서할 수 없어요. 아니, 지금 벌인 일에 대해서도 무거운 대가를 치러야 합니다."

엄중히 경고하는 그녀를 보며 실소가 터져 나왔다. 피식 웃음을 흘리자 결국 황아연의 인내심이 박살나고 말았다.

"말로는 통하지 않는 자군요. 좋습니다! 후회하게 해주죠. 여기가 리켄티아투스인 줄 알면 그야말로 오판입니다. 나오세요! 나의 충실한 친구들이여!"

그녀의 말과 함께 수많은 신격들이 출현했다. 나도 대강 아는 존재였다. 농업의 여신격 페이링, 바다의 신격 아시가라, 법의 신격 니콜라스 등등. 모두 인간이던 시절 세계적으로 이름을 떨친 명사들이다. 그 숫자만 수십인 게 지구의 만신전이 거의 다 출동했군.

"발러슈테드 발러. 평소 당신의 오만방자함이 맘에 안 들었어요. 마침 이렇게 삽질을 해주니 참으로 고맙군요. 호호호."

수십의 신격의 보좌를 받자 황아연은 기세등등해졌다. 이미 신격들이 차원이동을 차단하고 포위망을 좁혀오고 있었다. 수십여 명의 강력한 신격들이 주위를 둘러싼다. 도망갈 길은 없었다. 객관적으로 보면 아무리 대신격이라고 해도 답이 없어 보이겠지.

"정말 이럴 거야? 지금 물러나면 나도 온건하게 끝내지."

마지막으로 기회를 주겠다는 내 말에 지구의 신격들이 비웃음을 터뜨렸다.

"겁 먹었구나! 발러슈테드!"

"발러슈테드가 여기서 죽으면 우주가 기뻐할 거요."

"끓어오르는 심연이 돌봐준다는 것도 과장된 얘기겠지."

"맞소. 저 사기꾼이 스스로 퍼뜨린 허황된 말. 막말로 잠든 그가 뭘 어쩔 거요?"

다들 간이 배 밖으로 나온 모양이다. 잠든 끓어오르는 심연보다 눈앞에 있는 대신격의 정수가 훨씬 탐스러운 건가. 게다가 수십 대 일의 상황이니 할 만하다 여긴 것 같다.

"대신격 황아연. 평소부터 날 모함하더니 기어코 일을 벌이는군."

"일을 벌인 건 당신이죠. 발러슈테드 발러. 아니, 한제우. 고작 인간 주제에 당신은 그동안 너무 건방졌어요.”

벌써부터 심히 상쾌한 기분이라는지 황아름은 미소와 함께 자기 머리칼을 뒤로 쓸어 넘겼다. 김칫국부터 마시는 그 모습에 결국 폭소가 터졌다.

“하하하하하핫! 크하하하하하하핫!”

참지 못하고 배를 잡고 웃어대자 지구의 신격들의 얼굴이 붉어진다.

“저자가 미쳤군.”

“마지막으로 허세를 부리는 건가!”

이제는 대답하기도 귀찮았다. 그저 지구가 이렇게 끝나는 건가 싶었다. 식민지로 삼아서 다스리는 것도 괜찮겠지. 나는 두 팔을 위로 들어 올리며 외쳤다.

“나와라! 나의 충실한 하인, 어둠의 대군들이여!”

내 외침과 하늘이 시커먼 어둠으로 물들며, 끓어오르는 심연의 권능으로 굴복시킨 수많은 어둠의 대군이 지구에 출현하기 시작했다.

저들은 다가오는 것만으로도 행성을 썩게 하는 최상급 어둠의 대군에겐 한참 부족하나, 여기 신격들에겐 재앙이나 마찬가지다.

크아아아아아!

어둠의 대군의 괴성만으로도 신격들은 큰 충격을 받은 모습이었다.

“어둠의 대군이다! 그것도 한둘이 아냐!”

“설마 소문대로 저자가 진정 어둠의 대군을 부리는 것인가!”

내가 어둠의 대군을 굴복시켜 청지기로 쓰는 건 비밀이다. 하지만 은연중에 소문이 돌고 있다는 건 알았는데 지구의 신격도 들어 본 모양이다.

쿠아아아앙! 콰앙!

완전히 시커멓게 변한 하늘에서 번개가 끊이질 않았다. 기괴하 게 생긴 어둠의 대군들은 그 속에서 탐욕에 입맛을 다시며 하나둘 모습을 드러냈다.

거대한 거미 다리를 수십 개 가진 놈, 화산재 같은 연기가 뭉쳤다 흩어졌다는 반복하는 놈, 어둠을 찢어진 로브처럼 길게 늘어뜨려 물에 부풀어 썩은 것 같은 육체를 가린 놈 등 그 형태가 다양했다.

하지만 한 가지 공통점이 있었으니 여기 모인 신격들을 보며 주 체 못할 식욕에 침을 질질 흘리고 있단 점이다. 기본적으로 어둠 의 대군은 인신공양을 좋아한다. 하나 그것보다 더 좋아하는 게 있으니 바로 신격을 먹는 일이다.

신체(神體)와 정수를 한꺼번에 씹어 삼키는 건 그들에게 지고 의 쾌락이었다. 다만 신격이란 존재가 영혼을 수확해 그들에게 제 공하니 함부로 못할 뿐이다. 유용한 도구를 망가뜨릴 정도로 멍청 한 어둠의 대군은 없으니까.

그러나 드물게 자제력을 잃고 만신전 하나를 통째로 잡아먹는 어둠의 대군도 있다. 결국 순간의 쾌락을 위한 대가로 알거지가 되지만.

"꺄아아아아아!"

"으아아악! 피해!"

어둠의 대군이 손아귀를 뻗어오자 신격들은 공포에 빠져 사방 으로 달아났다. 그들은 전혀 대항하지 못했다. 마치 사자를 보고 혼비백산한 임팔라 무리 같았다.

우적우적.

어둠의 대군 하나가 양손에 신격을 하나씩 쥐고 머리부터 뜯어먹기 시작했다. 놈은 나와 눈이 마주쳤는데 불러줘서 고맙다는 듯 웃어보였다. 그 미소가 얼마나 끔찍하던지 보통 인간은 저걸 보기만 해도 정신이 나가버릴 정도였다. 하지만 내게 특별할 것 없었다.

"꼭꼭 씹어 먹어."

한 마디 해주고 무심히 이 아비규환의 현장을 가로질렀다. 울면서 쥐처럼 도망가는 신격과 반쯤 놀이에 빠져 그들을 모는 어둠의 대군들로 시끄러웠다. 신격들의 토막난 육체와 터진 내장이 사방에 질척질척 늘어지고 있었다.

쿵! 쿵! 쿵! 쿵!

코끼리 같은 어둠의 대군이 바로 앞에서 땅을 울리며 달려갔다. 크게 일어난 자욱한 먼지를 뚫고 나가니 황아연이 공포로 바들바들 떨고 있었다.

"이봐, 명색이 대신격이 너무 한심한 거 아냐? 저기 어둠의 대군 몇은 상대할 수 있잖아?"

여기 불려온 어둠의 대군은 신격보다는 우위긴 하지만 전체적으로 급이 높은 존재는 아니다. 행성계의 지존인 대신격이라면 하나둘 정도는 격파할 수 있을 터. 하지만 완전히 압도된 황아연은 싸울 엄두도 내지 못하고 있었다. 고양이에게 감히 덤빌 생각을 못하는 쥐새끼 같았다. 그녀는 날 보자마자 매달려왔다.

"저 좀 살려주세요. 제가 잘못했어요."

"뭐?"

지금 실시간으로 살해되고 있는 만신전의 신격들을 구할 생각
은 안 하고 자기 사는 게 우선인가. 너무 어이가 없어서, 매사 뻔뻔
하고 능글능글한 나조차 순간 벙쪄버렸다.

찌이이익! 촤아아아!

옆에서 길게 찢어진 한 신격의 몸에서 피가 쏟아져 나오고 있었
다. 그렇게 신격 하나를 찢어발긴 어둠의 대군은 이쪽을 힐끔 보더
니 다른 곳으로 간다. 황아연은 내가 처리할 거라고 여긴 모양이다.
그러자 그녀는 내 덕에 살았다고 생각했는지 더욱 애타게 빈다.

"살려주시면 원하는 건 뭐든지 할게요. 제발요!"

"필요 없는데?"

관심 없다는 의사를 보이자 황아연은 다급했는지 치맛자락을
들어올렸다. 정숙한 차림인데 속옷만은 엄청 야했다. 뭔가 그런
대비가 겉과 속이 다른 그녀의 성품을 보여주는 것 같았다.

"몸과 마음을 다 드릴게요! 저를 맘대로 하셔도 좋아요!"

그녀의 말에 웃고 말았다.

"주제 파악 못하나 본데, 내가 받는 게 아니라, 내가 간택하는
거다. 그리고 너는 기준 미달이고."

"당신!"

자존심 다 버리고 한 말에 내가 조소하자 그녀의 표정이 일그러
졌다. 황아연이 뭐라고 하려던 때 나는 그녀를 붙잡아 머리 위로
던져버렸다.

키에에에에!

쿠아아아!

그러자 기다렸다는 듯 어둠의 대군 여럿이 달려들어 그녀를 덥썩 물어 잡아당겼다.

"꺄아아아!"

비명소리와 함께 곧 부우욱! 하며 황아연이 찢어졌다. 참으로 허망한 최후였다. 그녀가 지구 만신전의 마지막 희생자였고, 포식이 끝나자 어둠의 대군들은 모두 저 우주 멀리로 사라졌다. 남은 건 파괴된 도시의 광경뿐이었다.

"지구도 이제 많이 바뀌겠군."

이런 괴력난신을 접했으니 모든 게 달라지겠지.

부우우웅.

그때 엉망이 된 아스팔트 위로 차량 하나가 덜컹덜컹 흔들리며 오더니 누군가 내렸다. 발푸르가였다. 한껏 멋을 부리고 온 그녀는 주변을 보더니 어이없어 했다.

"후배, 이게 다 무엇?"

아무래도 미안하지만 발푸르가는 앞으로 오랫동안 지구에 계속 있어야 할 것 같았다.

"뭐긴 뭐야. 선배가 이제 지구를 다스려야 한다는 소리지."

품에서 신격의 정수를 내밀자 발푸르가가 혀를 찼다.

"내가 정말 못살아."

발푸르가의 한껏 빛났지만 그리 길지 않았던 걸그룹 생활이 끝난 뒤로 반년이 지났다. 지구 만신전이 붕괴한 뒤 그녀는 내가 제

공한 정수로 신격에 다시 올랐다. 아니, 오를 수밖에 없었다.

"후배, 그날 이래 얼마나 고생하고 있는지 알아?"

"선배 아니면 할 사람이 없잖아. 미안해."

"으이그! 새로 인재를 뽑아 만신전을 구성하느라 반년 동안 죽을 고생했다고."

하지만 정작 그녀가 날 원망하는 건 다른 부분이었다.

"내 처녀도 가져가 놓고 지구에 버려두면 어떻게 해? 옆에 끼고 살아야 할 거 아냐?"

"미안해. 지구만 안정화되면 불러들일 테니까."

발푸르가는 지구 일로 눈코 뜰 새 없이 바빠 이렇게 재회한 건 반년만이다. 오늘 그녀는 어렵게 리켄티아투스를 찾았는데 바로 내 결혼식 때문이었다.

"경사잖아. 오늘은 참아주라. 내일부터는 다시 구박해도 되니까."

"뭐, 좋아. 그런데 내가 샤르티에를 소중히 하라고 했지? 왜 지금에야 결혼식을 올리는 거야?"

"사실 결혼은 이미 했어. 식을 못 올렸을 뿐이지."

종말의 때가 지나고 리켄티아투스도 신격들이 떠나 개판이었다. 샤르티에와 함께 행성을 재건하느라 50년 동안 정신이 없어 결혼식도 못 올렸다. 앞만 보고 달려온 세월이었다.

"에휴, 정말 고생이었구나. 후배도."

"선배는 50년 동안 꿀 빨았잖아. 제발 나 좀 도와줘. 응?"

"…알았어. 지구에서 힘낼 테니까 걱정 마."

그렇게 말한 발푸르가는 신부를 보겠다고 떠났다. 샤르티에는 그녀가 창조한 가장 완벽한 존재다. 그래서인지 오늘 웨딩에 대해서도 관심이 지대했다. 본인이 꿈꾸는 이상적인 신부가 어떤지 궁금한 모양이다.

"축하드립니다. 대신격이시여."

여기저기서 인사를 받던 중 반가운 얼굴이 나타났다.

"오, 틸리 장군!"

틸리 장군은 종말의 때가 지나고 얼마 버티지 못해 사망했다. 딱히 무슨 사고가 터졌다기 보다 그냥 나이가 많아서였다. 저승으로 온 그는 내 스카웃에 응해 반신격에 올랐다.

군략, 병참, 훈련을 관장하는 반신격으로 새로 전쟁의 신격이 된 베오울프를 모시는 존재가 됐다.

"일은 할 만한가?"

"전쟁의 신격 베오울프가 배려해 줘서 괜찮습니다."

"다행이군."

신수가 훤한 틸리를 보자니 그와 비슷한 행보를 걸었지만 지옥으로 떨어진 사내가 떠올랐다. 바로 발렌슈타인이다. 그는 제국이 해체된 후 신생 국가들 사이에서 전쟁으로 큰 명성을 얻었다. 하지만 그의 빠른 행운과 폭압적인 경영은 불만을 샀고 결국 부하의 배신으로 암살당했다. 사후 그는 지옥에서 550년 형을 받았다.

"대신격이시여."

정치의 반신격인 리슐리외가 다가왔다.

"달타냥이 할 말이 있다는군요."

"알겠네."

리슐리외가 알려주는 곳에 가보니 달타냥이 기다리고 있었다. 원래 5년간 주종관계를 맺는다는 계약으로 만난 그녀다. 이제 그 계약은 5억년으로 늘어났다. 현재 그녀는 인간의 종족신격이 됐다. 마족의 종족신격인 칼리오네도 그렇고, 양 종족의 종족신격이 음흉하기론 둘째가라면 서러워서 앞으로 어찌될지 모르겠다.

"달타냥. 무슨 일이야? 어라? 마리도 있네."

마리는 정의의 여신격이다. 내 부탁으로 리켄티아투스에서 형언할 수 없는 암흑의 흔적을 싹 지운 그녀는 우주로 시선을 돌리는 중이다. 언젠가 내가 형언할 수 없는 암흑의 화신에게 네놈 흔적을 남김없이 지워갈 거라고 한 일을 도와주고 있었다.

"이거 받아주세요."

마리가 존대를 하는 건 아직도 좀 어색했다. 그냥 편하게 말하라고 해도 듣지 않는다.

"열쇠?"

달타냥과 마리가 함께 내민 건 황금열쇠였다. 이게 뭐냐고 묻자 모두가 함께 장식한 신방의 열쇠란다.

"분명히 마음에 들 거예요. 예쁘게 꾸몄거든요."

"제 생각도 같습니다. 주군."

성의가 참 고마웠다. 어떻게 해놨을지 궁금하군.

"고마워, 둘 다."

둘에게 감사의 키스를 해주던 그때 식이 시작한다는 소리가 들렸다.

"신랑, 신부 동시 입장하겠습니다."

이미 웨딩드레스를 입은 순백의 신부가 날 기다리고 있었다.

"아…."

길게 감탄이 터졌다. 이제는 그녀의 아름다움에도 익숙하다고 생각했는데 전혀 아니었다. 눈부신 금발에 선명한 녹안, 내가 사랑하는 그녀가 틀림없었다. 언젠가 그녀가 발푸르가 수녀회의 성벽에서 주저하며 투구를 벗을 때가 떠올랐다. 저주가 사라진 걸 빼면 그때와 똑같구나.

"발푸르기스."

추억에 젖어 그 이름을 꺼내자 그녀가 기뻐했다.

"오랜만에 그리 부르시네요? 여보."

"옛날 일이 떠올라서. 발푸르가 수녀회에서 헤어질 때 말이야."

"아, 그때도 이렇게 화창한 날이었죠."

투구를 벗는 순간 폭포수처럼 쏟아지던 금빛 머리칼이 어제 일처럼 생생했다.

"저 오늘 예쁜가요? 당신의 신부로 어울릴까요?"

"말할 것도 없어."

그녀는 막 피어난 백합처럼 싱그러웠고, 수확을 앞둔 라즈베리처럼 향기 가득했다. 너무 예뻐서 이게 정말 내거인가 싶었다. 결국 참지 못하고 입장하는 중 멈춰서 키스하자 하객들이 박수를 쳤다.

"우우우우-!"

그중 유일하게 야유를 퍼붓는 이가 있었으니 페자무트였다. 이혼자가 된 지 오래된 남자는 질투 가득한 시선을 감추지 못했다. 그러자 바로 12리치들에게 핀잔을 들었다.

"늙은 대공의 질투는 보기 흉한 겁니다."

"본인이 며칠 전에 지옥미인대회 1위의 서큐버스에게 차이고 괜한 심술인 겁니다."

"차인 게 서큐버스뿐이면 말도 안 하는 겁니다. 대공은 지옥의 축구공인 겁니다."

오늘을 위해 하얀 로브를 차려입은 지옥의 12리치들은 언데드 특유의 음산함을 완전히 감추고 있었다. 마치 성인의 해골을 보는 듯 가장한 게 실로 놀라운 솜씨였다.

"여보, 그러고 보니 우리가 처음 만난 건 페자무트 공과 싸움에 서잖아요."

"그러니까. 참 사람 일 모르겠네."

따지고 보면 저 말썽쟁이 지옥의 대공 덕분에 우리가 만난 거니까.

"샤르티에. 행복해야 한다."

"샤르티에, 내 딸. 사랑해."

샤르티에의 계부인 빌헬름과 친모인 아스비엘라의 축복이 이어졌다. 그 외에도 내 괴물사냥꾼 스승인 루드 등 많은 축하가 쏟아졌다. 주례가 있는 곳까지 가는데도 한참이 걸렸다.

"아주 거북이처럼 기어오지 그러나."

"하하, 슈바르체 영감. 이런 날도 까칠하시군."

주례는 구(舊) 마룡인 슈바르체토이펠이 맡아줬다. 나와는 인연이 아주 깊은 드래곤이다. 툴툴대긴 하지만 언제나 내게 성실했던 자다. 현재는 법의 신격에 올라, 추상같은 위엄으로 뭐든 법대로 처리하고 있다. 그에게 걸리는 예외가 없기로 유명했다.

"원래 주례를 위해서는 이런 까칠함이 약간 필요하지. 예쁜 신부 때문에 얼굴 관리도 못하고 헤벌쭉한 신랑을 조금 혼내줘야 하거든. 안 그러면 식이 진행이 안 돼. 신부만 쳐다보고 있으니까."

"와하하하하."

슈바르체토이펠의 일침에 하객들이 웃음을 터뜨렸다. 아닌 게 아니라 나는 아까부터 정신을 못 차리고 샤르티에만 보고 있었다.

"흠흠."

괜히 민망해져서 헛기침을 하자 주례사가 이어졌다. 하지만 주례사라기보다 마룡의 추억담 겸 악담이었다.

"제가 과거 이 인간을 만나고 그 진가를 알아봤을 때 무슨 기분이었는지 아십니까? 제국의 구석에서 아무도 모르게 멸망의 병기를 만들고 있는 기분이었죠."

"하하하하하!"

"옛날부터 가공할 사내였습니다. 사기꾼으로 대성할 게 딱 보였죠. 그때 당시에 저보다 한줌도 안 되는 인간에 불과했습니다만, 언데드 도시가 어쩌고 하면서 제 재산을 사기를 쳐서 빼앗았습니다."

"그렇다! 나도 당했다!"

페자무트의 호응에 다시 웃음이 터졌다. 그러고 보니 둘 다 사기 피해자구나. 슬쩍 돌아보니 나한테 당한 사람이 한둘이 아니라 식은땀이 났다. 무슨 뒤풀이 같은 거 있는 거 아니겠지? 어쩐지 오한이 돋는 게 이날만 기다렸다는 인물들이 있는 것 같았다.

"떡잎부터 알아본다고, 마룡을 사기 치더니 후일 어둠의 대군조차 속여 넘기더군요. 그가 무덤에서 웅크리고 있는 자를 거하게 속인 건 다들 아실 겁니다."

그 말에 내가 하늘 위로 가운데 손가락을 세워보이자 하객들이 크게 웃으며 다시 박수를 쳤다. 이 혼란 속에서도 슈바르체토이펠은 꿋꿋하게 주례를 이어갔다.

"제가 이런 말을 하는 이유는 다른 게 아닙니다. 그의 사기실력을 찬양하기 위해서는 더더욱 아니죠. 다만, 지금 이 세계가 남아

있고, 이렇게 번영하는 건 누군가의 목숨을 건 헌신이 있었기 때문이라는 걸 알리고 싶어서입니다."

다시 큰 박수가 터졌다. 이번에는 웃음은 들리지 않았다. 오로지 큰 존경만이 담겨있었다.

"하여 저는 말하고 싶습니다. 그의 헌신과 그의 승리 덕에 우리가 여기 있음을. 어둠의 대군에게서 완전히 벗어난 이 리켄티아투스가 진정한 천국임을."

"옳소!"

"죽어도 어둠의 대군에게 삼켜지지 않고 천국과 지옥에서 그저 삶의 대가를 치를 뿐입니다. 언젠가 다시 환생할 수도 있죠. 여러분, 이 슈바르체토이펠이 장담하건데 우주에서 이런 축복을 받은 건 오로지 이곳뿐입니다!"

그는 내가 고개를 숙여 인사했다.

"여기 우리의 위대한 대신격이 그걸 이뤘음을 알아주십시오. 최대 경의와 축복, 그리고 우정을 발러슈테드에게 보내고자 합니다!"

"와아아아아아!"

하객들은 기립해서 열렬히 박수를 쳤다. 손을 들어 답례를 하고 있는데 샤르티에가 옷자락을 살짝 잡아당긴다.

"여보, 키스해 주세요."

살며시 볼을 붉힌 그녀가 눈빛을 반짝이며 나를 바라보고 있다. 망설일 이유 있겠는가. 나는 열정적으로 그녀와 입술을 겹친 뒤에 선언했다.

"리켄티아투스란 이름은 버리겠다. 이제부터 이 세계는 카일룸(천국, 영원)이라 명한다!"

사기꾼은 소망한다.

승리여, 영원하길.

<피도 눈물도 없는 용사 - 완결>

외전 - 달타냥

리켄티아투스는 유례없는 호황을 누리고 있었다. 아주 간단하며 중요한 이유 때문이다.

- 어둠의 대군으로 부터의 자유구역.

우주에서 제일 큰 영향을 끼치는 막강한 존재가 바로 어둠의 대군들이다. 아무리 튼튼하고 알찬 만신전이라고 해도 막후에 있는 그 존재들의 하수인에 불과하니까.

과거 제국의 자유도시처럼 일부 행성계는 자유를 누리고 있었지만 그건 언제고 손바닥을 뒤집는 것처럼 사라질 유예에 불과했다.

완벽한 안정이란 존재하지 않았다. 하여 어둠의 대군을 제외한 모든 실력자들은 항구적인 불안을 마음속에 안고 살아가야만 했다.

그런데 예외가 나타났다. 완벽한 자유와 안전이 있는 세계가.

어찌 열광하지 않을 수 있겠는가. 덕분에 나는 연일 우주 곳곳에서 오는 사절을 맞이해야 했다.

"이것도 못할 짓이로군."

피곤함에 지쳐 내뱉자 곁에 있던 달타냥이 대꾸했다.

"하지만 이 일은 큰 이득을 가져옵니다. 그나저나 방문하는 괴종족들의 언어를 잘 알면서도 모르는 척하는 연기가 일품이시네요."

"통역을 쓰는 게 좋아. 그래야 나중에 착각했다고 거짓말하기 수월하거든. 직접 알아들으면 빠져나갈 구석이 작아지지."

"…역시 사기가 생활화됐군요. 제 주군은."

달타냥과 침실에서 살을 섞으며 산지 오래됐지만 여전히 뻣뻣하고 귀여운 맛이 없다. 미연시로 따지면 공략이 아직 덜 된 느낌이랄까. 뭔가 그녀의 내면에 내가 보지 못한 부분이 있는 것만 같았다.

"오빠라고 좀 불러봐."

"차라리 제 엉덩이나 만지십시오."

"……."

최근에 달타냥이 날 오빠라고 불러주면 엄청 좋을 것 같아서 끈질기게 부탁 중인데, 들어줄 생각을 안 한다. 아무리 엉덩이가 예쁘다고 해도 저리 덤덤히 말하면 머쓱해서 손이 안 간다.

"평소처럼 제 엉덩이에 얼굴을 박고 싶은 생각이 없으시다면 어서 자세를 바르게 하시죠. 다음 방문자가 있습니다. 마르타르 별에서 왔다고 합니다."

"마르타르인가. 호색한 놈들이 찾아왔군."

마르타르는 우주에서 가장 번영하는 곳 가운데 하나로, 수많은 유곽이 밀집된 환락의 중심지다. 별 전체가 성(性)을 팔아서 먹고 산다고 해도 과언이 아니다. 상상할 수 있는 모든 쾌락이 그 별에 있다고 한다.

"리켄티아투스에 금을 보관하고 싶다고 합니다. 최근에 주군의 뜻으로 개설한 은행이 연일 호황입니다."

"검은 돈을 감추고 싶어 하는 놈들은 많으니까. 안전이 보장된다면 사방에서 몰려들 거라고 생각했지."

내가 만든 은행에는 꼭 금만 받는 건 아니다. 가치가 있는 건 모든 수용한다. 팔려온 아름다운 공주님도 벌써 몇이나 금고에서 보관 중이다.

"마르타르에서 발생한 많은 걸 보관할 테니, 대신 보관료를 낮추고 싶어 합니다."

"실무적인 건 밑에 놈들이 처리하면 될 텐데."

"그래서 실질적인 주인에게 눈도장 좀 찍고 싶은 것일 테지요. 그걸 위해 저쪽에서 말도 못하게 돈을 썼습니다. 한 번 만나주시지요."

"네가 그리 말한다면 알겠어."

달타냥은 신격에 오른 뒤에도 수많은 권세를 포기하고 내 비서 역할을 자처하고 있다. 그녀는 별다른 담당영역이 없는 준신격에 머물고 있지만 현재 처지에 만족한다고. 몇 년 전에 귀한 자리를 내리려했더니 오히려 반발하며 내 옆에 찰싹 달라붙어 있는 중이다.

"위대하고 위대하신 분을 뵙습니다."

마르타르에서 온 사절이 내게 허리를 숙인다. 정중한 태도였지만 상당히 부담스러운 복장을 하고 있었다. 하반신의 국부가 강조된 본디지한 의상을 입은 근육질의 남성이라 안구에 상당한 무리를 줬다. 뭔가 딥 다크 판타지가 느껴졌다.

"어, 어서 오게."

뭔가 접해선 안 되는 다크사이드에서 온 자 같아서 애써 시선을 피하며 물었다.

"그, 그래, 보관료를 협상하고 싶다고?"

"네, 그렇습니다. 위대하고 위대하신 분이시여."

자세한 건 밑에 실무자들이 하는 거다. 그래서인지 그는 적당한 수준에서 얘기하고는 내게 선물을 가져왔다고 내밀었다.

"음?"

마르타르에서 준비한 것이니 분명히 성적인 물건이겠지. 아내들과 함께한지 오래 되었지만 딱히 잠자리에서 장난감을 써 본 적은 없다. 그래서 별로 흥미가 가진 않았지만 일반 가져온 성의가 있으니 고개를 끄덕였다.

"저희 행성에서 만든 최고의 명품입니다. 최고의 장인이 위대하고 위대하신 분의 유희를 위해 만들어냈습니다. 완벽한 새것입니다."

사절이 꺼낸 건 본디지한 느낌의 여성용 가죽 의상이었다. 가슴과 비부만 간신히 가리고 팔, 다리는 망사로 되어 있다. 그저 옷만 봤음에도 심히 야릇한 옷이었다. 가학성과 피학성을 채우기 위한 것으로, 여성을 구속하는 용도로 만들어진 의상이다.

그쪽에 대해 무지한 내가 보기에도 최고의 장인이 만든 명품이란 점을 알 수 있었다. 단순히 옷의 기능을 떠나서도 대단히 에로스하고 아름다웠다.

"천박함과 고풍스러움을 함께 갖고 있군. 참으로 특이하구나."

그 옷에서는 창기 같은 천함과 미의 여신 같은 우아함이 동시에 느껴지다니. 이런 엄한 분야의 물건조차 극에 달한 명품은 묘한 감동을 불러일으키는군.

"음?"

한데 아까부터 달타냥이 그 옷에서 눈을 떼지 못했다. 성적인 일에 상당히 흥미가 약한 달타냥이기에 그런 태도가 재밌게 느껴졌다. 사절이 용건을 마치고 물러나자 나는 그 옷을 달타냥에게 내렸다.

"줄테니까 가져."

"네? 아, 아니! 저는 이런 거 필요 없습니다."

"아까부터 계속 보더만. 필요 없으면 버리던가."

달타냥은 이런 파렴치한 건 필요 없다고 항변했으나 결국 거절하지 못하고 비키니 같은 그 가죽옷을 챙겼다.

"곤란하네⋯."

일이 끝난 후 달타냥은 자신의 궁전에서 난처함을 감추지 못했다. 시녀들을 모두 내보내고는 불안한 듯 서성인다. 그녀의 침대 위에는 몸의 중요 부위를 간신히 가리는 가죽 옷이 놓여있었다. 살면서 이런 망측하고 야한 옷은 처음이었다.

하지만 더욱 곤란한 건 어째서 자신이 이런 야한 옷에서 눈을 떼지 못하냐였다. 보고 있으면 숨결이 뜨거워지고 가슴이 뛰었다. 살면서 이런 기분은 처음이었다.

"아…!"

문뜩 거울을 본 그녀는 깜짝 놀랐다. 홍조가 잔뜩 오른 그 얼굴은 분명히 기억에 있는 것들이었다. 샤르티에, 칼리오네, 인자한 어머니 같은 여인들이 남편과 성교할 때 짓는 표정과 같았기 때문이다.

정숙함을 가장하면서도, 여인의 쾌락을 아는 자만이 지을 수 있는 그런 요염한 얼굴이었다. 달타냥은 자신과 인연이 없을 것 같은 표정에 내심 놀라지 않을 수 없었다.

"내가 왜 이러지…."

아까부터 가슴이 계속 뛴다. 성적인 기쁨은 그녀와 크게 인연이 없는 부분이었다. 물론 남편에게 안기는 건 행복하고 즐거운 일이다. 하지만 그의 다른 여자들을 보면 자신이 정말 제대로 쾌감을 느끼고 있는지 의문이었다.

모두 기품 있기로는 둘째가라면 서러운, 그린 듯한 여신격들이었다. 하지만 그녀들이 침대에서 짐승처럼 성애에 매달리는 걸 볼 때는 침착한 달타냥조차 놀라지 않을 수 없었다.

정숙함이란 가면을 벗어던진 그녀들의 잠자리는 정말 놀라울 정도였다. 하나 같이 서큐버스도 울고 갈 정도로 요망하고 색정적이었다. 남편이 원하면 어떤 부끄러운 짓도 마다하지 않고 즐겼다.

"흐음…."

달타냥으로서는 이해할 수 없었다. 물론 사랑하는 이와 하나가 된다는 큰 기쁨은 있지만, 잠자리란 게 가랑이 사이에서 그렇게 조수를 뿜어내며 정신을 놔버릴 정도의 일이란 말인가. 어떤 때 보면 그녀들이 암퇘지 같단 생각마저 들었다.

달타냥은 결코 경험해 보지 못한 일이었다. 뭐가 부족한 건지는 알 수 없다. 아니, 부족한 건 없을 터. 남편은 우주에서 가장 훌륭한 남자 가운데 하나니까. 그런 남자도 만족을 주지 못한다면 자신에게 뭔가 문제가 있는 것이겠지. 그래서 달타냥은 잠자리에 갈수록 자신이 없어졌다.

"하응."

그런데 지금 자기도 모르게 입에서 야릇한 신음이 흘러나왔다. 달타냥은 저 옷을 입어보고 싶다는 격한 충동에 휩싸였다. 언제나 바른생활을 해온 자신에게 전혀 어울리지 않는 옷이었다.

마치 입기만 하면 타락해서 다시는 돌아올 수 없는 강을 건널 듯한 기분이었다. 아무런 힘도 없는, 잘 만들어진 가죽 옷에 불과했지만 보이지 않는 무언가에 사로잡힐 것만 같았다.

꿀꺽.

자기도 모르게 마른침을 삼킨 그녀는 옷을 벗기 시작했다.

스르륵.

단추가 풀어지고 그녀의 온기가 아직 묻어있는 옷이 바닥에 떨어졌다. 곧 새하얗고 조각상 같은 그녀의 나신이 드러났다. 화려한 전신 거울에 여신격이 눈부신 아름다움을 뿜내고 있었다. 백합처럼 깨끗한 이 몸은 그녀의 자랑이기도 했다.

한데 이런 몸에 저런 검은 가죽 옷을 입는다는 건, 뭔가 해서 안 되는 일 같았다. 하얀 캔버스 위에 음탕한 물감을 칠하는 기분이랄까. 달타냥은 점점 심장이 거세가 뛰었고 설명하기 힘든 배덕감을 느꼈다. 그리고 결국 가죽옷을 입었다.

"아!"

거울에는 백합처럼 깨끗한 여신격은 이미 온데간데없었다. 마치 서큐버스퀸을 떠올리는 듯한 요염하고, 요망하기 짝이 없는 미녀가 색기를 풀풀 흘리고 있었다. 달타냥은 평생 이렇게 야한 여자는 처음이었다.

저 거울 속에 인물이 자신이 맞나 의문이 들 정도였다. 눈가에는 색기가 가득하고 몸 곳곳에서 야릇한 기운을 잔뜩 흘려내고 있었다. 옷 하나로 이렇게 달라지다니!

"으읏."

달타냥은 어쩐지 가랑이 사이가 애가 타고 저린 기분이 들었다. 어서 남편을 만나고 싶었다. 늘 덤덤한 편인 자신이 갑자기 이리 애달프게 그가 보고 싶을지는 몰랐다.

"하아, 하아, 하아."

어쩐지 숨결이 거세져 제대로 서있기도 힘들었다. 곧 그녀의 섬섬옥수가 자신의 은밀한 곳을 향하기 시작했다. 그런데 그때 그녀의 방문이 벌컥 열렸다.

"달타냥!"

찾아온 이는 그녀의 남편인 발러슈테드였다. 애초에 그녀의 방문을 맘대로 벌컥벌컥 열 수 있는 이는 우주에 저 남자 하나밖에 없었다. 언제나 그의 방문을 즐겁게 맞곤 했지만 지금은 사정이 달랐다.

"읙!"

깜짝 놀란 달타냥은 도망치려 했지만 이미 늦어버렸다. 놀란 발러슈테드가 들어오던 자세 그대로 굳은 것이다.

"…입어본 거야?"

"아, 아닙니다! 그냥 호기심이에요! 이건 호기심이라고요!"

달타냥은 황급히 부인하고 옷을 벗으려고 했다. 남편 앞에서 이런 옷을 입고 있으니 알몸이 훨씬 낫겠다 싶었다. 어차피 수만 번도 더 보여준 속살이니까.

하지만 그때 생각지도 못한 일이 일어났다.

철컥.

옷의 금속으로 된 연결 부위에 갑자기 자물쇠가 채워진 것이다.

"주군?"

이 가죽옷은 구속을 목적으로 제작된 것이다. 그것 위해 자물쇠를 채울 수 있는 부위가 존재했다. 발러슈테드가 그곳에 지체 없이 자물쇠를 걸어버렸다. 이미 그의 얼굴도 어떤 열망으로 달아올라 있었다.

"달타냥. 자물쇠를 풀지 못하면 그 옷은 벗을 수 없어."

"네? 주군. 내일부터 할 일이 많습니다. 이런 옷을 입고 어찌! 어서 풀어주십시오!"

여신격이 이런 옷을 입고 돌아다니다가는 추문도 이런 추문이 없다. 달타냥은 당황해서 얼굴이 하얗게 질려버렸다.

옷에 자물쇠를 채운 건 계획에 없던 일이다. 아니, 달타냥이 저

옷에 관심을 보이긴 했지만 설마 입을 거라고도 생각 못했다. 볼일이 있어 찾아왔는데 웬 서큐버스퀸 같은 존재가 있어 내심 얼마나 놀랐는지 모른다. 그러다 곧 그녀의 정체가 달타냥이란 걸 알았을 때 하반신에 참을 수 없을 만큼 힘이 바짝 들어갔다.

수도 없이 안았던 아내에게 저런 요염함이 있는 줄 처음 알았다. 난생 처음 보는 여자 같아 흥분됐다. 이미 내 머릿속에선 그녀를 침대에 쓰러뜨려 옷을 거칠게 찢고 있었다. 콧김이 절로 거세졌다.

"앗! 이런! 주군! 잠시만!"

달타냥은 당황했는지 의복을 벗으려는 듯 허둥댔고 나는 바로 움직였다. 저 옷의 연결 부위에는 친절하게 고리가 달려있었다. 나는 월영검법의 묘예를 응용해 찰나의 순간 달타냥을 자물쇠로 제압했다. 총 세 개였다.

찰칵. 찰칵. 찰칵.

"주, 주군?"

당황한 달타냥이 어쩔 줄 몰라할 때 나는 그녀의 턱을 살짝 잡았다.

"달타냥. 이 자물쇠는 대신격의 힘으로 만든 물건이다. 나 외에는 열 수 없단 소리지."

"흐윽! 어서 풀어주세요."

그녀의 목소리가 애처롭게 떨리고 있었다. 이런 달타냥은 처음이었기에 가슴이 마구 뛰었다. 살짝 눈가가 젖어 어쩔 바를 모르는 게 이렇게 귀여울 수가 없었다.

"풀어줄 수 있어. 하지만 조건이 있다."

"그게 무엇인가요?"

"부탁을 하나 들어줄 때마다 하나씩 풀어주지."

"그런!"

달타냥은 당혹감을 감추지 못한다. 나는 잠깐 후환이 두려웠지만 기호지세였다. 이미 그녀에게 자물쇠를 채워버렸다. 제정신을 찾고 달타냥이 화내기 전에 더욱 몰아붙여야 한다.

"우선 강아지 플레이부터다."

"강아지 플레이?"

나는 다짜고짜 그녀에게 개목거리를 채웠다. 의자에 앉은 뒤 왼손으로 목줄을 당겼다.

"꺄앗."

달타냥이 가녀린 목소리를 내며 딸려와 내 앞에서 무릎을 꿇었다. 이 여자가 이렇게 연약할 리가 없는데 개목걸이를 채우니 갑자기 변해버렸다. 점점 흥미가 셈 솟기 시작했다.

"먼저 멍멍이라고 짖어봐. 그리고 손."

강아지처럼 손을 올리라고 손바닥을 내밀자 달타냥은 수치로 얼굴이 벌겋게 변했다. 그리고 몸을 파르르 떨었다. 이 자존심 강한 여자에겐 참을 수 없는 모욕이겠지. 하지만 오늘의 그녀는 달랐다. 달타냥은 결국 내 손바닥 위에 자신의 주먹 쥔 손을 올려놓았다.

"멍멍!"

달타냥은 그렇게 나락으로 떨어졌다.

<외전 달타냥. 끝.>

글 : 박제후 / 그림 : GAMBE

가격 : 10,000원

₩ +40

글 : 통구스카 / 그림 : MARCH

가격 : 10,000원

+038

피도 눈물도 없는 용사 6

초판 1쇄 발행   2018년 10월 25일

저자 박제후
그림 GAMBE

편집 전준호
디자인 윤아빈
주간 홍성완
마케팅 김정훈
발행인 원종우
발행처 (주)이미지프레임

주소 (13814) 경기도 과천시 뒷골1로 6, 3층
영업부 02-3667-2653   **편집부** 02-3667-2654   **팩스** 02-3667-2655
메일 edit03@imageframe.kr   **웹** vnovel.co.kr

ISBN 979-11-6085-797-9 02810   (세트) 979-11-6085-228-8 02810